MIGNON G. EBERHART

# Die Treppe im Dunkeln

*Buch*

Es ist Anfang Juli. Seit Tagen lähmt eine tropisch feuchte Hitze die ganze Stadt, darunter auch die Patienten und das Personal des Melady Memorial Krankenhauses. Verspätete Maikäfer fliegen träge gegen die Fensterscheiben, und in der offenen Abteilung liegt ein Schwarzer im Sterben. In diese drückende Atmosphäre kommt Bewegung, als zufällig drei miteinander bekannte Mitglieder der High-Society gleichzeitig in die Klinik eingeliefert werden: Peter Melady, der todkranke Besitzer der Melady Medikamentenfabrik und Präsident des Verwaltungsrats der Klinik, den allenfalls noch die Kunst des Chirurgen Dr. Harrigan retten kann; seine verwöhnte Tochter Dione Melady, die sich einen schweren Sonnenbrand zugezogen hat; sowie Ina Harrigan, die junge und attraktive Ehefrau Dr. Harrigans, die bei einem Verkehrsunfall leicht verletzt wurde. Oberschwester Sarah Keate, verantwortlich für den Ostflügel der Klinik, in dem die wohlhabenden Patienten untergebracht sind, wird zur persönlichen Betreuung Peter Meladys abkommandiert. Doch dann wird Dr. Harrigan erstochen im Fahrstuhl des Ostflügels gefunden, und Melady ist spurlos verschwunden ...

*Autorin*

Mignon G. (Good) Eberhart, geboren am 6. Juli 1899 in Lincoln/Nebraska, wuchs im Mittleren Westen Amerikas auf. Nach ihrer Hochzeit mit Alan Eberhart im Jahre 1923 begann sie, Romane zu schreiben, und ihre Krimis um die resolute Krankenschwester Sarah Keate gehören zu ihren größten Erfolgen. Sie wurden in über zwanzig Sprachen übersetzt, immer wieder verfilmt und mit den höchsten Preisen ausgezeichnet. Mignon Eberhart hat insgesamt 75 Romane verfaßt und gilt in Amerika als die *Grand Old Lady of Crime.* Weitere Titel der Autorin sind bei Goldmann in Vorbereitung.

Von Mignon G. Eberhart außerdem im Goldmann Verlag erschienen:

Während der Kranke schlief. Roman (120)
Der Patient in Zimmer 18. Roman (5987)

Mignon G.
Eberhart

# Die Treppe im Dunkeln

Roman

Aus dem Amerikanischen
von Walter Haffner

GOLDMANN

Die Originalausgabe erschien 1931 unter dem Titel
»From this Dark Stairway«
bei Doubleday, New York

*Umwelthinweis:*
Alle bedruckten Materialien dieses Taschenbuches
sind chlorfrei und umweltschonend.
Das Papier enthält Recycling-Anteile.

Deutsche Erstausgabe 4/99

Umschlaggestaltung: Design Team München
Umschlagfoto: G + J/Photonica
Satz: DTP-Service Apel, Hannover
Druck: Elsnerdruck, Berlin
Verlagsnummer: 5263
Redaktion: JE
Herstellung: Sebastian Strohmaier
Made in Germany
ISBN 3-442-05263-7

1 3 5 7 9 10 8 6 4 2

# 1

Die Treppe lag vor mir, ihr blankes Geländer schimmerte dunkel. Die breiten Stufen verloren sich im Schatten und tauchten am oberen Ende des Absatzes, im blaßgrünen Licht der Lampe, die über dem Pult mit den Patientenkarten hing, wieder auf. Es ist eine alte Treppe mit flachen, breiten Stufen, die sorgfältig mit einem gummiartigen Stoff ausgelegt sind, so daß Schritte auf ihnen nur weiche, dumpfe Geräusche verursachen. Sie beginnt im Erdgeschoß des Melady Memorial Krankenhauses, mit kostbar verzierten Geländerpfosten aus Nußholz, und führt zielstrebig nach oben. In scharfen, aber eleganten Wendungen verläuft sie bis ganz hinauf in den vierten und letzten Stock. Wenn man diese alte Treppe hochsteigt, erhält man einen guten Überblick über das gesamte Krankenhaus. An jeder ihrer Wendungen eröffnet sich einem eine neue Perspektive in das gedämpfte, aber geschäftige Innenleben des Gebäudes – es ist, als legte man den Finger an den Puls eines aufregenden und faszinierenden Wesens: die Welt eines Krankenhauses.

Weiter hinten befindet sich noch die enge, viel unscheinbarere Treppe vom Erdgeschoß in den Keller, und vom vierten Stock führen ein paar eiserne Stufen bis hinauf aufs Dach. Seit nicht allzu langer Zeit verbindet außerdem ein moderner Fahrstuhl neben der großen Treppe das Erdgeschoß mit der vierten Etage. Er ist vollautomatisch, mit jeder Menge Lämpchen und Hebeln und Knöpfen, die man im Notfall ziehen oder drücken muß, und er macht jedesmal, wenn er auf dem gewünschten Stockwerk anhält, einen nervtötenden kleinen Ruck, bevor man die Gittertür der Kabine öffnen kann. Ich habe diesen

Fahrstuhl nie gemocht, und immer wenn ich ihn benutze, sind meine Augen fest auf den großen schwarzen Knopf mit der Aufschrift *»Notfall-Stop«* geheftet, und ich male mir aus, was ich genau tun muß und wie schnell ich es tun könnte, falls das leise kriechende Ungetüm auf die Idee kommen sollte, zwischen zwei Stockwerken anzuhalten. Der Lift ist eng und gerade lang genug, um ein Rollbett aufzunehmen, und er ist sehr geräuscharm, da er speziell für Krankenhäuser konstruiert wurde. Er ist in der Tat so leise, daß wir ihn in den Gängen kaum hören und seine Anwesenheit nur am roten Licht in der Kabine erkennen, das durch seine Milchglastüren hindurch schimmert. Wie ich schon sagte: Ich habe den Lift nie gemocht und benutze lieber die Treppe.

Das tat ich auch damals, eine Hand auf dem Geländer – ein Geländer, das von der Berührung zahlloser Hände, die in all den Jahren über seine glänzende Oberfläche gestrichen waren, so glatt war wie die Perlen eines Rosenkranzes. Ich weiß noch, wie ich mir in jenem Moment all der Dramen bewußt wurde, die sich in Krankenhäusern abspielen, wie jedesmal, wenn ich an all die Hände denke – ängstliche Hände oder triumphierende Hände, überglücklich von neu genährter Hoffnung oder verzweifelt und geschwächt vom Verlangen, eine andere Hand zu berühren, die auf keine Berührung mehr reagierte, so zart sie auch sein mochte. In einem Krankenhaus verlieren alle Eitelkeiten ihre Bedeutung, man ist nur noch für die wesentlichen Dinge empfänglich: am Leben zu sein, frei von Schmerzen; Seelenruhe – und vielleicht etwas Liebe –, das ist hier alles, was wirklich zählt. Alles andere erscheint daneben leer und flüchtig und ziemlich klein und schäbig: Angst, Liebe und die Sehnsucht nach Frieden sind fast greifbar hier, als führten sie ein Eigenleben auf dieser betagten Treppe, die seit so vielen Jahren schon das Herz des Melady Memorial Krankenhauses bildet.

Und noch etwas ist spürbar in einem Krankenhaus, besonders bei den Patienten: eine merkwürdige Demutshaltung, das Unterdrücken jeglicher Grobheit, was Lilian Ash einmal die »Als-der-Teufel-krank-war-Bekehrung« nannte. Sie beschrieb es auch als den armseligen Versuch der Menschen, mit Gott einen Handel einzugehen. In dieser Einschätzung, wie übrigens auch in manchen anderen Dingen, kann ich Schwester Ash nicht beipflichten. Ich denke, es ist eher ein durch den Schmerz verursachter religiöser Instinkt, der in der Krankheit entsteht, und ich halte ihn für menschlich, anrührend und liebenswert.

In jener heißen Nacht Anfang Juli stieg ich gerade die Treppe hoch – eine Hand ruhte auf dem Geländer, in der anderen hielt ich das kleine Paket, das ich aus Peter Meladys Haus mitgebracht hatte –, und unsere Treppe führte mich mitten in jene seltsame und verhängnisvolle Begebenheit, die von den Zeitungen später mit *»Mord im Melady Memorial«* und *»Rätselhafte Wahnsinnstat im Melady Memorial«* überschrieben wurde. Nun, das Ganze war tatsächlich verrückt und ziemlich schlimm, und jetzt, wo es vorbei ist, will ich versuchen, die Ereignisse so klar wie möglich darzustellen, auch wenn damals überhaupt nichts an der scheußlichen Geschichte klar oder logisch zu sein schien.

Es kommt mir seltsam vor, daß man mir diese schreckliche Erfahrung nicht ansieht, obwohl die weißen Strähnen in meinem fülligen roten Haar, das von der Schwesternhaube nur unvollständig bedeckt wird, etwas zahlreicher und die Falten um meine nicht unbedingt hübschen, aber bemerkenswert scharfsichtigen Augen etwas tiefer geworden sind. Daß ich darüber auch ein paar Kilo abgenommen habe, stört mich weniger.

Um alles von Anfang an zu erzählen, muß ich ungefähr ein Jahr zurückgehen, zu jenem unseligen Tag, als ich die Stelle als Oberschwester des dritten Stocks im Ostflügel des Melady Memorial Krankenhauses übernahm. Keine einfache Aufgabe, denn im Ostflügel werden die reicheren Patienten behandelt, von denen viele, wie Dr. Kunce es ausdrückt, schrullig sind. Man könnte auch sagen: regelrecht teuflisch, besonders während der zweiten Schicht, zwischen Mitternacht und Morgengrauen.

So kam es, daß Peter Melady – Chef der Melady Pharmabetriebe, Enkel des Gründers des Krankenhauses und dessen Verwaltungsratspräsident –, als er an jenem Tag im Juli als Patient von Dr. Harrigan ins Krankenhaus eingeliefert wurde, verlangte, daß ich, Sarah Keate, seine Betreuerin sei. Also wurde ihm ganz einfach ein Zimmer in meinem Flügel zugewiesen, wo er sowieso hingekommen wäre. Selbstverständlich nahm man Rücksicht darauf, daß Peter Melady Peter Melady war, und handhabte die Regeln etwas lockerer als gewöhnlich. Dr. Kunce gab Anweisung, daß Nancy Page unter meiner Aufsicht als Oberschwester walten sollte, was mich frei über meine Zeit verfügen ließ, oder besser gesagt: Peter Melady konnte darüber verfügen.

Es war eine seltsame Laune des Schicksals, die zur gleichen Zeit seine Tochter Dione Melady ins Krankenhaus brachte – Dione hatte ihren Cousin zweiten Grades geheiratet, um den Fortbestand von Namen, Erbgut und Vermögen der Meladys zu sichern, so jedenfalls sagten die Leute. Sie hatte einen schweren Sonnenbrand.

Dasselbe Schicksal, diesmal unterstützt von einer natürlichen Abneigung der Betroffenen, sich an die Verkehrsregeln zu halten, brachte Ina Harrigan in das Zimmer neben Peter Melady; ihr rechter Arm war gebrochen, einer ihrer perfekten Zähne ausgeschlagen, und das elegante Packard Cabriolet, das sie gerade erst gekauft hatte, befand sich in der Werkstatt für ein paar teure Reparaturen. Außerdem waren da noch ein paar undefinierbare blaue Flecken an ihrem Körper, die nicht mehr ganz neu waren, aber das gehört nicht hierher. Dr. Harrigan war bekannt für seine aufbrausende Art, insbesondere, wenn er mit einer der Eskapaden seiner jungen Frau konfrontiert wurde.

Da waren wir also, in jener heißen, stillen Julinacht: Peter Melady, Dione Melady und Mrs. Harrigan alle im Ostflügel, wo Schwester Ash sich im Zimmer direkt gegenüber von Ina Harrigan um einen rekonvaleszenten Typhuspatienten kümmerte. Courtney Melady, Diones Cousin und Ehemann und ein Mann von zweifelhaftem Ruf, lungerte in den Gängen herum, ging in Diones und Peter Meladys Zimmern ein und aus und betrachtete das Krankenhaus, sich selbst und die Welt mit kalten, überdrüssigen Augen. Ich hatte nicht die leiseste Vorahnung des Dramas, das sich uns bald präsentieren würde. Aber die Schauspieler standen bereits an den Bühnenaufgängen, ihren Text auf den Lippen, und die Bühne war hergerichtet. Der Schlüssel zum Medikamentenraum, der Korken, das häßliche Amputiermesser, das Stück weißen Kaugummis – alles lag bereit, um seine eigene, bedeutsame Rolle zu spielen. In der Allgemeinen Abteilung lag ein Schwarzer im Sterben, und ich hielt eine chinesische Schnupftabakflasche in meiner Hand.

Es war ein Tag von lähmender, für diese Jahreszeit ungewöhnlicher Schwüle gewesen, der schlimmste in einer Reihe heißer Tage, mit Temperaturen im kritischen Bereich und Opfern von Hitzschlägen in der Aufnahmestation. Die Stationsschwestern waren mit den Nerven am Ende. Die ersten zwei Tage der Hitzeperiode waren noch einigermaßen erträglich gewesen, aber dieser Dienstag, der 7. Juli, gehörte zu jener Sorte von Tagen, die eine Art psychischer Unruhe mit sich bringen. Ein ungutes Gefühl lag in der Luft. Eine Vielzahl kleinerer Mißgeschicke hatte sich während des Tages ereignet. Fallengelassene Thermometer, verschüttete Medizin, undichte Eisbeutel. Nancy hatte sich mit Schwester Ash wegen ein paar fehlender Leintücher gestritten, Dr. Kunce hatte alle den ganzen Tag über auf die unangenehmste Art angegiftet, und ich selber war morgens mit Kopfschmerzen erwacht, die ich den ganzen Tag nicht loswurde. Jetzt, gegen neun Uhr abends, war es immer noch so heiß, daß man kaum atmen konnte, und nicht das geringste Lüftchen bewegte sich in den langen Gängen und hohen Krankensälen.

Der lange Treppenaufstieg in der Hitze hatte mich erschöpft. Als ich den Flur des dritten Stockes erreicht hatte, hielt ich einen Augenblick an, um mich zu erholen. Es war sehr heiß und sehr still. In westlicher Richtung erstreckte sich der lange Flur der Kinderabteilung, und dahinter, allmählich im Dunkel verschwindend, sah man schemenhaft Flächen von blanken, weißen Wänden, die über den nur als schwarze Lücken erkennbaren Türen von dämmrigen roten Signallichtern unterbrochen wurden – die Offene Abteilung. Nach Osten hin erstreckte sich mein eigener Flügel. Am Pult der Stationsschwester, in einer kleinen Nische direkt gegenüber der Treppe, saß Nancy Page. Sie sah müde aus, aber sehr jung und hübsch in der weißen Tracht, und ihre Stirn und Ohren umspielten feucht glänzende Locken, die im Schein der Lampe über ihrem Kopf golden schimmerten. Sie blickte hoch, den Stift noch in der Hand, und blinzelte etwas bei dem Versuch, über den Lichtkegel der grün beschirmten Lampe hinauszublicken. Nancys Augen, nebenbei gesagt, haben in Krankenhauskreisen schon einige Verwirrung gestiftet, vor allem unter den Assistenzärzten.

»Ach, du bist's«, sagte sie. »Dr. Harrigan hat eine Mitteilung für dich hinterlassen. Er war für einen Augenblick hier, während du weg warst.«

Als ich nähertrat, musterte sie neugierig das Päckchen in meiner Hand. »Hast du sie bekommen?«

»Die Schnupftabakflasche? Ja. Auch wenn es nicht ganz einfach war, eine ältere Dame, die sich als Mr. Meladys Haushälterin ausgibt, davon zu überzeugen, daß ich sie nicht stehlen wollte.«

»Hier ist die Notiz, die Dr. Harrigan für dich hinterlassen hat. Er sagte, er würde gegen Mitternacht zurück sein. Wie um alles in der Welt sieht denn eine chinesische Schnupftabakflasche aus?«

Ich nahm die Notiz und überflog sie. Es waren nur wenige Worte, in denen er mir mitteilte, er habe Anweisung gegeben, daß mein Patient für die auf den nächsten Morgen angesetzte Operation vorbereitet werden sollte. Er selber würde gegen Mitternacht wieder zurück sein. Die Notiz war in dieser kleinen, reinlichen Handschrift unterzeichnet, die mir jedesmal so unpassend schien für einen Mann von Dr. Harrigans Größe und Temperament.

»Seltsam, daß er sich die Mühe gemacht hat, eine Notiz zu hinterlassen«, sagte ich beiläufig.

Nancy zuckte mit den Schultern.

»Es handelt sich schließlich um den großen Peter Melady«, sagte sie. »Zeig mir jetzt endlich die Schnupftabakflasche, Sarah!«

Ich fand nichts dabei und wickelte die Schnupftabakflasche aus dem Schutzpapier. Ich hielt den kleinen blauen Gegenstand einen Moment lang in meiner Hand und setzte ihn dann auf der Glasoberfläche des Stationstisches ab.

»Mein Gott, wie winzig sie ist«, sagte Nancy beeindruckt. Und nach einer kurzen Pause fügte sie flüsternd hinzu: »Und wie wunderschön!«

Sie war wirklich wunderschön. Man mußte kein Experte sein, um die Schönheit des antiken Objekts zu erkennen, wie es da vor uns auf dem Tisch stand. Es war klein genug, um in eine Hand zu passen, und es war sehr fein aus kostbarem blauem Edelstein gearbeitet, der leicht mit Gold durchzogen war. Später erfuhr ich, daß es sich um Lapislazuli handelte. Der Stein war kunstvoll in der Form eines Granatapfels mit Blättern geschliffen. Jedenfalls hatte Peter Melady gesagt, es sei ein Granatapfel. Was mich angeht, hätte es ebensogut ein gewöhnlicher Apfel sein können. Als Verschluß diente ein runder, rosaroter Turmalin, an dem ein feines Löffelchen aus Elfenbein befestigt war, das hinunter in das flache Fläschchen ragte.

Ja, es war wirklich ein außerordentlicher Gegenstand. Etwas

aus dem alten China stand vor uns und bildete einen sonderbaren Kontrast zum nüchternen, hygienisch sauberen Tisch eines amerikanischen Krankenhauses. Ich mußte schon wieder an Hände denken. Was für Hände hatten wohl dieses Kleinod getragen? Welche lackierten Fingernägel daran geklopft? Es mußten Mandschu-Hände gewesen sein, denn man sah auf den ersten Blick, daß es für Prinzen gemacht worden war, Mandschu-Hände, lang und schlank, blaßgelb und geschmeidig. Hände, die, hielten sie die Schnupftabakflasche, Mysterien und Weisheit umschlossen.

»Wie wunderschön!« flüsterte Nancy noch einmal. Die Müdigkeit war aus ihrem Gesicht gewichen, und sie beugte sich mit leuchtenden Augen nach vorne. Der Federhalter fiel ihr aus der Hand und rollte über den Tisch, eine feine Tintenspur hinter sich herziehend, als sie ihre schlanken Finger nach der Schnupftabakflasche ausstreckte, um diese fast ehrfurchtsvoll zu berühren. Schließlich nahm sie den Turmalin-Deckel zwischen die Finger und zog ihn heraus.

»Schau doch, Sarah!« sagte sie aufgeregt, »schau dir dieses niedliche kleine Ding aus Elfenbein an. Genau wie ein winzig kleiner, schmaler Löffel. Wie kommt Peter Melady an so etwas?«

»Er sammelt Kunstgegenstände, die ihm gefallen. Als Hobby, sozusagen«, erklärte ich mit Bestimmtheit, hatte ich mir doch am selben Tag bereits einen ausführlichen Monolog zu diesem Thema von Peter Melady persönlich anhören müssen. »Dabei hat der wirkliche Wert des Gegenstandes für ihn überhaupt keine Bedeutung. Sein einziges Kriterium ist sein eigener Geschmack. Seine Fächersammlung ist vielgerühmt, und er besitzt die einzige private Schnupftabakflaschensammlung der Welt. Wenn du irgend etwas über Peter Meladys Sammlungen wissen möchtest, frag mich nur. Ich weiß Bescheid.«

Nancy hat übrigens auch ein besonders reizendes Grübchen. Es befindet sich direkt neben ihrem weichen, roten Mund und hat schon manch einen männlichen Puls höher schlagen lassen. Jetzt zeigte es sich kurz.

»Hitze macht dich immer so schnippisch, Sarah.« Sie schob die Schnupftabakflasche zu mir herüber und stützte sich mit dem Ellbogen auf dem Tisch ab. »Was für ein Tag! Ich hoffe, es kühlt während der Nacht etwas ab. Es geht ja kein Lüftchen.«

In diesem Augenblick hörte man hinter ihrem Rücken ein Summen und dann einen dumpfen Aufprall gegen das Fliegengitter am Fenster. Sie fuhr leicht nervös herum, hastig über die Schulter blickend.

»Ach, schon wieder ein Maikäfer. Ich wünschte, sie verschwänden endlich. Der Mai ist vorbei. Die machen mich halb wahnsinnig, wenn sie gegen die Gitter prallen. Ich weiß auch nicht, was heute mit mir los ist.«

»Das ist die Hitze«, sagte ich verständnisvoll.

»Und die Schwüle. Ja, vor allem die Schwüle«, wiederholte sie verärgert. »Alles, was ich anrühre, ist feucht und fühlt sich klebrig an.«

Weiter hinten im Flur war das leise, weiche Klicken eines Signallichts zu hören, das angeknipst wurde. Wir schauten beide in die Richtung des Geräuschs.

»Mein Patient«, sagte ich, und während Nancy zu ihrem Federhalter griff, nahm ich die blaue, chinesische Schnupftabakflasche wieder an mich und ging auf Zimmer 309 zu.

Entgegen den Anordnungen des Arztes hatte sich mein Patient im Bett aufgerichtet und rauchte eine scheußlich riechende, dunkle Zigarre, deren Rauch mir an der Zimmertür entgegenkam.

»Da sind Sie ja«, sagte er. »Haben Sie die Schnupftabakflasche mitgebracht?«

»Ja.«

Peter Melady war ein schwächlicher Mann mit listigen Augen, etwas über fünfzig. Sein dünnes Haar war von einem undefinierbaren, sandigen Grau, er hatte einen harten Zug um den Mund und war im Augenblick tatsächlich schwer krank, obwohl er sich weigerte, das zuzugeben. Statt dessen rauchte er seine Zigarren, zog über die Schwestern und Ärzte her und stritt sich mit der ihm eigenen Rauflust und Hartnäckigkeit mit seiner Tochter Dione und deren Mann herum.

»Hat auch lange genug gedauert«, schnauzte er. »Geben Sie her.« Als er die Hand ausstreckte, schaute er mich listig an.

»Schön, in diesem nüchternen Krankenzimmer auch mal etwas Hübsches zu Gesicht zu kriegen«, fügte er als Erklärung an, die weder nett gemeint noch, wie sich herausstellen sollte, ehrlich war. Nicht um etwas Schönes zum Anschauen zu haben, hatte mich Peter Melady so dringend in sein Haus geschickt, damit ich die chinesische Schnupftabakflasche holte. Ich glaube, ich spürte das damals bereits, wenn ich auch nichts sagte. Es steht mir nicht zu, die Launen meiner Patienten zu hinterfragen.

Seine freie Hand mit den derben Fingern und den feinen, sandfarbenen Härchen auf dem Handrücken zitterte ein wenig, als er sie nach der Schnupftabakflasche ausstreckte. Aber als ich aus dem Badezimmer zurückkam, wo ich mir meine weiße Haube aufgesteckt hatte, war er ganz ruhig und weidete sich offensichtlich genüßlich an der kleinen blauen Flasche, die er in seinen Händen drehte und wendete, wobei er seine listigen Augen zusammenkniff, um durch den dichten Rauch der zwischen seinen Zähnen festgeklemmten Zigarre hindurchzublikken.

»War Dr. Harrigan schon hier?« sagte ich ganz nebenbei, als ich geschickt ein Kissen aus dem Stoß unter seinem Kopf hervorzog und ihn so in eine Lage brachte, die der vom Arzt empfohlenen eher entsprach.

Peter Meladys sandfarbene Augenbrauen rückten über seiner Nase zusammen, als ich das Kissen herauszog, aber er protestierte nicht.

»Ja«, sagte er. »Er wird morgen früh wie geplant operieren. Er denkt, ich werde es einigermaßen heil überstehen.« Er hielt einen Augenblick inne und fügte dann auf die beiläufigste Weise hinzu: »Ich werd's wohl überstehen. Aber er ist trotzdem ein verdammter Idiot.«

Ich zog die Augenbrauen hoch. Auch ich hatte das eine oder andere an Dr. Harrigan auszusetzen, aber es stand mir nicht zu, darüber zu reden.

»Ein hervorragender Chirurg«, sagte ich und zog das Thermometer hervor.

»Schludrig«, grunzte Peter Melady hinter seiner Zigarre. Er konnte seine Augen nicht vom lieblichen Blau lassen, das seine unruhigen Hände umwaberte. »Trinkt zuviel. Ist auf dem absteigenden Ast.«

»Er ist der beste Chirurg in B.« Ich schüttelte das Thermometer kräftig.

»Er *war einmal* der beste Chirurg in B.«, verbesserte Peter Melady. »Glauben Sie mir, Miss Keate, er macht es nicht mehr lange. Schauen Sie sich doch seinen Wanst an. Und die Ringe unter seinen Augen. Dabei ist er nicht viel älter als ich. Er glaubt, *ich* sei schlecht dran. Schütteln Sie nicht den Kopf, Miss Keate, ich habe Augen im Kopf. Er glaubt zwar, ich sei schlecht dran. Aber glauben Sie mir, ich werde Leo Harrigan überleben.«

»Sie können Dr. Harrigan rückhaltlos vertrauen«, sagte ich. »Kann ich jetzt bitte Ihre Temperatur messen?«

»Vertraue ich ihm etwa nicht? Sie brauchen mir nicht zu sagen, daß er der einzige Arzt im Mittleren Westen ist, der etwas für mich tun kann. Ich weiß das sehr wohl.« Er warf mir einen grimmigen Blick zu. »Meinen Sie, ich würde mich sonst bedingungslos in die Hände meines . . .« Er stockte. Bis hierhin hatte er in seinem gewohnten, leicht ironischen Tonfall gesprochen, jetzt aber schloß er hart und ernsthaft: »– meines ärgsten Feindes begeben?«

Natürlich wußte jeder im Krankenhaus, daß Dr. Harrigan und Peter Melady, nachdem sie Jahre lang die besten Freunde gewesen waren, sich plötzlich und auf unerklärliche Weise eines anderen besonnen hatten und zu erbitterten Feinden geworden waren. Bei ihnen konnte man sicher sein, daß sie in allen strittigen Angelegenheiten gegensätzliche Meinungen vertreten würden. Peter Melady hatte Geld und Macht auf seiner Seite, Dr. Harrigan den Ruhm vergangener Erfolge und die Unterstützung einflußreicher Patienten. Es konnte auch kein Zweifel darüber bestehen, daß es Dr. Harrigan, trotz all seiner Fehler, immer wieder gelungen war, loyale Gefolgsleute um sich zu scharen, auch jetzt noch, da er sich tatsächlich, wie Peter Melady es ausgedrückt hatte, auf dem absteigenden Ast befand, und das endgültiger, als es ein Außenstehender je vermutet hätte.

»Wenn es jemand schaffen kann, mich durchzubringen, dann ist er es«, sagte Peter Melady. »Und dennoch hasse ich ihn. Und er haßt mich.« Seine letzten Worte waren von einer solch grimmigen Unnachgiebigkeit, daß ich wohl so dreinschaute, wie ich mich fühlte: ziemlich schockiert.

Er musterte mich kurz aus dem Augenwinkel, lächelte mit einer Hälfte seines unfreundlichen Mundes und sagte mit etwas gelassenerer Stimme: »Tun Sie nicht so, Miss Keate. Sie müssen selbst zugeben, daß er keine Moral hat. Bloß weil er der große Dr. Harrigan ist, läßt man ihm Dinge durchgehen, die kein anderer Arzt riskieren dürfte – oder auch nur in Betracht ziehen würde. Ärzte sind in der Regel sehr anständige Kerle. Sie kämen sonst nicht weit. Und Harrigan *war* anständig. Jedenfalls bis vor kurzem.« Er nahm seine Zigarre aus dem Mund und ließ die Asche achtlos über die Kante des schmalen, hohen Bettes fallen.

»Immerhin gelingt es Dr. Harrigan noch, seine Patienten zu kurieren«, sagte ich kurz und sachlich. »Machen Sie den Mund auf.«

»Dr. Kunce ist der Mann der Zukunft«, begann Peter Melady, offensichtlich gewillt, das Gespräch fortzusetzen, aber in dem Moment, als er seinen Mund öffnete, um sich die Zigarre wieder hineinzustecken, klemmte ich ihm schnell das Thermometer unter die Zunge. Er schaute mich verdutzt an, ließ es aber dort, und während ich wartete, dachte ich über seine letzten Worte nach. Dr. Kunce, der gegenwärtige Chefarzt des Krankenhauses, war zweifellos der kommende Mann. Ich habe nie erfahren, wie viel von seinem außerordentlichen diplomatischen Talent es bedurft hatte, um sich zwischen Peter Meladys Starrsinn und Dr. Harrigans Tobsucht hindurch zu manövrieren, aber irgendwie gelang ihm das, sehr zu seinem eigenen Vorteil. In letzter Zeit hatte ich allerdings den Eindruck, daß Dr. Kunce Dr. Harrigan etwas unterschätzte. Dr. Harrigans Einfluß war kleiner geworden, das stimmte, aber er war noch immer achtunggebietend, noch immer brillant, trotz der Aussetzer, die wir bis jetzt hatten überspielen können, noch immer unübertroffen im Operationssaal. Er hatte sich auf die Art Krankheiten spezialisiert, unter der Peter Melady litt, und wenn dieser sagte, daß Dr. Harrigan der einzige Arzt im Mittleren Westen war, der ihn heilen konnte, dann sprach er die Wahrheit. Bis jetzt hatte sich Dr. Harrigan gezwungen gesehen, die notwendige Operation wegen der gefährlichen Herzschwäche Meladys hinauszuschieben, aber schließlich hatte er entschieden, daß nicht länger gezögert werden dürfe. Ich war froh, meinen Patienten so optimistisch in Hinblick auf die bevorstehende Operation zu sehen. Wie jede Krankenschwester weiß, war damit die Schlacht bereits halb gewonnen.

Gerade als ich meinem Patienten das Thermometer aus dem Mund nahm und es mir gleichzeitig gelang, die verbotene Zigarre sicherzustellen, ging die Tür auf, und Dione Melady stand auf der Schwelle.

»Du liebe Güte, Vater, warum hast du die Tür nicht offengelassen?« fragte sie vorwurfsvoll. Ihr durchsichtiger, blaß mauvefarbener Umhang wehte durch das Zimmer, bevor sie sich mit einem leisen Stöhnen in einem der Korbstühle beim Fenster niederließ. Die Bandagen um ihren Rücken und ihre Brust verliehen ihr ein merkwürdig plumpes Aussehen. Eigentlich war sie schlank, eine helle, bleiche Erscheinung, und hatte nichts von der drahtigen Zähigkeit, die die Züge ihres Vaters prägte. Als junge Frau, die gewohnt war, daß alles nach ihrem Kopf ging, neigte sie zur Launenhaftigkeit und dazu, ihre Sorgen überzubewerten. Wenn sie ihren Cousin zweiten Grades Courtney Melady tatsächlich nur deshalb geheiratet hatte, um das Geschlecht der Meladys nicht aussterben zu lassen, dann hatte sie bis jetzt in dieser Hinsicht nicht viel zustande gebracht. Sie pflegte auf seltsame, sture Art ihre Abneigungen und machte viel Aufhebens um sie, und sie war übermäßig interessiert an Geburtenkontrolle – ein Thema, von dem Krankenschwestern im allgemeinen nicht viel verstehen, auch wenn sie das kaum glauben wollte – und an ihrem eigenen Gesundheitszustand. Sie hatte tatsächlich einen schweren Sonnenbrand erlitten, sicher deshalb, weil sie in einem Badeanzug, der ihr gefiel, zu lange am Strand geblieben war. Aber sie veranstaltete darum einen Wirbel, der in keinem Verhältnis zu ihren Schmerzen und Beschwerden stand.

Arme Dione! Wenn ich mich hier etwas über sie auslasse, dann deshalb, weil ihre charakterlichen Eigenheiten so viel mit dem zu tun haben, was geschehen sollte. Ich sehe sie noch vor mir, wie sie dort auf der Stuhlkante saß, den vollen, weichen Mund in mürrische Falten gelegt und ihre dünnen, farblosen Augenbrauen, mit einer einfachen schwarzen Linie lieblos nachgezogen, nach oben zeigend.

»Ich halte es mit diesen furchtbaren Bandagen nicht mehr aus im Bett, Miss Keate«, sagte sie mit dünner, leicht näselnder Stimme.

»Also wollte ich nachsehen, wie es Vater geht. Da man ihn ja nun morgen operiert und die Einwände einer Tochter offensichtlich nichts gelten, hatte ich gehofft, es würde ihm viel besser gehen. Also wirklich, Vater, daß du dich von Dr. Harrigan operieren lassen mußt ...«

»Bitte, Dione, darüber haben wir doch schon hundertmal geredet.«

»Aber es ist so unvernünftig, Vater. Ich verstehe einfach nicht, warum du es tust!«

Ich räusperte mich.

»Mein Patient darf sich nicht ...«, begann ich, aber Peter Melady bedeutete mir zu schweigen.

»Ich habe mich entschieden«, sagte er müde. »Du nörgelst nun schon seit Monaten deswegen herum. Das Thema ist beendet. Dr. Harrigan wird morgen früh operieren, und damit hat sich's.«

»Dem werde ich nie zustimmen.«

»Ich brauche deine Zustimmung nicht.«

»Vater, bitte, sei doch vernünftig.«

»Halt die Klappe!« fuhr Peter Melady sie an. Das schlug ein wie eine Bombe. Und er schaute seine Tochter mit einer Art reuigem Zorn an, so als wünsche er die Tage zurück, als er ihr noch den Hintern versohlen konnte.

»Du bist gemein zu mir«, sagte Dione, »dabei denke ich nur an dein Wohlergehen. Aber wie dem auch sei«, ergänzte sie hastig, als ihr Vater eine Art Knurren von sich gab, »ich sage nichts mehr dazu. Könnten Sie uns bitte alleine lassen, Miss Keate?«

»Sie können zehn Minuten bleiben«, sagte ich, »unter der Bedingung, daß Sie Mr. Melady weder aufregen noch ermüden.«

An der Tür traf ich auf Court Melady. Er sah so adrett, gepudert und unzerknittert aus, als könnte ihm die Hitze überhaupt nichts anhaben. Nur am Ansatz seines schütteren, graumelierten Haares waren winzige Spuren von Feuchtigkeit sichtbar. Der Blick seiner kalten grauen Augen streifte mich und fiel dann auf Dione, aber er lächelte und fragte mich recht freundlich, ob er meinen Patienten besuchen dürfe.

»Für zehn Minuten. Mr. Melady darf sich nicht zu sehr anstrengen.« Während ich die Tür aufstieß, um meinem Patienten wenigstens ein leichtes Lüftchen zukommen zu lassen, schaute ich zurück ins Zimmer.

»Oh, du hast die chinesische Schnupftabakflasche holen lassen«, sagte Dione gerade, lebhafter, als es eigentlich ihre Art war, und Court Melady beugte sich über das Bett und betrachtete den blauen Gegenstand in Peter Meladys Hand. Der Ausdruck seiner Augen hatte für einen Moment seine Lustlosigkeit verloren und war plötzlich äußerst konzentriert.

Seltsam, daß ich damals, als ich diese drei Menschen beobachtete, wie sie das Stück antikes Porzellan aus dem alten China anstarrten, keine Vorahnung der schrecklichen Ereignisse hatte, in die sie bald alle verstrickt sein würden und in denen jeder von ihnen eine so bedeutsame Rolle spielen sollte. Zwar war ich damals äußerst unruhig, aber in jenem Moment schrieb ich mein ungutes Gefühl der schwülen Hitze der Nacht zu.

Währenddessen steuerten die Ereignisse ihrem vorbestimmten Wendepunkt zu, obwohl vermutlich nur einer der Akteure wußte, daß er schon so bald eintreten würde. Lilian Ash kümmerte sich um ihren Patienten, verwünschte die Hitze und behielt wahrscheinlich Ina Harrigans Tür im Auge. Dr. Kunce hatte sich wahrscheinlich gerade ausgehfein gemacht und bot mit seinem seidenen schwarzen Bart einen rätselhaften Anblick auf der Abendveranstaltung, der er, wie die Untersuchung später ergab, am frühen Abend beiwohnte. Jacob Teuber schlief den unruhigen Schlaf des Krankenpflegers, der zu jeder Stunde der Nacht damit rechnen muß, geweckt zu werden, und Kenwood Ladd saß in Mrs. Harrigans Zimmer und rauchte – das wußte ich, weil mir ein Hauch seines Zigarettenrauches in die Nase stieg, als ich an der Tür vorbeiging, und weil die häufigen Besuche dieses aufstrebenden, jungen Architekten im Krankenhaus natürlich nicht unbemerkt geblieben waren. Und auf der Offenen Abteilung nahm sich ein Schwarzer viel Zeit zum Sterben.

Ellen Brody, eine Schwesternschülerin, die, ohne es zu wissen, eine Schlüsselrolle in der ganzen Geschichte einnahm, stand beim Stationstisch und sprach gerade mit Nancy, als ich auf sie zuging.

Jene Nacht begann wie andere Nächte auch, abgesehen von der feuchten Hitze, die mit fortschreitender Stunde noch schwerer und drückender zu werden schien. Dione und ihr Mann hatten das Zimmer meines Patienten verlassen, ohne die ihnen von mir zugestandene Besuchszeit zu überziehen, und um elf Uhr hatte ich meinen Patienten für die Nacht vorbereitet und mich bereits eine gute Stunde auf der Schwesternliege in der Ecke seines Zimmers hin und her gewälzt, bevor ich einsah, daß der Versuch einzuschlafen sinnlos war. Ich stand auf, zog meine zerknitterte Tracht wieder an und schlüpfte leise aus der Dunkelheit des Krankenzimmers hinaus in die stille, dämmrige Leere des langen, abgedunkelten Korridors.

Niemand war zu sehen. Meine Rocksäume streiften sachte die schattenhaften Wände, als ich ruhigen Schrittes zum Fenster hinter dem Pult mit den Patientenkarten ging.

Um mich herum waren die nächtlichen Geräusche der zu Bett Gehenden verstummt und das geschäftige Treiben des Krankenhauses zur Ruhe gekommen. Die Lichter in den Krankenzimmern waren gelöscht, und es war sehr still. Aus der Kinderabteilung, die, wie ich schon sagte, im dritten Stock zwischen Ostflügel und Offener Abteilung am hintersten Ende des Westkorridors lag, drang das leise Wehklagen eines Kindes, und von der Euclid Avenue drei Blöcke weiter vernahm ich das Geräusch einer Straßenbahn. Ein paar Maikäfer, die in jenem Jahr spät dran waren, prallten summend gegen das Fliegengitter; winzige Insekten umkreisten unablässig das Licht über dem Pult mit den Patientenkarten, bis sie erschöpft auf die

Glasoberfläche des Tisches fielen. Während ich so dastand und vergeblich versuchte, einen kühlenden Luftzug zu erhaschen, verstummte allmählich das Jammern des Kindes, und das Surren der Straßenbahn verlor sich in Richtung des Stadtzentrums, von wo ein schwaches Leuchten die Existenz von Lichtern und Menschen anzeigte. Drei Etagen unter mir zeichneten die wenigen Straßenlampen neblig gelbe Flecken in die weiche, tiefe Dunkelheit, und die Stille im Krankenhaus wurde vollkommen, als es in seinen ersten dämmrigen Schlaf fiel.

Sie können vom Winter mit seinen Unfällen sagen, was Sie wollen und vom Frühling mit seinen Babys, aber die Sommermonate sind bei weitem die anstrengendsten im Jahresablauf eines Krankenhauses. Besonders dann, wenn wir von solch ausgedehnten Hitzewellen heimgesucht werden, die die Menschen in diesen Breitengraden regelrecht lähmen und an den Rand völliger Erschöpfung bringen. Ich habe mich oft gefragt, wie sehr diese Überanstrengung, Reizbarkeit und übermäßige Müdigkeit die häßlichen Ereignisse mit verursachten, die folgen sollten. Denn der Mensch ist lange nicht so unabhängig von den Einflüssen der Natur, wie er sich einbildet.

Da es am Fenster kein bißchen kühler war, ging ich zum Tisch und setzte mich. Der Tisch befindet sich, wie gesagt, in einer kleinen Nische gegenüber der Treppe, steht aber so, daß die Schwester, die sich an ihm niederläßt, den gesamten Ostflügel überblicken kann, um so das rote Aufleuchten der Signallichter über den Türen der Krankenzimmer zu überwachen. Wollte man den sich nach Westen erstreckenden Korridor ganz im Blickfeld haben, der zu dieser späten Stunde für meinen Geschmack sowieso zu wenig beleuchtet ist, mußte man den Kopf etwas drehen. Ein Krankenhaus ist nie ein einladender Ort, erst recht nicht bei Nacht, wenn sich die langen, kahlen Flure mit ihren offenstehenden Türen, die nur als schwarze Schatten erkennbar sind, ins schier Unendliche erstrecken. Die winzigen roten Signallichter und der gelegentliche ferne, grüne

Schimmer einer Lampe über einem der Stationstische wirken dann unglaublich gespenstisch. Das Treppenhaus sah aus wie ein schwarzer Brunnenschacht, die breiten Stufen führten hinauf und hinab in den Schatten. Und über allem lag diese lähmende Hitzedecke. Es war wirklich eine schwüle Hitze, wie Nancy bemerkt hatte; alles, was ich anfaßte, fühlte sich feucht an, und selbst die alten Wände waren schwitzig und klamm.

Ich muß eine ganze Weile so dagesessen haben, den Kopf auf die Hände gestützt, teilnahmslos in den Flur blickend. Nancy Page und Ellen Brody, die zwei Schwestern, die in diesem Flügel Dienst hatten, waren offensichtlich in den Krankenzimmern beschäftigt, und Lilian Ash, die einzige für bevorzugte Betreuung zuständige Schwester auf der Abteilung, war nirgends zu sehen, obwohl die Tür ihres Patienten geöffnet war und eine mit grünem Filz bezogene Stellwand vor dem Eingang stand. An den Wänden des Korridors aufgereiht standen Blumenvasen, die für die Nacht aus den Krankenzimmern entfernt worden waren, und ihr Duft vermischte sich auf unangenehme Weise mit dem Geruch von Desinfektionsmittel, Äther und Suppe, der durch jedes Krankenhaus wabert.

Später wurde mir klar, daß genau in diesem Moment die letzten schwebenden Töne der schwülstigen Ouvertüre verklangen, das erwartungsvolle Gemurmel der Wartenden verstummte, der Vorhang aufging und das Drama begann. Es begann ruhig, ohne jedes Vorzeichen des Durcheinanders und des Schreckens, den es offenbaren würde.

Plötzlich hörte ich jemanden flüstern. Die Flüsterlaute waren eigenartig intensiv, mit Kraft und Nachdruck hervorgebracht. Mir wurde bewußt, daß ich dieses Geräusch schon einige Augenblicke lang gehört haben mußte.

## 2

Ich kann mir nicht erklären, warum mich dieses Geflüster plötzlich so beunruhigte, außer vielleicht, weil erstens meine Nerven bereits angespannt und damit empfänglicher für jede aufkommende Gefahr waren, und zweitens, weil, ganz anders als gemeinhin vermutet, in einem Krankenhaus selten geflüstert wird. Es gibt nämlich nichts Beunruhigenderes für einen nervösen Patienten als Geflüster, und eine Krankenschwester sollte sich angewöhnen, leise, aber deutlich zu sprechen.

Das eindringliche Geflüster hielt an, und ich fühlte mich immer unbehaglicher. Die leise zischenden Laute hallten gespenstisch durch den stillen Flur, und es war mir zuerst nicht möglich festzustellen, ob sie aus dem Treppenhaus oder aus einem der Krankenzimmer kamen. Auf keinen Fall konnten die Sprechenden weit von meinem Pult entfernt sein. Ich stand auf, ging zum Treppenhaus hinüber, und von dort die Südseite des Korridors entlang. Bei der Tür meines Patienten angekommen, warf ich einen prüfenden Blick in sein Zimmer. Mr. Melady lag ruhig da und schien zu schlafen. Das Flüstergeräusch war aber bereits deutlicher zu hören, und ich ging hinüber zur gegenüberliegenden Tür, der von Dione Melady. Die Tür stand offen, und hinter einer Stellwand in der Nähe des Eingangs flüsterten zwei Leute so heftig miteinander, daß ich sogar ein paar Worte verstehen konnte.

Ein paar Stunden später sollte ich verzweifelt versuchen, mich an jedes Detail, jede Nuance dieses Geflüsters zu erinnern, aber nur wenige Worte waren wirklich klar und deutlich zu hören. Ein Satzfetzen war: ». . . ich werde es nicht tun . . .« Darauf folgten ein paar hastige Brocken des zweiten Sprechers, die ich nicht verstehen konnte, und dann wiederholte der erste deutlich: »Ich kann nicht. Verlang das nicht von mir. Es kommt nicht in Frage.« Danach kam ein ganzer Schwall von Geflüster, aus dem ich nur einzelne Fetzen entnehmen konnte, aber sie genügten, um mir Gänsehaut einzujagen. Jemand auf der anderen Seite der Stellwand sagte deutlich: »Du *mußt* es tun. Man wird ihn umbringen, glaub mir. Umbringen.«

Und genau in diesem Augenblick ertönte vom Lift her die sanfte Stimme von Dr. Kunce.

»Miss Keate.«

Ich gebe zu, ich war ziemlich verwirrt, besonders als sich Dr. Kunces spitze Adlernase gegen seinen seidigen, schwarzen Vandyke-Bart neigte. Er hat kein angenehmes Lächeln, weil es von seinem sorgfältig getrimmten Bart verdeckt wird, und seine Nasenspitze sich dabei nach unten schiebt. Er ist ein gutaussehender Mann in den besten Jahren, genau wie man ihn sich vorstellt. Er kann sehr charmant sein, wenn er will, vor allem zu weiblichen Patienten. Wegen seiner formellen Art ist er bei den Krankenschwestern aber nicht wirklich beliebt. Er hat klare, glänzende Augen mit unglaublich langen Wimpern und seidig schimmerndes Haar. Seine Hände sind feingliedrig und sehr gepflegt, und seine Garderobe ist stets wie aus dem Ei gepellt. Sein vollständiger Name lautet übrigens Felix Kunce, eigentlich ein recht hübscher Name, der aber leider von seiten der Schwesternschülerinnen zum Anlaß für alberne Verunstaltungen genommen wird: sie nennen ihn »Dr. Knutsch«.

Er ist ein ausgezeichneter Arzt und Chirurg, von einer bemerkenswerten Gelassenheit und mit einem eher unangenehmen Hang zum Sarkasmus. Das Wissen um diese Charaktereigenschaft steigerte meine Verwirrung noch, als ich mich umdrehte und ihn mit seiner über den Bart hinausragenden Nase nur ein paar Schritte dicht neben mir stehen sah. Er wirkte zugegebenermaßen sehr elegant in seinem gut sitzenden Smoking, und das schwarze Brillenband, das er auf Abendveranstaltungen zu tragen pflegte, baumelte zwar sehr effektvoll über seinem strahlend weißen Hemd, war aber absolut deplaziert vor dem Hintergrund der hygienischen Leere unserer kahlen Krankenhauswände. Das Geflüster brach unvermittelt ab, als er zu sprechen begann, und als er mich höflich bat, ihn auf eine Visite ins Krankenzimmer 301 zu begleiten, mußte ich ihm wohl oder übel folgen. Ich entwischte ihm aber bei der ersten Gelegenheit, denn ich wollte unbedingt wissen, wer aus dem Zimmer von Dione Melady kommen würde, wer so sonderbar geflüstert hatte.

Aber der Flur war noch immer verlassen, und kein Laut war zu hören. Mein Patient hatte sich offensichtlich nicht geregt: Als ich leise in sein Zimmer trat, fand ich ihn fest schlafend vor, denn sein Atem ging sehr regelmäßig und ruhig, und er sprach mich nicht an. Alles war, wie es sein sollte.

Die geflüsterten Worte, die ich gehört hatte, beschäftigten mich noch immer, aber ich maß ihnen keine ernste Bedeutung bei. Die Leute übertreiben oft in dem, was sie sagen. Was mich mehr beunruhigte war, daß ich nicht wußte, wer gesprochen hatte. Offensichtlich gehörte eine der Stimmen Dione Melady. Aber wer war die andere Person? Um elf Uhr nachts sind gewöhnlich alle Besucher längst gegangen, und das Personal des Krankenhauses hat seinen festen Wirkungsbereich. Niemand läuft planlos auf den Fluren und in den Krankenzimmern umher. Natürlich kommt es schon mal vor, daß niemand auf den Korridoren ist, weil die Schwestern gerade in den verschiedenen Krankenzimmern beschäftigt sind; aber die Patienten liegen um diese Zeit alle in ihren Betten. Peter Melady konnte nicht derjenige gewesen sein, der sich im Zimmer seiner Tochter aufhielt, denn er schlief. Ja. Auch hielt ich es nicht für wahrscheinlich, daß es Ellen Brody, die Schwesternschülerin war. Es könnte natürlich Nancy gewesen sein, aber ich vermochte mir beim besten Willen kein Gesprächsthema vorzustellen, das zu einem derart aufgeregten Gespräch im Flüsterton zwischen ihr und einem ihrer Patienten geführt hätte. Schließlich kam ich zu dem Schluß, daß es wohl doch Ellen gewesen sein mußte, die von Mrs. Melady gedrängt wurde, ihr einen Sonderwunsch zu erfüllen, der gegen die Krankenhausregeln verstieß (Patienten versuchen das nämlich manchmal bei Schwesternschülerinnen). Ellen hatte ihr das, wie es sich gehörte, abgeschlagen. Das war natürlich keine wirklich befriedigende Erklärung, aber eine bessere fiel mir nicht ein. Als Nancy aus Zimmer 302 am Ostende des Flurs trat, auf halbem Weg dem Ruf eines Signallichts folgte und sich schließlich neben mich ans Pult setzte, wo ich mich mittlerweile niedergelassen hatte, fragte ich sie, ob außer den Schwestern irgend jemand in der letzten Stunde auf dem Flügel gewesen sei.

»Dr. Kunce ist eben gekommen«, sagte sie gelangweilt. »Er ist jetzt in 301.« Sie machte einen Vermerk auf der Patientenkarte, steckte sie wieder ins Regal und lehnte sich zurück in den weißen Metallrücken ihres Stuhles. Sie sah müde aus und wischte sich mit einem zusammengeknüllten Taschentuch über die Stirn. »Was für eine Nacht! So heiß!« seufzte sie.

»Heiß wie in einem Ofen«, stimmte ihr Ellen Brody übertrieben inbrünstig zu. Sie hatte so eine Art, ohne Vorwarnung neben einem aufzutauchen, die einen völlig aus der Fassung bringen konnte. »Könnten Sie diese Patientenkarte für mich abzeichnen, Miss Keate? Verzeihung: Miss Page. Ich vergesse immer, daß Sie jetzt Oberschwester sind, Miss Page. Ach, noch was, Miss Page, ich kann den Schlüssel zum Medizinschrank nicht finden.«

Wir blickten alle drei zum Haken am Schreibtisch, an dem der Schlüssel normalerweise hing, wenn er nicht in Gebrauch war.

»Tatsächlich, er ist nicht da«, sagte ich. »Sind Sie sicher, daß er nicht zufällig noch in der Tür des Medizinschranks steckt?«

»Ja, ich habe gerade nachgesehen. Dort ist er nicht. Ich dachte, vielleicht hätte Miss Page ihn.«

Ich schaute Nancy von der Seite an. Es fiel mir auf, daß sie sehr blaß aussah in dem grünlichen Licht, blaß und müde, und doch funkelte eindeutig Zorn in ihren Augen, völlig unnötigerweise, weil es häufig passiert, daß die verschiedenen Schlüssel, die die Schwestern benutzen, irgendwo verlegt werden. Sie durchsuchte die Taschen ihrer Tracht.

»Ach, ja«, sagte sie plötzlich, »doch, ich hatte ihn. Ich muß ihn irgendwo liegengelassen haben. Schauen Sie doch bitte in 302 nach, Ellen. Vermutlich ist er mir dort aus der Tasche gefallen, als ich vorhin des Kopfteil des Bettes absenkte. Oder vielleicht habe ich ihn in . . .« Ohne den Satz zu Ende zu sprechen, ging sie den Korridor hinunter. Ich beteiligte mich nicht an der Suche und achtete nicht einmal darauf, wo sie suchten. Nancy muß den Schlüssel jedenfalls ziemlich schnell gefunden haben, denn kurz darauf erschien sie wieder im Flur, traf auf Ellen und gab ihr – so vermute ich jedenfalls – den Schlüssel, denn Ellen wandte sich sogleich zur Tür, die zum Medikamentenraum führt, und verschwand in ihm.

Anstatt etwas abzunehmen, wurde die nächtliche Schwüle, so schien es mir, mit jedem Augenblick unerträglicher. Man konnte kaum noch atmen, und jede Bewegung bedeutete eine Anstrengung.

Es ist merkwürdig, wie lebhaft ich mich an die kleinsten und äußerst banal erscheinenden Vorkommnisse erinnere, die sich wenige Stunden vor Mitternacht des 7. Juli ereigneten. Wahrscheinlich deshalb, weil jedes einzelne von ihnen im Netz der gräßlichen Verwicklungen, in dessen Maschen wir uns bereits verstrickten, später eine so schreckliche Bedeutung erhalten würde. Ich erinnere mich sogar daran, wie Dr. Kunce sich verabschiedete, wie er den Fahrstuhl rief, wie er da stand mit seinen dunklen, zwischen den seidigen Wimpern schal erscheinenden Augen und Nancys blondes Haar betrachtete, bis das unscharfe rote Rechteck hinter der Milchglastür erschien und er die Tür öffnete, die Gittertür in der Kabine sanft zur Seite glitt und das rote Rechteck einen Augenblick später nach unten verschwand. Kurz darauf legte ich mich wieder auf die Schwesternliege im Zimmer meines Patienten und sah deshalb nicht, wie Dr. Harrigan eintraf. Später sollte ich erfahren, daß er im Zimmer seiner Frau war, als der schwache Klang der Glocke, die zum Mitternachtsmahl ruft, aus dem Kellergeschoß heraufdrang und der schwache Geruch von Kaffee durch die Gänge kroch.

Obwohl nur schwach wahrnehmbar, war der Geruch unwiderstehlich. Ich stand auf, schaute noch einmal nach meinem Patienten und verließ das Zimmer.

Als ich auf den Gang hinaus trat, stand ich direkt vor Lilian Ash.

Das allein war natürlich noch nichts Ungewöhnliches. Was ungewöhnlich war, war der Ausdruck auf Lilian Ashs Gesicht. Es war der Ausdruck blanken Entsetzens.

Nicht Beunruhigung, Besorgnis oder Angst. Entsetzen.

Lilian Ash war eine große, blonde Frau, zwar etwas rundlich, aber entschieden jugendlich aussehend mit ihrem sorgfältig geflochtenen Haar, das bereits die verschiedensten Färbungen und Blondierungen hinter sich zu haben schien. Sie war eine gepflegte Erscheinung, hatte ein sympathisches Lächeln und sah ein wenig aus wie ein drall gewordenes, leicht abgestumpftes Revue Girl. Sie war weder eine besonders fortschrittliche noch tüchtige Krankenschwester, aber eine Frau, die, wie es aussah, ganz gut für sich selber sorgen konnte. In jenem Augenblick jedoch war ihr geschminktes Gesicht eine perfekte Maske des Entsetzens, und sie starrte wie gebannt auf einen Mann, der gerade in Dione Meladys Zimmer verschwand. Es war Dr. Harrigan. Ein Blick auf seine große Statur, seine breiten Schultern und das Löwenhaupt mit dem dichten Schopf noch immer fülligen schwarzen Haares hätte schon genügt, ihn zu identifizieren, auch wenn niemand das Licht im Zimmer angeknipst hätte, das nun den Schatten seines falkenhaften Profils an die gegenüberliegenden Wände warf. Und Ellen stand neben uns, hatte ihre hellblauen Augen weit aufgerissen und sah uns fragend an.

Als ich meinen Blick in leichter Verwirrung wieder auf Lilian Ash richtete, war das Entsetzen plötzlich wieder aus ihrem Gesicht gewichen, so als sei es nie dagewesen. Sie gähnte demonstrativ, hielt sich die Hand vor den Mund, rückte ihre Haube zurecht und sagte:

»Geht ihr runter zum Nachtessen?«

Ich nickte, und wir setzten uns in Richtung Treppe in Bewegung. Ich sah, wie Lilian Ellen einen scharfen Blick zuwarf, der deutlicher als Worte sagte: »Kümmere dich um deinen eigenen Kram«, aber abgesehen davon gab sie sich ganz natürlich und gefaßt. Ich schlug vor, noch auf Nancy zu warten, aber Lilian war dagegen und wollte unbedingt gleich runtergehen in den Keller, denn vielleicht war es kühler dort. Im Licht der Lampe über dem Stationstisch sah sie völlig überarbeitet aus. Die dicke Schicht rosaroten Puders auf ihrem Gesicht war verschmiert, ihre Tracht schäbig und zerknittert, und am Kragen zeigte sich ein dünner rosafarbener Rand aus Puder und Schweiß.

Nancy holte uns im zweiten Stock ein. Sie sagte, sie habe Dr. Harrigan getroffen, als er auf die Station kam. Er habe ihr auf seine direkte, gutmütige Art, die ihn bei allen beliebt machte, gesagt, sie solle mit dem Nachtessen nicht auf ihn warten. Sie solle hinuntergehen und essen. Er sei noch für einige Zeit auf der Abteilung beschäftigt, und falls nötig, könne ihm die Schwesternschülerin helfen.

»Weiß er denn, daß Ellen Brody diesen Monat die Schwesternschülerin ist?« fragte Lilian Ash und lachte dabei.

»Er hat sie gesehen«, sagte Nancy. »Aber ich muß sagen, seit sie unserem Flügel zugeteilt wurde, glaube ich langsam, daß sie klüger ist, als wir denken. Sie hat eine erstaunliche Beobachtungsgabe. Sie sieht einfach alles.«

»Sie mag zwar alles sehen«, sagte Lilian Ash schnippisch, »es fehlt ihr aber an gesundem Menschenverstand.«

»Gut, vielleicht geht ihr in dieser Beziehung etwas ab«, gab Nancy zu.

»Sie kann jedenfalls kaum Schaden anrichten in den fünfzehn oder zwanzig Minuten, die wir zum Essen brauchen«, sagte ich. »Es ist wichtig, daß Schwesternschülerinnen von Zeit zu Zeit volle Verantwortung übertragen wird. Ellen ist nicht schlechter als die meisten andern. Himmel – hier unten ist es ja noch schlimmer als oben!«

Wie gut ich mich an diese Mahlzeit erinnere: der lange, weißverputzte Raum mit seinen schmalen Tischen, die hellen Lampen und die Insekten, die auf das billige weiße Leinentischtuch gefallen waren. Die bleichen, müden Gesichter der Nachtschwestern mit ihrem zerzausten Haar, das sie sich aus der Stirn und hinter die Ohren gestrichen hatten, ihre weißen, zurückgekrempelten Ärmel und ihre faltigen Trachten. Maikäfer summten und prallten noch immer gegen die schwarzen Fliegengitter, daß es einem den Nerv töten konnte. Schwester Jones hatte sich etwas verspätet und murmelte abgekämpft, ein Schwarzer auf der Offenen Abteilung sei soeben gestorben. Und in den oberen Stockwerken spielte sich gerade ein schreckliches Drama ab.

Lilian Ash trank ihre Tasse Eiskaffee hastig aus und ging gleich darauf, wobei sie etwas von ihrem Patienten sagte, aber wir anderen blieben noch etwas über unseren Broten sitzen.

»Eine schreckliche Nacht«, sagte Schwester Jones nach einer Weile. »Irgendwie unheimlich.« Sie hielt einen Augenblick inne, dann fügte sie hinzu: »Ich *hasse* die Offene Abteilung!« Sie nahm einen Schluck von ihrem heißen Kaffee und umfaßte dabei die dickwandige Tasse mit leicht zitternden Fingern. Dann setzte sie die Tasse wieder ab und schaute gedankenversunken einem kleinen Käfer zu, der wie besessen auf dem weißen Tischtuch seine Kreise zog.

»Es ist eine dieser Nächte, in denen man sich irgendwie ständig verfolgt fühlt.« Sie streckte eine Hand aus und beendete die nutzlose Laufbahn des kleinen Käfers mit ihrer Fingerspitze, dann schnipste sie ihn vom Tischtuch. »Vor allem im Treppenhaus.«

»Es müßten Lampen angebracht werden auf den Treppenabsätzen«, bemerkte Nancy Page sachlich.

»Würde ein paar Cents mehr kosten. Dr. Kunce könnte das nicht dulden«, sagte Schwester Jones.

»Und wenn schon, dann kostet es halt ein wenig mehr«, rief Nancy überraschend verärgert. »Krankenschwestern haben schon genug unangenehme Dinge zu erledigen, auch ohne sich jede Nacht von einem schwarzen Loch wie dieser alten Treppe bedroht zu fühlen. Immer hat man die Befürchtung, *wer weiß was* könnte diese Stufen hinunter gekrochen kommen.«

»Aus dem Operationssaal?« provozierte Schwester Jones, und dann, ohne jede Vorwarnung, schüttelte es sie, und sie begann zu weinen.

»Es ist wegen der Hitze«, schluchzte sie, wies unser Mitgefühl und unsere Ermahnungen weit von sich und wischte sich schließlich mit einer Serviette Augen und Wangen. »Diese Nacht ist so höllisch. Kann ich bitte noch etwas Kaffee haben?«

Sie atmete noch immer sehr kurz, als sie zwischen Nancy und mir die Treppe hochging. Ich weiß noch, daß wir auf dem ersten Stock anhielten, um den Fahrstuhl zu rufen, und nach einer Weile des Wartens doch die Treppe nahmen. Offensichtlich war er gerade irgendwo in Gebrauch.

»Gut für die Linie«, sagte Nancy schmunzelnd, wobei ihr Grübchen kurz zu sehen war. Ich hielt das aus ihrem Munde für eine ziemliche Taktlosigkeit, hatte sie doch schlanke Hüften und nicht einmal den Ansatz eines Bauches, während ich mich manchmal fühlte, als bestünde ich überhaupt nur aus Bauch. Allerdings nur, wenn ich einen schlechten Tag hatte. Denn obwohl ich nicht gerade gertenschlank bin, finde ich, daß meine Figur Würde und Autorität ausstrahlt.

»Zum Teufel mit diesem Krankenhaus!« sagte Schwester Jones, als wir den dritten Stock erreichten. Offensichtlich verspürte sie gerade das Bedürfnis, ihrem Unmut mit einem Schwall von Schimpfwörtern Luft zu machen. »Das Leben einer Krankenschwester –« sie hielt abrupt inne und starrte die schwarzen Stufen hoch, die zum vierten Stock führen. »– Ich dachte für einen Augenblick, es hätte sich auf dem Treppenabsatz etwas bewegt. Aber es war wohl nichts. Das Leben einer Krankenschwester«, begann sie erneut, »ist die reinste Hölle, wenn ihr mich fragt.« Und mit diesen Worten machte sie sich auf den Weg hinunter in den Westflügel.

Unser eigener Flügel lag wie ausgestorben vor uns. Ellen war in irgendeinem der Zimmer beschäftigt. Alles war still und friedlich. Deshalb war ich ziemlich schockiert, als ich feststellte, daß mein Patient nicht mehr in seinem Bett war.

Er war nicht im Zimmer, nicht im angrenzenden Badezimmer, nicht auf dem Flur. Er war auch nicht in Dione Meladys Zimmer.

In diesem Augenblick tauchte Ellen an meiner Seite auf.

»301 hat mich ganz schön auf Trab gehalten«, sagte sie. »Ihr Patient ist nach oben gegangen, Miss Keate.«

»Nach oben?«

»Ja. Dr. Harrigan hat gesagt, daß unverzüglich operiert werden muß. Man könnte nicht bis morgen früh warten. Er hat Mr. Melady höchstpersönlich nach oben gebracht. Er bat mich, Ihnen auszurichten, daß keine Zeit mehr zu verlieren sei. Er sagte, er würde selber die Zentrale anrufen und alles vorbereiten lassen. Und Sie sollen direkt zum Operationssaal kommen, Miss Keate.«

»Aber ... also wirklich, Ellen! Sind Sie sicher? Ich kann einfach nicht glauben ...« Ich drehte mich zu Nancy um, die zu uns gestoßen war. »So etwas habe ich noch nie erlebt. Was in aller Welt mag bloß passiert sein?«

Sie schüttelte den Kopf und sah ziemlich verängstigt aus, murmelte etwas Unzusammenhängendes über Mrs. Melady und verschwand eilig in Diones Zimmer.

Die Operationssäle befinden sich im vierten Stock genau über uns.

Ich eilte zum Fahrstuhl und drückte den Knopf, und als die Kabine mit dem roten Licht ein paar Augenblicke später noch nicht erschienen war, drückte ich den Knopf ungeduldig wieder und wieder. Dann wandte ich mich, ohne länger zu warten, dem Treppenhaus zu.

In jener Nacht hielt sich niemand im vierten Stock auf, in dem sich die Operationssäle, Röntgenzimmer, Labors und Kreißsäle befinden. In der Nacht des 7. Juli wollten anscheinend keine Babys zur Welt kommen, und außer meinem Patienten gab es keine dringenden Fälle. Offensichtlich waren die Operationsschwestern und Dr. Kunce noch nicht wach, angekleidet und an der Arbeit, denn in den Hallen brannte nur die fahle Nachtbeleuchtung. Die ganze Etage schien verlassen. Je weiter ich mich dem Operationssaal näherte, desto stärker und ekelerregender wurde der omnipräsente Äthergeruch und, seltsamerweise, ein Dunst von Fleischbrühe.

Die Luft war drückend heiß, der Drehknopf an der Glastür feucht beschlagen. Es war nicht abgeschlossen – Dr. Harrigan mußte also seinen Passepartout benutzt haben. Grelle Operationslampen an der Decke erhellten die weißen Wände und die an den Seiten stehenden Glaskästen. Die chirurgischen Instrumente glänzten in den Schränken und spiegelten sich in den schwarzen Fensterscheiben.

Aber niemand lag auf den Operationstischen. Kein Mensch war im Saal.

Völlig verwirrt schaute ich in den Ankleidekabinen und Toiletten nach und ging sogar in die kleinen Warteräume, wobei ich überall die Lichter anknipste. Ob ich doch vor Dr. Harrigan und meinem Patienten hier eingetroffen war? Aber die Tür war offen gewesen, und die einzigen, die im Besitz eines Schlüssels waren, waren Dr. Harrigan, Dr. Kunce und Fannie Bianchi, die Operationsoberschwester. Außerdem war das

Licht schon an gewesen. Und neben einem der Tische stand ein Karren – kein richtiger Karren natürlich, sondern ein hohes, schmales, bahrenähnliches Bett, das auf Rädern mit Gummireifen steht. Ich warf einen Blick auf das Etikett am Rand des Leintuchs, mit dem das Rollbett bezogen war. Es trug die mit blauem Garn aufgestickte Markierung »3E«, was bedeutete, daß es ein Rollbett aus meinem Ostflügel war.

Wo in aller Welt war Peter Melady? Und wo war Dr. Harrigan?

Ich eilte aus dem Operationssaal und drückte noch einmal den Knopf für den Fahrstuhl. Er kam schon wieder nicht, also rannte ich die alte Treppe hinunter in den dritten Stock und passierte besonders eilig die dunklen Abschnitte, wo die Schatten sich zu bewegen schienen. Ich weiß noch, wie ich mich genau in diesem Augenblick auf seltsame Weise bedroht fühlte, und daß mein Puls in einer befremdlichen Aufregung zu hämmern begann.

Es gab gar keinen Grund für diese Reaktion. Wenn auch Dr. Harrigans plötzlicher Sinneswandel und seine noch plötzlichere Entscheidung zu operieren ziemlich ungewöhnlich waren, leben wir doch in einer Welt, die von Sicherheit, Ruhe, Friedfertigkeit und strikter Routine geprägt ist. Unsere Erfahrungen von menschlichem Unglück sind auf die Krankenzimmer beschränkt. Das Gefühl der Bedrohung im eigentlichen Sinn des Wortes hat in einem Krankenhaus nichts zu suchen.

Die dritte Etage wirkte verlassen. Ein paar unbeachtet gebliebene Signallichter flimmerten gespenstisch an beiden Enden des Korridors, und aus Dione Meladys Zimmer war eine Art niedergehaltener Aufruhr vernehmbar.

Ich hatte gerade den Telefonhörer abgehoben, um die Zentrale anzurufen, als Ellen aus Zimmer 302 stürzte. Ihr Häubchen hing ihr über ein Ohr, und ihre gestärkte weiße Schürze raschelte. Ich fing sie ab.

»Ellen, sind Sie sicher, daß Dr. Harrigan Mr. Melady in den oberen Stock gebracht hat?«

»Aber ja doch, Miss Keate. Ich habe ihm sogar geholfen, ihn auf das Rollbett zu heben.«

»Sie haben ihn aber nicht bis zum Operationssaal begleitet, oder?«

»Nein, Miss Keate. Als wir ihn auf die Rollbahre gebettet und aus dem Zimmer befördert hatten, waren unterdessen so viele Signallichter angegangen, daß Dr. Harrigan sagte, es sei besser, wenn ich mich um die Bedürfnisse der anderen Patienten kümmere. Er würde den Patienten allein nach oben bringen.«

»Warum hat er Mr. Melady denn nicht einfach hier gelassen. Ich hätte ihn doch hinaufbringen können?«

»Ach, Mr. Melady bestand auf die Begleitung des Doktors, Miss Keate. Ich glaube, er hatte Angst. Und Sie wissen ja, wie störrisch er ist. Dr. Harrigan sagte ja von sich aus, er würde ihn selber hochbringen. Es schien ihm überhaupt nichts auszumachen.« Sie warf einen besorgten Blick hinter sich, und ihr Trachtenrock vibrierte fast vor Ungeduld. »Bitte, Miss Keate, 302 hat einen Fieberschub – und schauen Sie doch, all die Signallichter.«

»Nun, dann gehen Sie und schauen Sie nach dem Rechten«, sagte ich knapp.

Ellens blauweiß gestärkte Tracht rauschte eilig davon, und ich wandte mich dem Lift zu. Es machte keinen Sinn mehr, die Zentrale anzurufen, da mein Patient und Dr. Harrigan offensichtlich nach oben gegangen waren. Als ich den Liftknopf drückte, hörte ich das leise Rattern von Rollbetträdern. Ein Mann im weißen Kittel und eine Rollbahre, auf der eine zugedeckte Gestalt lag, tauchten aus dem Dämmerlicht des Westflurs auf. Mein Patient? Ich ging schnellen Schrittes in diese Richtung. Es war Jacob Teuber, einer der Pfleger; ein junger, unterernährter kleiner Mann, der im Sommer unter Asthmaanfällen leidet.

»Ist das mein Patient? Mr. Melady?«, fragte ich hastig, ohne daß mir die Gedankenlosigkeit meiner Frage auffiel. Wieso hätte mein Patient, den Dr. Harrigan in den Operationssaal gebracht hatte, plötzlich in der Obhut eines Pflegers auf einer der großen, grauen Bahren aus der Offenen Abteilung gekarrt werden sollen?

»Nein, Miss Keate«, sagte er keuchend. »Es ist ein toter Schwarzer aus der Offenen Abteilung.«

»Den Fahrstuhl können Sie jedenfalls nicht benutzen. Irgendwas ist nicht in Ordnung damit. Ich habe ihn mehrmals gerufen, aber er kommt nicht.«

»Etwas nicht in Ordnung? Lassen Sie mich mal nachschauen. Vielleicht funktioniert er ja bei mir.« Er ließ die Bahre stehen und ging zur Lifttür hinter mir, während ich einen Augenblick stehenblieb und auf die Gestalt starrte, die sich unter dem Laken abzeichnete. Ich bin eigentlich nicht besonders argwöhnisch, aber es schien mir, als könnte es nichts schaden nachzuprüfen, ob der Körper auf dem Rollbett tatsächlich das war, was Teuber vorgab. Es war offensichtlich, daß die Gestalt größer war als die von Peter Melady, und ich habe ebensowenig das Bedürfnis, solche Dinge zu sehen, wie sonst jemand. Trotzdem beugte ich mich schließlich zum Bett hinunter, nahm ein Stück Laken und hob es leicht an.

Nun, es war nicht Peter Melady. Und es war mir in dem Moment auch klar, warum Schwester Jones beim Nachtessen hysterisch gewesen war.

Ich ließ das Laken wieder sinken und spähte nervös zur Treppe. Die Operationsschwestern würden sicher gleich kommen. Dann wandte ich mich wieder zum Lift. Teuber zog gerade an der Tür, die zum Liftschacht führt, und Lilian Ash, die ziemlich krank aussah, stand dabei und schaute zu.

»Es hat keinen Sinn, an der Tür zu reißen«, sagte Lilian Ash. »Sie geht nicht auf, wenn der Lift nicht auf dieser Etage ist.«

»Nein«, sagte Teuber. »Das stimmt, das . . .« Er verstummte, als sei ihm plötzlich die Luft ausgegangen, und griff nach einem

Taschentuch, mit dem er einen krächzenden Hustenanfall zu unterdrücken versuchte.

»Pss-sst«, raunte Lilian Ash. »Sie wecken noch den ganzen Flügel auf.«

Ich rannte wieder die Treppe hoch.

Mittlerweile waren fast zehn Minuten vergangen, seit ich vom Nachtessen in den dritten Stock zurückgekehrt war und festgestellt hatte, daß mein Patient verschwunden war. Langsam kam mir das ganze wie ein Alptraum vor. Ich hatte wirklich immer stärker das Gefühl, in einem jener absurden Träume zu sein, als ich im vierten Stock ankam und alles genauso vorfand, wie ich es zuvor verlassen hatte. Die Lichter brannten, kein Mensch war zu sehen, und das Rollbett stand verlassen neben dem Operationstisch.

Das beklemmende Gefühl der Aufregung und Angst wurde nun stärker. Mein Atem ging schnell. Meine Stirn war feucht, als ich meine Haube zurückschob.

Es war so heiß!

Was für eine seltsame Atmosphäre in diesem stillen, übelriechenden, ätherschwangeren Raum mit den grellen Lichtern.

Ich mußte unbedingt Dr. Kunce benachrichtigen. Ich mußte die Sekretärin im Erdgeschoß anrufen. Ich mußte irgend etwas unternehmen. Ich mußte aufhören, wie ein aufgescheuchtes Huhn im Kreis herum zu rennen.

Am Lift angekommen, hielt ich aus Gewohnheit an und drückte wieder mehrmals den Knopf. In der atemlosen Stille des vierten Stockes vernahm ich das schwache Rumpeln des sich nähernden Fahrstuhls und den unverkennbaren Ton des kleinen Ruckes, den es beim Anhalten der Kabine immer gibt. Es erschien zwar kein rotes Licht im Hintergrund, aber ich war sicher, daß die Kabine im vierten Stockwerk angelangt war.

Ich zog an der Tür, die sich ohne weiteres öffnen ließ. Das Nachtlicht des Korridors und das aus dem offenstehenden Operationssaal erhellte den Boden des Fahrstuhls nur schwach.

Offenbar war die Birne in der Kabine durchgebrannt. Während meine Gedanken noch immer um meinen auf sonderbare Weise verschwundenen Patienten kreisten, trat ich ohne Zögern in den Fahrstuhl. Die Tür schloß sich hinter mir, ich tastete im Dunkeln nach dem Knopf für den dritten Stock und drückte ihn. Der Lift bewegte sich lautlos und langsam nach unten. In der Abgeschlossenheit der engen Kabine war die Hitze noch schlimmer. Die Luft war drückend heiß und abgestanden.

Irgendwie stimmte überhaupt nichts mehr. Alles hatte seine Natürlichkeit verloren, war aus den Fugen geraten. Mir war gleichzeitig heiß und kalt, und meine Hände prickelten.

Im dritten Stock trat ich aus dem Fahrstuhl. Das Gitter der Kabine und die gläserne Flurtür schlossen sich sanft hinter meinem Rücken. Der Flur war menschenleer. Aus Dione Meladys Zimmer drang Licht und der gedämpfte Klang leiser Stimmen. Teuber und sein Rollbett waren verschwunden. Lilian Ash war wieder bei ihrem Patienten. Ich bewegte mich auf das Telefon zu, wild entschlossen, etwas zu unternehmen.

Irgend etwas stimmte nicht.

Das Mädchen in der Telefonzentrale war eingeschlafen ... tot ... ertränkt ... davongelaufen. Wenn man vom unterdrückten Gemurmel aus Diones Zimmer und dem Geräusch der aufprallenden Maikäfer absah, war es im Krankenhaus still wie in einem Grab. Keine Spur von meinem Patienten oder von Dr. Harrigan.

Und irgend etwas war faul.

Irgend etwas war oberfaul in diesem leeren, sauberen Korridor. Etwas war schrecklich durcheinandergeraten. Ich hatte den Telefonhörer noch am Ohr und lehnte mich mit meinem Stuhl gegen die Wand zurück.

Dann stand ich ruckartig auf und sah hinunter auf den Boden. Er war voller Blut!

# 3

Vom Fahrstuhl zum Pult führte eine unregelmäßige und schwächer werdende Spur von Abdrücken, die von Gummisohlen stammten. Dunkelrot und leuchtend auf der geschrubbten Unbeflecktheit des Korridors.

Meine eigenen blutigen Fußabdrücke!

Ich glaube, zuerst habe ich einen Fuß hochgehoben und die Gummisohle meiner Arbeitsschuhe angesehen.

Dann ging ich zum Fahrstuhl und öffnete die Türen. Im vierten Stock war das Flurlicht schwach gewesen, aber hier schien es direkt in die Kabine. Gleich bei der Tür, wo ich gestanden hatte, war nichts zu sehen. Aber was war das, auf dem Boden, dunkel schimmernd und in unregelmäßiger Bahn? Und das Bündel gleich dahinter, so nahe bei der Tür? Um ein Haar wäre ich auf die ausgestreckte Hand getreten.

Ich habe wohl aufgeschrien und etwas gestammelt, vielleicht habe ich sogar regelrecht gekreischt. Jedenfalls waren Nancy und Ellen und Miss Ash sofort an meiner Seite. Ihre Gesichter waren bleich vor Schreck, sie tuschelten, stammelten einzelne Worte und gaben unverständliche Laute von sich. Wir beugten uns vor und starrten auf das Bündel.

Es war Dr. Harrigan. Es gab gar keinen Zweifel. Ebenso unzweifelhaft war er tot. Der Griff eines Catlin-Amputiermessers – seine matt schimmernde Oberfläche war verschmiert und fleckig, als hätte eine feuchte Hand es gehalten – ragte aus seiner Brust, genau oberhalb des Herzens.

Wie angewurzelt standen wir da, immer noch über die Leiche gebeugt, halb im Fahrstuhl und halb draußen, und niemand wagte sich zu bewegen oder auch nur zu atmen. Dann drängte sich eine mauvefarbene Gestalt in wilder Aufregung zwischen uns hindurch und stammelte dabei unzusammenhängendes Zeug.

Es war Dione Melady. Sie stieß Ellen zur Seite, beugte sich vor, und was sie sah, ließ sie wie ein nasser Sack gegen Lilian Ashs weißen Rock niedersinken.

Irgendwie haben wir es geschafft, Dione in den Korridor zu schleifen und sie in ihr Bett zu bringen. Irgend jemand rannte mit fliegender Schürze und holte Ammoniak und ich glaube, wir waren alle für einen Augenblick völlig kopflos. Ich erinnere mich nur noch an die völlige allgemeine Verwirrung, daran, wie die Signallichter angingen, weil viele Patienten vom Lärm geweckt worden waren, an das Gefühl der Notwendigkeit, irgend etwas zu unternehmen, und an die Übelkeit, die der Schreck und der Schock verursachten. Und ich sehe Nancy vor mir, so weiß wie ihr Häubchen, wie sie mit dem Ammoniak angerannt kam. Und Ellen war ganz grün im Gesicht, ihre Augen wollten ihr schier aus den Höhlen fallen; sie stand einfach in der Mitte des Korridors und machte sinnlose Flatterbewegungen mit den Armen. Ich selber bemühte mich am Telefon, nicht mit den Zähnen zu klappern, und Lilian Ash stand dicht neben mir. Sie atmete kurz und ruckartig, aus ihren Lippen war jegliche Farbe gewichen, und mit zitternden Händen zog sie am Kragen ihrer Tracht, als schnitte er ihr die Luft ab.

Endlich ging die Nachtwache im Büro an den Apparat. Nach meinen ersten Sätzen war ihre Stimme wieder hellwach.

»Dr. Harrigan ist tot. Im Fahrstuhl. Hier im dritten Stock. Benachrichtigen Sie Dr. Kunce, sofort.«

Ich legte den Hörer auf die Gabel.

»Sagen Sie den Patienten nichts davon. Sagen Sie ihnen, es habe einen kleinen Unfall gegeben – oder was auch immer. Schauen Sie unverzüglich nach den Patienten, die gerufen haben, Ellen. Hören Sie auf, so mit Ihren Händen herumzufuchteln. Schließen Sie den Mund und gehen Sie an die Arbeit. Reißen Sie sich zusammen, Miss Ash, und helfen Sie bitte mit, die Patienten zu versorgen.«

Ich sprach, ohne nachzudenken. Meine langjährige Gewohnheit, das Wohlbefinden der Patienten stets vor alles andere zu stellen, ließ mich das richtige sagen. Ich hatte tatsächlich kaum eine Ahnung, was ich sagte. Und wie in Trance ging ich zum Fahrstuhl zurück. Ich glaube, ich hatte in dem Moment das dumpfe Gefühl, daß das alles nicht wahr sein konnte, daß wir uns fürchterlich geirrt hatten.

Aber leider war es nur zu wahr.

*Und mein Patient? Wo war er?*

Einen Augenblick später stand ich in seinem Zimmer. Das Bett war immer noch leer. Niemand im Raum. Niemand im Badezimmer. Ich war jetzt sehr ruhig und gefaßt und suchte systematisch. Ich schaute in den Abfallkorb, unter die Schwesternliege, hinter den Heizkörper. Wonach suchte ich eigentlich – es lag ein toter Mann im Fahrstuhl – ein Mann mit einem Messer im Herzen – wonach um Himmels Willen suchte ich? Es war etwas Wichtiges. Aber was war es? Im Fahrstuhl – ein Mann mit einem Messer im Herzen – meine blutigen Fußspuren ...

Ein letzter Rest Vernunft ließ mich ins Badezimmer gehen, wo ich mir kaltes Wasser ins Gesicht und über meine Hände spritzte und danach wieder etwas klarer denken konnte.

Dann war ich wieder im Korridor. Wo war mein Patient?

Lilian Ash stand vornübergebeugt an der Tür des Fahrstuhls. Als ich näherkam, richtete sie sich auf. »Es ist furchtbar ... furchtbar ...« flüsterte sie unartikuliert. »Dr. Harrigan – er war immer so lebhaft, so vital ...« Jedenfalls glaube ich, daß sie das sagte.

Es waren jetzt Schritte aus dem Treppenhaus zu hören, und es tauchten immer mehr Leute auf. Alles war in heller Aufruhr.

An ein paar Dinge kann ich mich besonders gut erinnern, wenn ich an dieses Chaos zurückdenke. Ich weiß noch, wie Dr. Kunce die Leiche untersucht hat, und daß er genau wissen wollte, wie wir ihn gefunden hatten. Ich erinnere mich, wie unpassend sein Smoking wirkte, den er noch anhatte, und weiß noch genau, wie er in seinem strahlend weißen Hemd mit den grün glänzenden Kragenknöpfen widerwillig zum Telefon schritt und der Sekretärin sagte, sie solle die Polizei benachrichtigen.

»Wollen Sie damit sagen – ist es Mord?« flüsterte ich.

Er nickte und sagte steif:

»So, wie das Messer hineingestochen wurde, kann es nichts anderes sein. Dr. Harrigan ist – war kein Mann, der Selbstmord begangen hätte. Ja, die Polizei, sofort. Sagen Sie, ein Mann sei umgebracht worden hier im Melady Memorial ...« Ich hörte den kurzen Schrei, den die Sekretärin ausstieß, worauf sich Dr. Kunces Gesicht verfinsterte, »... und beeilen Sie sich. Dann rufen Sie Dr. Peattie und die übrigen Verwaltungsratsmitglieder und alle Personalleiter an. Sie sollen alle unverzüglich ins Krankenhaus kommen ... ja. Ja, genau.« Er hängte ein. »Ja, Miss Keate, es ist Mord. Wurde Mrs. Harrigan schon benachrichtigt?«

Ina Harrigan! Ich hatte ganz vergessen, daß sie auch im Krankenhaus war. Ich sah zu ihrer Tür. Sie war trotz der Hitze immer noch geschlossen, wie schon die ganze Nacht über, und über ihr glomm kein rotes Signallicht.

»Sie schläft wohl«, sagte ich, und Dr. Kunce ging auf ihr Zimmer zu, nicht ohne sich vorher abrupt dem kleinen, verstörten Häufchen von bleichen Krankenschwestern und Hilfspersonal zuzuwenden, das sich in der Nähe des Fahrstuhls gebildet hatte. Leise sagte er etwas, woraufhin Schwester Jones und eine der Kinderschwestern sich wieder ihren verschiedenen Pflichten zuwandten und zwei der Schwesternschülerinnen sich vor die offene Fahrstuhltüre stellten – die beiden gaben mit ihren zerzausten Haaren und unangemessener Kleidung eine seltsame Wache ab.

Im selben Augenblick kam Nancy Page auf ihn zugerannt. Ihre Augen leuchteten dunkel in ihrem kreideweißen Gesicht, und ihr weißes Häubchen saß schief auf ihrem wirren, glänzenden Haar. Sie bat ihn, nach Dione Melady zu sehen. Er machte eine ungeduldige Handbewegung, folgte ihr aber.

Ich erinnere mich auch noch sehr gut an das Geraune und Getuschel unter den Schwestern, als das Krankenhaus langsam zu neuem Leben erwachte, und sich die Nachricht wie ein Lauffeuer verbreitete. Die Patienten schienen die Aufregung zu spüren und waren nervös und schlecht gelaunt. Überall gingen die Signallichter an, die Sekretärin meldete per Telefon, daß die Polizei und die Mitglieder des Verwaltungsrates auf dem Weg zum Krankenhaus seien, und ich fand Ellen Brody im Waschraum, wie sie sich gerade quittengelb im Gesicht, auf einen Stapel Handtücher übergab.

Ich folgte Dr. Kunce ins Zimmer Dione Meladys, die von einer Ohnmacht in die andere fiel, und teilte ihm mit, daß mein Patient verschwunden war. Sofort sah er mich ernst an, gab Nancy ein paar kurze Befehle und führte mich in den Flur hinaus.

»Und jetzt sagen Sie mir, Miss Keate, was Sie genau damit meinen.«

Das tat ich, knapp und präzise. Er begann sich auf die Lippen zu beißen und ließ die Finger über seinen Bart streichen.

»Wollen Sie mir etwa sagen, Peter Melady sei ganz einfach verschwunden?«

»Genau das will ich sagen.«

»Wo ist er?«

»Wenn ich das wüßte, würde ich nicht hier stehen und versuchen, Ihnen klar zu machen, daß er verschwunden ist.«

Wir waren wohl beide zu aufgeregt, um uns um gute Umgangsformen zu bemühen. Er begann zu fluchen und raufte sich den Bart. Es mutete mich sonderbar an, daß ihm das Verschwinden von Peter Melady anscheinend mehr Sorgen bereitete als die Ermordung Dr. Harrigans.

Bevor wir irgendeine Entscheidung treffen konnten, kamen

blaue Gestalten die Treppe hochgestürmt, waren plötzlich überall, und ein hochgewachsener Mann in blauer Uniform kam auf uns zu.

»Ich bin Sergeant Lamb vom Polizeihauptquartier«, sagte er forsch. »Was ist passiert?«

»Es ist Dr. Harrigan«, sagte Dr. Kunce. »Er ist im Fahrstuhl. Er wurde anscheinend – ermordet. Und hören Sie, Sergeant –«

Sergeant Lamb beugte sich in den Fahrstuhl. Wir standen hinter ihm. Er warf einen langen, gründlichen Blick hinein und drehte sich wieder zu uns um.

»Ja?«

Dr. Kunce räusperte sich. Alle um uns herum schauten aufgeregt und gespannt herüber.

»Sergeant – einer unserer Patienten scheint verschwunden zu sein.«

»Wer?« fragte Sergeant Lamb scharf. »Und seit wann? Können Sie ihn beschreiben?«

Dr. Kunce nahm ein Stofftaschentuch hervor und tupfte sich damit leicht nervös auf Stirn und Mund.

»Seit Mitternacht«, sagte er. »Und es ist – Peter Melady.«

»Peter Melady!« wiederholte Sergeant Lamb ungläubig. »Uff! Peter Melady! Durchsucht das Krankenhaus, Männer – die Krankenzimmer und den ganzen Rest.« Ein paar Polizisten verschwanden in verschiedene Richtungen. Sergeant Lambs hellblaue Augen sahen zum Telefon. Er griff zum Hörer und wählte eine Nummer, die vor allem aus Nullen bestand. Während er auf die Verbindung wartete, sagte er über die Schulter zu Dr. Kunce:

»Irgendeine Ahnung, wer das getan haben könnte?«

»Nicht die geringste«, sagte Dr. Kunce und wischte sich dabei wieder mit dem Taschentuch den Mund. »Nicht die geringste. Es ist mir völlig schleierhaft.«

»Hmm«, machte Sergeant Lamb wieder, worauf er sich kurz mit jemandem unterhielt, den er mit »Chef« anredete.

Unterdessen waren die ersten schockierten Mitglieder des Verwaltungsrats im Krankenhaus eingetroffen. Aufgeregt wie sie waren, erschienen sie im dritten Stock, die Nicht-Mediziner in vorsichtiger Zurückhaltung, die Ärzte feierlich ernst und besorgt. Der gute alte Dr. Peattie, der sein halbes Leben dem Melady Memorial gewidmet hatte, sah plötzlich unglaublich alt und mitgenommen aus, als er hörte, was passiert war. Bestürzt betrachtete er den schrecklichen Fund.

»Das ist die Krankenschwester, die sich um Mr. Melady gekümmert hat«, sagte Dr. Kunce, als Sergeant Lamb wieder zu uns trat. »Sie war es auch, die den Toten gefunden hat. Vielleicht sagen Sie ihm am besten selber, was Sie mir gerade gesagt haben, Miss Keate.«

Das tat ich. Sergeant Lamb schien das alles sehr zu interessieren – ganz zu schweigen von den Mitgliedern des Verwaltungsrats. Die verschiedenen Ärzte sahen zunehmend besorgt aus und tauschten vielsagende Blicke, als ich mit meinem Bericht fertig war.

»Und dabei möchte ich festhalten, Sergeant Lamb – meine Herren –«, sagte Dr. Kunce, »daß ich von der geplanten Operation von Mr. Melady nichts wußte – ich meine die Notoperation, die heute nacht beschlossen wurde. Natürlich wußte ich von der Operation, die für heute morgen geplant gewesen war. Und ich neige zu der Annahme, daß –« Er hielt inne, griff zum Telefon und stellte der Sekretärin ein paar schnelle Fragen. Dann drehte er sich wieder um. »Es ist so, wie ich vermutet habe. Das Mädchen im Büro wußte auch nichts von einer Notoperation. Niemand war darüber informiert worden, daß Dr. Harrigan seine Pläne geändert hatte.«

»Was wollen Sie damit sagen?« fragte Sergeant Lamb. Sein längliches, bleiches Gesicht und seine blaßblauen Augen nahmen einen verdutzten Ausdruck an. »Ist es etwa üblich, daß Sie und die Verwaltung jedesmal informiert werden, wenn eine Operation stattfindet? Ganz schön bürokratisch, was?«

Dr. Kunce schaute ihn verächtlich an.

»Überhaupt nicht bürokratisch«, sagte er. »Glauben Sie, man bräuchte in einem Krankenhaus keine festen Regeln? Die Ärzte können sich nicht einfach einen Patienten schnappen und ihn operieren, wenn es ihnen gerade paßt.« In etwas weniger scharfem Ton sprach er weiter: »Ich bin der Chefarzt des Melady Memorials und somit unmittelbar verantwortlich für das Krankenhaus. Und was das Mädchen aus der Telefonzentrale betrifft, so hätte sie es gewußt, wenn Dr. Harrigan angerufen hätte, um den Operationssaal vorbereiten und die Operationsschwestern rufen zu lassen. Offensichtlich hatte er das noch nicht getan. Diese Herren hier übrigens gehören dem Verwaltungsrat des Krankenhauses an. Einige von ihnen sind auch Ärzte.«

»Ich verstehe«, sagte Sergeant Lamb, und sein Gesichtsausdruck hellte sich auf. Dann äußerte er etwas, was irgendwie in der Luft lag, obwohl bis jetzt höchstens ein paar vielsagende Blicke ausgetauscht worden waren, und es niemand gewagt hatte, darauf anzuspielen: »Es ist ja Dr. Harrigan, der ermordet wurde, und Peter Melady, der verschwunden ist. Wenn es allerdings umgekehrt wäre . . . Sind die Türen des Krankenhauses nachts abgeschlossen?«

Dr. Kunce und ich nickten beide energisch.

»Fenster? Notausgänge?«

»Die Fenster haben Stahlgitter, die permanent verriegelt bleiben«, sagte Dr. Kunce. »Und bei den Glastüren« – er zeigte auf diejenige am Ende unseres Flügels –, »die zu den Feuertreppen führen, wird der Riegel stets von innen vorgeschoben.« Als er den zweifelnden Ausdruck auf Sergeant Lambs Gesicht sah, erklärte er: »Das muß so sein, damit niemand hinunterfallen kann, denn diese Gefahr besteht in einem Krankenhaus, wenn Patienten delirieren.«

»Wir werden bald wissen, ob wirklich alles abgeschlossen war heute nacht. Und wenn ja« – sagte Sergeant Lamb überraschend – »wenn ja, dann ist praktisch ausgeschlossen, daß ein Unbekannter eingedrungen ist und Dr. Harrigan getötet hat.«

Ein paar Verwaltungsratsmitglieder hielten die Luft an, und Dr. Peattie wurde kreideweiß, als hätte ihm das den Rest gegeben, während Dr. Kunce sich erneut Stirn und Mund abtupfte.

»Nun ja, das kann man wohl nie ganz ausschließen, nicht wahr?« sagte Dr. Kunce ausweichend, aber Dr. Peattie winkte mit seiner knochigen alten Hand ab.

»Nein, nein, Dr. Kunce. Wir müssen den Tatsachen ins Auge sehen. Wir haben uns stets bemüht, das Krankenhaus so sicher zu machen, wie es Riegel und Gitterstäbe überhaupt können. Und es war stets Politik dieses Hauses, Probleme offen und ehrlich anzugehen. Das ist ein Schlag für uns. Ein schwerer Schlag. Aber wir müssen uns dieser Situation stellen. Nein, Sergeant Lamb, so sehr ich es auch bedaure, aber ich muß Ihnen recht geben, es ist wirklich unmöglich.«

Darauf folgte ein kurzer Moment des Schweigens. Ein ziemlich dickes Verwaltungsratsmitglied öffnete seinen Kragenknopf und wischte sich den Schweiß von seinem roten Gesicht. In die heiße Stille hinein knallte ein Maikäfer so lautstark gegen ein Fliegengitter, daß wir alle ein wenig erschraken und in die Richtung schauten, aus der das Geräusch kam.

»Vielleicht ist jemand bei Tag hereingekommen, als die Türen noch offen waren, und hat sich dann versteckt«, schlug das dicke Verwaltungsratsmitglied zaghaft vor, wobei er nervös in den schattigen Korridor und zur Treppe spähte und dann über seine Schulter, wo die offene Tür des Fahrstuhls wie ein schwarzer Rachen gähnte. »Ich nehme an, hier gibt es jede Menge Verstecke.«

Dr. Peattie sah einen Moment lang erleichtert aus, dann schüttelte er aber den Kopf.

»Nein, das wäre kaum möglich«, sagte er. »Um neun Uhr sind alle Besucher bereits gegangen, und die Schwestern würden es sofort bemerken, wenn jemand zurückgeblieben wäre.«

»Falls tatsächlich jemand eingedrungen ist«, sagte Sergeant Lamb schnell, »ist er wahrscheinlich noch hier – vorausgesetzt, es ist wirklich alles verschlossen und verriegelt, wie Sie es behaupten.« Er stand abrupt auf, erhob sich zu seiner vollen Größe und sah in das schockierte Gesicht des alten Dr. Peattie.

»Wir werden der Sache schnell auf den Grund kommen, Dr. Peattie. Und jetzt noch einmal zu Ihnen, Schwester – wenn ich richtig verstanden habe, waren Sie es, die den Toten gefunden hat. Wir dürfen jetzt keine Zeit verlieren.« Er ging wieder in Richtung Fahrstuhlkabine. Am anderen Ende des Flurs überprüften zwei Polizisten das Fenster, das zur Feuertreppe führte.

»Nehme an, wir versammeln uns in Dr. Kunces Büro«, schlug Dr. Peattie vor, und mit ein paar verstohlenen Blicken zum Fahrstuhl und dem einen oder anderen gemurmelten Hinweis auf den Schaden für den Ruf des Krankenhauses verschwanden die Herren die Treppe hinunter.

Es fiel mir auf, daß kaum jemand wirklich bekümmert zu sein schien über Dr. Harrigans Dahinscheiden. Nun ja, ich hatte ihn auch nicht besonders gemocht, obwohl ich sehr oft an seiner Seite gearbeitet hatte. Dr. Kunce war zurückgeblieben und telefonierte noch einmal mit der Sekretärin. Ich hörte seine sanften, leise gesprochenen Worte: »... rufen Sie die Oberschwester jedes Flügels an und sagen Sie ihr, es sei ein Unfall passiert. Die Polizei hat die Sache unter Kontrolle und muß in ihren Bemühungen unterstützt werden ... Halten Sie die Sache von den Patienten fern ... die Schwestern müssen ihren Dienst weiterhin versehen ... keine Besuche auf der dritten Etage ... Und vor allem ist jegliche Panik zu vermeiden ...«

Außer Dr. Kunce, mir selber und einem Polizisten hier und da war niemand mehr auf dem Ostflügel, während ich ganz weit hinten im Westflügel aus den Türen gesteckte Köpfe, hin und wieder eine Uniform und vereinzelte kleine Gruppen von Patienten in Morgenmänteln sah, die aufgeregt zu diskutieren schienen. Lilian Ash war zu ihren Patienten zurückgekehrt. Nancy war noch immer bei Dione Melady und Ellen war entweder beschäftigt, oder ihr war noch übel, was mir ziemlich egal war. Das einzige, was mich in diesem Augenblick wirklich beschäftigte, war der Aufenthaltsort meines Patienten. Wo war Peter Melady? Hatte *er* vielleicht Dr. Harrigan umgebracht?

Möglich war es natürlich. Er war zwar schwer krank, aber er konnte immerhin noch gehen, wenn sein Herz mitspielte, und obwohl ihn schon die kleinste Anstrengung sehr schwächte, könnte jemand von einer störrischen Natur wie Peter Melady sehr wohl die physische Kraft aufgebracht haben, um Dr. Harrigan zu erstechen. Es müßte ohne jegliche Vorwarnung geschehen sein, denn Dr. Harrigan war viel größer und kräftiger als Peter Melady. Und Peter Melady war krank – sehr krank –, wir hatten sein Herz sorgfältig hochpäppeln müssen, um es für die notwendige Operation in Form zu kriegen.

Dr. Kunce störte meine Spekulationen.

»Mrs. Harrigan muß verständigt werden«, sagte er in seiner samtenen, schön modulierten Stimme. »Wollen Sie mich bitte begleiten, Miss Keate? Sie könnte die Nachricht schlecht aufnehmen.«

Was ich bis dahin über Ina Harrigan wußte, ließ mich nicht unbedingt annehmen, daß sie leicht erschütterbar war, aber selbstverständlich folgte ich ihm. Sie reagierte sofort auf sein leichtes Klopfen, und als wir das Zimmer betraten, suchte ich nach dem Lichtschalter und knipste das Licht an, das auf die kahlen, grauen Wände, die glänzenden Metallmöbel und die lederbelehnten Stühle fiel. Als man Melady Memorial Krankenhaus eingerichtet hatte, herrschte in der Inneneinrichtung noch nicht die heutige Farbenvielfalt. Das Ergebnis ist schlicht, nicht ohne Würde, aber irgendwie auch sehr spartanisch und zum Teil regelrecht häßlich.

Unter der Helligkeit der Deckenlampe kniff ich die Augen zusammen. Es war heiß und still im Zimmer, und der Geruch von Zigarettenrauch vermischte sich auf unangenehme Weise mit einem schweren, exotischen Parfüm.

Ina Harrigan lag träge gegen die Kissen gelehnt in ihrem Bett, und die feinen fleischfarbenen Spitzen, aus denen, soweit ich erkennen konnte, ihr Nachthemd gearbeitet war, wirkten ungehörig verführerisch und bildeten einen merkwürdigen Kontrast mit ihrem bandagierten rechten Arm und der grauen Nüchternheit des Krankenzimmers. Ihr schwarzes Haar berührte hübsch zerzaust die Kissen, ihre blauen Augen schauten sonderbar wach und kein bißchen schläfrig unter ihren samtschwarzen Wimpern hervor, und ihr Mund war sogar zu dieser schlafenden Nachtzeit eine scharf gezogene, karmesinrote Linie. Sie hatte einen feinen, blaßen Teint, benutzte aber niemals Rouge, obwohl Ellen meinte, daß es niemanden etwas anginge, was sie mit dem Lippenstift tat. Ich glaube, man hielt sie gemeinhin für sehr schön, obwohl ihre Augen für meinen Geschmack eine Spur zu nahe beisammen standen und ihre Augenbrauen zusammengewachsen wären, wenn sie es zugelassen hätte. Mir gefiel auch das Kinn dieser Dame nicht, das eher verdrießlich und hart war und mehr als nur eine Spur Grausamkeit erahnen ließ. Ich stellte sie mir plötzlich in einer langen Samtrobe, in Pelz und juwelenbestickter mittelalterlicher Kopfbedeckung vor, und als sie schwach lächelnd zu Dr. Kunce aufschaute, schwebte mir ein Bild aus einem der Geschichtsbücher meiner Kindheit vor. Ich sah es klar vor mir, eine Frau mit einer juwelenbesetzten Kopfbedeckung und der Überschrift Lucrezia Borgia, Herzogin von Derrara, vierzehnhundertirgendwas. Wenn ich mich auch nicht mehr recht erinnerte, was genau diese Borgia getan hatte, damit man sie noch vierhundert Jahre später in Geschichtsbüchern erwähnte, so wußte ich noch genau um den Ausdruck auf ihrem Gesicht. Trotzdem bin ich kein Mensch mit viel Phantasie. Das Bild der Erinnerung war so schnell verschwunden, wie es erschienen war, und Lucrezia – ich meine Ina Harrigan – hatte aufgehört zu lächeln. Ihre schwarzen Augenbrauen zogen sich über ihrer dünnen weißen Nase zusammen.

»Was ist los?« fragte sie. Ihre Stimme war ziemlich tief und wurde hart, wenn Gefühle ins Spiel kamen. Jetzt gerade war sie sehr hart.

»Etwas ist nicht in Ordnung. Das sehe ich an Ihren Gesichtern. Was ist los? Hat – mein Mann mir Schande gemacht?«

»Aber, nicht doch, Mrs. Harrigan«, sagte Dr. Kunce in beruhigendem Tonfall. Dann sah er den Ausdruck in ihren Augen und versuchte nicht weiter, den Schock zu verhindern.

»Ihr Gatte ist krank. Sehr krank. Er – er ist nämlich – tot.«

Ihr Ausdruck veränderte sich überhaupt nicht. Ihre blauen Augen blieben kalt auf ihn gerichtet. Für einen langen Augenblick bewegte sich kein Nerv, kein Muskel in ihrem Gesicht. Erst als Dr. Kunce an ihrem linken, unverbundenen Handgelenk nach dem Puls griff, zuckte ihr roter Mund ein paarmal, und sie sagte:

»*Was* haben Sie gesagt?«

»Nehmen Sie sich zusammen, Mrs. Harrigan«, ermahnte sie Dr. Kunce, was mir etwas fehl am Platze schien. Seine dunklen Augen hatten sich verengt und schauten eindringlich drein.

»Nehmen Sie sich zusammen, Mrs. Harrigan«, wiederholte er. »Dr. Harrigan ist vor kurzem gestorben.« Stille. Dann:

»Was ist geschehen? Sagen Sie mir die Wahrheit.«

Er sagte die Wahrheit oder vielmehr das, was er davon kannte. Seine schlanken Finger ruhten dabei an ihrem Puls, und sein Blick wich ihren kalten, juwelenartigen Augen nicht aus. Ich muß sagen, daß sie es eher gut aufgenommen hat. Fast zu gut. Und es schien mir, daß Dr. Kunces so bewundertes Verhalten den Kranken gegenüber diesmal ein wenig zärtlicher war, als die Beziehung zwischen Doktor und Patient es wirklich erforderte. Gleichzeitig schien er in seiner Zärtlichkeit aber auch irgendwie abwesend zu sein, als ob er es eilig hätte, eine unangenehme Pflicht hinter sich zu bringen, um sich wichtigeren Dingen zuzuwenden. Er verabschiedete sich so zeitig, wie der Anstand erlaubte, und überließ es mir, ihr das Schlafmittel zu verabreichen, das er verordnet hatte, die Liste der Verwandten und Anwälte aufzunehmen, die benachrichtigt werden mußten, und bei ihr zu sitzen, bis sie einschlief. Sie nahm ihm das Versprechen ab, sie über jede Entwicklung sofort zu unterrichten, schluckte das Schlafmittel und lag für eine Weile da, starrte mit einem tigerartigen Blick ins Leere und vergoß keine einzige Träne. Noch während sie mir die Namen der zu benachrichtigenden Verwandten aufzählte, begann das Opiat zu wirken, und sie fiel in einen tiefen Schlaf. Als ich auf Zehenspitzen leise aus dem Zimmer schlich, ertappte ich mich dabei, wie ich mir Gedanken über die Unberechenbarkeit der weiblichen Natur machte. Hier war Ina Harrigan, verschlossen und beherrscht, hatte kaum die Stimme gehoben und den Schrecken, den sie zweifellos gefühlt haben muß, sorgfältig verborgen – und dort fiel Dione Melady von einer Ohnmacht in die andere, nur weil sie die Leiche gesehen hatte.

Die Luft im Korridor war stickig und verbraucht. Ich rümpfte die Nase und hustete, als Nancy Page aus Diones Zimmer kam und mich sah.

»Wo in aller Welt hast du gesteckt, Sarah?« sagte sie, und ohne eine Antwort abzuwarten, fuhr sie fort:

»Der Polizeiarzt – sie nannten ihn den Gerichtsmediziner – war hier, und der Untersuchungsrichter und eine Menge Leute mit Blitzlichtkameras. Riechst du den Pulverdampf nicht? Und dann kamen so ein paar seltsame Sanitäter und nahmen den – den Leichnam aus dem Fahrstuhl und – o Sarah, es war alles so schrecklich.«

Es schauderte sie, ihr Gesicht war kreideweiß. Mit einer müden Handbewegung schob sie die Haube auf ihrem Kopf etwas weiter nach hinten.

»Und so heiß!« ergänzte sie seufzend.

»Lilian Ash sagt, man werde uns alle verhören. Stimmt das?«

»Ich denke ja«, sagte ich. »Es scheint, als hätten die Patienten sich beruhigt.«

»Sarah, wann werden sie uns verhören? Was für Fragen werden sie uns stellen?«

»Ich weiß es nicht. Wahrscheinlich werden sie alle möglichen Fragen stellen. Und es wird eine Untersuchung geben.«

Erneut überfiel sie ein heftiger Schauder.

»Seltsam«, sagte sie schwer atmend, »es ist so heiß, und trotzdem ist mir irgendwie kalt. Dir auch?«

Ich schüttelte den Kopf.

»Vielleicht zieht es hier irgendwo«, sagte ich. »Was fehlt eigentlich Dione Melady? Weiß sie überhaupt, daß ihr Vater verschwunden ist?«

Nancy antwortete nicht sofort. Es war sonderbar, daß ich den Eindruck hatte, sie zögere, denn Nancy war, wie ich fand, stets ungewöhnlich direkt.

»Es ist, weil sie ...« – ihre Augen weiteten sich etwas, ihr junger, weicher Mund versteifte sich, und sie fuhr sich mit der Hand an die Kehle, als ob sie die Worte herauswürgen müßte – »... weil sie die Leiche gesehen hat ...«

Als sie das sagte, befiel mich unvermittelt noch einmal der ganze Horror der Ereignisse, und ich wähnte mich wieder in der Hitze des schlecht belüfteten Fahrstuhls, eingeschlossen mit einem Toten – in seinem Blut herumstehend –, aber ich mußte aufhören, daran zu denken. Ich mußte ganz entschieden etwas unternehmen. Ich würde nachsehen, was Dione Melady fehlte.

»Ist Peter Melady wieder aufgetaucht?« fragte ich Nancy. Sie schüttelte den Kopf, ihre Hand noch immer an der Kehle, und ihre dunklen, verwirrten Augen blickten mich düster an.

»Ich schau mal, was ich für Mrs. Melady tun kann«, sagte ich, öffnete die Tür zu ihrem Zimmer und trat ein.

Es war zu diesem Zeitpunkt erst etwa drei Uhr – was mich

ziemlich überraschte, als ich auf meine Uhr schaute, denn die Nacht war mir endlos lang vorgekommen. Es ging noch immer kein Lüftchen, und die ledernen Stuhllehnen fühlten sich klebrig und feucht an. Das Zimmer war zum Ersticken heiß. Die breiten Fenster waren auf ganzer Länge aufgestoßen, der Nachthimmel war schwarz und verhangen. Ein Licht brannte über dem hohen, schmalen, weißen Bett, und der strenge Geruch von Kampfer, Riechsalz und medizinischem Alkohol erfüllte den Raum. Dione Melady lag bäuchlings in einem Wirrwarr von aufgeworfenen Leintüchern, mauvefarbenem Umhang, ihrem eigenen blonden Haar und Verbandsstoff. Eisbeutel und mehrere nasse Frottiertücher lagen herum, und als ich mich dem Bett näherte, drehte sie sich gerade gereizt auf die Seite.

»Court, warum tust du denn nichts!« schrie sie ärgerlich.

»Weiß der Himmel, wo sie unterdessen gelandet ist!«

Sie sprach leicht gedehnt, aber deutlich. Wahrscheinlich hatte sie ein leichtes Opiat erhalten, und ihr Drang, ihrem Ärger Luft zu machen, war stärker als die beruhigende Wirkung des Mittels.

Jemand hatte Court Melady kommen lassen. Er erhob sich in diesem Augenblick von der anderen Seite des Bettes.

»Ruhig, Dione«, sagte er abgekämpft. Sein Gesicht wirkte viel älter als sonst – wegen der Müdigkeit, dachte ich, und weil er sich wegen des Verschwindens seines Schwiegervaters Sorgen machte. Die Lampe über dem Bett ließ seine Gesichtszüge klar erkennen. Seine Tränensäcke waren grau und aufgedunsen, und sein sonst so flottes Auftreten war völlig von ihm abgefallen. Seine Jacke hatte er über eine Stuhllehne gehängt, und sein Hemdkragen stand offen. Auch seine Fliege hatte er aufgeknöpft, die nun lose an beiden Seiten des offenen Kragens herunterhing. Trotzdem sah er irgendwie ordentlich aus.

»Ganz ruhig – Peters Krankenschwester ist gerade gekommen. Vielleicht hat sie Neuigkeiten.«

Dione fuhr herum und stöhnte, als ihre verbundene Schulter das Kissen streifte.

»Sie versuchen besser zu schlafen«, sagte ich. »Wenn wir Ihren Vater gefunden haben, wird er Sie sehen wollen.«

»Wenn Sie ihn finden! Sie sagt *wenn!* Hast du das gehört, Court? Ich frage mich, ob sie überhaupt etwas unternehmen, um ihn zu finden. Ich wußte es. Ich hab' es immer gewußt. Ich wußte, daß es nicht gut enden konnte, wenn Dr. Harrigan operieren würde. Ich bin froh, daß er ...«

»Dione!« fuhr Court Melady scharf dazwischen. »Sie weiß nicht, was sie sagt, Miss Keate.«

Sie atmete tief ein und schürzte ihre Lippen auf ziemlich boshafte Weise.

»Jedermann weiß, daß Vater Harrigan verachtete. Und du hast ihn auch gehaßt. Jetzt tu' doch nicht so, Court.«

»Dione, hör endlich auf, solchen Unsinn zu plappern, und versuche zu schlafen.«

»Es stimmt aber. Du hast ihn gehaßt. Du warst eifersüchtig –«

»Schmeichle dir nicht selber«, unterbrach Court sie mit einem kalten Desinteresse, das von einer unbeschreiblichen Verachtung zeugte. Dann neigte er sich plötzlich zu ihr und sagte ihr etwas ins Ohr, damit ich es nicht verstehen konnte. Was immer er ihr mitteilte – vielleicht war es auch wegen der Kälte seiner Augen, die noch immer äußerst unangenehm war, als er sich wieder aufrichtete und mich anschaute –, Dione hörte jedenfalls auf zu reden, und etwas wie Furcht lag plötzlich über ihrem schlaffen, hübschen Gesicht.

»Sie weiß nicht, was sie sagt, Miss Keate«, wiederholte er.

»Sie ist ... äh ... stets sehr nervös und neigt zu solchen Ausbrüchen. Schon seit ihrer Kindheit.«

Das glaubte ich ihm aufs Wort. Ich konnte mir tatsächlich gut vorstellen, wie Dione strampelte und schrie und mit dem Kopf gegen den Boden schlug – aber nicht zu fest –, bis sie bekam, was sie wollte.

Ihr Mann wischte sich mit seinem Taschentuch über Gesicht und Nacken.

»Mein Gott, ist es heiß hier drin. Könnte man nicht irgendwo einen elektrischen Ventilator anbringen? Ja, hier ist eine Wandsteckdose. Ich wette, es sind momentan 40 Grad in diesem Zimmer. Und es ist so furchtbar schwül. Aber bitte, Miss Keate, setzen Sie sich doch. Sie müssen schrecklich müde sein. Und erzählen Sie uns alles genauso, wie es war. Miss Page und Dr. Kunce haben uns schon erzählt, was sie wußten, aber wir wollen Ihren Bericht hören.«

Immer noch eingeschüchtert, begnügte sich Dione damit, zustimmend zu nicken. Da ich annahm, daß sie kaum noch aufgeregter werden konnte, als sie sowieso schon war, kam ich der Bitte nach und faßte mich so kurz wie möglich.

»Sie haben also Dr. Harrigan gar nicht gesehen?« fragte Court Melady am Schluß, während Dione leise, kurze Stöhnlaute von sich gab. Sie hatte ihr Gesicht in die Kissen vergraben, und ihre ganze Haltung schien zu sagen:

»Tröstet mich. *Ich* bin diejenige, die leidet.«

»Nein – das heißt, doch. Ich habe ihn ganz kurz gesehen, als er um Mitternacht nach Mrs. Melady schaute.«

Diones Stöhnen hörte auf, und ihr Rücken schien sich unter dem Verband zu versteifen. Courtneys Augen sahen sie seltsam wissend an. Nach einem Augenblick sagte er:

»Nun, ich denke, alles was wir tun können, ist warten. Offensichtlich gibt es nur zwei Möglichkeiten: entweder hat Peter das Krankenhaus verlassen, aus Gründen, die wir nicht kennen, oder er hat sich mit Dr. Harrigan dermaßen gestritten, daß es zu einem Handgemenge kam, das für Dr. Harrigan ... äh ... unglücklich endete.«

»Court!« schrie Dione ihn an. »Wie kannst Du nur annehmen, Vater habe –«

»Genug jetzt!« sagte ich streng. »Sie wecken noch das ganze Krankenhaus auf.«

Sie drehte sich um und starrte mich überrascht an, dann begann sie wieder zu stöhnen.

»Dann wiederum«, sagte Court langsam, »gibt es da noch eine dritte Möglichkeit. Daß nämlich Dr. Harrigan seinerseits Peter umgebracht hat.«

»Ein Messer ins Herz?« fragte ich sarkastisch, während Dione wieder leise aufschrie und Court sich ihr wütend zuwandte:

»Jetzt beruhige Dich endlich, Dione!«

»Nein«, fuhr er fort, wieder an mich gewandt. »Aber vielleicht hat er Peter auf eine Art verletzt, die – o ich weiß, daß es nicht aufgeht«, brach er ab, denn er sah mir meine Zweifel wohl an. »Aber nichts in dieser ganzen Sache geht auf.«

»Nein«, sagte ich. »Es scheint wirklich nichts aufzugehen. Aber Ärzte und Patienten streiten und bekämpfen sich nicht und bringen sich auch nicht gegenseitig um, wie Sie das vermuten. Jedermann, der bei Sinnen ist, sieht das ein. Es ist absolut unmöglich. Hätte sich Mr. Melady Dr. Harrigan auf dem Operationstisch anvertraut, wenn es für einen so verzweifelten Streit zwischen den beiden irgendeinen Anlaß gegeben hätte?«

»Aber das hat er ja gar nicht«, wandte Court Melady ein.

»Offensichtlich nicht«, gab ich zu. »Aber er hatte die feste Absicht, es morgen zu tun – ich meine heute morgen. Und Ellen Brody sagt, Mr. Melady habe darauf bestanden, bei Dr. Harrigan zu bleiben. Er habe sich geweigert, vom Arzt getrennt zu werden. Hätte er nicht versucht, jemand anderen zu informieren, wenn er sich in irgendeiner Art bedroht gefühlt hätte?«

Bei dieser Bemerkung wälzte sich Dione auf die Seite ihres Gatten, und die zwei tauschten zum erstenmal einen Blick gegenseitigen Einverständnisses aus.

»Das glaube ich nicht unbedingt, Miss Keate«, sagte Court Melady ruhig. »Zum Beispiel dann nicht, wenn Peter Melady etwas in seinem Zimmer zurückgelassen hätte, was Dr. Harrigan – unbedingt haben wollte.«

»Ich kann Ihnen nicht folgen«, sagte ich nach einer Weile. Court Melady streckte die Hand nach seiner Jackentasche aus und suchte nach einer Zigarette, überlegte es sich aber plötzlich anders und legte die Hand auf den Tisch.

»Ach, sag es ihr, Court«, drängte Dione. »Vielleicht weiß sie, wo er sie hingetan hat.«

Er blickte sie kalt und warnend an.

»Es geht um die – chinesische Schnupftabakflasche, Miss Keate. Sie ist zusammen mit Peter verschwunden. Oder vielleicht sollte ich sagen: nicht unbedingt mit Peter, aber zur selben Zeit.«

»Die chinesische Schnupftabakflasche?« sagte ich skeptisch. »Meinen Sie diese kleine blaue Flasche, die ich letzte Nacht aus seinem Haus geholt habe?«

»Ja.«

»Und Dr. Harrigan wollte sie?« fragte ich ungläubig.

»Wir sind der Meinung, ja.«

»Aber – das ist – nun, das ist doch absurd! Glauben Sie wirklich, daß Dr. Harrigan – daß Peter Melady –«, ich verhaspelte mich. »Glauben Sie wirklich, daß ein Mann töten würde für so eine kleine blaue Flasche?«

Courtney Melady zuckte mit den Schultern, ging zu einem Beistelltisch und schenkte sich ein Glas vom Fruchtsaft ein, der dort stand.

»O – Court!« fuhr Dione sofort dazwischen. »Nicht dieses Glas. Es – ist schon benutzt.«

Er wandte sich wieder ihr zu und schaute sie mit diesem kalt forschenden Blick an, der diesmal auch eine Art Mitwisserschaft verriet. Jedenfalls meinte ich das zu erkennen, als er mit einem eisigen Lächeln sagte:

»Meine Frau hat Angst vor Keimen«, und ein frisches Glas vom Tablett nahm.

»Und Sie denken also, Mr. Melady wollte bei Dr. Harrigan bleiben, um sicher zu gehen, daß Dr. Harrigan die Tabakflasche nicht stehlen würde? Habe ich Sie richtig verstanden?« Ich suchte in diesem Durcheinander von Anspielungen und Halbwahrheiten, die ziemlich schreckliche Anschuldigungen bedeuteten, nach einem Korn Aufrichtigkeit.

»Genau das wollte ich sagen«, sagte Court Melady und trank sein Glas aus. »Genau das wollte ich sagen.«

»War denn die chinesische Schnupftabakflasche dermaßen wertvoll?« fragte ich, und es beunruhigte mich im nachhinein, wie unbesorgt ich das Ding auf meinem Weg zum Krankenhaus über die Euclid Avenue getragen und es Nancy gezeigt hatte, und wie wir es bewundert hatten. Nancy hatte es besonders gut gefallen.

Court und seine Frau tauschten erneut vielsagende Blicke aus, dann zuckte er wieder mit den Schultern und sagte:

»Die Flasche selbst nicht, nein. Aber es gab mehrere Leute, die sie trotzdem unheimlich gerne gehabt hätten. Unter ihnen Dr. Harrigan.«

»Wissen Sie, wo Vater die Tabakflasche versteckt hatte?« fragte Dione gierig und stützte sich dabei auf einen Ellbogen auf. Sie klang plötzlich sehr besorgt. Es war das erste Mal, daß ich sie besorgt sah.

»Er hielt sie in der Hand, als er zu Bett ging«, sagte ich langsam. »Aber ich erinnere mich nicht, sie danach noch einmal gesehen zu haben. Sie war noch da, als ich ungefähr um zehn Uhr das Licht löschte. Ich bin zwar andauernd im Zimmer ein und aus gegangen und habe ihn bis Mitternacht beobachtet, aber ich habe das Licht nicht mehr angeknipst, aus Angst, Ihren Vater, der zu schlafen schien, aufzuwecken.«

»Übrigens, Miss Keate, was hielten Sie von Dr. Harrigans Entscheid, heute nacht zu operieren?« fragte Court Melady.

»Ich war überrascht«, sagte ich vorsichtig. »Da die Operation für den frühen Morgen geplant war, sah ich nicht ein, weshalb plötzlich heute nacht operiert werden sollte. Aber Dr. Harrigan war der verantwortliche Arzt.«

»Und Sie haben wirklich keine Ahnung, wo er die Tabakflasche versteckt hatte?« insistierte Dione begierig.

»Keinen blassen Schimmer.«

Sie sah mich ungläubig an und wandte sich dann ihrem Gatten zu.

»Bist du sicher, daß du überall im Zimmer nachgeschaut hast, Court?«

»Sie ist *nicht* in diesem Zimmer, Dione«, sagte er müde, im Tonfall einer abgedroschenen Wiederholung.

»Aber wir müssen sie finden. Wir *müssen* sie finden. Vater konnte so störrisch sein. Ich hatte ihm noch gesagt, das sei ein schlechtes –«

»Solltest du nicht besser versuchen, dich auszuruhen, Dione?« sagte ihr Gatte, so, als wolle er eigentlich sagen: »Halt endlich den Mund, du stupides Weibsbild!« Es fiel mir auf, daß Court Melady oft das eine sagte und das andere meinte.

Die Tür ging langsam auf, und eine schlampig aufgesetzte weiße Haube schaute herein. Darunter erschien Ellens noch immer grünliches Gesicht, und sie sagte mit bemerkenswert demütiger Stimme:

»Dr. Kunce möchte Sie sehen, Miss Keate.« Sie blickte sich ängstlich im Raum um, traf auf Court Meladys kaltes, graues Starren und schmetterte fast die Türe zu, als sie verschwand.

»Versuchen Sie besser zu schlafen«, sagte ich zu Dione und ging. Der Korridor wirkte immer noch kahl in der Dunkelheit. Der Westflügel verlor sich in ihr, und die Luft roch nach stinkendem Atem, daß einem übel werden konnte. Es war stockfinster draußen. Die Sterne waren verschwunden, und die schwarze Blässe, die dem Morgengrauen vorhergeht, lag über einer schlafenden Welt. Über diesen Flur war ein Mörder gegangen.

Eigenartig, wie einem bei der Hitze gleichzeitig heiß und kalt sein konnte. Über meinen Rücken liefen kalte Schauer, und meine Hände schwitzten.

# 4

Dr. Kunce und Sergeant Lamb saßen im grünen Lichtkegel beim Pult mit den Patientenkarten. Der Arzt in weißem Hemd und schwarzem Smoking und der uniformierte Beamte waren viel zu warm angezogen und wirkten vor dem Hintergrund der kahlen Krankenhauswände völlig deplaziert. Ich warf einen raschen Blick zum Fahrstuhlschacht, als ich an ihm vorbeiging. Die Kabine war immer noch dort, und das rote Licht im Innern brannte wieder. Die Tür war aufgesperrt, und ein Pfleger – es war Teuber, denn ich hörte seinen keuchenden Husten – war gerade dabei, den blutverschmierten Boden zu schrubben.

Den Boden schrubben! Es lief mir noch kälter über den Rücken. Und wenn er den Boden für den Rest seines Lebens schrubbte, für mich würde dieses scheußliche Rinnsal nie verschwinden! Wie der Fleck auf Lady Macbeths Hand ...

Dr. Kunce hatte meinen Blick bemerkt und riß mich aus meinen nicht gerade fröhlichen Gedanken.

»Die Glühbirne im Fahrstuhl war übrigens nicht durchgebrannt, Miss Keate«, sagte er auf seine sanfte Art, in der eine versteckte Bedeutung mitschwang. »Sie wurde bloß rausgedreht.« Und zum Polizisten gerichtet: »Daran haben Sie nicht gedacht, oder?«

»Doch«, sagte Sergeant Lamb, »ich habe selber festgestellt, daß die Birne nur aus ihrem Gewinde gedreht wurde, bis der Strom unterbrochen war. Könnten Sie mir ein paar Fragen beantworten, Miss Keate –« Er hielt plötzlich inne, schaute angestrengt auf mein Haar und verriet für mein Dafürhalten bemerkenswert schlechte Manieren: »Nun, über die Farbe *Ihres* Haares kann es ja wohl keinen Zweifel geben.«

»Bitte, Miss Keate«, versuchte Dr. Kunce die Situation zu retten, indem er aufstand, hustete und mir gleichzeitig einen Stuhl anbot. »Wollen Sie nicht Platz nehmen?«

Ich setzte mich. Ich muß zugeben, daß sich von diesem Augenblick an meine Sympathie für Sergeant Lamb in Grenzen hielt. Wenn ich auch keine Schönheit bin und nie eine war, so habe ich doch stets mein Haar ziemlich hübsch gefunden und Sergeant Lambs Bemerkung ziemlich häßlich. Ich bezweifelte sehr, daß er sich als Mann von großer Scharfsicht herausstellen würde.

»Haben Sie Mr. Melady gefunden?« fragte ich kühl.

»Nein«, sagte Sergeant Lamb. »Nein. Er ist ganz sicher nicht im Krankenhaus. Ich denke, wir haben jeden Quadratzentimeter des Geländes abgesucht. Hier versteckt sich keiner. Darauf gebe ich Ihnen mein Wort.«

»Oh.« Ich dachte einen Augenblick nach. »Dann« – ich erinnerte mich an Court Meladys dritte Möglichkeit – »dann kann also Dr. Harrigan Mr. Melady nicht umgebracht haben in einem Kampf, bei dem er selbst getötet wurde. Die Leiche müßte sonst irgendwo in der Nähe sein. Oder zumindest im Krankenhaus.«

»Genau«, sagte Dr. Kunce. »Ohne auch nur ansatzweise unterstellen zu wollen, daß Dr. Harrigan irgendeinen – äh – eigennützigen Beweggrund für seine Entscheidung gehabt hätte, Mr. Melady sofort zu operieren. Hätte er ein solches Motiv gehabt, und wäre Peter Melady etwas zugestoßen, dann hätten wir seine Leiche finden müssen. Was allerdings einen Kampf angeht, so möchte ich bezweifeln, daß es einen solchen gegeben hat. Dr. Harrigan ist an dieser Messerwunde sofort gestorben. Und es scheint ein eigenartig friedlicher und schneller Tod gewesen zu sein.«

»Schauen Sie mal, Miss Keate«, sagte Sergeant Lamb plötzlich. Mit dem Gesichtsausdruck eines Zauberers, der ein Kaninchen aus dem Hut zieht, holte er ein mit Papier umwickeltes Päckchen irgendwo aus seiner blauen Uniform hervor, packte es sorgfältig aus, wobei seine langen, bleichen und feuchten Finger sehr behutsam vorgingen, und zeigte mir ein Messer.

Ich starrte das Ding an. Die Klinge war nicht gereinigt worden, aber der Stahlgriff glänzte gleichmäßig unter der hellen Lampe.

»Was ist das?« sagte er.

»Aber ich sagte Ihnen doch –« begann Dr. Kunce.

»Ich weiß, was Sie mir sagten«, meinte Sergeant Lamb mit näselnder Stimme, die mich mehr und mehr irritierte. »Ich habe nicht Sie gefragt, oder? Also, was ist das, Schwester?«

»Es ist – ein Messer«, sagte ich und befeuchtete mit der Zunge meine Lippen, die sich heiß und trocken anfühlten.

»Ja, ja. Ich weiß, daß es ein Messer ist. Aber was für eine Art Messer?«

»Es ist ein Amputiermesser. Ich glaube, diese besondere Art nennt man ein Catlin.«

»Catlin? Was ist das?«

»Nur ein Name«, bemerkte Dr. Kunce sanft.

Sergeant Lambs hellblaue Augen offenbarten eine eher häßliche weiße Umrandung.

»Ich spreche gerade mit dieser Dame, Dr. Kunze«, sagte er.

»Mein Name ist Kunce. Dr. Felix Kunce«, erwiderte Dr. Kunce in seidigem Ton. Sergeant Lamb verzog seinen bleichen, breiten Mund, und ich sagte schwerfällig:

»Es ist nur ein Name. Das heißt, ich meine das Catlin – das Messer –, Catlin ist nur ein Name dafür.«

Dr. Kunces hochgezogene Augenbrauen senkten sich wieder, und Sergeant Lambs Blick, der halb Erstaunen, halb Drohung und voller Mißtrauen war, wanderte von ihm zu mir und zurück. Schließlich fuhr er fort:

»Also dann, Miss Keate. Ich möchte Sie etwas fragen. Erinnern Sie sich an die Szene im Fahrstuhl, als Sie Dr. Harrigan tot auffanden. Denken Sie nach. Das ist das Messer, das in seinem Herz steckte. Haben Sie es gesehen?«

»Ich denke ja.«

»Sieht es genauso aus?«

»Ja, natürlich. Bloß –« Für einen Augenblick sah ich den verschmierten, fleckigen Stahlgriff aus der Brust ragen, stammelte etwas Zusammenhangloses und beugte mich vor. »Bloß haben Sie den Griff abgewischt. Er glänzt, als ob er poliert worden wäre. Als ich ihn im Fahrstuhl sah, war er ganz verschmiert – wie ein Spiegel, wenn man ihn mit den Fingern anfaßt.« Ich hielt inne. Was ich da erzählte, gefiel mir nicht. Ich wußte, wie das war mit Fingerabdrücken und wie sie sich manchmal als diejenigen einer unschuldigen Person erwiesen.

Sergeant Lamb schaute triumphierend und konnte sich einen selbstgefälligen Seitenblick auf Dr. Kunce nicht verkneifen. Der saß da wie das personifizierte Schweigen und zeigte keinerlei Reaktion auf Sergeant Lambs vielsagenden Blick.

»Gut«, sagte Sergeant Lamb. »So kommen wir weiter. Ich habe nämlich meine eigenen Methoden. Also, Miss Keate.« Er beugte sich vor. »Haben *Sie* die Fingerabdrücke von diesem Messer abgewischt?«

»Sicher nicht!« schnappte ich. »Ich habe das Ding nicht angerührt.«

»Kommen Sie schon, Miss Keate. Im ersten Moment des Schreckens, kurz nachdem Sie die Entdeckung gemacht hatten, dachten Sie da nicht, daß jemand im Krankenhaus dieses furchtbare Verbrechen begangen haben mußte – vielleicht einer Ihrer Freunde – und haben Sie da nicht einfach das Messer abgewischt –«

»Ich habe es nicht angerührt«, wiederholte ich deutlich. »Und ich kann mir nicht vorstellen, wer es außer Ihnen getan haben könnte. Sicher trug es Spuren, die Fingerabdrücke gewesen sein könnten, aber es waren nicht meine Fingerabdrücke, und außerdem war ich überhaupt nicht in der Lage, mir solche Dinge zu überlegen. Alles was ich wahrnahm, war Dr. Harrigan – tot.«

»Miss Keate ist sehr müde«, sagte Dr. Kunce auf eine süßliche und mitfühlende Art, die jedoch alles andere als besänftigend auf mich wirkte. »Sie hat eine furchtbare Nacht hinter sich. Sie weiß wirklich nichts von dieser Sache, Sergeant. Darf ich vorschlagen, daß –«

»Ach wirklich?« sagte Sergeant Lamb. »War Mr. Melady nicht ihr Patient? Wäre es nicht ihre Aufgabe gewesen, sich um ihn zu kümmern? Hat sie nicht den Fahrstuhl benutzt? War sie nicht unterwegs zum vierten Stock, als der Mord geschah?« Er machte eine Bewegung mit dem Messer, das er immer noch behutsam in der Hand hielt. »Vielleicht waren es sogar Ihre eigenen Fingerabdrücke, die Sie von diesem Messer abwischten, Miss Keate.«

Ich sprang entrüstet auf. Mir fehlen selten die geeigneten Worte, um meine Gefühle auszudrücken, aber in diesem Moment war ich sprachlos. Dr. Kunce stand ebenfalls auf.

»Ich bitte Sie, Sergeant Lamb. Miss Keate ist über jeden Verdacht erhaben. Ich denke, Sie tun besser daran zu warten, bis sie sich ausgeruht hat, bevor Sie sie befragen. Ich versichere Ihnen, sie wird sich weder davonmachen noch irgendwelche Informationen verheimlichen, die sie ... äh ... erhalten haben könnte.«

Irgendwie mochte ich Dr. Kunces Verteidigung ebensowenig wie Sergeant Lambs Beschuldigungen. Aber keine Worte, die sich für eine Dame ziemen, wären der Verletzung meiner Gefühle angemessen gewesen.

»Ich weiß nicht, ob überhaupt irgend jemand über jeden Verdacht erhaben ist«, sagte Sergeant Lamb mit seltsam bedrohlicher Stimme. Seine dichten, hellen Wimpern senkten sich leicht, als er Dr. Kunce musterte. »Ich habe meine Methoden. Setzen Sie sich, Miss Keate, und erzählen Sie mir die ganze Geschichte noch einmal von vorne. Fangen Sie dort an, wo die Krankenschwester in der blauweißen Tracht –«

»Ellen Brody«, warf Dr. Kunce sanft ein, seine dunklen Augen auf die Fahrstuhltüre gerichtet, wo der Pfleger gerade Putzeimer und Schrubber nahm und sich zur Treppe begab.

Das Wasser im Eimer war rot, aber es braucht nicht viel Blut, um Wasser zu röten.

»Wer führt eigentlich dieses Verhör?« fragte Sergeant Lamb. Er erwartete natürlich keine Antwort und sah deshalb ziemlich verblüfft aus, als Dr. Kunce mit seiner sanften Stimme sagte:

»Ich denke Sie, Sergeant.«

»– als diese Krankenschwester Ihnen sagte, daß Dr. Kunce ihren Patienten nach oben gebracht habe, um ihn zu operieren.«

Müde tat ich, wie mir geheißen. Ich hatte das Gefühl, die Geschichte schon hundertmal erzählt zu haben. Sie wurde langsam zur Leier. Als ich zu Ende erzählt hatte, stellte mir Sergeant Lamb eine Reihe Fragen, offensichtlich, um mich in einen Widerspruch zu verwickeln. Aber da ich die Geschichte so kurz und bündig erzählt hatte, wie dies nur möglich war, gelang ihm das nicht.

Er hielt sich eine ganze Weile bei meinen vier erfolglosen Versuchen auf, den Fahrstuhl zu rufen, und ganz besonders interessierte ihn das fünfte Mal, oben im vierten Stock, als die dunkle Fahrstuhlkabine endlich erschienen war und ohne, daß ich es wußte, ihre schreckliche Fracht mit sich gebracht hatte.

Wie dem auch sei: er sah am Ende ratloser aus, als er sich wohl gern hätte anmerken lassen, und offensichtlich konnte er mit all dem nicht viel anfangen.

»Also, nun wollen wir mal sehen, ob ich auch alles verstanden habe«, sagte er schließlich. »Sie kamen aus dem Erdgeschoß herauf, und die Schwesternschülerin sagte Ihnen, Dr. Harrigan habe Ihren Patienten in den Operationssaal mitgenommen. Sie begaben sich zum Operationssaal, aber es war niemand dort. Sie kommen hierher zurück, diesmal aber über die Treppe, stimmt's?«

Ich nickte.

»Sie finden ihn auch hier nicht vor und gehen wieder nach

unten. Immer noch niemand da. Diesmal nehmen Sie den Fahrstuhl – und der Tote ist drin, und Sie finden ihn.«

»Ja.«

»Wie oft haben Sie den Fahrstuhlknopf vergeblich gerufen? Vier- oder fünfmal?«

»Fünfmal insgesamt. Einmal unten im Erdgeschoß, als wir vom Abendessen kamen«, sagte ich langsam. »Einmal genau hier, als ich mich ein erstes Mal zum Operationssaal aufmachte. Ein drittes Mal, als ich vom Operationssaal wieder nach unten wollte. Dann noch einmal hier, als ich ein zweites Mal zum Operationssaal unterwegs war. Dieses Mal waren Miss Ash und der Pfleger hier auf dem Korridor, der ebenfalls versuchte, den Fahrstuhl zu rufen. Er zog sogar an der Tür, die jedoch nicht aufging. Das war das vierte Mal. Und das fünfte Mal war natürlich dann, als ich vom vierten Stock wieder runterfahren wollte. Das war jenes Mal, als die Kabine dann kam, und ich hörte sie und öffnete die Türe und ... und ... ging hinein und drückte den Knopf zum dritten Stock und ...« Es schüttelte mich plötzlich, und ich konnte kaum mehr verständlich sprechen.

Sergeant Lamb wandte sich Dr. Kunce zu.

»Gibt es in jedem Stockwerk einen Tisch wie diesen mit einer Lampe gegenüber dem Fahrstuhlschacht?«

»Im zweiten Stock«, sagte Dr. Kunce. »Im vierten liegt der Fahrstuhlschacht direkt gegenüber der Chirurgie, und im ersten kann man vom Büro und von der Telefonzentrale aus den Fahrstuhl einsehen.«

»Dann sollte es doch möglich sein herauszufinden, wo sich der Fahrstuhl die ganze Zeit aufhielt. Es ist wahrscheinlich, daß der Mord zu dieser Zeit geschah. Nun denn, Miss Keate, haben Sie eine Ahnung, wo dieses Messer herkommen könnte?«

Um Dr. Kunces stechendem Blick auszuweichen, den ich auf mir ruhen fühlte, schüttelte ich verneinend den Kopf. Ich hatte eine Ahnung, aber ich hatte nicht die Absicht, sie mitzuteilen.

Das Ganze war auch so ein ausreichend großer Skandal. Ich hegte nicht den geringsten Zweifel, daß das Messer aus den Instrumentenkästen der Operationssäle im vierten Stock stammte, und ich war mir ziemlich sicher, daß Dr. Kunce dasselbe dachte. Und wenn es stimmte, würde es bald genug rauskommen.

Sergeant Lamb betrachtete gedankenversunken das Messer, das er die ganze Zeit über auf dem Tisch liegengelassen hatte, wo es finster aus dem Haufen Papier glänzte. Während der kurzen Stille tauchte Ellen neben uns auf und griff nach einer Patientenkarte. Als sie sie berührte, fiel ihr Blick auf das Messer. Sie machte ein Schlucken, als ob sie etwas gegen ihren Willen gegessen hätte. Dann ging sie so schnell den Korridor entlang und verschwand im Wäscheraum, wie ich es noch nie bei ihr gesehen hatte. Ich dachte voller Sorge an die frischen Bettlaken, rückte mein Häubchen zurecht und wünschte, man ließe mich etwas frische Luft schnappen. Dr. Kunces Stirn war ganz feucht, und auch auf Sergeant Lambs Stirn standen Schweißtropfen. In regelmäßigen Abständen löste sich einer der Tropfen von seinen Gefährten und rollte als kleines Bächlein seine Schläfen hinunter und über seine bleichen Wangen. Wenn dies geschah, strich er sich mit der Rückseite der Hand über das Gesicht und wischte sie dann an seiner blauen Hose ab.

Dann sah ich aus dem Augenwinkel das rote Licht in der Fahrstuhlkabine und fand mich jäh zurückversetzt in die schrecklichen Ereignisse dieser Nacht.

»Was Mr. Melady angeht«, sagte Sergeant Lamb langsam. »Hatte er irgendwelche Feinde?«

»Ich weiß nicht, ich denke schon. Ich würde meinen, jeder Mann, der zu soviel Geld gekommen ist wie Peter Melady, hat sich unterwegs ein paar Feinde geschaffen.«

»Er ist ein reicher Mann«, grübelte Sergeant Lamb. »Aber was ich meine, ist: hat er irgend etwas Besonderes besessen, was Dr. Harrigan auch gern gehabt hätte?«

Ich dachte an das, was Court Melady mir über die Schnupftabakflasche gesagt hatte, und hätte es wohl erzählt, wenn nicht Dr. Kunce gesprochen hätte, leise und sanft wie immer. Trotzdem hatte ich das Gefühl, unterbrochen worden zu sein.

»Überhaupt nichts, Sergeant«, sagte er sehr bestimmt. »Überhaupt nichts.«

»Er steckte nicht zufällig in irgendeiner geschäftlichen Krise?« fuhr Sergeant Lamb fort, wie jemand, der sich auf schwierigem und unsicherem Boden vorwärts tastete. »An einem Punkt, meine ich, wo seine Abwesenheit oder Gegenwart für jemanden von Bedeutung sein konnte? Wir hatten nämlich schon ein paar Entführungsfälle dieser Art. Und für mich ist es nicht unwesentlich zu wissen, ob Mr. Melady freiwillig weggegangen ist oder nicht. Wenn er sich freiwillig entfernte, ist es wahrscheinlich, daß er Dr. Harrigan umgebracht hat. Wenn er aber gewaltsam weggebracht wurde, stellt sich die Frage anders. Wer würde von seiner Abwesenheit gerade jetzt profitieren? War Mr. Melady ... ich meine: tanzte er vielleicht auf verschiedenen Hochzeiten, sozusagen?«

»Nein«, sagte Dr. Kunce sofort. »Mr. Melady ist der Chef des Melady Pharmaunternehmens, wie jeder in B. weiß. Ihn interessiert nichts anderes. Ich kann mir niemanden vorstellen, der von seiner Abwesenheit profitieren würde. Aber es ist unmöglich, daß Mr. Melady Dr. Harrigan ermor –«

»Da wäre noch Slaepan!« entfuhr es mir plötzlich. »Er wollte es gerade auf den Markt bringen.« Bevor ich noch mehr sagte, erinnerte ich mich an den Grundsatz, nach dem man, je weniger man sagt, desto weniger Schaden anrichtet. Dr. Kunces Augen funkelten mich kurz an und wurden dann wieder unergründlich, aber Sergeant Lamb hatte bereits Lunte gerochen.

»Was ist ein Schleipan?« sagte er hastig.

Nun, das Unheil, wenn es eines war, war geschehen.

»Mr. Melady hat ein neues Anästhetikum so genannt, das in den Melady-Laboren entwickelt worden ist.«

»Seltsamer Name für so etwas.«

»Angelsächsisch«, sagte Dr. Kunce und schaute den kleinen Käfern zu, wie sie gegen das Fliegengitter des Fensters hinter uns flogen. »Mr. Melady fand, daß zu viele Medikamentenformeln griechische Namen trügen. Er wollte dieser zur Abwechslung einen rein englischen Namen geben. Und das tat er auch. Es bedeutet Schlaf, und wenn wir schon von Schlaf sprechen: sollten wir nicht besser versuchen, uns etwas auszuruhen, Sergeant? Es wird schon bald Morgen, und ein sehr belastender, schwieriger Tag liegt vor uns. Ich bin sicher, Miss Keate braucht nach einem so schweren nervlichen Schock Ruhe.«

Es paßte nicht recht zu Dr. Kunce, so rücksichtsvoll zu sein. Ich schaute ihn mißtrauisch an.

»Sie können gehen, wenn Sie wollen, Dr. Kunze«, sagte Sergeant Lamb. »Aber ich will mehr über dieses Slaepan-Zeugs wissen.«

»Kunce«, bemerkte Dr. Kunce desinteressiert und lehnte sich wieder in seinem Stuhl zurück.

»Sie sagten, es sei ein Anästhetikum. Äther oder etwas ähnliches?«

Da Dr. Kunce nicht antwortete, tat ich es: »In gewisser Weise ja. Es anästhesiert den Patienten vollständig. Aber wenn es sich bewährt, wird es viel besser sein als Äther. Der Patient bleibt für eine viel längere Zeit in Narkose, es beeinflußt die normalen Körperfunktionen nicht und hat keine negativen Nebenwirkungen.«

Er schaute mich zweifelnd an.

»Hält den Patienten länger still, was? Wie lange genau?«

»Zwischen zwei und drei Tagen«, erklärte ich kurz. »So kann der erste Schock und der Schmerz des Eingriffs schon etwas gelindert werden, bevor der Patient das Bewußtsein wiedererlangt.«

Dr. Kunce schaute noch immer aus dem Fenster, hinter dem

sich der Himmel langsam grau färbte. Seltsamerweise spürte ich seine starke Mißbilligung, als ob er ihr physischen Ausdruck verliehen hätte. Es war fast, als ob er mich am Arm gezogen und außer Reichweite von Sergeant Lambs hellhörigen Ohren gebracht hätte – obwohl er die ganze Zeit nur reglos und schweigend dagesessen hatte.

»Was meinen Sie mit ›keine negativen Nebenwirkungen‹?« fragte Sergeant Lamb interessiert.

»Keine Übelkeit. Keine Gasentwicklung.«

Sergeant Lamb wurde plötzlich zum Privatmann Lamb, er lehnte sich vertraulich in meine Richtung:

»Sagen Sie, würden damit auch die Probleme beim Wasserlassen wegfallen?«

»Nein«, sagte ich vorsichtig. In solchen Angelegenheiten bin ich sehr altmodisch. »Ich würde nicht so weit gehen, das zu behaupten.«

»Hab' ich mir gedacht«, sagte er betrübt. »Ich ließ meinen Blinddarm entfernen«, fuhr er kollegial fort. »Meine Güte, war mir übel. Und ich hatte Angst. Es klingt idiotisch, aber ich wurde das Gefühl nicht los, etwas würde aus dem Korridor in mein Zimmer gekrochen kommen. Flach auf dem Boden, wissen Sie, und ich würde es nicht kommen sehen, weil das Bett so hoch war. Ich hatte Angst. Muß eine Vorahnung dieses Mordes gewesen sein.« Er lachte, und es lief mir wieder kalt über den Rücken. Nun, er war gewiß kein Mann von großem Charme, aber ich denke, er meinte es gut.

»Tatsächlich«, bemerkte Dr. Kunce kalt, ohne freilich Sergeant Lamb irgendwie zu beeindrucken. »Wenn das alles ist, Sergeant, schlage ich vor, Sie lassen uns jetzt gehen und . . .«

»Das ist noch lange nicht alles«, sagte der und löste sich rasch wieder von seinen Erinnerungen. »Wenn dieses Slaepan-Zeugs wirklich all das bewirkt, ist das ein ziemlicher Fortschritt. Muß ganz schön bedeutend sein.«

»Nun ja, ganz sicher«, sagte Dr. Kunce. »Eine solche Formel, wenn sie sich einmal bewährt hat, könnte die Anästhesie revolutionieren. Sie wäre etwas Wunderbares und dringend Notwendiges. Ein Dutzend großer Pharmaunternehmen haben seit Jahren mit verschiedenen Ansätzen daran gearbeitet.«

»Und Mr. Melady war schneller als die anderen?«

»Das würde ich nicht unbedingt sagen«, sagte Dr. Kunce. »Jede der anderen Firmen könnte eine ebenso gute oder sogar bessere Formel entwickelt haben. Aber es ist bis jetzt keine auf dem Markt. Die ganze Angelegenheit ist immer noch in der Experimentierphase, verstehen Sie?«

»Nun, jedenfalls scheint mir«, sagte Sergeant Lamb bedächtig, »daß derjenige, der dieses Zeug als erster auf den Markt bringt, einen riesigen Gewinn erzielen wird.«

Dr. Kunce zuckte mit den Schultern.

»Kann sein. Was wirklich zählt, ist der Ruhm in Fachkreisen. Ich habe stets die Meinung vertreten«, fuhr er süßfreundlich fort, »daß das neue Anästhetikum den Namen des Mannes tragen sollte, der es als erster erfolgreich anwendet. Eine Unmenge von Chemikern, Ärzten und Apothekern haben nach einem Stoff gesucht, der so wirkt wie Äther, jedoch ohne dessen schmerzliche Nebenwirkungen. Der Mann, der es als erster schafft – an ihn wird man sich erinnern.«

»In Fachkreisen«, murmelte Sergeant Lamb, und seine blaßblauen Augen funkelten schlau. »Aber ich denke, er würde auch die Formel besitzen wollen. Die meisten Leute sind doch stark am Ertrag interessiert, den eine Sache einbringt.«

»Oh, ganz zweifellos«, sagte Dr. Kunce kühl.

»Könnte irgend jemand, der dieses Zeug in die Hand bekommt, es als seine eigene Erfindung ausgeben und – damit durchkommen?«

Dr. Kunce machte eine gleichgültige Geste.

»Ich nehme an, ja. Es arbeiten so viele Leute an der Entwicklung einer solchen Formel, daß deren Entdeckung und Anwendung keine große Überraschung wäre.«

»Diese besondere Formel – würde nicht jedermann wissen, daß sie vom Melady-Pharmaunternehmen entdeckt wurde?«

»Nicht unbedingt. Außer, das Melady Pharmaunternehmen könnte beweisen, daß sie gestohlen wurde. Aber selbst dann bezweifle ich, daß sie überhaupt Anspruch drauf erheben könnten, es sei denn, sie wäre bereits patentiert und registriert.«

»Hmm ...« machte Sergeant Lamb. »Wenn also jemand dieses Zeugs stehlen wollte ...« Er brachte seinen Satz nicht zu Ende, sondern saß da und starrte abwesend auf die Tischoberfläche.

»Also dieser neue Äther kann all das«, sagte er schließlich mit nachdenklicher Miene.

»Die Substanz, die Mr. Melady Slaepan nennt, soll diese Eigenschaften haben«, formulierte Dr. Kunce unverbindlicher. »Sie ist noch in der Experimentierphase.«

»Wie sieht sie aus?«

»Ich weiß wirklich nicht allzu viel darüber«, sagte Dr. Kunce, und seine dunkel glänzenden Augen sahen mich verstohlen an. Er sprach mit ruhiger Stimme. Als ob er mir nicht selber von Slaepan vorgeschwärmt hätte, und von den Hoffnungen, die man in es setzte! Er hatte mir sogar eine kleine Menge davon gezeigt – es war noch flüssig, obwohl man vorhatte, es als Gas zu verwenden –, die als Probe für experimentelle Zwecke direkt von den Melady-Labors gekommen war. Sogar jetzt, während wir hier darüber sprachen, befand sich ein wenig davon im Medikamentenraum des dritten Stockes im Ostflügel. Peter Melady, der immerhin den Mut gehabt hatte, zu seiner Erfindung zu stehen, hatte es hierher schicken lassen. Er hatte vorgeschlagen, es an ihm selbst ausprobieren zu lassen, falls man ihn operieren müsse. Wegen seines bedenklichen Gesundheitszustandes hatte man ihn schließlich davon überzeugt, daß das keine gute Idee war.

Nun, wenn Dr. Kunce meinte, der Sergeant solle nicht zuviel über Slaepan wissen, war das in Ordnung für mich, und ich hinterfragte seine Diskretion nicht. Für ihn kamen das Krankenhaus und dessen Wohlergehen stets an erster Stelle. Ich glaube, er lebte für diese Institution. Wenn er es für angebracht hielt, nichts weiter über Slaepan zu sagen, war ich bereit, seine Entscheidung zu respektieren.

»Wenn jemand ein wenig von der Substanz in die Hand bekäme, könnte er sie dann nicht analysieren lassen?« fragte Sergeant Lamb. »Und da – oder wenn – es nicht registriert ist, könnte er doch seine eigene Formel herstellen.«

Dr. Kunce schüttelte entschieden den Kopf.

»Ich glaube nicht, daß das möglich wäre, Sergeant. Verstehen Sie: So eine Formel muß sehr exakt sein. Die Bestandteile eines Medikaments gehen oft chemische Verbindungen ein, wodurch es fast unmöglich wird, sie so präzise und genau zu analysieren, daß man daraus die Formel ableiten könnte. Ein Medikament auf gewisse Stoffe zu testen und es so zu analysieren, daß man seine Herstellungsformel entdeckt, sind zwei ganz verschiedene Dinge. Ersteres ist vergleichsweise einfach. Zweiteres ist in einem Fall wie diesem praktisch unmöglich.«

»Vielleicht hatte einer der Apotheker oder der anderen Leute, die versucht haben, dasselbe Medikament zu entwickeln, erfahren, daß es Mr. Melady gelungen ist, und man wollte ihn aus dem Weg räumen. Vielleicht war gerade jemand dabei, das Medikament zu perfektionieren –«

»Das halte ich für unwahrscheinlich«, sagte Dr. Kunce frostig. »Und Sie sind, soviel ich weiß, gerade dabei, den Mord an Dr. Harrigan zu untersuchen.«

»Aber Peter Melady ist verschwunden. Und zwar unmittelbar nach dem Mord. Und dieses Slaepan könnte für bestimmte Leute sehr wertvoll sein. Wer ist das?«

Auf seine scharfe Frage hin drehten wir uns beide um und sahen den Flur hinunter. Es war lediglich Lilian Ash. Ihre mitgenommene Tracht spannte sich über ihrer opulenten Figur, und sie wirkte alt und abgespannt, als sie zu uns herüber schaute. Ihr Haar hatte in der feuchten Hitze seine Lockigkeit verloren und hing ihr in traurigen Strähnen über die Ohren. Es war ja auch mitten in der Nacht.

Sergeant Lamb lehnte sich nach vorn und schaute sich auch ihr Haar interessiert an.

»Und was würden Sie sagen: welche Farbe hat ihr Haar?« fragte er, als Lilian Ash in der Diätküche verschwand. »Würden Sie sagen, blond?«

»Könnte man sagen, ja«, meinte Dr. Kunce sanft und schnurrend wie eine Katze.

»Blond also?« murmelte Sergeant Lamb gedankenvoll. »Und die kleine Hilfsschwester, wie würden Sie deren Haarfarbe beschreiben?«

»Miss Brody?« Dr. Kunce drehte sich zu mir um. »Was für eine Haarfarbe hat Miss Brody, Miss Keate?«

»Braun«, sagte ich und griff nach einer Schreibunterlage, um mir damit Luft zuzufächeln. Die Luft fühlte sich warm und feucht an auf meinem Gesicht. Das stille Grau der frühen Morgenstunden drang langsam durch die Fenster des Krankenhauses. Aber es wurde nicht kühler. Ich glaube, es war von allen Morgendämmerungen, die ich je erlebte – und ich habe so manche Dämmerung erlebt –, die einzige, die keine Ruhepause gewährte zwischen der Hitze der Nacht und dem noch heißeren Tag, den sie ankündigte.

»Braun«, wiederholte Sergeant Lamb, noch immer in Gedanken versunken. »Also nicht blond.«

»Nein«, schnappte ich. »Nicht blond.«

In diesem Augenblick griff er in seine straff zugeknöpfte Uniformjacke und holte die Pillenschachtel heraus. Es war eine normale, kleine Pillenschachtel, die er vermutlich von einem ganzen Haufen leerer Schachteln aus dem Papierkorb genommen hatte. Wahrscheinlich hatte Nancy sie hineingeworfen, als sie am Vortag im Medikamentenraum des Ostflügels ein wenig sauber gemacht und aufgeräumt hatte. Er öffnete die kleine

Schachtel mit geheimnisvoller Miene und hielt sie mir hin, damit ich sehen konnte, was sie enthielt. Es war ein blondes Haar, ein einzelner, feiner Faden. Es lag da in einer leichten Krümmung und glänzte wie Gold, wenn das Licht darauf fiel.

»Ich habe es gefunden«, sagte er langsam, »– können Sie es sehen, Dr. Kunze? Ich fand es um den Griff des Amputiermessers gewickelt, genau an der Stelle, wo die Klinge in Dr. Harrigans Herz eingedrungen ist.«

Dr. Kunce schien sich zu versteifen, als er sein dunkles Haupt neigte, um hinzuschauen. Man spürte, daß unter seiner seidenen und sanften Oberfläche ein stählerner Kern steckte. Und mir wurde plötzlich ein bißchen übel. Es war ein blondes Haar. Jedermann weiß, daß blonde Frauen nichts Ungewöhnliches sind. Aber es schien mir, als ob dieses golden glänzende Haar irgendwie lebte. Es sah aus wie ein Haar von Nancy Page, und ich konnte nicht umhin, dies zu bemerken, so gern ich auch auf diese Erkenntnis verzichtet hätte.

»Und das ist noch nicht alles, was ich gefunden habe«, sagte Sergeant Lamb. Er schloß die Pillenschachtel sorgfältig. Er brauchte übermäßig lange dazu, den kleinen Deckel richtig auf die Schachtel zu setzen und festzuklemmen. Dann legte er die Pillenschachtel auf das Pult. Daneben lag das schmutzige Messer mit seinem blank polierten Griff. Er suchte noch einmal in der Innentasche seiner Jacke.

Ich schaute auf die Pillenschachtel. Und das Gefühl, tief in meinem Innern könnte eine äußerst lebhafte kriminelle Energie schlummern, habe ich seit diesem Moment. Ich muß dazu sagen, daß ich mich bei der Sache derart geschickt anstellte, daß ich mich noch heute erschrecke, wenn ich daran zurückdenke. Eine Geschicklichkeit, die befürchten läßt, daß ich in dieser Richtung verborgene Talente habe. Es ist die Einfachheit der Tat, die mich beunruhigt, die Leichtigkeit, mit der ich sie beging.

Ich stahl die Pillenschachtel!

Es war die einfachste Sache der Welt. Ich weiß noch, wie mir durch den Kopf schoß, daß ich nicht zulassen würde, wie Nancys sanftes Goldhaar in einen schmutzigen Mordprozeß verwickelt würde, und im nächsten Augenblick hatte ich die Schreibunterlage auf den Boden fallen lassen, mich gebückt und sie zusammen mit einer der leeren Pillenschachteln aus dem Papierkorb aufgehoben, hatte mich vorgebeugt, um die Schreibunterlage wieder auf den Tisch zu legen, wobei ich sie für den Bruchteil einer Sekunde als Schutzschild benutzte, um die leere Pillenschachtel gegen die mit dem Goldhaar auszutauschen, hatte die Schreibunterlage auf den Tisch fallen lassen und die Pillenschachtel mit dem Haar in den Papierkorb – und hatte mich so gelassen, wie jemand sein kann, der sich zusammenreißen muß, damit ihm das Herz nicht in die Hose rutscht, wieder zurück in meinen Stuhl gelehnt.

Beide Männer waren auf das Ding konzentriert, das Sergeant Lamb gerade auspackte. So konzentriert, daß keiner auch nur einen Blick in meine Richtung verschwendete. Sergeant Lamb schien etwas Mühe zu haben, das Ding auszupacken, und Dr. Kunce schaute ihn mit ausdruckslosem Gesicht an, dessen Teilnahmslosigkeit vom Leuchten seiner schmalen, dunklen Augen Lügen gestraft wurde.

Nach einer Weile verlangsamte sich mein Herz wieder, und ich begann sogar eine tiefe Genugtuung zu empfinden. Ich lese die Zeitung. Ich kenne das alberne Getue der Wissenschaft, wie sie Haare identifizieren und schließlich deren Besitzer überführen. Nancy würde jedenfalls nicht wegen dieses Haares überführt werden.

Nancy überführt! Wie war es nur möglich, daß ich hier in diesem mir so wohlvertrauten Korridor saß und mir einbildete, daß jemand aus unserer kleinen Welt der Überführung eines Mordes entgehen könnte? Es war nicht möglich. Nichts davon war möglich. Aber es war geschehen.

»Nun –« sagte Dr. Kunce plötzlich und hielt sofort wieder

inne. Seine Stimme hatte all ihre Sanftheit verloren und klang erzürnt und protestierend.

»Wissen Sie etwas darüber?« fragte Sergeant Lamb, der sofort aufhorchte und nachhakte.

»Nein«, sagte Dr. Kunce. »Nein.« Seine Stimme war wieder leise, aber noch etwas unausgeglichen. »Nichts, außer daß es wie ein Stück weißer Kaugummi aussieht. Es ist fürchterlich heiß hier drin. Gibt es irgendwo etwas Eiswasser, Miss Keate?«

»Ich werde welches machen«, sagte ich. »Bin sofort zurück.«

»Augenblick mal, Augenblick mal«, fuhr Sergeant Lamb dazwischen. »Wie ist es mit Ihnen, Schwester? Wissen Sie, woher das kommt?«

Es war zweifelsfrei ein kleines Stück weißen Kaugummis, das eindeutig schon gekaut worden war. Soweit ich sehen konnte, war es das jedenfalls, und ich sagte es ein wenig schroff.

»Wer kaut hier Kaugummi?« fragte Sergeant Lamb.

»Niemand«, sagte Dr. Kunce. »Wo haben Sie das gefunden, und was hat es mit dem Mord zu tun?«

»Ich denke, das werde ich sehr bald herausfinden«, sagte Sergeant Lamb. »Ich weiß noch nicht, was es mit dem Mord zu tun hat, aber es klebte am Hemdsärmel des ermordeten Mannes, als ich es fand. Ganz nahe an der Manschette. Also, Sie wollen ja wohl nicht behaupten wollen, daß hier niemand Kaugummi kaut.« Sein ungläubiges Insistieren nahm seinen Worten nichts von ihrer schrecklichen Bedeutung. Ein Stück Kaugummi klebte am Hemdsärmel eines Ermordeten! Hat es je ein so triviales und idiotisches Beweisstück gegeben! Denn dieser Mann schien es als Beweisstück anzusehen.

»Keiner kaut hier Kaugummi«, wiederholte Dr. Kunce. »Wenigstens tun es die Schwestern nicht während der Dienstzeit. Ihre privaten Laster sind ihre eigene Angelegenheit.«

Wenn das Auftauchen des Kaugummis ihn aus der Fassung gebracht hatte, so hatte er jetzt wieder zu seiner Gemütsruhe zurückgefunden.

»Vielleicht haben Sie recht«, sagte Sergeant Lamb, wie jemand, der sagt: »Wie Sie wollen, aber ich weiß es besser.« Er setzte erwartungsvoll hinzu: »Aber möglicherweise kauen einige der Patienten gerne Kaugummi.«

Vielleicht habe ich mir den Ausdruck von Heimlichkeit in Dr. Kunces verschleierten Augen nur eingebildet, denn er sagte ganz einfach:

»Kann sein. Obwohl ich von niemandem wüßte. Auf jeden Fall nicht in diesem Flügel. Sie vielleicht, Miss Keate?«

Und als ich den Kopf schüttelte, lehnte sich Sergeant Lamb näher zu mir herüber. Sein Gesicht war sehr feucht und glänzte.

»Hat Dr. Harrigan Kaugummi gekaut?«

»Nein. Nicht, daß ich wüßte.«

»Hat Mr. Melady Kaugummi gekaut?«

»Nein.«

»Kauen Sie Kaugummi?«

»Nein!« versetzte ich, von einem plötzlichen und unvernünftigen Ärger gepackt.

»Nein. Und auch wenn ich es tun würde, sehe ich nicht ein, was das mit der Ermordung von Dr. Harrigan zu tun haben soll. Außer Sie wollen andeuten, daß er zu Tode gebissen wurde.«

Dr. Kunce stand entschlossen auf.

»Sergeant Lamb, es ist schon fast Morgen. Ich habe einen sehr schweren Tag vor mir. Verwaltungsratssitzungen, Reporter, die Polizei überall im Krankenhaus, verängstigte Patienten und Angehörige, die es zu beruhigen gilt. Der Erfolg und der gute Name eines Krankenhauses hängen überwiegend davon ab, wie sicher und behütet sich die Patienten in seinen Mauern fühlen. Das Melady Memorial wurde nicht an einem Tag erbaut, und es darf auch nicht an einem Tag zusammenstürzen. Wir müssen alles tun, was in unserer Macht steht, um schlimme Konsequenzen dieses – dieses schrecklichen« – seine sanfte Stimme brach an dieser Stelle für einen Moment, aber dann fing er sich rasch wieder – »dieser schrecklichen Katastrophe zu verhindern. Sie müssen mich jetzt entschuldigen. Es gibt so vieles, was ich tun muß – Vorbereitungen, die ich treffen muß, Ärzte, deren Rat ich einholen muß. Ich werde mich zu Ihrer Verfügung halten, aber ich muß Sie jetzt verlassen.«

Nun ja, wenn Dr. Kunce auch manchmal zum übertriebenen Gebrauch rhetorischer Stilmittel neigt (wegen seiner deutschen Vorfahren, vermute ich), macht das, was er zu sagen hat, für gewöhnlich Sinn.

»Aber was ist nun mit meinem Patienten?« fragte ich hastig. »Wo ist Peter Melady?«

»Weiß Gott wo«, meinte Dr. Kunce, und praktisch gleichzeitig sagte Sergeant Lamb:

»Wir werden ihn bald haben. Ich werde meine Leute die Stadt durchkämmen lassen.«

Die Stadt durchkämmen. Schön und gut. Aber wer hätte schon da nach Peter Melady gesucht, wo er, wie wir später herausfanden, in diesem Augenblick war?

Kurz darauf gingen die beiden. Ich kann nicht beschreiben, wie ich mich fühlte, als ich Sergeant Lamb zusah, wie er die leere Pillenschachtel nahm und sie sorgfältig in einer Innentasche seiner engen, blauen Uniformjacke verstaute. Für einen Moment geriet ich in Panik, als es so aussah, als würde er den Deckel aufmachen, aber er drückte ihn nur fester auf die Schachtel. Dann waren sie die Treppe hinunter verschwunden, und die Fahrstuhlkabine war noch immer da, in meiner Nähe.

Die Dämmerung war grau und neblig, man konnte kaum atmen. Die Glocken der St. Malachy Kapelle gleich hinter dem Krankenhaus riefen zur Fünfuhrmesse. Ihre drei langsamen Schläge ertönten leise, melodisch und gemessen durch die bleischwere Luft, und dann noch einmal drei. Ich hörte auf zu zählen und beugte mich über den Papierkorb. Schließlich hockte ich mich hin. In wilder Hast öffnete ich leere Pillenschachteln und warf sie gleich wieder weg, wobei mir verschiedene pharmazeutische Gerüche in die Nase stiegen. Plötzlich bemerkte ich, daß Ellen mir von der anderen Seite des Stationstischs verwundert zusah. Ich gab ihr keine Erklärung. Statt dessen sagte ich scharf:

»Wenn Ihnen das nächste Mal übel wird, bleiben Sie vom Wäschezimmer weg. Man muß ja den Vorrat an Handtüchern nicht künstlich erschöpfen. Ach, und Ellen – werfen Sie doch einen Blick in den Fahrstuhl, bitte, und schauen Sie, ob Teuber ihn auch wirklich sauber gekriegt hat.«

Es lag nicht in meiner Absicht, daß ihr noch mal schlecht wurde, aber sie hat nun mal einen äußerst sensiblen Magen – eine Eigenschaft, die ihre Laufbahn als Krankenschwester, so befürchte ich, zu einer wechselnden Abfolge von Hochs und Tiefs machen wird. Diesmal genügte ein kurzer, gequälter Blick auf mich, den rot beleuchteten Fahrstuhl und die frisch weggeschrubbten Flecken auf dem Boden, und schon stürzte sie davon.

Im selben Moment fand ich die richtige Pillenschachtel. Ich betrachtete das gelockte blonde Haar lange. Erst, als der Geruch von Frühstückskaffee in den noch immer schattigen Korridor gelangte und mir in die Nase stieg und mir gerade klar wurde, daß ein ziemlich schrecklicher Tag begann, begriff ich plötzlich, welche Last ich meinem Gewissen aufgebürdet hatte. Allerdings bedrückte mich weniger die Tatsache, daß ich vorsätzlich die Pillenschachtel entwendet hatte, so verwerflich dies auch klingen mag.

Sondern vielmehr, daß ich mich erst jetzt, zum allerungeeignetsten Zeitpunkt, daran erinnerte, daß Nancy nicht die einzige blonde Frau im Ostflügel war. Denn Lilian Ash war ebenfalls blond. Und Dione Melady auch. In meiner fiebrigen Phantasie war die Welt plötzlich voller Blondschöpfe.

Ich begann mir selber einzureden, daß die drei Köpfe, wenn man sie auf den Schultern ihrer Besitzer sah, leicht auseinanderzuhalten waren. Diones Haar sah verblichen und verwaschen aus; Lilian Ashs Haar war durch eine Vielzahl von Bleichungen und Tönungen gegangen und zu jenem Zeitpunkt gerade gelbbraun, und Nancys Haar war hell und weich und leuchtete wie Gold. Aber es ist nicht so einfach, den exakten Farbton mit Hilfe eines einzigen Haares auszumachen. Die wissenschaftlichen Experten, von denen ich in letzer Zeit soviel gehört hatte, brachten es ganz sicher fertig, aber ich war ja auch nicht gerade farbenblind. Und doch war das einzige, was ich in diesem Augenblick hätte beschwören können, daß dieses Haar nicht schwarz war.

Courtney Melady schlich leise aus Dione Meladys Zimmer. Ich ließ die Pillenschachtel in meine Tasche gleiten. Er schritt lautlos durch den Korridor und blieb neben mir stehen. Seine müden Augen schauten durchs Fenster hinaus in den heißen, nebligen Morgen.

»Morgengrauen«, sagte er mit verhaltener Stimme. Die Nacht hatte ihm nicht gutgetan. Er sah älter aus, als er war. Die Tränensäcke unter seinen Augen waren grau und aufgedunsen, sein Gesichtsausdruck war kalt und hart und unbeschreiblich finster. Es war ein Ausdruck der Desillusioniertheit und Resignation. Ich fühlte mich ihm eher zugetan – es war die Art von Mitgefühl, die man für Männer empfindet, die nörglerische Ehefrauen haben –, aber selbst in diesem Moment befand ich, daß die Geschichten, die ich über Court Melady gehört hatte, mit größter Wahrscheinlichkeit auf Tatsachen beruhten. Kein Mann um die vierzig, der ein einigermaßen hygienisches und anständiges Leben geführt hat, sollte so aussehen.

»Es wird ein scheußlicher Tag werden«, sagte er nach einer Weile. »Es ist jetzt schon heiß. Ich glaube, es hat auch heute nacht überhaupt nicht abgekühlt. Meine Frau schläft. Ich werde frühstücken gehen und mich dann etwas hinlegen. Ich bin zu Hause, falls mich jemand sucht.«

Er ging gedankenverloren in Richtung Fahrstuhl, wich an der Tür abrupt zurück und ging schnurstracks zum Treppenhaus. Auf dem Treppenabsatz hielt er noch einmal an und schaute zu mir zurück.

»Ich werde einen elektrischen Ventilator besorgen für meine Frau«, sagte er und wiederholte: »Es wird ein scheußlicher Tag werden.«

Kurz danach ging ich ins Zimmer, das meinem Patienten gehört hatte, und legte mich wieder auf die Schwesternliege – von wo ich mich vor so langer Zeit erhoben hatte, um zum Nachtessen nach unten zu gehen.

Ich starrte dauernd die Tür zum Korridor an und konnte nicht einschlafen.

Der Morgen, der richtige Morgen kam endlich und mit ihm das Frühstück und Grüppchen verängstigter Schwestern mit weißen Gesichtern, die aufgeregt über die Ereignisse der Nacht tuschelten – und Reporter und Ärzte und Telefonanrufe und überall Polizisten und Kenwood Ladd.

Kenwood Ladd. Er war gekommen, um Ina Harrigan zu besuchen, sich vorsichtig umsehend und mit einem riesigen Strauß lachsfarbener Gladiolen unter dem Arm.

## 5

Ich glaube, ich habe bisher sehr wenig über Kenwood Ladd gesagt. Der Grund dafür ist, daß er am Anfang einfach nur da war und keinerlei Bedeutung besaß. Er war bloß einer von Mrs. Harrigans Besuchern, ein ziemlich gutaussehender junger Kerl, um die dreißig, Architekt von Beruf, der gerade ein neues Haus für Mrs. Harrigan entwarf und sie in dieser Sache öfter besuchen kam, als die Baupläne es zu erfordern schienen. Erst zum Ende hin, nach Lilian Ashs schwerwiegender Zeugenaussage, wurde er zu einem so wichtigen Faktor in diesem sonderbaren und häßlichen Theaterstück.

Er war, wie ich schon sagte, ein recht hübscher junger Mann, blond, mit ziemlich schönen blaugrauen Augen, einem seltsam angespannten Zug um den Mund und, was Kleidungsdinge angeht, sehr geschmackvoll. Er war nicht viel jünger als Ina Harrigan und hatte übrigens mit ihr im Wagen gesessen, als sie zu ungebetener Zeit ihren Streit über das Vorfahrtsrecht austrug. Er war mit einer Schnittwunde über dem Wangenknochen und einem verstauchten Handgelenk davongekommen, und ich denke, er empfand so etwas wie das Mitgefühl eines Leidensgenossen für Mrs. Harrigan. Wie auch immer, er kam sehr häufig und versorgte ihr Zimmer mit großzügigen, wenn auch etwas phantasielosen Blumensträußen, und sie schien sich über seine Besuche zu freuen. Jedenfalls wendete sie genug Zeit dafür auf, sich herzurichten, und zwang Ellen oder die Hilfsschwester im Tagdienst dazu, einen Spiegel für sie zu halten. Dabei schmierte sie stets Lippenstift auf die Bettlaken, wenn sie ihren linken Arm kunstfertig schwang, und fluchte jedesmal, wenn der Spiegel verrutschte. In Ellens Wortschatz schlichen sich zweifelhafte Ausdrücke, und einmal ertappte ich sie dabei, wie sie an ihrem eigenen, jungen und unschuldigen Mund mit einem Lippenstift herumexperimentierte, der so puterrot war, daß er schon fast purpurn aussah. Ihr Aussehen, bevor ich ihr befahl, den Mund abzuwischen, war irgendwie skandalös.

Seit diesem Moment frage ich mich, wie sich Kenwood Ladd an jenem Morgen gefühlt haben muß, seine Blumen unter dem Arm, die Morgenzeitung mit ihren Schlagzeilen aus seiner Jackentasche ragend, als er die alte, breite Treppe hochstieg und dabei wußte, was er die ganze Zeit über gewußt hatte. Er wußte auch, was eine der Schwestern gesehen hatte, auch wenn er nicht erkannt hatte, welche Schwester dort in der Tür stehengeblieben war. Er hatte nur, wie sich später herausstellte, das Flattern ihrer weißen Tracht wahrgenommen. Sein Mund war angespannter als gewöhnlich, seine Augen wachsam. Sicher hatte er Angst. Und ich kann mir vorstellen, wie er die vier

Schwestern gemustert hat, die in dieser Nacht – in der Nacht des siebten Juli – im Ostflügel des dritten Stockes Nachtdienst gehabt hatten. Wie er Lilian Ash ansah, Ellen Brody ansah, Nancy ansah – sogar mich, Sarah Keate, ansah. Und sich die ganze Zeit fragte, wer es gewesen war und wann sie es sagen würde. Er kannte die Gefahr, aber er wußte nicht, von wem sie ausging.

Der Morgen war also gekommen, an dem Kenwood Ladd mit seinen Blumen und Zeitungen fragte, ob er Mrs. Harrigan für einen Augenblick besuchen könne. Der Morgen, an dem Nancy und ich frei hatten und versuchten, in unseren Zimmern im Schwesterntrakt etwas zu schlafen, aber bei jedem Geräusch hochschreckten. Der Morgen, an dem Ellen Brody den Schlaftrakt der Hilfsschwestern mit ihrem Bericht über die Ereignisse der vergangenen Nacht in Angst und Schrecken versetzte, wobei ihr wieder übel wurde und sie den neuen Seidenkimono ihrer Zimmerpartnerin in Mitleidenschaft zog, woraufhin der Ausbildungschef, der nichts von Jugendpsychologie versteht, ihr fünfzig Strafpunkte gab.

Lilian Ash versuchte vermutlich, sich im Zimmer ihres Patienten auszuruhen, ihre müden Augen fest geschlossen, ihr blondes Haar platt und strähnig von Hitze und Feuchtigkeit, während sich ihre Gedanken in verzweifelten Kreisen drehten. Und Miss Jones und Jacob Teuber schliefen wahrscheinlich auch, schliefen und träumten vielleicht von einem Schwarzen, der sich mit dem Sterben Zeit ließ. Und ich wußte, daß Dione Melady wach war, denn eine der Tagesschwestern im Ostflügel hatte einen hysterischen Anfall, und die Oberschwester des Flügels drohte noch vor Mittag mit ihrer Kündigung.

Ja, es war ein schlimmer Tag.

Zunächst einmal, weil die Sonne sich den ganzen Tag nicht zeigte, und sich die Wolken trotzdem nicht zusammenzogen und es partout nicht regnen wollte, was eine höchst willkommene Erfrischung bedeutet hätte. Es blieb grau und verhangen und heiß. Fürchterlich heiß. Die Möbelpolitur wurde klebrig und begann zu riechen, Schubladen klemmten, das Leder war feucht und glitschig, wenn man es anrührte, die Spiegel leicht beschlagen, so daß man sich, wenn man hineinschaute, den Film von den Augen wischen wollte. Die Trachten waren fünf Minuten, nachdem man sie angezogen hatte, bereits schlaff und verknittert, das Haar geriet aus der Form, die Nasen glänzten und sahen fettig aus. Die Patienten waren nervös und gereizt und beharrten darauf, nur mit Leintüchern bedeckt im Durchzug belassen zu werden, woraufhin sie sich erkälteten, obwohl man nicht wirklich von Durchzug sprechen konnte, denn die Luft bewegte sich nicht. Es war furchtbar ruhig. Eine Art dampfender Ruhe wie in einem Türkischen Bad, und nach der kleinsten Anstrengung war man schlapp und erschöpft.

Dann war es auch deshalb ein schlimmer Tag, weil wir, die wir die Nacht durchgearbeitet hatten und nun tagsüber so lange hätten schlafen dürfen, wie wir wollten, an diesem Tag herzlich wenig Schlaf bekamen. Das war wohl zu erwarten gewesen, denke ich, aber wurde dadurch nicht weniger beschwerlich. Ganz schön lästig waren auch die neugierigen Schwestern, die heimlich an unsere Türen kamen, leise, aber ausdauernd klopften und uns mit Fragen löcherten. Und dies, obwohl Dr. Kunce mit echter deutscher Gründlichkeit ein Verbot ausgesprochen hatte.

»Es ist eine Frage der Moral«, sagte Fannie Bianchi, die mit Äther umgehen kann wie keine andere Schwester, die ich je getroffen habe, und die sich allen weltlichen Dingen gegenüber respektlos verhielt, außer was Musik und Katzen anbelangt. »Er meint, je weniger wir darüber sprechen, desto weniger denken wir darüber nach. Preußische Psychologie. Schweigegebot, Besuchsverbot, es dürfen keine Zeitungen ausgegeben werden, da sie die Patienten erschüttern könnten. Als Folge davon verfolgen uns die Patienten mit ihren Fragen, denn sie wissen natürlich, daß etwas passiert ist, und ich habe gehört, daß eine kontinuierliche Flut von Verwünschungen aus dem Männertrakt kommt, weil die Morgenzeitungen ausbleiben. Sie werden erst richtig zornig werden, wenn wir ihnen heute nachmittag die Baseballergebnisse nicht liefern.«

»Aber woher wissen die Patienten denn, daß etwas passiert ist?« fragte ich.

»Es liegt in der Luft«, sagte sie zitternd und war plötzlich gar nicht mehr respektlos. »Was meinen Sie, hatte Dr. Harrigan tatsächlich vor, Mr. Melady zu operieren?«

»Ich weiß es nicht. Ich denke schon. Das hat er jedenfalls Ellen gesagt.«

»Warum hat er dann nicht den Operationssaal vorbereiten lassen?« fragte sie.

Ja, darauf hatte ich keine Antwort. Kurz darauf ging sie weg. Sie hatte versprochen, mir eine Zeitung zu beschaffen, die eine der Sonderschwestern mitgebracht hatte und die nun heimlich herumgereicht wurde. Deshalb war sie wohl auch so zerfleddert und zerzaust, als sie schließlich bei mir ankam.

Die Schlagzeilen waren ziemlich reißerisch, aber der Bericht über den Mord war korrekt und zurückhaltend. So zurückhaltend, daß ich dahinter Dr. Kunces blauen Stift und den Einfluß eines eher wichtigen Verwaltungsrates vermutete. Das Krankenhaus wurde mit Kritik verschont, daher ließ sich der Artikel über Dr. Harrigans schlechte Gesundheit und seine Verzagtheit aus (ohne daß davon auch nur das geringste wahr gewesen wäre, und obwohl es kaum zur Diskussion stand, daß es sich um Selbstmord handeln könnte). Miss Sarah Keate, eine Nachtschwester, habe den Toten im Fahrstuhl gefunden. Die fehlenden Fingerabdrücke, das blonde Haar und das Stück weißen Kaugummis wurden nicht erwähnt, und der Öffentlichkeit wurde versichert, daß die Polizei die Sache fest im Griff habe. Peter Meladys unerklärliches Verschwinden war auch noch nicht erwähnt. Diese Information stand erst in den Abendzeitungen, und zu diesem Zeitpunkt hatte der Verwaltungsrat zugunsten einer Sensationsgeschichte bereits an Einfluß verloren. Die Zeitungen waren voll von der Sache. Überall waren Fotos des Krankenhauses und der Schwestern abgebildet, und das verdächtige Zusammenfallen von Peter Meladys Verschwinden und der Ermordung eines Mannes, der als sein Feind bekannt war, wurde reichlich ausgeschlachtet.

Aber das war am Abend. Bis dahin sollte noch viel geschehen.

Ich habe oft an die Widersprüchlichkeit der verschiedenen Beweisstücke gedacht, die unsere Bemühungen behinderten und uns den Weg zur Wahrheit verbauten. Es gab eine Unmenge von Indizien; jedes hatte seine eigene Bedeutung, und es war fast unmöglich, aus allen zusammen die richtigen Schlüsse zu ziehen. Und doch war das Verbrechen, wie wir heute wissen, ursprünglich umstandslos und einfach, und es hatte eins der simpelsten und eingängigsten Motive. Die seltsame Konstellation der Umstände, die das Verbrechen unausweichlich machten, konnte niemand vorausahnen. Es gab keine Intrigen, keine Verschwörung und so gut wie keinen Plan. Und der Mörder hat zu keiner Zeit versucht, den Verdacht auf jemand anderen zu lenken.

Peter Melady hätte uns den Schlüssel an die Hand geben können, aber niemand wußte, wo er zu finden war.

Außerdem rechneten wir nicht mit einem der stärksten weiblichen Instinkte. Wir rechneten nicht damit, weil wir nicht wußten, daß er in diesem Fall überhaupt eine Rolle spielte. Dabei war es von Anfang an, wie ich Sergeant Lamb mit einem leisen Ausdruck des Bedauerns erwähnen hörte, ein Fall von *cherchez la femme.* Oder, wie er es weltmännisch ausdrückte: »Sharshay lay faym, häh, Dr. Kunze?«

»Kunce«, sagte dieser gelassen.

Sicher, es tauchten immer wieder weibliche Elemente auf. Dieses blonde Haar, zum Beispiel.

Da ich merkte, daß es wenig Sinn machte, auf dem Rücken

zu liegen, an die Decke zu starren und doch nur den schwarzen Abgrund eines Fahrstuhlschachts zu sehen, stand ich auf, zog nach einer lauwarmen Dusche eine frische Tracht und eine neue Haube an und ging hinunter, um ein fades Mittagessen einzunehmen. Es gab gesottenen Kohl, dessen deprimierender Geruch noch den ganzen Tag in den Fluren hing. Obwohl ich das Gefühl hatte, kein Auge zugemacht zu haben, mußte ich mich etwas erholt haben, denn ich fühlte mich überhaupt nicht schläfrig, sondern auf seltsame Weise aufgeweckt und wachsam. Bis zu jenem Zeitpunkt hatten mich der Schreck und die rasche Folge der Ereignisse in eine Art Ergebenheit eingelullt. Jetzt begannen mich Fragen zu beunruhigen.

Wo war der Fahrstuhl, als ich ihn vergeblich rief? Wie war Peter Melady aus dem Krankenhaus gekommen? Warum waren Dione und Court Melady mindestens ebenso besorgt um die chinesische Schnupftabakflasche wie um das Verschwinden Peter Meladys? Stammte das Messer tatsächlich aus der Instrumentensammlung des Operationssaals? Mußte man in diesem Fall annehmen, daß Dr. Harrigan und sein Mörder auf dem vierten Stock gewesen waren? *Wo war der Fahrstuhl gewesen?*

Ich begann zu begreifen, daß dieser Frage eine gewisse Bedeutung zukam. Die Kabine war nicht im ersten Stock gewesen, denn da hatte ich den Knopf gedrückt. Sie war nicht im dritten Stock und nicht im ersten Stock gewesen. Es blieb nur der zweite Stock übrig, außer – konnte er zwischen den Stockwerken angehalten werden? Da war dieser Knopf mit der Aufschrift »Notfall-Stop«; was bedeutete das genau?

Ich weiß nicht, welche Eingebung mich in den vierten Stock führte. Es war sicher nicht der Versuch, mich von der Wirklichkeit der ganzen Angelegenheit zu überzeugen, denn trotz all ihrer Fremdartigkeit, ihrem Schrecken und ihrer Häßlichkeit, die so gar nicht in unsere friedliche, ordentliche Krankenhauswelt paßten, war sie doch völlig real für mich. Jedenfalls stieg ich gleich nach dem Mittagessen all die Stufen hoch – für kein

Geld der Welt hätte ich den Fahrstuhl benutzt – bis hinauf in den vierten Stock. Von den Treppenabsätzen bot sich mir, wie immer, ein Überblick über das Krankenhaus, der flüchtige Blicke auf Krankenschwestern, huschende Hilfsschwestern und Pfleger und ab und zu einen blauberockten Polizisten erlaubte – letzteres ist in unserer Welt schon eine erstaunliche Sache. Außerdem sah ich einen tumultartigen Wirrwarr im Flur vor dem Verwaltungsbüro, welches sich westlich des Treppenhauses im ersten Stock befindet. Trotz aller Anzeichen heller Aufregung überall im Gebäude verlief doch alles, von außen betrachtet, ruhig und ordnungsgemäß, und die routinemäßige Pflege der Kranken schien ihren gewohnten Gang zu nehmen mit der ihr eigenen Schnelligkeit und Exaktheit. Mein eigener Flügel sah sauber geschrubbt und ruhig aus. Allenthalben brannte ein Licht, und eine der Tagesschwestern huschte aus einem Krankenzimmer und ging steif die kahlen Wände des Flurs entlang. Die Korridore und Krankenzimmer waren wegen des Wetters ziemlich dunkel an diesem Tag, weshalb jede verfügbare Lampe brannte. Dr. Kunce sagte kein Wort wegen der Kosten. Irgendwie reichte selbst das zusätzliche Licht nicht aus, um die düstere Leere und die schattigen Stellen zu erhellen.

Der vierte Stock war an diesem Morgen offensichtlich nicht betreten worden. Er war ruhig und kahl, und in ihm herrschte diese stickige, abgeschlossene Atmosphäre ungelüfteter Krankenhauszimmer, in denen sich Gerüche von Äther, Antiseptika, starker gelber Seife und Fleischauflauf miteinander vermischen. Die Chirurgie war aufgrund der Unachtsamkeit von irgend jemandem noch immer unverschlossen, so wie Dr. Harrigan sie die Nacht zuvor zurückgelassen hatte. Ich erinnere mich, daß ich unweigerlich wieder an den Fahrstuhl denken mußte; bestimmt hatte er irgendwann den vierten Stock erreicht und seine Last abgeladen, denn Dr. Harrigan mußte die Tür zur Chirurgie aufgeschlossen und das Licht angeknipst haben, und da war auch noch das 3E-Rollbett als weiterer

Beweis, daß er und sein Patient tatsächlich in die Chirurgie gelangt waren. Warum Dr. Harrigan wieder in den Fahrstuhl gestiegen war, und was aus Peter Melady geworden war – dies waren Dinge, die meine Vorstellungskraft überstiegen.

Das 3E-Rollbett war mittlerweile weggebracht worden, und die Operationsräume waren leer, sauber, ordentlich und sehr ruhig. Nichts war verstellt, nichts am falschen Platz, die Instrumente glänzten hinter den dicht geschlossenen Glastüren.

Dann wußte ich, warum ich gekommen war. Der Kasten mit den Operationsmessern befand sich direkt unter einem Schrank mit den verschiedenartigsten Scheren. Ich schaute sorgfältig unter der Überschrift »Chirurgische Messer« nach und fand den leeren Platz auf Anhieb, denn die säuberlich aufgereihten Instrumente waren nicht einmal zusammengeschoben worden, um den freigewordenen Zwischenraum zu verdecken. Natürlich konnte vor einer gründlichen Untersuchung der Operationsinstrumente keine Gewißheit herrschen, aber es schien mir ziemlich sicher, daß das Catlin-Amputiermesser von eben diesem Ort stammte. Und wie sich noch am selben Tag herausstellen sollte, als nämlich eine definitive Kontrolle der Instrumente durchgeführt wurde, hatte ich richtig geschlußfolgert.

Dann schaute ich mich sorgfältig im Raum um. Es war so still, daß ich mich, obwohl ich diese hellen, weißen Deckenlampen angeknipst hatte, etwas unwohl zu fühlen begann. Diese sauberen weißen Wände waren vor nicht allzu langer Zeit Zeuge einer seltsamen und furchtbaren Begebenheit geworden. Ich fühlte mich von Schrecken und Mord bedrängt, als ob sie ein Eigenleben führten und dieses Zimmer als ihren Aufenthaltsraum gewählt hätten.

Weit unten auf der Straße hörte ich das schwache Echo einer Ambulanzsirene, das mich auf einmal zurück in die Gegenwart katapultierte. Es brachte nichts ein, weiter in diesem ausgestorbenen vierten Stock zu verweilen.

Als ich das Licht löschte, trat ich auf etwas, das mit einem kleinen Satz unter meinem Fuß hervorschoß. Es war nur ein Korken, offensichtlich von einem Medizinfläschchen. Er roch eindringlich, und irgendwie kam mir der Geruch bekannt vor. Ich konnte ihn aber nicht identifizieren, obwohl ich angestrengt daran schnupperte. Ich ließ ihn in meine Tasche gleiten, wischte mir Stirn und Oberlippe mit einem Taschentuch ab, schloß die Türen und ging langsam die breite, dunkle, alte Treppe hinunter. Das Geländer fühlte sich ein wenig feucht und klebrig und sehr, sehr glatt an unter meinen Fingern.

Die Sekretärin sah mich, als ich den ersten Stock erreichte.

»Ach, da sind sie ja«, sagte sie. »Dr. Kunce möchte, daß Sie in sein Büro kommen, bitte.«

»Danke«, antwortete ich. »Sagen Sie doch bitte Schwester Bianchi, daß die Chirurgie nicht abgeschlossen ist.«

»Um Himmels willen, das werde ich!« sagte sie erschaudernd. »All diese Messer und Sachen da oben!« Sie sah mich gierig an. »Ist es nicht furchtbar, Miss Keate? Man sagt, Sie hätten den Toten gefunden. Wie sah er aus?«

Nun, so war sie halt. Leider ging die Tür zu Dr. Kunces Büro auf, bevor ich ihr eine Lektion in gutem Benehmen geben konnte, die sie dringend gebraucht hätte. Dr. Kunce stand auf der Schwelle.

»Ach, Miss Keate«, sagte er. »Kommen Sie doch bitte herein.«

Dr. Kunces Büro ist recht schön möbliert, mit Bücherregalen aus Nußbaumholz, einem matt glänzenden Nußbaumschreibtisch, flauschigen Teppichen und Stühlen mit Daunenkissen, die mit einem weichen grünen Zeugs bezogen sind, das man, glaube ich, antikes Velours nennt und das ungefähr so aussieht wie Samt, an dem eine Katze ihre Krallen geschärft hat. Trotzdem strahlt es einen gewissen Reichtum und eine Schönheit aus, vor deren Hintergrund Ellen Brodys weiße Tracht, ihre roten Augen und ihre in sich zusammengesunkene kleine Figur äußerst niedergeschlagen und deplaziert wirkten.

Sergeant Lamb war ebenfalls da und blickte Ellen sehr ernst an. Er schien selber nicht allzu glücklich zu sein.

»Setzen Sie sich bitte, Miss Keate«, sagte Dr. Kunce, und für einen Augenblick huschte ein fröhlicherer Ausdruck über Ellens Gesicht, bevor er wieder von Mutlosigkeit abgelöst wurde.

»Aber es ist doch Ihre Aufgabe, dafür zu sorgen, daß alle Besucher den Flügel verlassen«, sagte Dr. Kunce scharf, als ob er das Gespräch fortsetzen würde, das durch meine Ankunft unterbrochen worden war.

»Ich weiß«, flüsterte Ellen mit zittriger Stimme. »Es war so, wie ich Ihnen sagte. Miss Page sagte, es sei neun Uhr dreißig und ich solle dem Besucher in Mrs. Harrigans Zimmer – das war Mr. Ladd –, Mr. Court Melady in Mrs. Meladys Zimmer, der Mutter von 304 und der Schwester von 301 mitteilen, daß sie nun gehen müßten. Das waren alle Besucher, die wir in dieser Nacht im Ostflügel hatten. Und die Besucher in 304 und 301 gingen unverzüglich, Dr. Kunce, ich sah sie gehen. Und Mr. Melady und dieser Mr. Ladd, der Mrs. Harrigan besuchte, sagten beide sofort, sie würden gleich gehen. Aber dann ging das Licht von 301 am unteren Ende des Korridors an, und weil 301 ziemlich gereizt ist, habe ich mich beeilt nachzusehen – deshalb sah ich die beiden nicht gehen. Ich weiß, daß Miss Page zu dieser Zeit beschäftigt war, denn ich sah sie in 302, direkt auf der anderen Seite des Flurs. Aber wir machen das oft so, Dr. Kunce, die Leute gehen immer, wenn es Zeit ist. Es hat noch nie jemand versucht, länger zu bleiben –«

»Nie ist eine lange Zeit«, sagte Dr. Kunce mit seidener Schärfe. »Und Hilfsschwestern stellen die Anordnungen ihrer Vorgesetzten nicht in Frage.«

Zwei Tränen rollten über Ellens Wangen. Sie kamen wie von selbst, als ob ihnen schon viele andere vorausgegangen wären. Sie faßte den nassen Bausch von Taschentuch in ihrer Hand fester und sank noch etwas tiefer in die heißen Daunenkissen.

»Es tut mir leid, Dr. Kunce, aber ich glaube –«, begann ich, als er mich unterbrach. Er ist eigentlich ein gerechter Mensch.

»O, ich weiß, was Sie sagen wollen, Miss Keate«, meinte er ungeduldig. »Und Sie haben natürlich recht. Ich weiß, daß das so üblich ist. Wenn ein Besucher tatsächlich nicht geht, wenn er soll, sieht ihn immer eine der Schwestern. Aber in diesem Fall sehen Sie selber, daß es uns in eine unangenehme Situation bringt. Sergeant Lamb und ich haben uns große Mühe gegeben, das ganze Krankenhaus zu überprüfen – Patienten, Schwestern, Schlafräume, Abteilungen, alles. Und wir haben gemeint, wir wüßten genau, wer sich in der Zeit zwischen zehn Uhr und dem Moment, als der Tote gefunden wurde, im Ostflügel oder in der Nähe des Fahrstuhls aufgehalten hat. Wir haben festgestellt, daß jede Tür und jeder Ausgang ordnungsgemäß abgeschlossen war, und daß die Nachtschwestern des Ostflügels im dritten Stock, ich selber, Dr. Harrigan, einer der Pfleger mit dem Leichnam eines Schwarzen und die Schwestern im Ostflügel des zweiten Stocks die einzigen waren, von denen wir wissen, daß sie in diesem Teil des Gebäudes waren. Wir sprechen nur von diesem Teil des Gebäudes, weil wir denken, daß Dr. Harrigan zweifellos im Fahrstuhl ermordet wurde, also muß sein Mörder den Fahrstuhl betreten haben. Wie Sie wissen, befindet sich im Ostflügel des zweiten Stockes die Geschlossene Abteilung. Das Nachtessen wurde den zwei diensttuenden Schwestern hochgebracht, und sie nahmen es am Stationstisch ein. Sie sahen niemanden sich zwischen zwölf und ein Uhr dem Fahrstuhl nähern und geben sich gegenseitig ein perfektes Alibi. Im ersten Stock befinden sich am Ostende ausschließlich Büros und das Sitzungszimmer. Wie ich schon sagte, ist eine Schuld der Patienten selber nicht in Betracht zu ziehen –«

»Mrs. Melady kann laufen«, sagte Ellen überraschend und drückte sich in ihre Kissen, als Dr. Kunce sie ansah, aber sie fügte mit atemloser Schnelligkeit an: »Und Mrs. Harrigan auch.«

»Stimmt das, Dr. Kunze?« fragte Sergeant Lamb sofort.

»Kunce«, sagte Dr. Kunce kalt. »Der rechte Arm von Mrs. Harrigan ist gebrochen. Und Mrs. Melady hat kaum die Statur, um einen Mann von Dr. Harrigans Größe zu überwältigen und zu erstechen.« Er warf Ellen durch seine seidigen Augenwimpern hindurch einen finsteren Blick zu, worauf sie mitleiderregend ihre Augen abtupfte, und ihr Gesichtsausdruck nur noch entfernt dem eines Irish-Terriers glich.

»Wollen Sie damit sagen, Dr. Kunce«, begann ich ziemlich beklemmt, »daß es Ihnen und Sergeant Lamb gelungen ist, den Kreis der Verdächtigen auf die Personen zu reduzieren, die Sie soeben genannt haben?«

»Das habe ich soeben gesagt, ja«, stellte Dr. Kunce präzise fest.

»Aber – aber, Dr. Kunce, sind Sie sich im klaren, daß es sich damit auf – nun, nur auf *uns* beschränkt? Nur auf uns hier im Krankenhaus? Aber – das ist absurd!«

»Sie vergessen Peter Melady selber«, bemerkte Sergeant Lamb.

»Aber Peter Melady war schwer krank. Er könnte es gar nicht getan haben.«

»Was macht Sie da so sicher?« fragte Sergeant Lamb ziemlich eifrig.

»Sein Gesundheitszustand«, schnappte ich. »Und wenn Sie andeuten wollen, daß ich etwas über den Mord wisse, *ich weiß nichts!*«

»Wenn Sie mir erlauben fortzufahren«, meinte Dr. Kunce kühl, wobei er die scharlachrote Geranie, die er wie gewöhnlich im Knopfloch seiner leichten Seidenweste trug, mit soviel Sorgfalt zurechtrückte, als nähme sie seine ganze Aufmerksamkeit in Anspruch. »Wenn Sie mir erlauben fortzufahren – ich sagte gerade, Miss Keate, daß wir mit einiger Mühe und nach langer Zeit den Kreis der – äh – Verdächtigen auf diese Weise eingeengt hatten, bis Miss Brody jetzt gerade gestanden hat, daß –«

»Daß dieser Court Melady vielleicht die ganze Zeit über hier im Krankenhaus war. Und dieser Ladd, der ein Haus für die Harrigans baut. Für Mrs. Harrigan, meine ich.«

Ich sah Ellen an, und Dr. Kunce blickte in sanfter Mißbilligung auf Sergeant Lamb.

»So ist das also«, sagte ich. »Aber Sie hatten beiden gesagt, daß die Besuchszeit zu Ende sei?«

»Das habe ich wirklich getan«, sagte Ellen ernst.

»Sie haben sie aber nicht gehen sehen«, sagte Sergeant Lamb.

»Nein«, gab Ellen mit dünner Stimme zu. »Nein.«

»Die Sekretärin?« schlug ich vor.

»Hat keinen von beiden gesehen«, sagte Dr. Kunce.

»Haben Sie in dieser Nacht zufällig einen der beiden Männer im Ostflügel gesehen, Miss Keate? Nach neun Uhr dreißig?«

»Nein. Aber ich kann mich nicht erinnern, vor Mitternacht in Mrs. Harrigans Zimmer gewesen zu sein. Oder in dem von Mrs. Melady.«

»Ich war da«, piepste Ellen. »Ich war in beiden Zimmern. Aber es war niemand in Mrs. Meladys Zimmer, außer ihr selber natürlich. Und ich sah niemanden in Mrs. Harrigans Zimmer; sie sagte mir, ich solle gehen und sie nicht stören, sie bräuchte keine Hilfe.«

»Und alle Türen waren vorschriftsgemäß abgeschlossen worden«, sagte ich nachdenklich.

»So scheint es«, sagte Dr. Kunce. »Und so hat die Polizei sie vorgefunden.«

»Aber – die Tatsache, daß niemand gesehen hat, wie Mr. Melady und Kenwood Ladd gegangen sind, beweist noch nicht, daß einer von ihnen hier im Krankenhaus geblieben ist«, fuhr ich laut denkend fort, obwohl ich zugeben muß, daß mir – an meiner eigenen Sicherheit ebenso interessiert wie irgendwer sonst – die Aufnahme von zwei weiteren Namen in die unheilvolle Liste von möglichen Mördern ein etwas sichereres Gefühl gab.

»Nein«, sagte Dr. Kunce in ruhiger Übereinstimmung, und Sergeant Lamb räusperte sich geräuschvoll.

»Nein«, sagte er. »Aber wir werden sehen, was Sie dazu zu sagen haben. Sie sind sicher, was den Rest des Gebäudes angeht, oder nicht, Dr. Kunze? Es scheint mir zu weitläufig zu sein, um mit Sicherheit feststellen zu können, wer genau sich wo aufhielt zwischen zwölf und eins – es handelt sich immerhin um eine volle Stunde, die zur Frage steht. Sind Sie sicher, daß Sie sich auf das verlassen können, was die Schwestern zu sagen hatten?«

»Mein lieber Sergeant Lamb«, sagte Dr. Kunce leicht gereizt, »ich habe Ihnen im Verlauf dieses Morgens mindestens hundert Mal versichert, daß Routine und Ordnung die eigentliche Seele eines Krankenhauses sind. Nichts bleibt dem Zufall überlassen. Alles funktioniert wie ein Uhrwerk, sozusagen. Wir können uns völlig auf die Resultate unserer morgendlichen Arbeit verlassen. Wir haben die Sache auf genau diejenigen Namen reduziert, die ich genannt habe.« Er begann, die Namen an seinen geschmeidigen, gepflegten Fingern abzuzählen. »Dazu gehören die Krankenschwestern: Miss Page, Miss Ash, Miss Brody und Miss Keate. Dazu gehört der Pfleger Teuber. Und dazu gehöre ich selber. Ich habe Ihnen bereits gesagt, daß ich gegen elf Uhr in den dritten Stock ging, um einem Patienten in Zimmer 301 eine Visite abzustatten, dann kehrte ich in mein Büro zurück und saß dort, lesend, da ich nicht zu Bett gehen mochte, solange es so warm war. Und dort erreichte mich Miss Keates Hilferuf, nachdem sie die Leiche gefunden hatte.«

Er hielt inne, schenkte sich aus einem Krug auf dem Tisch etwas Wasser ein und trank es sehr bedächtig.

»Nun, jetzt müssen wir also Court Melady und den jungen Ladd zu ihrer Liste hinzufügen«, sagte Sergeant Lamb verstimmt. »Und Sie haben Peter Melady nicht erwähnt.«

»Nein«, sagte Dr. Kunce. »Ich habe Peter Melady nicht erwähnt.« Er sagte es sehr sanft, ohne jeden Unterton, und es war eigenartig, daß ich es dennoch so empfand, als ob Peter

Melady definitiv des Mordes an Dr. Harrigan angeklagt würde. Und obwohl mir Dr. Kunces Zusammenfassung der Situation nicht unbedingt gefallen hatte, so mußte ich doch zugeben, daß es keinen Zweifel gab, daß er in seiner gründlichen Art jede Person im Krankenhaus für die erwähnte Zeitspanne überprüft hatte. Was sicher mühsam war, aber nicht allzu schwierig, denn das Melady Memorial ist zwar ein ziemlich großes Krankenhaus, wird aber von Dr. Kunce mit einer Präzision und Exaktheit in den Arbeitsabläufen geleitet, die keine Schlupflöcher offenlassen. Gleichzeitig wurde mir klar, daß es der Natur dieser Sache nach fast unmöglich sein würde, den Mörder zu entdecken, indem der Kreis derjenigen, die sich zur Zeit des Verbrechens am Ort desselben aufgehalten hatten, kontinuierlich verkleinert wird. Wie man mir zu verstehen gab, wird dieses Vorgehen manchmal gewählt. Ich hatte eher das Gefühl, daß, wenn dieser Fall je gelöst werden sollte, es durch das zähe Verfolgen jeder kleinsten Spur, jedes Krümelchens von diesem und jenem, durch das Untersuchen von Fingerabdrücken und ähnlichen Dingen geschehen würde, welche die Zeitungen gewöhnlich Hinweise nennen und welche in Mordfällen von großer Bedeutung zu sein scheinen.

Obwohl im Mordfall, der uns betraf und der deshalb viel ergreifender und wirklicher schien als jeder bloße Zeitungsmord, nichts vorzuliegen schien, was man einen wirklichen Hinweis hätte nennen können. Außer dem blonden Haar, das in jenem Augenblick noch immer in der kleinen Pillenschachtel in den blauvioletten Gummitiefen meiner Wärmflasche ruhte, die zufällig eine ungewöhnlich große Öffnung hat. Oder das Stück weißen Kaugummis.

Ellen, die man einen Moment lang vergessen hatte, machte eine unbedachte Bewegung, und beide Männer stürzten sich wie Raubvögel auf sie.

»Nun denn«, sagte Sergeant Lamb, »gibt es noch etwas anderes, wovon Sie uns nichts erzählt haben?«

»Nein, Sir«, sagte Ellen ernsthaft.

»Nichts weiter, Ellen?« fragte Dr. Kunce, wobei sich seine Nase auf ungemütliche Weise über seinen Schnauzbart senkte.

»Nein, Sir. Nein, Dr. Kunce. Es war genau so, wie ich Ihnen gesagt habe. Dr. Harrigan erschien fast genau um elf Uhr dreißig. Um zwölf Uhr gingen Miss Page, Miss Keate und Miss Ash hinunter zum Nachtessen, und gleich nachdem sie gegangen waren, rief mich Dr. Harrigan in Mr. Meladys Zimmer. Er erklärte mir kurz, daß er eine Notoperation durchführen werde, und ich holte das Rollbett und half dabei, Mr. Melady draufzulegen. Dann wies mich Dr. Harrigan an, mich um die Signallichter zu kümmern, die unterdessen angegangen waren. Er werde den Patienten nach oben bringen und den Operationssaal vorbereiten lassen. Er ging zum Fahrstuhl, und ich sah, wie er das Rollbett mit Mr. Melady darauf in den Fahrstuhl rollte. Dann ging er selber hinein. Das war fünf nach zwölf, fast punkt zwölf.«

»Schauen Sie«, sagte Sergeant Lamb zweifelnd. »Wie kommt es, daß Sie immer so genau wissen, welche Zeit es war? Das geht nicht auf für mich. Sie sagen uns besser die Wahrheit über diese Dinge, junge Dame. Saugen Sie sich keine Geschichten aus den Fingern.«

Ellen warf rebellierend den Kopf zurück, traf auf Dr. Kunces samtigen Blick, sein maskiertes Lächeln und sank wieder in sich zusammen.

»Ich habe eine neue Armbanduhr«, sagte sie leise. Sie streckte ihr Handgelenk mit der weißen Manschette vor. »Sehen Sie? Es ist die erste meines Lebens. Mit Sekundenzeiger und allem drum und dran.« Sie sprach selbstbewußt, als sie das weißgoldene Oval betrachtete, dessen strenges Design seinen aristokratischen Schwestern aus Platin nachempfunden war. Sie erstarrte einen Augenblick lang in Bewunderung. »Und ich weiß auch, wieviel Uhr es war, als ich Dr. Harrigan ein zweites Mal im Flur sah«, sagte sie beiläufig, immer noch ihre Uhr bestaunend.

*»Als Sie was?«*

Ellen ließ ihr Handgelenk augenblicklich fallen.

»Als ich Dr. Harrigan ein zweites Mal im Flur sah«, sagte sie hastig. »Ich ... ich ... das hab ich wohl auch vergessen. Ich ...«

»Was meinen Sie damit?«

»Nun, ich nehme an, Dr. Harrigan war in Mr. Meladys Zimmer zurückgekommen, weil er etwas vergessen hatte. Auf jeden Fall verließ er gerade Mr. Meladys Zimmer, als ich aus der Diätküche kam mit einer Bouillon für 301. Ich habe nicht groß auf Dr. Harrigan geachtet, sondern bin rasch weiter den Korridor runter gegangen zu 301, weil er ein ziemlicher ... Miesepeter ist, wissen Sie. Aber als ich bei der Tür zu 301 angekommen war, drehte ich mich noch einmal um und sah durch die Halle zum Fahrstuhl, in den Dr. Harrigan gerade einstieg. Das war exakt um achtzehn Minuten nach zwölf. Es tut mir leid, daß ich es vergessen habe, Dr. Knutsch, aber es ist sicher nicht sehr wichtig. Er ging einfach in den Fahrstuhl und –«

*»Was haben Sie gerade gesagt?«* Seine Stimme war wie ein Seidenfaden: fein, aber einschneidend. Ellen geriet durcheinander.

»Ging einfach in den Lift. Er ging einfach in den Lift, und die Tür ging zu. Das war alles. Wirklich, das war alles, Dr. Knutsch. Und um zwölf Uhr zwanzig, nur zwei Minuten später, kam Miss Keate zurück und –«

»Dr. *was?«*

»Dr. Kn ...« Ellen schluckte. Ihr Gesicht nahm den Ausdruck blanken Entsetzens an. Hilflos machte sie den Mund auf und zu und starrte Dr. Kunce an, als wäre sie hypnotisiert. »Dr. Knutsch – Dr. Kunce – Dr. Knutsch –« stammelte sie.

»Also haben Sie Dr. Harrigan um achtzehn Minuten nach zwölf zum letztenmal lebend gesehen?« fragte Sergeant Lamb, womit er Ellen unwissentlich wieder zur Vernunft brachte. Sie riß ihre Augen von Dr. Kunce los, sagte leise: »Ja« und ließ den Kopf sinken.

»Sind Sie sicher, daß es Dr. Harrigan war?«

»Ja.«

»Es könnte niemand sonst gewesen sein?«

»Nein. Ich bin sicher, daß es Dr. Harrigan war.«

»Und Sie sind sich sicher mit der Uhrzeit?«

»Ich weiß, wie spät es war«, sagte Ellen etwas lebhafter. »Ich bin mir ganz sicher.« Sie hob für einen Augenblick den Kopf, sah Dr. Kunce an und ließ ihn wieder sinken.

»Das beweist also, daß Dr. Harrigan um achtzehn Minuten nach zwölf noch am Leben war«, sagte Sergeant Lamb fast triumphierend. »Langsam kommen wir weiter, Dr. Kunze. Langsam machen wir –«

*»Kunce«*, sagte Dr. Kunce und warf Sergeant Lamb einen flammenden Blick zu.

»Äh ...« machte Sergeant Lamb verdutzt. »Was haben Sie gesagt? O, sicher, Dr. Kunze, sicher. Ich kenne Ihren Namen. Geht Ihre Uhr richtig, Miss Brody? Sind Sie sicher, daß sie richtig geht?«

Ellen nickte. Sie sah geschrumpft aus.

»Ja«, sagte sie leise. »Jedenfalls habe ich sie nach der Uhr im Büro gestellt, und seitdem gehen sie genau gleich.«

»Haben Sie das mitgekriegt, Dr. Kunze? Um zwölf Uhr achtzehn hat sie Dr. Harrigan noch einmal im dritten Stock gesehen, wie er aus Mr. Meladys Zimmer kam und in den Fahrstuhl ging. Wie spät war es, als Sie zurück im dritten Stock waren und feststellten, daß Ihr Patient verschwunden war, Miss Keate?«

»Zwanzig nach zwölf«, sagte Ellen vorlaut.

»Stimmt das, Miss Keate?«

»Ich kann es nicht genau sagen. Es muß um diese Zeit gewesen sein.«

»Und Sie gingen direkt in den vierten Stock und fanden weder Ihren Patienten noch Dr. Harrigan?«

»Keinen von beiden«, sagte ich.

»Wie lange haben Sie gebraucht, um das Verschwinden Ihres Patienten aus seinem Zimmer zu bemerken, Miss Brody zu befragen und in den vierten Stock zu gelangen?«

»Ungefähr vier oder fünf Minuten«, sagte ich. »Länger nicht.«

»Und in diesen vier oder fünf Minuten«, sagte Sergeant Lamb bedächtig, »wurde Dr. Harrigan ermordet, und sein Mörder, Peter Melady, entkam.«

»Nicht unbedingt«, sagte ich entschieden. »Ich fand den Toten erst eine Weile später.«

»Nicht viel später, Miss Keate. Die Sekretärin und Dr. Kunce sagen, Sie hätten genau um zwölf Uhr zweiunddreißig um Hilfe gerufen. Zwölf Minuten nachdem Miss Brody Dr. Harrigan in den Fahrstuhl gehen sah, haben Sie, Miss Keate, ihn dort tot gefunden. Schränkt das den Kreis unserer Verdächtigen ein, Dr. Kunze, oder tut es das nicht?« fragte er, als riebe er sich die Hände, tat aber nichts dergleichen.

»Möglicherweise«, gab Dr. Kunce zu und strich sich über den Bart. Seine Augen mit den langen, mädchenhaften Wimpern glühten noch immer. »Würde es Ihnen etwas ausmachen, Miss Brody, uns zu informieren, ob Sie noch etwas anderes *vergessen* haben?«

»Nein, Doktor. Ich meine, ja, Doktor«, gab Ellen unmißverständlich Auskunft.

»Denken Sie scharf nach, Schwester«, drängte sie Sergeant Lamb. »Ist Ihnen irgend etwas Ungewöhnliches aufgefallen? Irgend etwas, das nicht wie sonst war während der Stunden vor Mitternacht? Oder sogar nachdem die Leiche entdeckt worden war? Überlegen Sie.«

»Nein«, sagte Ellen und wich Dr. Kunces Blicken aus, indem sie ganz einfach ihre Augen fest geschlossen hielt. »Nein. Überhaupt nichts.« Sie hielt inne und setzte dann mit einer Beiläufigkeit, die sogar mich wütend machte und deren Wirkung auf Dr. Kunce ich mir lieber nicht ausmalte, hinzu: »Außer vielleicht, daß Miss Page sich furchtbar darüber aufgeregt hat, daß Dr. Harrigan Mr. Melady unverzüglich operieren wollte. Das war gleich, nachdem ich Miss Keate über Dr. Harrigans Auftrag informiert hatte und sie in den Operationssaal hinaufgegangen war. Miss Page sagte«, bemerkte Ellen auf die sorgloseste Art der Welt, »jemand müsse es verhindern, und Mrs. Melady sagte, es wäre Mord, und Miss Page sagte, es sei zu spät, um irgend etwas zu tun, und Mrs. Melady sagte, wenn sie es nicht verhindere, sei es Mord, und dann sei es ihre – Miss Pages – Schuld. Sie waren furchtbar aufgebracht. Ich hörte sie durch die Trennwand gegenüber von Mrs. Meladys Tür. Ich konnte nicht anders«, rechtfertigte sie sich und setzte klagend hinzu: »Jeder hätte es hören können. Jeder. Ich habe nicht gelauscht. Aber sie waren so aufgeregt! Vor allem Mrs. Melady. Sie regt sich immer so auf über alles.«

Für einen Augenblick herrschte Stille. Sergeant Lamb starrte Ellen nachdenklich an. Seine hellblauen Augen verrieten, daß er eine neue und interessante Idee hatte. Und ich glaube, Dr. Kunces Interesse war ebenfalls geweckt, obwohl sein Gesichtsausdruck nicht einfach zu deuten ist. Mir fiel plötzlich wieder das Geflüster vor Mrs. Meladys Tür ein. Was hatten sie doch gleich gesagt – etwas über Mord?

»O ja«, sagte Ellen unvermittelt. »Und Miss Keate saß auf den Knien beim Papierkorb. Das war komisch. Und ich glaube, Miss Ash hatte Angst vor Dr. Harrigan.«

## 6

»Was wollen Sie jetzt damit wieder sagen?« fragte Sergeant Lamb leicht verärgert darüber, von einem neuen und interessanten Aspekt zum nächsten gerissen zu werden, bevor er den ersten abschließend betrachtet hatte.

»Nicht so schnell, junge Dame.«

»Unsinn, Ellen«, sagte ich brüsk, weil mir klar wurde, daß es im Interesse aller wäre, Ellen so schnell wie möglich von Sergeant Lamb wegzubringen. »Miss Ash kannte Dr. Harrigan überhaupt nicht. Und ich habe lediglich etwas aufgehoben, das mir runtergefallen war.«

Was sogar stimmte. Aber wegen meines schlechten Gewissens bildete ich mir ein, daß der Polizeibeamte mich mißtrauisch ansah. Ich fragte mich, ob er den Verlust bereits entdeckt hatte, aber ich wußte nicht, wie ich ihm diese interessante Information hätte entlocken können. Jedenfalls fühlte ich mich unwohl und wiederholte: »Unsinn, Ellen. Sie sind müde und hysterisch. Sie sollten sich ausruhen, bevor Sie wieder Nachtdienst haben.«

Ellen riß sofort wieder die Augen auf. Sie rutschte in ihrem Stuhl nach vorne, wobei sie sich an den Armlehnen festkrallte, und sagte mit erstickter Stimme:

»Nachtdienst, Miss Keate! Nachtdienst? Wollen Sie damit sagen – werden wir – o nein, ich werde nicht noch einmal Nachtdienst machen! Ich tu's nicht! Ich tu's nicht!« Ihre Worte verwandelten sich in Schluchzen, an dem sie fast erstickt wäre, als Dr. Kunces Blick sie traf.

Wenn ich auch nicht so weit gehe zu sagen, ich hätte Mordlust gesehen in seinen dunklen Augen, so war es doch etwas ganz Ähnliches.

»Nehmen Sie sich zusammen, Miss Brody«, sagte er leise, womit er sie in eine Verwirrung stürzte, deren Bedrohlichkeit er meiner Ansicht nach nicht erkannte. »Dies ist eine ausgezeichnete Gelegenheit für Sie zu lernen, daß die erste und wichtigste Aufgabe einer Krankenschwester die Sorge um die Kranken und die Beachtung der Arbeitsabläufe ist. Selbstverständlich werden sie heute nacht Dienst tun.« Er hielt inne, wohl nur, um in seinem Kopf eine kleine Ansprache vorzubereiten und ich mischte mich schnell ein, denn ich kannte seine Vorliebe für Reden und seine tief empfundene Neigung zur Disziplin.

»Darf ich vorschlagen, Dr. Kunce –« begann ich. »Miss Brody ist sehr müde und braucht ... Ellen! Ellen, nicht hier!« Ellen schaute mich gequält an.

»Ich muß mich übergeben«, sagte sie in träger Bestürzung. »Genau hier. Oh, der schöne Teppich ...«

»Das werden Sie nicht tun«, sagte Dr. Kunce schnell und unbeirrt. Er wußte, wie man Krisen begegnete. Das mußte man auch als erfolgreicher Arzt. Ellen war nun im Vorzimmer, die Tür war wieder geschlossen, und Dr. Kunce ließ sich in seinem Stuhl nieder. Er strich sich über den Bart und sah zufrieden auf seinen weiterhin jungfräulichen Teppich, bevor Sergeant Lamb die Situation überhaupt richtig registriert hatte.

»Oh«, sagte er und sah verlegen aus. Obwohl ich wirklich nicht sagen kann, warum. »Oh. Ihr war wohl ... äh ... nicht gut, was?«

Jemand klopfte leise an der Tür und öffnete sie auf Dr. Kunces kurze Antwort.

»Mr. Courtney Melady möchte Sie sehen, Doktor«, murmelte die Sekretärin.

»Bitten Sie Mr. Melady sofort herein.«

Hinter Court Melady im Vorzimmer erhob sich eine leichte Aufregung und Unordnung, und ich schloß daraus, daß Ellen sich selbst übertraf, das arme Kind.

»Hallo, Melady.«

»Wie geht es, Mr. Melady?«

Court Melady nickte in Dr. Kunces Richtung, warf Sergeant Lamb einen unverblümten kalten Blick aus schmalen Augen zu und sagte: »Wie geht es Ihnen, Sergeant?« und nahm Platz. Er sah noch genauso müde aus wie am frühen Morgen, obschon er jetzt natürlich perfekt zurechtgemacht war. Er holte ein sehr hübsches Leinentaschentuch hervor, wischte sich die Stirn, wo sich sein graumeliertes und dünnes, aber sorgfältig gekämmtes Haar zurückzog, und sagte:

»Ein heißer Tag.«

»Sehr«, stimmte Dr. Kunce zu, wobei seine Nase wieder über seinen Bart ragte.

»Nun«, sagte Court Melady, »was haben Sie erreicht? Wissen Sie, wohin Peter – Mr. Melady – gegangen ist?«

»Nein«, sagte Sergeant Lamb kurz. Er sah angespannt aus. »Ich hätte nie für möglich gehalten, daß jemand so verschwinden könnte wie Mr. Melady. Nicht einmal ein Toter verschwindet so aus seinem Grab. Kommt Ihnen wirklich kein Ort in den Sinn, an dem er sein könnte, Mr. Melady? Sie kennen ihn doch gut. Was meinen Sie, wohin würde er gehen, wenn er eine Weile verschwinden wollte?«

»Ich kann mir überhaupt nicht vorstellen, daß er aus freien Stücken verschwindet«, sagte Court Melady. »Rückzug paßt nicht zu ihm. Wenn er irgendwohin ginge, würde er nach Hause gehen. Und dort ist er nicht.«

»Schauen Sie, Mr. Melady«, sagte Sergeant Lamb in einem plötzlichen Anfall von Freundlichkeit. »Wie wär's, wenn Sie uns ... äh ... ganz im Vertrauen ... sagen würden, was Sie alles wissen über diese Sache. Peter Melady mag Sie so sehr, daß er Sie sicher in sein Geheimnis eingeweiht hat. Wenn Sie uns einfach sagen könnten, was er vorhatte.«

»Ich habe nicht die geringste Ahnung«, sagte Court Melady gelangweilt, als hätte man ihm diese Frage schon mehrmals gestellt. »Ich sagte Ihnen doch, die ganze Angelegenheit ist mir ein völliges Rätsel. Und mein Onkel, übrigens, mochte mich nicht besonders.«

Für einen Augenblick herrschte Schweigen. Aus dem Vorzimmer drangen zahlreiche gedämpfte Schritte, ein Gewirr von Stimmen und das Klingeln der Telephone. Es war sehr heiß in Dr. Kunces Büro. Die Daunenkissen auf meinem Stuhl waren nicht auszuhalten. Sergeant Lamb sah Court Melady verblüfft an, und Dr. Kunce strich sich wieder und wieder über den Bart.

»Und was ist mit dieser neuen Sorte Äther, die er gerade auf den Markt bringen wollte?« fragte Sergeant Lamb. »Wissen Sie etwas darüber?«

»Es handelt sich nicht um Äther«, korrigierte Dr. Kunce leise.

»Nicht sehr viel«, sagte Court Melady. Er griff zerstreut in seine Tasche, fand ein Zigarettenetui, nahm mit nicht gerade ruhigen Fingern eine Zigarette heraus und hatte das Etui schon wieder halbwegs verstaut, als ihm in den Sinn kam, es herumzureichen, und riß es wieder hervor. Sergeant Lamb hatte seine Hand bereits ausgestreckt, als Dr. Kunce dankend ablehnte, worauf sich Sergeant Lamb unsicher im Zimmer umsah und seine Hand schnell und ohne Zigarette wieder zurückzog.

»Es stört Sie doch nicht, wenn ich rauche, oder?« sagte Court Melady sogleich.

»Oh, überhaupt nicht. Überhaupt nicht«, sagte Dr. Kunce, aber es störte ihn tatsächlich außerordentlich, denn er war in manchen Dingen ein schwieriger Mensch.

»Sie sagen, Sie wissen nicht viel über diesen Äther?« nahm Sergeant Lamb den Faden wieder auf.

»Nicht Äther«, murmelte Dr. Kunce hinter seinem Schnurrbart; Court Melady runzelte die Stirn und wiederholte:

»Nicht sehr viel.«

»Und, was genau wissen Sie?«

»Ungefähr so viel wie jeder andere auch. Der Stoff wurde in den Melady Laboratorien entwickelt, aber ich hatte nie viel zu tun mit den Geschäften meines Onkels. Ich weiß bloß ganz allgemein, daß Slaepan zukünftig Äther ersetzen und weit übertreffen wird. Wenn es diese Hoffnungen tatsächlich erfüllt, wird es natürlich wichtig sein und sollte auf dem Markt enorm viel bringen. Aber soviel ich weiß, steckt Slaepan immer noch in der Experimentierphase. Und ich habe mehrere ähnliche Produkte erlebt, die sich in der Praxis nicht sehr gut bewährt haben.«

»Auf jeden Fall muß die Formel –« Dr. Kunce hielt inne, um

sich eine Schuppe von seinem feinen Seidenärmel zu wischen »– die Formel muß sehr interessant sein.«

Es flackerte kurz auf in Court Meladys kalten Augen, und er sagte leichthin:

»Darüber kann ich Ihnen nicht viel sagen, Dr. Kunce. Schauen Sie, ich habe die Formeln noch überhaupt nicht gesehen. Und da ich weder Pharmazeut noch Chemiker bin« – diesmal befand sich eine Schuppe auf Court Meladys Ärmel, und er nahm sich Zeit, sie wegzuwischen – »noch Arzt bin, hätte ich nicht einmal gewußt, was das Ganze bedeutet, wenn ich sie gesehen hätte.«

Es ist mir nie klar geworden, ob Dr. Kunce die Formel zur Sprache brachte, um dem etwas schwerfälligen Sergeant Lamb ein wenig auf die Sprünge zu helfen, oder ob Sergeant Lamb sich selbst an ihre mögliche Bedeutsamkeit erinnert hat. Jedenfalls sagte er schnell:

»Wo ist diese Formel, Mr. Melady?«

»Ich weiß es bestimmt nicht«, antwortete Court Melady nach einem Moment angespannter Stille. Er inspizierte die Asche an seiner Zigarette, hielt nach einem Aschenbecher Ausschau, zog die Augenbrauen hoch, als er keinen sah, und wiederholte: »Ich weiß es bestimmt nicht.«

»Sie wissen es also nicht! Aber hätte Peter Melady etwas so Wichtiges nicht in einen Safe getan? In der Bank? Oder in seinem eigenen Büro? Hätte er nicht Kopien einer so wichtigen Sache gemacht?«

»Das sollte man meinen.« Court Melady tippte sachte das kleine graue Ende seiner Zigarette ab. Die Asche schwebte sanft auf den Teppich, und Dr. Kunce stand sofort auf, um widerwillig hastig in eine Schublade zu greifen und einen Aschenbecher hervorzuholen, den er dann neben Court Meladys Ellbogen stellte. Court Melady murmelte: »Dankeschön«, und ich hatte das seltsame Gefühl, als hätten die beiden soeben eine Schlacht ausgetragen, und Court Melady hätte gewonnen. Es war aber nur ein momentaner Eindruck und eigentlich absurd, angesichts von Dr. Kunces unergründlichen Augen und der Tatsache, daß er sich nicht aus der Ruhe bringen ließ.

»Andererseits«, fuhr Court Melady fort, »würde niemand, der meinen Onkel Peter kennt, erwartet haben, daß er das Übliche tut. Ich bezweifle sehr, daß die Formel in irgendeinem Safe ist. Und ich weiß, daß es keine Kopie gab. Mr. Melady war völlig überzeugt von seiner eigenen ... äh ... Diskretion.«

»Wissen Sie denn, wo die Formel ist?«

»Nein. Wenn ich es wüßte, würde ich sie sicherstellen und meiner Frau übergeben, die ganz bestimmt während Peters ... Abwesenheit ... den größten Anspruch darauf hat.«

»Gut. Halten Sie es also für möglich, daß Mr. Melady die Formel irgendwo ... äh ... versteckt hat?« tastete sich Sergeant Lamb langsam vor.

Court Melady zuckte die Achseln.

»Sergeant Lamb, bei Peter Melady ist alles möglich. Er ist ein Mann von bemerkenswertem Geschäftssinn. Ich bewundere und respektiere ihn sehr. Aber ich würde nie zu erraten versuchen, was er tun oder lassen würde.«

»Launisch!« schloß Sergeant Lamb forsch. Court Melady sah ihn durch einen dünnen Schleier blauen Rauchs hindurch scharf an. Seine matten Augen waren wegen des Rauches zusammengekniffen.

»Nun ja«, sagte er, »so kann man es nennen. Eigensinnig ist ein anderes Wort.«

»In welcher Branche sind übrigens Sie tätig, Mr. Melady?«

»Ich bin in keiner Branche tätig«, sagte Court Melady langsam. Dr. Kunces Finger verharrten einen Augenblick auf dem Schnurrbart und nahmen dann ihre Streichbewegungen wieder auf.

»In keiner Branche«, wiederholte Sergeant Lamb. »Ach, Sie ... äh ... leben von Ihren Einkünften?«

»Wenn Sie so wollen«, sagte Court Melady und betrachtete wieder das Ende seiner Zigarette. Dann fügte er überraschend freizügig an: »Mein Vater war James Melady, Peter Meladys Cousin. Er hat mir genug Geld hinterlassen.«

»Ihre Frau ist Peter Meladys Tochter?«

»Gewiß. Das wissen Sie doch.«

»Kann sie ... ist sie selber vermögend?«

»Ich denke, Sie gehen etwas zu weit, Sergeant«, sagte Court Melady kühl. »Aber bitte, Sie erhält einen regelmäßigen Zuschuß von ihrem Vater und das, was ich beisteuern kann.«

»Dann wird es wohl nie knapp bei Ihnen, was, Mr. Melady?« flötete Sergeant Lamb.

Court Melady wurde zornig, aber er sagte bedächtig:

»Bei jedem wird's mal knapp, Sergeant. Sogar bei arbeitslosen Polizisten.«

»Soll das eine Drohung sein?« schrie Sergeant Lamb und lief rot an.

»Überhaupt nicht. Überhaupt nicht. Aber ich glaube, Sie weichen vom Thema ab, welches lautet: Wo ist Peter Melady? *Darum* sollten Sie sich kümmern, wissen Sie.«

»Ich kümmere mich, worum ich will«, sagte Sergeant Lamb. »Ist Ihre Gattin die Alleinerbin von Peter Melady?«

Die erfahrenen Augen Court Meladys waren jetzt sehr wachsam, und ich wußte, daß Dr. Kunce ihn unter seinen langen Wimpern sehr genau beobachtete. Nun ja, ich hatte Gerüchte gehört über Court Meladys ungezügelte Lust auf Kartenspiele, bei denen, wie man sich in B. zuraunte, oft große Summen die Besitzer wechselten. Angenommen, Court Melady hatte Geld gebraucht ... angenommen, er hatte seine Frau wegen ihres Geldes geheiratet ... angenommen ...

Die Vorstellung machte zu wenig Sinn, um sie weiterzuverfolgen. Also hörte ich Court Melady zu.

»Ich halte es für wahrscheinlich«, sagte Court Melady.

»Wissen Sie es nicht?«

»Nein. Mein Onkel – und Schwiegervater – hatte mich in dieser Beziehung nicht eingeweiht.«

»Und Sie haben keine Ahnung, wo diese Formel, diese Schlaypan Dings, sein könnte?«

»Nicht die geringste«, sagte Court Melady, und ich schwöre – ich weiß nicht, warum ich so sicher war, aber ich war es –, daß er log.

»Verstehen Sie, Dr. Kunce«, sagte Sergeant Lamb, »vielleicht hatte Peter Melady diese Formel hier im Krankenhaus. Vielleicht ist er deswegen verschwunden. Vielleicht ist das –«

»Glauben Sie, Peter Melady sei verschwunden, weil er die Slaepan-Formel mit ins Krankenhaus gebracht hat?« fragte Dr. Kunce mit seiner samtigen Stimme. »Ich persönlich sehe keinerlei Zusammenhang zwischen Ursache und Wirkung.«

»Nun, ich weiß auch nicht«, sagte Sergeant Lamb. »Aber ich wette, dieser Äther hat etwas damit zu tun. War das Zeugs nicht registriert – patentiert – was immer man tut, um solche Entdekkungen zu schützen? Ich meine, könnte jemand einfach damit davonlaufen und behaupten, er habe es erfunden, und er käme damit durch?«

Keiner der Herren schien die Frage beantworten zu wollen. Court Melady rauchte ruhig weiter, und Dr. Kunce studierte die gegenüberliegende Wand.

Schließlich sagte Court Melady langsam und bedächtig:

»Darüber kann ich Ihnen nicht viel sagen, aber ich fürchte, ein solches Vorgehen wäre durchaus möglich. Denn schauen Sie, wenn sie nicht registriert wurde, kann jeder, der die Formel besitzt, sie für sich beanspruchen. Es würde wohl eine Untersuchung geben. In Fachkreisen wäre der Verdacht wohl sehr groß. Aber könnte es wirklich bewiesen werden, daß der – Arzt zum Beispiel, oder der Chemiker, dem die Formel in die Hände gerät und der sie für seine eigene ausgibt, sie nicht selber entwickelt hat? Er könnte sie ohne weiteres für sich selber in Anspruch nehmen und würde mit der Zeit, vorausgesetzt, er ist dreist und einflußreich genug, auch den Verdacht auflösen. Und ich bin sicher, daß sie noch nicht patentiert wurde. Onkel Peter würde es nicht getan haben, bevor er sich eines Erfolges sicher wäre. Er war in diesen Dingen irgendwie abergläubisch. Und dies war bei weitem sein bedeutendstes Forschungsprojekt. Viel bedeutender als die verschiedenen Grippemittel, Hustensirups und Kopfwehtabletten, die die Melady Medikamentenfirma produziert. Aber die Melady Produkte sind Ihnen ja wahrscheinlich bekannt.«

»O ja«, sagte Sergeant Lamb. »Mein Kleiner nimmt regelmäßig Melady-Malz-Dorschleber-Öl. Hat letzte Woche 100 Gramm zugenommen. Sie glauben also, Peter Melady wollte es nicht registrieren lassen, bevor er wußte, daß es erfolgreich sein würde. Dieses Äther Zeugs, meine ich.«

»Das ist meine Vermutung. Wie ich schon sagte: Er weihte mich nicht in alles ein.«

»Aber könnten die Chemiker, die die Formel entwickelt haben, sie nicht reproduzieren, wenn sie verloren ginge oder gestohlen würde?«

Court Melady zuckte mit den Schultern.

»Das frage ich mich. Was meinen Sie, Dr. Kunce?«

»Wahrscheinlich nicht«, sagte Dr. Kunce. »Solche Dinge müssen exakt sein, wissen Sie. Es könnte ihnen letzten Endes gelingen, das ganze noch einmal hinzukriegen, aber es würde sehr viel Zeit kosten. Jemand, der die Formel in seinem Besitz hat, könnte sie registrieren lassen und als seine eigene Errungenschaft einführen, bevor die Melady Chemiker die identische Formel wiedergefunden haben. Das ist meine bescheidene Meinung – ich bin selber kein Chemiker.«

»Hatte Peter Melady nicht Angst, daß jemand die Formel stehlen könnte?«

»Für meinen Onkel ist das Leben eine lange, vergnügliche Schlacht«, wich Court Melady aus. »Warum all die Fragen über Slaepan? Haben Sie es zufällig gefunden?« Er drückte seine

Zigarette im Aschenbecher aus, während er das fragte, und sah Sergeant Lamb dabei nicht an, doch es schien mir, als warte er begierig auf die Antwort.

»Nein«, sagte Sergeant Lamb, »wir haben es nicht gefunden. Wir wissen nicht einmal, ob es gestohlen wurde. Ich dachte nur, daß es einen Grund für Peter Meladys Verschwinden darstellen könnte. Es ist nicht normal, daß jemand ohne jeden ersichtlichen Grund verschwindet.«

»Übrigens, Mr. Melady«, bemerkte Dr. Kunce sanft, »wann haben Sie Peter Melady das letzte Mal gesehen? Sie können sich sicher vorstellen«, erklärte er fast entschuldigend, »daß ich sehr daran interessiert bin, ihn wiederzufinden. Schließlich war er doch unser Patient.«

Das half Sergeant Lamb wieder auf die Sprünge.

»Richtig, Mr. Melady. Wann genau haben Sie Peter Melady zuletzt gesehen?«

»Ungefähr um neun Uhr letzte Nacht, glaube ich«, sagte Court Melady leichthin.

»Wir benahm er sich zu dieser Zeit?«

»Wie immer, denke ich. Die Schwester, Miss Keate hier, hatte mir gesagt, er habe einen sehr ermüdenden Tag gehabt wegen der extremen Hitze.«

»War er guten Mutes?«

»Ganz wie immer«, wiederholte Court Melady.

»Hat er nichts erwähnt, was ihn beunruhigte?«

»Überhaupt nichts.«

»Wie war seine Beziehung zu Dr. Harrigan?«

»Sie stellen mir schwierige Fragen, Sergeant Lamb«, sagte Court Melady, ohne zu zögern, was keinerlei Schwierigkeiten erkennen ließ. »Nun, ich denke, es ist kein Geheimnis, daß Dr. Harrigan und Peter Melady nicht gerade die besten Freunde waren.«

»Wissen Sie, warum sie sich nicht mochten?«

»Nein«, reagierte Court Melady prompt ohne Umschweife.

»Um welche Zeit haben Sie das Krankenhaus letzte Nacht verlassen?« fragte Sergeant Lamb weiter.

»Ungefähr um neun Uhr dreißig, glaube ich.«

»Jemanden angetroffen auf dem Weg hinaus?«

Court Melady warf zuerst Sergeant Lamb einen raschen Blick zu, dann Dr. Kunce, und antwortete bedächtig:

»Ich kann mich an niemanden Bestimmten erinnern. Warum fragen Sie?«

»Gingen Sie direkt nach Hause?«

»Nein. Nein, ich saß noch eine Weile im Euclid Park.«

»Wie lange ungefähr?«

»Das kann ich wirklich nicht genau sagen. Warum?«

»Wann sind Sie zu Hause angekommen?«

»Es muß um elf Uhr herum gewesen sein. Es war immer noch sehr warm.«

»Sind Sie irgend jemandem begegnet, als Sie zu Hause ankamen?«

»Nein. Ich schloß mit meinem Hausschlüssel auf und ging direkt in mein Zimmer.«

»Keiner der Hausangestellten hat Sie gesehen?«

»Nein«, sagte Court Melady knapp. »Was soll dieses Verhör?«

»Ganz einfach: daß es gut wäre für Sie, Mr. Melady, wenn jemand Sie das Krankenhaus verlassen oder Sie sonst irgendwo gesehen hätte, bevor Dr. Harrigan ermordet wurde und Ihr Schwiegervater verschwand. Ihre Gattin ist die Erbin von Peter Meladys Vermögen. Sie haben kein Alibi, geben zu, knapp bei Kasse zu sein – das sieht nicht gut aus, nicht wahr, Dr. Kunce?« Wieder hätte man meinen können, er riebe sich die Hände.

»Oh, zweifellos«, sagte Dr. Kunce verbindlich. »Bloß – und da liegt der Hase im Pfeffer: Nicht Peter Melady wurde ermordet, sondern Dr. Harrigan.«

»Also darauf wollen Sie hinaus«, sagte Court Melady. Er war nicht mehr so kühl distanziert wie zuvor, aber ein Mann, der gerade offen beschuldigt wurde, etwas mit einem Mord zu tun zu haben, würde nicht unbedingt kühl distanziert sein, ob er nun schuldig war oder nicht. »Nun, da werden Sie nicht weit kommen. Ich hatte das Krankenhaus verlassen, lange bevor Dr. Harrigan es letzte nacht betrat. Lange bevor Dr. Harrigan ermordet wurde. Ich weiß nichts über diesen Mord. Und in Ihrem eigenen Interesse würde ich Ihnen etwas mehr Eile anraten beim Versuch, den Aufenthaltsort meines Onkels ausfindig zu machen. Ich halte es für ausgeschlossen, daß er Dr. Harrigan erstochen hat und dann geflohen ist, und ich glaube, Sie stimmen darin mit mir überein. Also – wo ist er? Was ist ihm zugestoßen? Wurde er auch – ermordet?«

Er hielt inne. Im heißen, stillen Zimmer schien seine Frage wie ein Echo nachzuhallen: *Wurde er auch ermordet? Wurde er auch ermordet?*

Keiner sagte einen Ton, und Court Melady rutschte unruhig auf seinem Stuhl hin und her, als wollte er einen unangenehmen Gedanken vertreiben, zündete sich eine weitere Zigarette an und sah wieder zu Sergeant Lamb.

»Und Sie machen sich jetzt besser an die Arbeit und finden heraus, was hier eigentlich los ist, bevor Ihnen alle deswegen an den Kragen wollen. Peter Melady ist ein – ziemlich wichtiger Mann in B.«

»Das braucht Sie nicht zu kümmern«, sagte Sergeant Lamb tapfer, aber nicht sehr erfreut. »Es ist mein Kragen. Und ich werde dieser Sache in Kürze auf den Grund kommen. Bevor der neue Chef des Morddezernats zurückkommt.«

»Ein neuer Chef?« fragte Dr. Kunce sofort. »Meinen Sie diesen jungen Kerl, der erst neulich ernannt wurde?«

»Tja. In der Zentrale halten sie große Stücke auf ihn. Die neue Verwaltung hat ihm den Posten zugeschanzt; das weiß jeder. Sie nennen ihn den Polizei-Gentleman. Gentleman!« wiederholte Sergeant Lamb mit Bedauern. »So weit ist es also gekommen. Jetzt ist er Chef des Morddezernats oder wird es sein, wenn er am Freitag zurückkommt. Er war in Europa. So einer ist das. Der Polizei-Gentleman! Gerade er, ein ehemaliger Privatschnüffler!« schloß Sergeant Lamb verächtlich und doch irgendwie traurig. »Und man kann sich denken, was das heißt!«

»Es scheint, der Gentleman wird sich mitten in einem schikken Durcheinander wiederfinden«, sagte Court Melady.

Sergeant Lamb lächelte.

»Stimmt. Bloß werd' ich Ordnung geschaffen haben, bevor er hier ankommt. Es ist kein so schwieriges Problem. All diese Mordfälle sind simpel – wenn man erst einmal die richtige Einstellung dazu gefunden hat.«

»Aber sicher«, stimmte Dr. Kunce zu, und seine Nase ragte über seinen Bart. »Wenn man erst einmal die richtige Einstellung dazu hat. Dieser Chef des Morddezernats muß der junge O'Leary sein. Ich erinnere mich, vor kurzem etwas über seine Ernennung gelesen zu haben.«

»Ja«, sagte Court Melady und grinste. »Eine der groß angekündigten Reformen der neuen Verwaltung. Ich traf den jungen Mann einmal bei einem Dinner letzten Frühling.«

»Wirklich?« sagte Dr. Kunce. »Ist er so bemerkenswert?«

Court Melady schüttelte den Kopf, noch immer kühl distanziert.

»Vielleicht, aber man sieht es ihm nicht an. Ein schlanker junger Mann, eher gewöhnlich. Fährt ein schönes Auto. Hatte nicht viel zu sagen. Ich kann mir nicht vorstellen, daß irgend einem Kriminellen unserer Stadt das Hemd flattert, wenn er seinen Namen hört.«

»Handelt es sich um Lance O'Leary?« fragte ich Sergeant Lamb sehr interessiert.

»Richtig. Lance O'Leary. Kennen Sie ihn?«

»Er war einmal ein Patient von mir«, sagte ich schnell, da ich es nicht für notwendig hielt zu erwähnen, daß ich Mr. O'Leary in Wirklichkeit ziemlich gut kannte. Und zwar aus einer anstrengenden Phase meines Lebens, von der ich an anderer Stelle erzählt habe, und daß ich ihm sogar ein oder zweimal hatte weiterhelfen können.

Sergeant Lamb sah mich mißtrauisch an.

»Hören Sie, Schwester«, sagte er, und ich glaube, seine Unhöflichkeit dabei war keine Absicht, »verheimlichen Sie mir nichts, nur weil er ein Freund von Ihnen ist.«

»Ich kann Ihnen versichern, Sergeant Lamb«, sagte ich unverzüglich und etwas schroff, »daß ich nicht die Absicht habe, Ihnen etwas zu verheimlichen, falls Sie damit meinen, daß ich Informationen für mich behalten würde, die zur Überführung des Mörders dienen könnten. Erstens habe ich nichts zu verheimlichen. Und zweitens gehe ich mit meinen männlichen Patienten keine Freundschaften ein.«

Gerade in diesem Augenblick verschluckte sich Court Melady an seinem Rauch und hustete heftig, was den Nachdruck meiner Worte etwas schmälerte. Aber auch so sah Sergeant Lamb aus, als täte es ihm ein wenig leid.

»Nein, Madam, Sie sehen nicht aus wie eine dieser . . .« Den Rest des Satzes verstand ich nicht mehr, denn Dr. Kunce stand in diesem Augenblick abrupt auf und ging zur Tür, um zu fragen, ob Mr. Ladd schon gekommen sei. Offensichtlich war Kenwood Ladd gerade im Vorzimmer eingetroffen und war bereit für sein Treffen mit Dr. Kunce. Court Melady stand ebenfalls auf, bestrebt, sich möglichst rasch zu verabschieden, und ging, nachdem Sergeant Lamb erwähnt hatte, daß es gut für ihn wäre, jemanden zu finden, der ihn nach dem Verlassen des Krankenhauses gesehen hatte. Ich glaube, Sergeant Lamb wollte mit seiner Bemerkung hintergründig sein, war aber gerade das Gegenteil.

»Halten Sie mich bitte auf dem laufenden über mögliche Entwicklungen«, sagte Court Melady, als hätte er Sergeant Lambs Warnung nicht gehört. »Diese Unfähigkeit herauszufinden, was mit Peter Melady geschehen ist, ist grotesk. Meine Frau ist außer sich vor Sorge. Gehen Sie im Laufe des Tages mal zu ihr rauf und sehen nach ihr, Dr. Kunce? Sie ist mit ihren Nerven am Ende. Hallo, Ladd. Üble Sache hier.«

»Äußerst übel«, stimmte Ladd zu. »Wie geht's, Dr. Kunce?«

Die Bürotür schloß sich hinter Court Melady, und der Neuankömmling musterte den Raum gründlich, bevor er mir höflich zunickte, ein »Hallo, Sergeant« in Richtung Sergeant Lambs sagte und sich auf den Stuhl setzte, den ihm Dr. Kunce zuwies.

»Sie wollten mich noch einmal sehen?«

Niemand wäre auf die Idee gekommen, daß er fürchterliche Angst hatte. Das Leben war für Kenwood Ladd während der letzten Monate vor Dr. Harrigans Ermordung nicht gerade leicht gewesen, und diese scheußliche Sache muß ihm den Rest gegeben haben, aber er hatte sich perfekt unter Kontrolle. Bis auf einen winzigen Moment.

»Nun ja«, sagte Dr. Kunce leise. »Wir sind gezwungen, eine detaillierte Untersuchung durchzuführen, wegen der ... Tragödie letzte Nacht. Keine leichte Aufgabe, wissen Sie.«

»Das glaube ich. Und das in einem Krankenhaus, wo den ganzen Tag so viele Leute ein und ausgehen. Ich kann mir kaum vorstellen, daß Sie in Ihrer Untersuchung große Fortschritte machen.«

»Ach, nein?« sagte Sergeant Lamb. »Es ist aber nicht so schwierig, wie es vielleicht aussieht. Wir schränken den Täterkreis ein. Schränken ihn ein.«

»Ach so«, sagte Kenwood Ladd höflich.

»Sie waren gestern nacht als Besucher im Ostflügel des dritten Stockes?«

»Ja.«

»Sie besuchten Mrs. Harrigan?«

»Ja.«

»Freund der Harrigans?«

»Nun – ja.«

»Sie kennen sie gut?«

»Das kann man nicht sagen, nein. Ich baue ihr neues Haus draußen bei den Westwood-Hügeln. Ich bin Architekt, wissen Sie. Also habe ich sie ziemlich oft gesehen.«

»Waren Sie und Dr. Harrigan befreundet?«

Kenwood Ladds stets verkniffener Mund wurde noch verkniffener und seine Augen etwas schmaler unter seinen geraden, sonnengebleichten Augenbrauen, blieben aber ruhig.

»Nicht besonders. Ich kenne Mrs. Harrigan natürlich besser.

»Warum natürlich?« fragte Sergeant Lamb.

»Haben Sie je versucht, für eine Frau ein Haus zu bauen?« fragte Kenwood Ladd etwas schwerfällig und fügte hinzu: »Es sind immer die Frauen, die das Sagen haben beim Bau eines Hauses. Die Männer überlassen ihren Ehefrauen die ganze Planung. Das ist ein Umstand«, fuhr er desinteressiert fort, »der Licht und Freude in das Leben eines Architekten bringt. Darf man rauchen, Dr. Kunce? Oder ist Ihr Büro nicht weit genug entfernt vom Rest des Krankenhauses?«

»Tut mir leid, ich habe keine Zigaretten. Ach, Sie haben Ihre eigenen. Dort steht ein Aschenbecher.«

Dr. Kunces Worte waren einigermaßen wohlwollend gewesen, dennoch schaute ihn Kenwood Ladd erstaunt an und steckte die Zigaretten, die er schon halb hervorgenommen hatte, wieder weg.

»Wollen Sie damit sagen, daß Sie lieber mit Frauen zu tun haben?« fragte Sergeant Lamb, der offensichtlich ganz sicher gehen wollte, daß zwei und zwei vier macht.

»Hab' ich diesen Eindruck erweckt?« fragte Kenwood Ladd.

»Was meinten Sie dann?«

»Ich meine«, sagte Kenwood Ladd gelangweilt, »daß niemand, der recht bei Sinnen ist, seine Jugend gerne damit vergeudet, unzählige Entwürfe für ein und dasselbe Haus zu zeichnen. Oder besser gesagt, nicht für dasselbe Haus. Denn es ist nicht mehr dasselbe Haus, wenn die Damen ihre Meinung ein paarmal geändert haben.«

»Ach, Sie meinen, die Frauen ändern häufig ihre Meinung?« brillierte Sergeant Lamb.

»Genau, Sergeant«, sagte Kenwood Ladd ermutigend. »Und ich ändere die Entwürfe. Und ich tue es persönlich, denn der Stand meiner ... äh ... geschäftlichen Finanzen erlaubt es mir momentan nicht, Zeichner anzustellen. Die Depression, Sie wissen schon. Keine Bauaufträge. Passende Ersatzbeschäftigung, ein Alibi sozusagen.«

»Das ist genau, was wir suchen, ein Alibi«, sagte Sergeant Lamb widerspenstig. »Wann haben sie gestern nacht das Krankenhaus verlassen?«

»Lassen Sie mich überlegen ... Die junge Schwester im blauweißgestreiften Kleid kam ungefähr um neun Uhr dreißig rein, glaube ich, um mir zu sagen, daß die Besuchszeit vorbei sei. Wir haben danach noch ein bißchen geplaudert. Ich fürchte, ich weiß nicht genau wie lange.«

»Wohin sind Sie gegangen, nachdem Sie das Krankenhaus verlassen hatten?«

»Spazieren«, sagte Kenwood Ladd, ohne zu zögern.

»Jemanden gesehen, den Sie kennen?«

»Nun ... nein, nicht, daß ich wüßte.«

»Wo wohnen Sie?«

»Im Westwood.«

»In diesem neuen Apartment-Hotel?«

»Ja.«

»Dann hat Sie doch sicher jemand heimkommen sehen?«

»Ich – glaube nicht.«

»Sie glauben nicht? Das ist sonderbar. Wimmelt es dort nicht von Laufburschen und Angestellten?«

»Es gibt einen Nachtportier. Er war zufällig gerade im hinteren Büro. Schrieb wahrscheinlich Rechnungen. Das macht er sehr gewissenhaft.«

»Sonst war keiner da?«

»Gesehen habe ich niemanden. Es war eine heiße Nacht, wissen Sie. Der Liftboy war nicht da, holte sich wahrscheinlich einen kalten Drink. Ich erinnere mich jedenfalls nicht, jemanden gesehen zu haben.«

»In welchem Stockwerk wohnen Sie?«

»Im elften.«

»Sie nehmen den Fahrstuhl nach oben?«

»Aber sicher.«

»Sie wissen wohl einiges über Fahrstühle, oder, Ladd?«

Ich glaube, als Kenwood Ladd dieses Büro betreten hatte, war er fest entschlossen, unter keinen Umständen die Beherrschung zu verlieren. Er mußte gewußt haben, daß gewisse Bemerkungen nicht ausbleiben würden. Sein gutes Verhältnis zu Mrs. Harrigan konnte nicht unbemerkt bleiben. Aber jetzt geriet seine Selbstsicherheit etwas ins Wanken.

»Was genau wollen Sie damit sagen?« fragte er scharf. Seine Augenbrauen waren immer noch gerade und unergründlich, aber seine Augen weiteten sich ein wenig. Plötzlich war er mir sympathischer.

»Genau das, was ich sage: Verstehen Sie viel von Fahrstühlen?«

Kenwood Ladd nahm sich bewußt Zeit, um seine Zigaretten hervorzunehmen, eine auszuwählen und sie anzuzünden. Er tat es völlig mechanisch und nahm Dr. Kunces mißbilligenden Blick gar nicht wahr.

»Nicht mehr als jeder andere, denke ich«, sagte Kenwood Ladd schließlich und ließ dünnen, blauen Rauch sein Gesicht verhüllen. »Wenn Sie wissen wollen, ob ich einen Liftboy brauche, um in meine Wohnung zu gelangen, – sicher nicht. Die Liftboys im Westwood sind nichts anderes als Kleingeldsammelstellen.«

»Sie haben nicht zufällig unterwegs bei einer Drogerie angehalten? Sodabar? Zigarettenladen?«

In diesem Moment huschte ein seltsamer Ausdruck über Kenwood Ladds reserviertes Gesicht. Huschte darüber hinweg und war wieder verschwunden, doch ich sah etwas wie Angst in diesen wachsamen, bewußt ruhig schauenden blaugrauen Augen.

»Nein, ich glaube nicht«, sagte er langsam.

»Es wäre aber besser für Sie, wenn Sie hätten, verstehen Sie?« sagte Sergeant Lamb.

»Das müssen Sie mir erklären.«

»Ich meine, daß niemand gesehen hat, wie Sie das Krankenhaus verlassen haben. Und daß der Ehemann der Dame, die Sie besucht haben, um Mitternacht ermordet wurde.«

Es überraschte mich, auf Kenwood Ladds Gesicht schwache, aber eindeutige Zeichen der Erleichterung festzustellen, die ich jedoch nicht genau beschreiben kann. Bloß eine kaum wahrnehmbare Entspannung seines Mundes, eine rasche, weniger sorgfältig kontrollierte Bewegung, mit der er seine Zigarette anhob. Es kam mir sehr eigenartig vor, daß er wegen einer Aussage erleichtert schien, die gewiß die unangenehmsten Folgen für ihn haben könnte.

»Oh, natürlich«, sagte Kenwood Ladd. »Das habe ich eigentlich erwartet. Nun, damit kommen Sie nicht sehr weit, Sergeant Lamb. Ich habe Dr. Harrigan nicht umgebracht.«

»Ach wirklich?« sagte Sergeant Lamb. »Nun irgend jemand muß es getan haben.«

»Daran zweifle ich nicht im geringsten. Und dieser Jemand hat gründliche Arbeit geleistet, was man so hört.«

Seine Schnoddrigkeit gefährdete die Sympathie, die ich für ihn zu hegen begonnen hatte. Später wußte ich, daß sie eine Art Trotzreaktion war.

»Sehr gründliche Arbeit«, sagte Dr. Kunce kühl. Er hatte wie ein Götzenbild dagesessen. Das einzige, was sich bewegt hatte, waren die ununterbrochen über seinen schwarzen Seidenbart streichenden Finger und seine verschleierten, dunklen Augen.

»Wir wollen ja nur ein Alibi, Ladd«, sagte er freundlich. »Das können Sie uns doch sicher liefern. Sie sehen ja selber, es ist nur eine Formalität. Man ist gezwungen, über jeden Erkundigungen einzuholen, von dem bekannt ist, daß er sich am –«

»Tatort aufgehalten hat?« beendete Kenwood Ladd den Satz. »Gut, ich werde sehen, was sich machen läßt.«

»Nun hören Sie mir mal gut zu. Versuchen Sie jetzt nicht, sich irgend etwas auszudenken«, sagte Sergeant Lamb, der Dr. Kunces Ausführungen über Alibis als reine Formsache sehr mißtrauisch zugehört hatte und nun wirklich alarmiert war. »Es handelt sich hier um Mord, ist das klar? Um Mord und Entführung – nun, Mord auf jeden Fall. Wir werden keine Tricks tolerieren. Dies ist etwas anderes, als wenn man ... in einen Verkehrsstau gerät.«

Sergeant Lambs Ironie war nichts für zarte Gemüter. Eine leichte Röte stieg in Kenwood Ladds Gesicht. Sie machte ihn attraktiv. Man sah den hübschen Jüngling sozusagen unter seiner Maske der Gleichgültigkeit hervorblinzeln. Ich denke, er merkte das selbst und war gerade jung genug, um sich deshalb zu genieren. Er sagte in scharfem Ton:

»Ich habe erwartet, daß Sie versuchen würden, mir etwas anzuhängen. Das gäbe einen schönen Zeitungsartikel ab, nicht wahr? Genau das, was die Leute lesen wollen. Oder bringt es die Effizienz der Polizei einer breiten Öffentlichkeit zum Bewußtsein?«

Dr. Kunce räusperte sich leise und murmelte: »Aber, aber, Ladd. Reine Formsache.«

»Also so kommen Sie bei mir nicht weiter, junger Mann«, sagte Sergeant Lamb. »Sie wollen doch wohl nicht abstreiten, sich mit der Frau eines anderen abgegeben zu haben?«

»Ach, du meine Güte!« sagte Kenwood Ladd. »Nicht so, wie Sie es denken, nein«, setzte er ruhig hinzu.

# 7

Er stand auf, trat zum Fenster und stand einen Augenblick dort, seine Hände tief in den Taschen seiner leichten Tweedjacke. Als er sich umdrehte, war die leichte Röte aus seinem Gesicht verschwunden. Er war jetzt sehr blaß, und man sah ihm an, daß er verzweifelt versuchte, sich nichts anmerken zu lassen.

»Nun, wie war es denn?« fragte Sergeant Lamb, zwei und zwei zusammenzählend.

»Ich gebe zu, ich habe Mrs. Harrigan oft gesehen in letzter Zeit. Ich habe keinen Grund, das abzustreiten. Ich sehe meine Kunden immer sehr oft. Und wahrscheinlich war ich öfter mit Mrs. Harrigan zusammen, als ich mich gewöhnlich mit einem ... Kunden treffe. Ich ... nun, ich sollte Ihnen wohl sagen, daß es mir viel bedeutete, ihr Haus zu bauen.«

»Finanziell, natürlich«, folgerte Dr. Kunce mit sanfter Stimme. Kenwood Ladd warf einen raschen Blick auf das undurchdringliche Gesicht des Arztes.

»Finanziell, natürlich. Und beruflich. Ich bin tatsächlich teuflisch knapp bei Kasse gewesen in letzter Zeit.«

»Also«, sagte Sergeant Lamb langsam und irgendwie skeptisch, »wissen Sie irgend etwas über diesen Mord? Oder über Peter Melady? Haben Sie Dr. Harrigan oder seine Frau je etwas sagen hören, woraus Sie hätten schließen können, daß er in Gefahr war? Hatte er irgendwelche Feinde? Irgendwelche Feinde außer« – hier machte Sergeant Lamb eine rhetorische Pause – »außer Peter Melady?«

»Nicht, daß ich wüßte«, antwortete Kenwood Ladd sofort.

»Sie kamen mit Dr. Harrigan gut aus, sagen Sie?«

»Sicher.«

»Miss Page ist hier, Doktor«, sagte die Sekretärin an der Tür. Sie blickte auf Kenwood Ladd und rückte ihr Haar zurecht.

»Sehr gut«, sagte Dr. Kunce. »Möchten Sie jetzt Miss Page

sehen, Sergeant? Ich glaube nicht, daß uns Kenwood Ladd im Augenblick noch weiterhelfen kann.«

»Wohl kaum«, sagte Sergeant Lamb widerwillig. »Aber Sie bleiben in der Nähe, junger Mann. Und sehen Sie zu, ob Sie nicht ein Alibi auftreiben können. Muß aber ein echtes sein.«

»Machen Sie sich keine Sorgen, ich verlasse die Stadt nicht«, sagte Kenwood Ladd bitter. »Mir fehlt das Geld, um abzuhauen. Was haben Sie eigentlich mit der ganzen Sache zu tun, Kunce? Es ist ungewohnt, Sie in der Rolle des Sherlock Holmes zu sehen.«

Dr. Kunce erstarrte.

»Als Chefarzt des Melady Memorial Krankenhauses habe ich sehr viel damit zu tun«, sagte er kühl, und dann, mit einem kleinen Raschelgeräusch, erschien Nancy in der Tür.

Nancy ist eigentlich nicht schön. Aber manchmal muß man sich selbst daran erinnern, daß ihr die klassischen Attribute fehlen, so vollständig verkörpert sie die Illusion von Schönheit. Ich weiß nicht genau, wo der Grund für dieses Trugbild liegt, ob in der Geschmeidigkeit ihres blonden Haares und der Art, wie das Licht es in Gold verwandelt, oder in der Anmut ihres schlanken Körpers, der gleichzeitig kräftig ist, in der sanften Blässe ihres festen kleinen Kinns oder in ihren Lippen, die etwas ganz Besonderes sind. Vielleicht sind es auch ganz einfach ihre Augen. Jedenfalls verkörperte sie schon immer die Weiblichkeit schlechthin, und die Männer waren ihr immer gerne behilflich, als wollten sie sie instinktiv vor lauernden Gefahren beschützen. Ich erinnere mich, daß ein Assistenzarzt einmal ein Gedicht für sie schrieb, dem er den nicht gerade originellen Titel »Mädchen meiner Träume« gab, und es begann ungefähr so: »Das Mädchen, von dem alle träumen, ich bin verliebt in sie«, und ging in diesem Stil weiter über mehrere Seiten. Jemand fand es und brachte es zur Belustigung unter die Leute mit dem Resultat, daß bald das ganze Krankenhaus aus dem Werk zitierte, was Nancy sehr ärgerte und den Assistenzarzt natürlich verletzte und sehr verlegen machte. Es stimmt schon, daß Männer Nancy gewöhnlich anerkennend ansehen, so als ob etwas in ihrem Innern sagen würde: »Das ist sie jetzt. Schau sie dir gut an. Du hast lange auf diesen Anblick gewartet.« Die Blicke sind respektvoll, aber – nun ja, mich schauen die Männer auch respektvoll an, und es ist überhaupt nicht derselbe Blick.

Wie dem auch sei, es schien, als sei Kenwood Ladd die Ausnahme dieser allgemeinen Regel. Er warf Nancy einen kurzen Blick zu, und gleichzeitig schien ihm einzufallen, daß er anderswo eine wichtige Verabredung hatte. Das alles erschien mir sehr brüsk und abrupt. Er drängte sich an Nancy vorbei, entschuldigte sich kaum, schloß elegant die Tür und war weg.

»Oh«, sagte Nancy atemlos. Worauf Sergeant Lamb sich sofort genötigt fühlte, aufzustehen und sehr galant zu sagen:

»Er ist etwas aufgeregt, Miss, beachten Sie ihn nicht.«

»Allerdings«, sagte Nancy. »Sie wollten mich sehen, Dr. Kunce?«

Dr. Kunce war, wie es sich für einen Arzt gehört, eine weitere Ausnahme in bezug auf Nancys Gabe, Nancy zu sein. Er schien überhaupt immun zu sein gegen den Charme jedweder Krankenschwester, so soll es ja auch sein. In einem Krankenhaus gibt es weit weniger Liebesaffären, als die Leute gemeinhin denken. Es ist nicht so einfach, sich seinen Gefühlen hinzugeben zwischen chirurgischen Verbänden, Fieberkurven und Verdauungsproblemen. Gleichzeitig stimmt es, daß die strenge weiße Tracht und das gestärkte weiße Häubchen etwas Reizvolles an sich haben.

»Miss Page, wir sind dabei, eine gründliche Untersuchung durchzuführen, und wir möchten, daß Sie uns ein paar Fragen beantworten. Ich habe Miss Keate gebeten dabeizusein, da sie an den Ereignissen der letzten Nacht so ... äh ... aktiv beteiligt war. Und ... äh ... Sergeant Lamb von der Polizei.«

»Oh«, machte Nancy wieder. »Ich – guten Tag.«

»Setzen Sie sich doch, Miss Page.«

Sie stellten ihr eine ganze Menge Fragen, aber sie bestätigte meistens nur, soweit sie es konnte, was ich ihnen kurz nach dem Fund von Dr. Harrigans Leiche erzählt hatte. Ja, sie nehme an, sie und Miss Keate und Miss Ash seien um genau zwölf Uhr nach unten zum Nachtessen gegangen, denn um diese Zeit klingelte immer die Glocke, die zum Nachtessen ruft. Sie seien sofort nach unten gegangen, als sie die Glocke hörten, und hätten Ellen Brody alleine im Flügel gelassen, wie das so üblich war. Ellen hätte zu ihrem Nachtessen hinuntergehen sollen, nachdem die dienstälteren Schwestern zurückgekommen waren, aber sie glaube, letzte Nacht habe sie das nicht getan.

»Warum nicht?« fragte Sergeant Lamb. »Es blieb doch genug Zeit, bevor Miss Keate die Leiche fand, oder?«

»Ellen hatte um elf Uhr drei Riegel Schokolade gegessen«, sagte Nancy kurz. »Und dann waren wir alle – nun, sehr besorgt wegen der Notoperation, die Dr. Harrigan durchführen wollte. Niemand verstand das. Ich bin ziemlich sicher, daß Ellen nicht 'runtergegangen ist zum Essen.«

»Fahren Sie fort«, sagte Sergeant Lamb. »Was geschah dann?«

Dann, erinnerte sie sich, sei Miss Keate in den vierten Stock hinauf gegangen, und sie selber sei schnell zu Mrs. Melady.

»Sie meinen Dione Melady?« fragte Sergeant Lamb. »Weshalb wollten Sie zu ihr?«

Nun ja, ich wußte natürlich, was Ellen erzählt hatte, und ich muß sagen, ich hatte etwas Angst vor Nancys Antwort, besonders als ich Sergeant Lambs hellblaue Augen nachdenklich auf die weichen, blonden Locken unter Nancys Häubchen fixiert sah.

»Sie ist sehr leicht erregbar«, sagte Nancy ohne das geringste Zögern. »Ich hielt es für wahrscheinlich, daß sie sich furchtbar wegen der Operation aufregen würde.«

»Weshalb sollte sie davon wissen?« fragte Sergeant Lamb. Diesmal stockte Nancy. Sie sah bleich und müde aus und hatte blaue Schatten unter den Augen. Aber keiner von uns sah frisch aus nach jener Nacht. Sie sagte:

»Die Angehörigen eines Patienten werden immer benachrichtigt, wenn ein chirurgischer Eingriff bevorsteht.«

»Sie haben es ihr also gesagt.«

»Ja«, sagte Nancy. Ich glaube, ich war die einzige, die spürte, daß in diesem Eingeständnis etwas Verzweifeltes lag. Ihre Lippen wurden zu schmalen Linien, und der entschlossene Blick, mit dem sie Sergeant Lambs fahlem Starren begegnete, verriet Furcht.

»Sie haben es ihr gesagt? Mitten in der Nacht, im Bewußtsein, daß sie sich darüber sehr aufregen würde?« fragte Sergeant Lamb. »Das war aber nicht sehr klug.«

»Miss Page hat richtig gehandelt«, unterbrach Dr. Kunce. »Vor allem angesichts der sehr ungewöhnlichen Umstände.«

Sergeant Lamb beugte sich vor. Ich glaube, er wollte durch Überraschung Nancy einschüchtern:

»Miss Page, warum haben Sie gesagt, jemand müsse es verhindern, und warum hat Mrs. Melady geantwortet, daß das Mord wäre und daß es Ihre Schuld sei?«

Ich gebe zu, ich mochte nicht, wie Nancy auf seine scharfen Fragen reagierte. Nicht einmal Sergeant Lamb, der sie überhaupt nicht kannte, konnte entgangen sein, wie besorgt sie plötzlich war, und Dr. Kunce ließ seine langen Wimpern hochschnellen und schaute sie scharf an.

»Ich weiß nicht« – sagte Nancy atemlos –, »was Sie meinen.«

»Ach, kommen Sie, Miss Page. Jemand hat Ihr Gespräch mit Mrs. Melady mitgehört. Warum haben Sie gesagt, jemand müsse die Operation verhindern? Was meinten Sie damit?«

»Ich – ich – das, was ich sagte.«

»Warum haben Sie das gesagt?«

»Weil Mrs. Melady sehr besorgt war. Sie war von Anfang an

gegen eine Operation. Sie hielt sie für zu riskant und sagte mir deutlich, daß sie von mir erwarte einzugreifen. Deshalb sagte sie, es wäre meine Schuld, wenn es zu einer Operation kommen würde. Eine Krankenschwester stimmt einer hypernervösen Patientin gewöhnlich zu, und außerdem« – Nancy hatte sich wieder etwas gefaßt – »außerdem war ich wirklich der Meinung, daß man sie verhindern sollte. Ich war überzeugt, daß Dr. Kunce nicht einverstanden gewesen wäre.« Sie hielt kurz inne und fuhr dann nüchtern fort: »Ich fand, man müsse ihn auf der Stelle über die ganze Angelegenheit informieren.«

»Ganz richtig«, sagte Dr. Kunce, und seine Nase schob sich zustimmend über seinen Bart.

»Trotzdem«, wandte Sergeant Lamb ein. »Es ist seltsam, daß Mrs. Melady sagte, es wäre Mord. Denn sehen Sie, genau das war es. Also warum hat sie von Mord gesprochen?«

»Aber es war ja gar nicht Peter Melady, der ermordet wurde«, murmelte Dr. Kunce verhalten.

»Vielleicht nicht, vielleicht doch«, knurrte Sergeant Lamb. »So weit bin ich noch nicht. Aber ich weiß, daß Mrs. Melady *Mord* gesagt hat, und ich will wissen, warum.« Seine blaßblauen Augen ruhten argwöhnisch auf Nancy, die ihren Blick gesenkt hatte und still war. Wenn Nancy ihren Blick senkt, und ihre Wimpern sanft geschwungene Bögen über ihren zarten Wangen bilden, möchte man sie unwillkürlich verteidigen. Ohne es eigentlich zu wollen, sagte ich sofort:

»Mrs. Melady weiß manchmal nicht, was sie redet, Sergeant Lamb.«

Worauf Dr. Kunce meinte:

»Ja, Sergeant Lamb, ich würde dem, was Mrs. Melady sagte, keine besondere Bedeutung beimessen. Sie ist hysterisch veranlagt und fähig, grotesk übertriebene Dinge zu sagen.«

»Hmm«, machte Sergeant Lamb, der sich von niemandem an der Nase herumführen ließ. »Und doch ist es seltsam, daß sie sagte, es wäre Mord, und dann war es Mord.«

»Sie hat sich aber um ihren Vater Sorgen gemacht«, sagte ich ungeduldig. »Sie hatte sich schon die ganze Zeit Sorgen gemacht, daß ihn die Operation zuviel Kraft kosten könnte. Und es ist Dr. Harrigan, der umgebracht wurde. Ich sehe keinen großen Zusammenhang zwischen ihren hysterischen Einwänden gegen die Operation ihres Vaters und der Tatsache, daß Dr. Harrigan umgebracht wurde. Und was mich angeht, ist Peter Meladys ungeklärtes Verschwinden von ebenso großer Wichtigkeit wie der Mord an Dr. Harrigan. In meiner ganzen Laufbahn ist mir noch nie ein Patient einfach abhanden gekommen. Ein Mann in seinem Gesundheitszustand und im Nachthemd kann nicht weit gekommen sein. In Anbetracht dessen, daß alle Außentüren des Krankenhauses abgeschlossen waren, kann ich mir nicht einmal vorstellen, daß er das Krankenhaus überhaupt verlassen hat.«

Dies schien ein kritischer Punkt zu sein.

»Wir werden jeden Stein umdrehen«, sagte Sergeant Lamb und starrte bedrückt auf seine bleiche Nasenspitze. Er verfügte, wie ich feststellen sollte, über einen riesigen Vorrat an stehenden Wendungen. Dr. Kunce sah mich mit dem Blick eines Mannes an, der befürchtet, kritisiert zu werden.

»Wir unternehmen das Menschenmögliche, um ihn zu finden, Miss Keate«, versicherte er gehetzt. »Ich stimme völlig mit Ihnen überein. So eine Situation hat es, seit ich hier bin, nie gegeben. Aber« – er zuckte mit den Schultern – »was wollen Sie, ich bin hilflos. Alles, was wir tun können, ist die Sache der Polizei überlassen. Und zu Ihrer Information, das Krankenhaus *war* abgeschlossen. Sämtliche Ein- und Ausgänge waren verriegelt, wie es hier üblich ist. Wir haben es überprüft. Und Peter Melady ist *nicht* im Krankenhaus. Ich habe mich persönlich davon überzeugt.«

»Gewiß, Dr. Kunce«, sagte ich rasch. Ich habe zwar vor niemandem Angst, aber ich weiß, was sich für eine Krankenschwester gehört.

»Wir werden«, sagte Sergeant Lamb, und seine Augen waren wieder auf die feucht glänzenden Locken um Nancys Gesicht gerichtet, »wir werden Peter Melady finden, wenn es ihn überhaupt noch gibt. Welche Farbe hat Ihr Haar, Miss Page?«

»Welche Farbe? Nun ... nun – es ist braun.« Nancy sah etwas verwirrt aus und wiederholte: »Braun, glaube ich. Hellbraun.«

»Sie würden es nicht vielleicht blond nennen?« fragte Sergeant Lamb nachdenklich.

Er griff in seine Jacke. Ich saß ganz still, während er eine Pillenschachtel herauszog und sie langsam öffnete, wobei er sagte: »Ihr Haar sieht sehr hell aus in diesem Licht. Ich würde sagen, es ist blond. Wie dem auch sei, ist es nicht verwunderlich, Miss –« Er brach abrupt ab. Es verschlug ihm die Sprache. Ich sah interessiert zu, wie seine hellblauen Augen ungläubig ins Innere der Pillenschachtel starrten, wie sein langer, weißer Zeigefinger sie emsig untersuchte und sich sein Gesicht mit einem leuchtenden Geranienrot überzog. Es war ein kleiner Rest eines weißen Pulvers in der Schachtel, worüber er sich sehr zu ärgern schien. Er blies heftig in die Schachtel, mußte nießen, husten und wirbelte zu Dr. Kunce herum.

*»Sie haben dieses Haar gestohlen!«*

Natürlich sagte Dr. Kunce sofort und sehr bestimmt, daß er kein Haar entwendet habe und nicht wisse, was Sergeant Lamb mit einer so empörenden Aussage bezwecke. Sergeant Lamb hielt sich überhaupt nicht zurück und erklärte genau, was er meinte. Die Stimmung war ziemlich angeheizt, als die Sekretärin klopfte und ankündigte, die Reporter seien zurück.

Reporter haben eine äußerst interessante Wirkung auf Personen, die sie befragen wollen. Dr. Kunce und Sergeant Lamb wurden augenblicklich sehr sanft, ruhig und waren um Harmonie bemüht. Die ominöse Pillenschachtel verschwand, und Dr. Kunce erhob sich, strich seinen Bart glatt, warf einen Blick in den Spiegel neben der Tür und entließ Nancy und mich auf die angenehmste Weise. Die Reporter – es waren drei, alle noch recht jung – machten Platz, damit wir durch konnten. Ich war immer überzeugt, daß der Umstand, daß wir von diesem Moment an stets von Reportern belagert wurden, mindestens soviel mit Nancys Aussehen zu tun hatte wie mit sonst etwas. Vielleicht irre ich mich auch, denn die Ereignisse im Melady Memorial waren kurios genug, um die Zeitungsspalten in B. noch für einige Zeit zu füllen. Trotzdem weiß ich noch gut, daß sich keiner der Reporter vom Fleck rührte, bis Dr. Kunce deutlich sagte: »Nun – wollen Sie nicht hereinkommen, meine Herren?« – und Nancy auf dem Flur verschwand.

Wie auch immer, Sergeant Lamb hatte im Zusammenhang mit dem verschwundenen Goldhaar nicht an mich gedacht. Ich blickte verstohlen auf Nancys Haar, als wir die Treppen hochstiegen (es war ein mühsamer Aufstieg, aber niemand schien den Fahrstuhl benutzen zu wollen), und wünschte, ich hätte mit Sicherheit sagen können, daß das Haar, das ich versteckt hatte, nicht ihres war.

Seltsam, daß sie nicht mit mir über Sergeant Lambs Befragung sprach. Seltsam, daß sie nicht das Gespräch suchte nach der Tragödie der vergangenen Nacht. Aber vielleicht dachte sie ja dasselbe über mein eigenes Schweigen.

»Es ist so heiß«, sagte sie, als wir im zweiten Stock ankamen. »Die Trachten sind schrecklich bei diesem Wetter. Du trägst doch sicher ein Mieder, Sarah, ich kann mir vorstellen, daß du darin vergehst vor Hitze. Ich trage praktisch nichts unter meiner Tracht, und mir ist trotzdem nicht kühler. Wenn sie diesen Kleidern bloß nicht soviel Stärke beigeben würden . . .« Ihre Stimme wurde immer leiser, bis sie von neuem anhob: »Ich werde mich etwas hinlegen. Ich konnte nicht schlafen heute morgen. Wir sehen uns dann um sechs Uhr. Dr. Kunce will, daß wir bis auf weiteres gemeinsam Nachtdienst machen – mit Ellen, natürlich. Und Lilian Ash wird auch im Flügel sein. Hast du Angst vor dem Nachtdienst, Sarah?«

»Ehrlich gesagt, ja«, gab ich zu. »Wer hat die nicht! Aber es wird nichts passieren. Alles wird ruhig sein. Der Blitz schlägt nicht zweimal am selben Ort ein. Es wird ruhig sein, glaub mir.«

Sie schaute mich einen Moment lang düster an.

»Das hoffe ich wirklich«, sagte sie und zog ihre Hand reflexartig zurück, als sie zufällig das Treppengeländer streifte.

»So ein schrecklicher Tag«, sagte sie ein wenig außer Atem. »Alles, was man anrührt, ist irgendwie – klebrig. Wie Blut.«

»Aber Nancy!«

»Das ist mir so rausgerutscht«, flüsterte sie. »Es ist – ich bin so müde. Wie dumm. Es ist so heiß.«

Dann huschte sie davon, den Gang hinunter in Richtung des Wohnbereichs der Schwestern in Süd-L, und ich folgte ihr. Erst nachdem ich in meinem eigenen Zimmer angelangt war, im Schrank und unter dem Bett nachgeschaut und die Tür abgeschlossen hatte, überwand ich das äußerst unbehagliche Gefühl, das mir bis dahin im Nacken gesessen hatte.

Ich sah weder Sergeant Lamb noch Dr. Kunce wieder, bevor es Abend wurde. Die Stunden dazwischen verbrachte ich auf meinem Bett sitzend, die Türe zweifach verriegelt, mit einer blauvioletten Wärmflasche auf den Knien, die eine Pillenschachtel mit einem Goldhaar enthielt, und einem kleinen Korken. Aber ich war in keiner Verfassung, um auch nur den Versuch zu wagen, irgendwelche Schlüsse zu ziehen. Statt dessen liefen die unglaublichen Ereignisse der vergangenen Nacht in einem endlosen Kreis immer wieder vor meinem geistigen Auge ab. Ich hatte Angst vor der Nachtwache, die vor mir lag, in diesem heißen, schlecht beleuchteten Flügel.

Ich glaube, es war damals in meinem Zimmer, daß mich zum erstenmal das Gefühl beschlich, in Gefahr zu sein, beobachtet und belauert zu werden. Ein Gefühl, das mich während der ganzen schrecklichen Geschichte nicht mehr loslassen sollte; das noch an Eindringlichkeit zunehmen würde. Ich versuchte zuerst, es herunterzuspielen – meine Nerven spielten mir sicherlich einen Streich; ich war überspannt; hatte einen Schock erlitten; die Hitze und die Müdigkeit beflügelten meine Phantasie – so oder ähnlich versuchte ich, mir vernünftig zuzureden. Aber das unheimliche Gefühl, beobachtet zu werden, blieb. Wenn ich alleine einen schwach beleuchteten Flur entlang ging, hatte ich das Gefühl, hinter mir Schritte zu hören. Meine Haut kribbelte, und meine Nackenmuskeln zuckten, aber wenn ich mich schließlich umdrehte, war nie etwas zu sehen. Außer ein oder zweimal, als ich glaubte, ich hätte etwas beim Treppenhaus zurückweichen oder in ein Zimmer verschwinden sehen. Wahrscheinlich war es jeweils nur eine Krankenschwester, die ihren Pflichten nachging.

Wenn ich die alte, dunkle Treppe hinabstieg, tat ich es gewöhnlich in der panischen Gewißheit, daß jemand hinter mir war, näher kam, mich verfolgte, Schritt für Schritt. Und in der schmalen, schlecht beleuchteten und oft menschenleeren Halle des Schwesternschlaftraktes wurden meine Angstzustände noch ausgeprägter und schrecklicher. All das begann an jenem Nachmittag, als ich auf dem Bett saß und geistesabwesend vor mich hin starrte, den Blick auf irgendeine mir gegenüberliegende Stelle gerichtet, die zufällig der Türknopf war, und der Türknopf sich zu drehen begann. Er drehte sich sachte und langsam, aber ich bin sicher, er drehte sich. Es waren keine Schritte zu hören gewesen, und niemand hatte meinen Namen gerufen. Als ich mich endlich zur Tür wagte, sie aufschloß und nachsah, war niemand da. Nirgends war jemand zu sehen.

Natürlich hatte ich Angst vor dem Nachtdienst, aber so sehr ich mich auch fürchtete, er begann trotzdem.

Die Tagesschwestern waren ehrlich erfreut, abgelöst zu werden, und wir trafen den Flügel ruhig und ordentlich an. Es war erstaunlich, daß die Krankenhausroutine reibungslos weitergehen konnte, obwohl nur wenige Stunden zuvor ein Mann ermordet worden war. Aber es war so. Wir sind auf Disziplin getrimmt. Der Tagesablauf mit Bädern, Eßtabletts, frischen

Laken, Abstauben, Bettenmachen, Patientenkarten und Arztvisiten geht immer weiter. Aber es wäre übertrieben zu behaupten, daß alles ganz wie immer war, denn das war es sicher nicht. Die unter der Oberfläche schwelende Aufregung und Furcht waren dringender geworden, als die Nacht anbrach. Die alten Mauern hüteten das Geheimnis, das in ihnen wohnte. Sowohl die Krankenschwestern als auch die Patienten waren nervös und angespannt, und einige der Schwestern gaben offen zu, daß ihnen die Aussicht auf eine lange Nacht in den schlecht beleuchteten Korridoren und abgedunkelten Krankenzimmern Angst einflößte. Die Nachtluft war schwer und feucht, die sommerliche Dunkelheit war wie ein schwarzer, geheimnisvoller Nebel, der mit seiner drückenden Hitze in sämtliche Räume und bis in die hintersten Ecken kroch.

Die Oberschwester der Tagschicht übergab mir seufzend die Schlüssel.

»Dr. Kunce sagte, Sie würden vorerst Ihren Dienst als Oberschwester wieder aufnehmen, und Miss Page würde Sie dabei unterstützen«, sagte sie, und als ich nickte, fuhr sie fort: »Ich denke, er meinte, bis Ihr Patient wieder auftaucht. Aber wenn Sie mich fragen, der kommt nicht zurück. Nicht, wenn er nicht muß. Jeder glaubt, er habe Dr. Harrigan umgebracht. Vielleicht war es ja Notwehr.« Sie blickte den Gang hinunter, und es fröstelte sie, obwohl kleine Schweißtropfen auf ihrer Stirn standen und ihre Tracht schlaff und feucht war. »Ich beneide Sie nicht um den Nachtdienst«, sagte sie. »Es war schlimm genug am Tag. Aber soviel könnte man mir gar nicht bezahlen, um mich dazu zu bringen, nachts hier zu bleiben. Mit dem Fahrstuhl direkt vor den Augen.«

»Wenn Sie glauben, Peter Melady habe Dr. Harrigan getötet«, sagte ich angriffslustig, »dann haben Sie nichts zu befürchten, denn Peter Melady ist so spurlos verschwunden, als habe ihn der Erdboden verschluckt. Haben Sie etwa Angst vor Geistern?«

Ich hatte es als Scherz gemeint und war auf ihre Antwort nicht vorbereitet.

»Ja«, sagte sie, »das habe ich. Und ich würde heute nacht für nichts in der Welt in Peter Meladys Zimmer gehen. Ich habe nämlich übernatürliche Wahrnehmungskräfte«, teilte sie mir schlicht mit.

»Abergläubischer Blödsinn«, sagte ich. »Sie haben ganz einfach Angst.« Sie sah mich voll kühler Verachtung an und wechselte das Thema.

»Mrs. Melady hatte den ganzen Tag den Koller, wie sie dem Patientenblatt entnehmen können. Hier sind die Anordnungen. Ich denke, Sie werden alles so vorfinden, wie es sein sollte. Aber es war ein schlimmer Tag. Eine ganz schöne Aufregung. Die Polizei durchsuchte Mr. Meladys Zimmer und hat mit Mrs. Harrigan, Mrs. Melady und sogar mit Miss Ash gesprochen. Ich nehme an, man hat Sie auch befragt. Peter Meladys Zimmer darf nicht gereinigt werden. Als ob ich das freiwillig tun würde!« Sie rückte ihr Häubchen etwas zurück. »Mrs. Harrigan hat genau drei Päckchen Zigaretten geraucht. Und jetzt gehe ich, Gott sei Dank.« Bei der Treppe hielt sie an, schaute über die Schulter zu mir zurück, zögerte einen Moment und kam schließlich wieder.

»Ich würde heute nacht keine unnötigen Risiken eingehen, wenn ich Sie wäre, Miss Keate«, sagte sie versöhnlich. »Das Böse ist in diesen Mauern entfesselt worden. Haß und Zwietracht und Mord. Sie existieren als eigenständige, individuelle Kräfte. Sie verharren dort, wo sie aktiv waren. Mord erzeugt Mord.« Sie strahlte eine simple Überzeugungskraft aus, die mich immer unangenehmer berührte. Wieder rückte sie ihr Häubchen zurecht. »Wenn Sie das nächste Opfer hätten sein sollen, hätte es Sie aber aller Wahrscheinlichkeit nach letzte nacht ereilt. Manchmal werden diese Kräfte jedoch aufgehalten – oder fehlgeleitet. Aber glauben Sie mir: Während wir hier sprechen, kriecht Mord durch diese Flure!«

Und mit dieser bedenklichen Versicherung und einem sibyllinischen Blick über ihre weiße Schulter ließ sie mich stehen. Ihr weißes Häubchen hüpfte den Gang hinunter und verschwand.

Ich drehte mich um, und Ellen stand direkt neben mir. Ihre Augen sprangen fast aus den Höhlen.

»O mein Gott, Miss Keate! Haben Sie gehört, was sie gesagt hat? Das ist doch nicht wahr, oder? Mord kann doch nicht einfach ganz von selbst umherspazieren, oder?«

Ich machte den Mund auf, um Ellen zu sagen, sie solle sich nicht so anstellen, aber statt dessen hörte ich mich sagen:

»Ich weiß es wirklich nicht.« Als Ellen grün anlief, sich an meinem Arm festklammerte und verlangte, daß die Polizei das Krankenhaus noch einmal durchsuche, wurde ich wieder vernünftig.

»Unsinn, Ellen. Sie haben den ganzen Tag nichts anderes gemacht als das Krankenhaus durchsucht. Hören Sie auf zu zittern. Bei 301 ist das Licht angegangen. Schauen Sie nach, was er will.«

Ellen hatte trotz allem etwas Kämpferisches an sich. Sie schaute mich verwirrt an, krempelte aber entschlossen ihre Ärmel hoch und eilte den Korridor entlang in Richtung des kleinen, roten Lichts.

Keine noch so große Zahl von Polizisten, so wurde mir langsam bewußt, würde es schaffen, dieses unfaßbare Ding aufzuspüren, das drohend in diesem Flügel zu verharren schien. Die Tür zum Fahrstuhl war schwarz, und die Tür zu Peter Meladys Zimmer war schwarz, und die Maikäfer, vom Licht angezogen, begannen gegen das Fliegengitter hinter mir zu prallen, und es regte sich kein Lüftchen.

Mit Nancy, Ellen und mir gleichzeitig auf Nachtdienst würde es nicht viel Arbeit geben diese Nacht, zumal Lilian Ash sich um den einzigen Patienten kümmerte, der zu dieser Zeit besondere Pflege brauchte. Ich weiß noch, wie mir dieser Gedanke durch den Kopf ging, als ich mich hinsetzte, um die Kontrollblätter zu überfliegen. Noch nie in meinem Leben habe ich mich so geirrt.

Ich hatte mich gerade eben in die Details von Dione Meladys Patientenkarte eingelesen, die einen schweren Tag in Diones Leben genauestens dokumentierte, als Mrs. Harrigans Signallicht mit einem bösartigen kleinen Klicken anging.

Ihre Tür war offen, und die grüne Filzstellwand war so umgestellt worden, daß sie in den Korridor sehen konnte. Die Nachtlampe brannte über ihrem Bettende, sie hatte sich das schwarze Haar aus ihrem weißen Gesicht gestrichen, und ihr Nachthemd war extrem durchsichtig, und auf der Decke lag umgedreht eine Illustrierte.

»Gott im Himmel, ist es heiß hier drin«, sagte sie gereizt, wobei sich ihre dicken schwarzen Augenbrauen zusammenzogen. Sie sah in dieser Nacht älter aus, als sie war, hatte dünne Fältchen um die Augen, und die Haut unter ihren Wangenknochen war irgendwie eingefallen. »Haben Sie kein kühleres Zimmer? Sind wohl alle so heiß heute nacht. Aber ich will etwas Kühles zum Trinken. Und jemanden, der mir Luft zufächelt.«

»Ich kann Ihnen einen elektrischen Ventilator besorgen«, schlug ich vor.

»Ich will keinen elektrischen Ventilator, die gehen mir auf die Nerven. Schicken Sie mir diese Hilfsschwester, die kann mir zufächeln.«

»Miss Brody ist beschäftigt, Mrs. Harrigan. Möchten Sie vielleicht eine Privatschwester für ein paar Tage?«

Sie sah mich mit düsterem Blick an.

»Ich will auch keine Privatschwester, die mich belauscht, überwacht und in meinen persönlichen Sachen herumschnüffelt. Ich werde Ihnen genau sagen, was ich will und wann ich es will.«

Daran zweifelte ich nicht im geringsten, aber es gehörte sich nicht, dies auszusprechen. Eine der Herausforderungen im Leben einer Krankenschwester ist, daß man oft besänftigen muß, wo man eigentlich draufhauen möchte.

»Es ist überall gleich heiß«, sagte ich. »Ich werde Ihnen etwas Kühles zum Trinken bringen lassen.«

»Schicken Sie mir etwas Ginger Ale«, sagte sie. »Und kommen Sie mir nicht damit, es sei keines da. Mein Mann« – hier zögerte sie, aber nur eine Sekunde lang, dann wiederholte sie gefaßt und mit einem gewissen Trotz – »mein Mann hatte mir welches bringen lassen, und es ist noch viel übrig. Außer wenn Ihre Schwestern davon getrunken haben.«

An der Tür rief sie mich zurück.

»Diese Laken fühlen sich an wie in einem türkischen Bad.« Sie rutschte unruhig auf den Kissen umher. Als sie sich bewegte, zeigte sich ihr Gesicht deutlicher, und die feinen scharfgezogenen Falten um ihre Augen herum wurden noch sichtbarer. Ich bin aus den aquamarinblauen Augen Ina Harrigans nie klug geworden. Anstatt flach zu erscheinen, wie das helle Augen so oft tun, waren sie seltsam klar und geheimnisvoll und erinnerten in ihrem hellen Grünblau an die unergründlichen Tiefen des Meeres. Ich weiß noch, daß sie Aquamarines mochte, und ein Häufchen Schmuck, bestehend aus langen Ohrringen, ein paar schweren Armreifen und mehreren Ringen, die sie wohl der Hitze wegen ausgezogen hatte, glitzerte grünblau auf der weissen Porzellanoberfläche des Nachttischchens. Sie hatte sicher ein gutes Auge für Schmuck, aber persönlich ziehe ich etwas vor, das weniger exotisch und dafür gesünder aussieht. Obwohl ich meine Zweifel habe, ob Ina Harrigan in ihrem ganzen Leben je einen Tag wirklich krank war. Ihr gebrochener Arm war bloß ein Unfall und mangelnder Beherrschung zuzuschreiben. Sie zog mit der unverbundenen Hand eine Zigarette aus dem fast leeren Päckchen Chesterfield, das neben dem glitzernden Häufchen Schmuck lag, bat mich, ihr ein Streichholz hinzuhalten, was ich so ungeschickt tat, wie ich konnte, und sagte:

»Blasen Sie doch endlich das Streichholz aus! Sie versengen mir noch die Nase. Sind diese Polizisten verschwunden?«

»Ich glaube ja.«

»Die haben mich ganz schön genervt heute!« Sie nahm ein paar rasche Züge, kniff ihre Augen zusammen, blies ein Stückchen Tabak von ihren Purpurlippen und setzte beiläufig, aber mit einem scharfen Blick hinzu: »Werden Besucher zugelassen heute nacht?«

Das war es also, was sie wollte.

»Nein, Mrs. Harrigan. Niemand außer Mr. Courtney Melady. Dr. Kunce hat heute keine Besuchserlaubnis gegeben.«

Was stimmte. Es gab nämlich eine Unmenge von Leuten mit einer krankhaften Phantasie, die in der Zeitung von dem Mord gelesen hatten und sich sofort an jemanden erinnerten, der zufällig gerade Patient im Melady Memorial Krankenhaus war und den sie schon lange besuchen wollten. Daß wir von Telefonanrufen und hereinspazierenden Besuchern überschwemmt wurden, gehörte zu den kleinen Unannehmlichkeiten jener Tage.

»So, so, Dr. Kunce verbietet also sämtliche Besuche«, bemerkte Ina Harrigan. »Nun, wenn jemand kommt und mich besuchen will, bestehe ich darauf, ihn zu empfangen. Der Teufel soll Dr. Kunce und seine Befehle holen, und Sie können ihm ruhig mitteilen, daß ich das gesagt habe.«

»Aber gerne, Mrs. Harrigan«, sagte ich sanft und ging. Auf dem Flur traf ich Ellen und schickte sie zum Kühlschrank in der Diätküche, damit sie Mrs. Harrigans Ginger Ale holte.

In diesem Augenblick kamen Dr. Kunce und Sergeant Lamb beim Treppenhaus um die Ecke und gingen auf mich zu. Beide hatten ihre Jacken ausgezogen, sahen aber nicht aus, als wäre ihnen kühler.

»Wie geht es Mrs. Melady?« fragte Dr. Kunce unverzüglich.

»Ungefähr gleich, glaube ich.«

»Ungefähr gleich«, wiederholte Sergeant Lamb zweifelnd.

»Nun, wir sollten wohl trotzdem versuchen, mit ihr zu sprechen. Wir haben noch nichts aus ihr rausgekriegt. Stimmt's, Dr. Kunce? Kann zwar nicht sagen, daß ich mir viel erhoffe. Nicht, wenn sie so weitermacht wie heute morgen. Sagen Sie mal, können Sie sie nicht irgendwie ein bißchen beruhigen?«

»Nein, kann ich nicht«, sagte Dr. Kunce müde. »Könnten Sie bitte mit uns kommen, Miss Keate? Mrs. Melady braucht ziemlich viel Aufmerksamkeit. Wie läuft es bis jetzt?«

Er ging zum Stationstisch, überflog die Patientenkarten, runzelte die Stirn über der von Dione Melady, nickte bei den anderen und fragte ziemlich unerwartet, ob Mrs. Harrigan mir eine Nachricht für ihn mitgegeben habe.

Ich widerstand der reizvollen Versuchung, ihm ihre Nachricht wörtlich auszurichten, und sagte lediglich, sie habe gewünscht, jeden Besucher zu empfangen, der an diesem Abend kommen würde.

»Oh, gewiss«, sagte Dr. Kunce. »Unter den gegebenen Umständen müssen wir eine Ausnahme machen für Mrs. Harrigan. Vielleicht kommt ihr Anwalt. Er erledigt für sie das ... äh ... Notwendige. Schauen Sie, daß bei ihr alles so reibungslos wie möglich verläuft, Miss Keate. Die ganze Situation ist äußerst unglücklich.«

Ich ging in Zimmer 301 und sagte Nancy, sie solle jeden Besucher für Mrs. Harrigan heraufkommen lassen, dann folgte ich Dr. Kunce und Sergeant Lamb in Dione Meladys Zimmer. Ich kam gerade richtig, um ihre temperamentvollen Beteuerungen zu hören, daß sie nichts über das Verschwinden ihres Vaters wisse. Außerdem forderte sie, ebenso temperamentvoll, in Ruhe gelassen zu werden. Dr. Kunce, dessen seidene Gemütsruhe etwas aufgerauht schien, wollte sich gerade zurückziehen, als sie sich plötzlich im Bett aufsetzte.

»Wo ist die chinesische Schnupftabakflasche?« schrie sie. »Finden Sie erst mal die, wenn Sie schon etwas finden müssen. Haben Sie sein Zimmer durchsucht?«

»Natürlich haben wir sein Zimmer durchsucht«, sagte Dr. Kunce. »Wovon sprechen Sie? Was für eine Flasche? Und was hat sie mit dem Verschwinden Ihres Vaters zu tun?«

»Die chinesische Schnupftabakflasche«, zischte sie wütend. »Die Flasche aus blauem Lapislazuli. Die Formel für Slaepan war drin!«

Und weil einen Augenblick lang niemand etwas sagte, fuhr sie schmollend fort:

»Court wollte nicht, daß Sie etwas davon wissen; er sagte, sobald bekannt wäre, daß sie verschwunden ist, würden alle danach zu suchen beginnen, und vielleicht werde jemand sie finden und stehlen. Aber ich bin der Meinung, die Polizei sollte es wissen, damit sie danach suchen kann. Sie ist sehr wertvoll, wissen Sie.«

»Um den Äther geht's! Ich hab's ja gesagt«, rief Sergeant Lamb aus. »Glauben Sie, jemand hat die Formel gestohlen?«

»Woher soll *ich* das wissen?« sagte Dione Melady, immer noch bockig, und weigerte sich schlicht, noch etwas zu sagen.

Ich glaube, angesichts dieser Enthüllung haben sie das Zimmer von Peter Melady noch einmal gründlich durchsucht. Jedenfalls hielten sie sich eine ganze Weile in seinem Zimmer auf, und es war genau zehn Uhr, als sie endlich wieder herauskamen, denn ich war zufällig auf dem Flur und sah sie die Treppe hinuntergehen. Sergeant Lamb sah so aus, als sei ihm auf seiner Suche nach Indizien kein besonderer Erfolg beschieden gewesen. Daß die Slaepan-Formel in der verschwundenen Schnupftabakflasche versteckt gewesen war, soviel stand für mich fest, gab der ganzen Geschichte eine völlig neue und äußerst bedeutungsvolle Wendung. Ich konnte mir einige Leute vorstellen, die diese Formel gerne in ihrem Besitz gehabt hätten. Aber nicht vielen von ihnen – eigentlich keinem einzigen – hätte ich zugetraut, einen Mord dafür zu begehen.

Nachdem Nancy Mr. Ladd gebeten hatte, wieder zu gehen – er war, wie sich herausstellte, während meines kurzen Gesprächs mit Dione erschienen, die Hände voller Blumen und Illustrierten, und war auf Nancys Bitte hin gleich wieder gegangen, bleich und mit grimmigem Gesichtsausdruck –, nachdem er also gegangen war und auch Dr. Kunce und Sergeant Lamb gegangen waren und unsere Patienten für die Nacht vorbereitet waren (die Zähne geputzt, gebadet und mit Alkohol eingerieben), war alles sehr ruhig. Wir waren etwas spät dran in dieser Nacht, und der Rest des Krankenhauses war bereits in eine schwere, schläfrige Stille gesunken. Ellen, Nancy und ich kamen und gingen und erledigten still, was zu erledigen war. Unsere gestärkten Röcke raschelten die schattigen Korridore entlang, und unsere Gummisohlen tappten weich über den Gummiboden. Unsere Patienten waren etwas unruhig, aber das lag wohl an der Hitze.

Es wurde elf und dann zwölf Uhr, und man konnte den schwachen Klang der Glocke hören, die zum Nachtessen rief. Wie immer lösten wir uns ab, um hinunterzugehen. Miss Ash und Nancy gingen hinunter, während ich mit Ellen oben blieb, und als sie zurückkamen, blieb Miss Ash mit Nancy im Korridor, bis Ellen und ich unseren Dienst wieder aufnahmen. Lilian Ash sah äußerst mitgenommen aus, ihr Gesicht war schlaff, ihre dicke Puderschicht zu einer rosa Paste verkommen, und ihr Haar, so beklagte sie, behielt die Locken nicht.

»Noch ein Tag in dieser Hitze und ich sterbe«, sagte sie. »Ist dieser junge Ladd eigentlich Mrs. Harrigan besuchen gekommen heute nacht?«

»Ja.«

»Die wartet auch nicht lange, was?« bemerkte Lilian Ash. »Und von Trauer ist auch nicht viel zu sehen. Was meinen Sie, hat die Polizei heute etwas herausgefunden?«

»Keine Ahnung«, sagte ich. »Auch wenn sie etwas herausgefunden hätten, würde ich es wohl kaum wissen.«

Sie sah mich nachdenklich an.

»Normalerweise passiert hier nicht viel, das Sie nicht mitbekommen«, sagte sie, was nicht sehr schmeichelhaft war, und verschwand ins Zimmer ihres Patienten.

Es wurde ein Uhr und dann zwei Uhr und es war immer noch heiß. Der Trolleybus drüben an der Euclid Avenue hatte längst aufgehört zu fahren, es war sehr still. 302 war aufgewacht, fand keine Ruhe mehr, und Nancy war in seinem Zimmer am unteren Ende des Korridors und wickelte ihn in feuchte Tücher ein. Sie ließ die Tür geschlossen, damit kein Durchzug entstand. Ellen war auch in ein Krankenzimmer verschwunden, wo sie wahrscheinlich einem Patienten Luft zufächelte, der sich nicht wohl fühlte.

Die Hände einer Frau wollen beschäftigt sein, sonst macht sie sich zu viele Gedanken. Als ich so am Stationstisch saß und aus Gewohnheit den Korridor im Auge behielt, schweiften meine Gedanken von selbst ab und kehrten zu den häßlichen Vorkommnissen der vergangenen Nacht zurück. Eigentlich brauchten sie gar nicht dorthin abzuschweifen, denn das Ganze nahm meine Gedanken ständig in Anspruch. Sogar wenn ich viel zu tun hatte, war ich nur halb bei der Sache. Mein Innerstes ging in sprunghaften Gedanken den schrecklichen Ereignissen nach, und alles drehte sich in beängstigenden Kreisen. Es wäre auch unmöglich gewesen, alles zu verdrängen in dieser Umgebung – die dunkle Fahrstuhltür, die langen, unbeleuchteten Passagen des leeren Flurs mit schwarzen Löchern dort, wo eine Tür war; mein Patient, der auf so mysteriöse und unerklärliche Art verschwunden war. Das Gesicht des toten Dr. Harrigan. Das Messer. Die blutigen Fußabdrücke. Die Stille des Krankenhauses.

Es war sonderbar still. Eine Stille, die etwas Gewalttätiges hatte.

Wieder überkam mich dieses Gefühl, beobachtet zu werden, und ich durchforschte rund um mich herum die Schatten der Türnischen, das gedämpfte Licht des langgestreckten Flurs, die schwarzen Ecken, den dunklen, geheimnisvollen Absatz der alten Treppe. Ich sah nichts und verdrängte den sechsten Sinn, der mich zu warnen versuchte. Es ist seltsam, wie wir zivilisierten Menschen unsere Instinkte unterdrücken und sie als Nervosität abtun.

Ich stand ungeduldig auf, ging zur Diätküche und öffnete eine Flasche Ginger Ale. Es war, glaube ich, keine von Ina Harrigan. Das Getränk war eiskalt und prickelnd. Mir war zwar nicht kühler, aber ich fühlte mich nüchterner. Als ob ich eine Gefahr besiegt hätte.

Als ich gerade tief und etwas befreiter einatmete, prallte ein großer Maikäfer, dem es gelungen war, den Weg ins Krankenhaus und in die hell beleuchtete Diätküche zu finden, mit einem nervzerreißenden Knall gegen den Kühlschrank, fing sich wieder, bevor ich mit dem Flaschenöffner nach ihm schlagen konnte, und *flog mir direkt in die Haare!*

Er klammerte sich fest, wand sich mit seinen schrecklichen braunen Beinen und summte in einer richtiggehenden Raserei, und ich muß wohl auch völlig aus dem Häuschen gewesen sein, denn ich erinnere mich, wie ich krampfhaft versuchte, ihn los zu werden, indem ich nach Luft schnappend an meiner Haube und an meinen Haaren zog.

Dann bemerkte ich, daß jemand schrie. Jemand schrie im Ostflügel. Es war ein sehr heller Schrei, der plötzlich abbrach, als ob er erstickt worden wäre.

Ich ließ meine rasenden Hände sinken, und der Maikäfer hat sich wohl irgendwie selber befreit. Ich weiß es nicht mehr. Jedenfalls war ich im Korridor, und Lilian Ash zeigte mit dem Finger und schrie mit schriller Stimme:

»In Peter Meladys Zimmer! In Peter Meladys Zimmer!«

Ich spürte Ellen, Nancy und Lilian Ash direkt hinter mir, als ich das Licht anknipste, ins Zimmer stürmte und abrupt stehenblieb.

Dione Melady lag in einem Wirrwarr aus gelbem Chiffon direkt vor unseren Füßen auf dem Boden. Ihr Gesicht war puterrot, ihre Zunge hing heraus, ihre Augen quollen schrecklich hervor. Aber sie schnappte keuchend nach Luft. Sie lebte noch.

## 8

Die Polizei war sofort zur Stelle, durchsuchte alles und fand nichts und niemanden, der aufgefallen wäre, außer daß der Laden des Fensters, das in unserem Ostflügel auf die Feuerleiter hinaus führt, offen war. Und weil ich selber wußte, daß über diesen Weg niemand entkommen war, da ich ihm sonst sicher im Flur begegnet wäre, als ich aus der Diätküche gestürmt war, und da sowohl Ellen als auch Nancy und Lillian Ash abstritten, den Laden offen gelassen zu haben, schenkte ich diesem Umstand wenig Bedeutung. Ich nahm an, es sei eine Nachlässigkeit gewesen.

Niemand hatte einen Eindringling gesehen, niemand schien irgend etwas von der Sache mitbekommen zu haben, und da auf Diones hysterischen, kaum verständlichen Bericht kein Verlaß war, ist es vielleicht nicht so überraschend, daß die Polizei nicht weiterkam. Sie haben, soviel ich weiß, einen Versuch gestartet, nach der chinesischen Schnupftabakflasche zu suchen, aber dieses winzige, blaue Ding im Krankenhaus finden zu wollen, wo jemand, der es verstecken wollte, tausend Orte dafür wüßte, war etwa so wie die berühmte Suche nach der Nadel im Heuhaufen.

Es hatte nur einige Sekunden gedauert, Dione auf ihr Bett zu hieven, Luft in ihre Lungen zu pressen und sie wieder ganz zu beleben. Ich schickte Ellen los, um Dr. Kunce zu benachrichtigen, aber die Sekretärin sagte, er schlafe, jedenfalls mußte sie das Telefon in seiner kleinen Dienstwohnung mehrmals klingeln lassen, bevor er antwortete. Und dann mußte er sich wohl zuerst etwas anziehen und hat noch die Polizei benachrichtigt, denn bis er schließlich im dritten Stock erschien, hatten wir Dione wieder einigermaßen hergestellt. Ihre Zunge war so angeschwollen, daß sie kaum sprechen konnte, und sie hatte grausige Würgemale am Hals. Ich schaute mir die blauen Flekken sorgfältig an und dachte: »Die stammen von zwei Händen. Dafür hat jemand zwei Hände gebraucht. Es konnte also nicht Ina Harrigan gewesen sein.«

»Sie wird sich davon erholen«, sagte Dr. Kunce. »Wir müssen uns vor allem auf einen nervlichen Schock vorbereiten.«

Er ordnete an, ich solle ihr eine milde Morphiumlösung spritzen, was ich nicht unbedingt klug fand, und während ich sie ihr verabreichte, saß er mit baumelndem Stethoskop daneben und sah mir zu. Dione stöhnte, als ich die Nadel in ihren Arm einführte, und fast auf der Stelle machte sie das Morphium vorübergehend gesprächig, wie das bei so vielen Leuten geschieht. Sie lallte mehr als sie sprach, und ihre Worte waren zum Teil kaum verständlich. Das erste, was sie sagte, war:

»Ich habe die Schnupftabakflasche gefunden. Sie war unter der Matratze auf Vaters Bett.«

»Aber da kann sie nicht gewesen sein«, sagte Dr. Kunce, wobei er für ein paar Sekunden seine aalglatte Haltung verlor. »Das kann nicht sein. Wir haben gerade heute nacht dort nachgesehen.«

»War sie aber«, insistierte Dione und schnappte nach Luft. Sie erzählte stammelnd und stockend, aber die einzelnen Stükke ließen sich zusammensetzen. Im wesentlichen erzählte sie die folgende Geschichte:

Sie war sicher gewesen, daß die chinesische Schnupftabakflasche immer noch im Zimmer ihres Vaters versteckt war. Er hatte ihr und Court lachend gezeigt, wie geschickt er das dünne Papier gerollt hatte, auf welchem die Formel sorgfältig aufgeschrieben war, und es so in die Schnupftabakflasche eingeführt hatte, daß das Papier sich dicht an den ovalen Hohlraum der Flasche anschmiegte. Und als sie ihm beide widersprochen hatten, indem sie sagten, daß wenn dies die einzige Abschrift wäre, die er habe – was der Fall war –, sie in einen Banktresor oder in den Safe in seinem Büro gehöre, hatte er ihnen versichert – wütend, wie ich aus ihren Worten schloß –, er wisse, was er tue. Sie sei sicherer in seinem Besitz. Aus der Art, wie Peter Melady sprach, hatte Dione geschlossen, daß er sich für ein Versteck im Zimmer entschlossen hatte, und sie war sicher, daß er es nicht zugelassen hätte, von Dr. Harrigan aus diesem Zimmer gebracht zu werden, bevor er die Schnupftabakflasche versteckt hatte.

»Er wußte, daß Dr. Harrigan ihn haßte und daß er alles darum gegeben hätte, die Formel für Slaepan zu besitzen«, murmelte Dione und fing mit der fröhlichen Bedächtigkeit zu sprechen an, die typisch ist für jemanden, bei dem gerade Morphium zu wirken beginnt.

Sie war also in sein Zimmer gegangen, überzeugt davon, daß die Polizei die Schnupftabakflasche übersehen hatte. Und sie hatte. Sie fand sie fast auf Anhieb. Und in dem Moment, als sie sie in den Händen hielt, muß jemand durch den Türspalt nach dem Schalter gegriffen und das Licht ausgemacht haben. Sie wußte nur, daß jemand in der Tür stand und das Licht ausging. Und dann hatte jemand –

An dieser Stelle mußten wir ihre Hände halten und ihr sagen, daß sie in Sicherheit sei, daß nun alles gut sei, daß sie mit dem Schrecken davon gekommen sei.

Und immer wieder beteuerte sie wild, aber mit zunehmender Schläfrigkeit, daß sie nicht wisse, wer sie attackiert habe. Daß sie bloß eine Bewegung bei der Tür wahrgenommen habe. Gerade, als sie in den Schlaf sank, sagte sie etwas Eigenartiges:

»Und so ein seltsamer Geruch ... Geruch ... gleich neben mir ... direkt – unter – meiner – Nase ... direkt – darunter ...« Und das war es.

Natürlich ist nach dem brutalen und mörderischen Angriff auf Dione Melady im Melady Memorial Krankenhaus endgültig die Panik ausgebrochen. Es war mehr als Panik. Es war blankes Entsetzen. Und ich sage *natürlich*, weil nun bewiesen war, daß der Mörder von Dr. Harrigan noch frei herumlief und es fertiggebracht hatte, in einem verschlossenen und verriegelten Krankenhaus ein- und auszugehen. Entweder das, oder, schlimmer noch, es war jemand aus unserer eigenen kleinen Krankenhauswelt, jemand, der kommen und gehen konnte, wie es ihm beliebte. Wenn ich sage, daß damit bewiesen war, daß Dr. Harrigans Mörder noch frei herumlief, dann stimmt das nicht ganz, denn natürlich konnten wir nicht mit Bestimmtheit sagen, daß derjenige, dem es fast gelungen war, Dione Melady umzubringen, auch die Person war, die Dr. Harrigan umgebracht hatte, aber das war die logische Folgerung. Es war wahrscheinlicher, daß es nur eine Person war, die Zugang zum Krankenhaus hatte und sich mit mörderischen Gedanken trug, als daß es zwei solche Personen gab. Und ich weiß nicht, was die schrecklichere Annahme war; daß es jemand aus unserer eigenen Krankenhauswelt war, oder daß es einen unbekannten Zugang zum Krankenhaus gab, der es dem Mörder erlaubte, zu kommen und zu gehen. (Es stimmt, daß er in der Nacht, als Dione dem Tod so nahe war, über die Feuerleiter und den nicht verriegelten Laden hätte eindringen können. Aber ich wußte, daß er nicht auf diesem Weg entkommen war. Und entkommen war er.) Einige der Schwestern glaubten das eine, einige das andere. Manchmal hielt ich beide Meinungen für richtig – und dies gleichzeitig. Die Zeitungen vertraten die Meinung, es handle sich um einen Wahnsinnstäter, und wandten sich dann Peter Melady zu, wodurch sie in der Stadt große Aufregung verbreiteten.

Im Krankenhaus aber herrschte das reine Entsetzen.

Nach diesem Ereignis begann ich, mich aktiver um das Ganze zu kümmern. Ich hatte das Gefühl, Sergeant Lamb gebe sich zwar alle Mühe, sei aber langsam. Wenn keine Gefahr gedroht hätte – aber es drohte Gefahr. Der mörderische Angriff auf Dione Melady hatte bewiesen, daß sie nicht gebannt war. Eine Gefahr, die umso bedrohlicher war, als man nicht wußte, woher sie kam. Ich konnte die Ankunft von Lance O'Leary kaum erwarten, aber er kam erst in drei Tagen, und in drei Tagen kann viel passieren. Und Nächten. Ich kann nicht sagen, daß ich viel erreicht habe, aber ich habe mein Quentchen zur Lösung beigetragen, die auf seltsame Weise zustandekam.

Ich sage, im Krankenhaus habe Entsetzen geherrscht, und das stimmt. Ein altes Krankenhaus wie das Melady Memorial ist voll von dunklen Winkeln, Passagen, Ecken und engen Kammern. Ich weiß gar nicht, wo ich beginnen soll, die Unsicherheit und die Angst zu beschreiben, die uns packte, als wir unserer Arbeit nachgingen, in die verschiedenen Räume eintraten, diese endlosen Korridore entlang gingen oder die breite, alte Treppe hinauf und hinunter, unterwegs in den Keller für die Mahlzeiten waren und in den Schlaftrakt gingen, stets mit dem Gefühl, daß jeden Augenblick eine von uns das nächste Opfer sein könnte. Die Schwestern gewöhnten sich an, soviel wie möglich zu zweit zu erledigen, und ich glaube, keine von uns öffnete alleine die Tür zu einem unbelegten Zimmer oder ging hinein, wenn sie es umgehen konnte.

Es war schlimmer für die Nachtschwestern, obwohl die Tagesschwestern die Hauptlast der unvermeidbaren Aufregung und der Anfragen zu tragen hatten. Aber die Nachtschwestern mußten sich die langen, heißen Nächte um die Ohren schlagen, mit der Dunkelheit und der Angst und den äußerst trübseligen Stunden zwischen drei und fünf Uhr morgens, wenn man am wenigsten Widerstandskraft hat, wenn das Spiel den Einsatz nicht wert scheint und müde Seelen sich der Nacht ergeben.

Und Dr. Kunce konnte die Zahl der diensttuenden Schwestern nicht verdoppeln, wie er das beabsichtigt hatte, weil so viele ausgebildete Schwestern die Stadt ferienhalber verlassen hatten. Diejenigen, die erreichbar waren, hatten plötzlich dringende Gründe, um im Moment gerade keine Arbeit annehmen zu können. Wir bemühten uns sehr zu verhindern, daß unsere gegenwärtige Belegschaft gefährlich schrumpfte. Dr. Kunce sah sich gezwungen, strenge Maßnahmen zu ergreifen, und es sprach sich sehr rasch wahrheitsgemäß herum, daß keine Schwester, die sich veranlaßt sah, uns in dieser Zeit zu verlassen, das Melady Memorial je wieder in beruflicher Eigenschaft betreten werde. Ich wage zu behaupten, daß die Horden verängstigter Verwandten, die uns mit Telephonanrufen bombardierten, ihren Familienmitgliedern nur deshalb erlaubten, als Patienten im Melady Memorial zu bleiben, weil wir das einzige Krankenhaus von Rang und Namen in B. sind.

Es war nach vier, als es uns gelang, die Lage wieder einigermaßen in den Griff zu bekommen. Wir Schwestern hatten die Krankenzimmer durchsuchen müssen, was keine angenehme Aufgabe war, aber natürlich ging es nicht an, daß schon wieder Polizisten in den Krankenzimmern umherstolperten und unsere Patienten störten und beunruhigten. Vor allem im plutokratischen Ostflügel nicht.

Einige unserer Patienten hatten Diones Schrei und die daraus resultierende Aufregung gehört, und wir mußten all unsere Erfindungsgabe aufbieten, um sie zu beruhigen. Aber gegen Morgengrauen war wieder Normalität eingekehrt, nur ein paar Polizisten durchsuchten noch immer den Ostflügel, und von Zeit zu Zeit tauchte Sergeant Lambs bleiches, müde und gequält aussehendes Gesicht auf.

In diesen Stunden begann ich mit den Notizen, die Lance O' Leary später so hilfreich gefunden hatte. Ich kann das nicht beurteilen. Ich weiß nur, daß sie das Resultat langen Nachdenkens und langen Haderns mit mir selbst über diese oder jene Möglichkeit waren und daß ich viel niedergeschrieben habe, was ich zunächst als mögliches Beweismaterial betrachtete, es dann aber wieder durchstrich. Es waren viele mühsame Zeilen von logischen Folgerungen, die mich am Ende ebenso verwirrt zurückließen, wie ich es am Anfang gewesen war. Trotzdem brachte ich eine kommentierte Liste zustande, die ich auf der Rückseite einer leeren Patientenkarte festhielt.

Es war eine Liste der Personen, die sich zur Zeit des Mordes im Ostflügel aufgehalten hatten, und von denen nach meiner Ansicht eine der Mörder von Dr. Harrigan war. Um den noch so frischen Angriff auf Dione Melady kümmerte ich mich dabei noch nicht. Ich ging die Ereignisse der letzten zwei Tage und Nächte immer wieder durch und notierte unter jedem Namen verschiedene Punkte, die mir in den Sinn kamen und die möglicherweise von Bedeutung waren. Ich neige normalerweise nicht zu Verdächtigungen und erschrak, als ich beim Durchlesen meiner Notizen feststellte, wie viele kuriose Details ich aus meinem Gedächtnis ausgegraben hatte, deren Bezug zum Mord bloße Vermutung meinerseits war.

Ich gebe meine Notizen hier fast so wieder, wie ich sie aufgeschrieben habe: sprunghaft, nicht besonders logisch und für jeden unverständlich, der nicht die ganze Entwicklung des Falles mitbekam, so wie ich sie erlebte. Nach kurzer Überlegung begann ich mit Lilian Ash, und ich glaube, es war unter ihrem Namen, wo sich schließlich die meisten verdächtigen Anhaltspunkte ansammelten. Lilian Ash war im Ostflügel. Und sie war früher vom Nachtessen aufgestanden als die anderen Schwestern, hätte also Gelegenheit gehabt, das Amputiermesser zu entwenden und Dr. Harrigan umzubringen.

Aber er wurde um zwölf Uhr achtzehn noch lebend gesehen, nur zwei Minuten, bevor ich selber in den dritten Stock zurückkehrte, und ich hatte nichts gesehen, was Lilian Ash hätte belasten können.

Warum hatte sie so erschreckt ausgesehen, als ich sie im Korridor antraf, kurz bevor wir zusammen zum Nachtessen gingen? Sie hatte mit Dr. Harrigan gesprochen. Offenbar hatten sie sich in der Halle getroffen. Es fiel mir ein, daß sie sich immer ziemlich für die Harrigans interessiert hatte, aber ich konnte mich nicht erinnern, daß sie Dr. Harrigan je assistiert hatte. War es möglich, daß sie sie von früher kannte? Ich notierte »Mögliche Verbindung zu Harrigans«, und ging weiter.

Der nächste Punkt war »Goldhaar«, mit einem Fragezeichen dahinter. Obwohl ich befürchtete, dieses Haar gehöre Nancy, es so sehr befürchtete, daß ich nicht wagte, es der Polizei zur Analyse zu übergeben, hätte es meiner Ansicht nach auch Lilian Ash gehören können.

Sie war im Flur gewesen, als Teuber versucht hatte, die Fahrstuhltüre zu öffnen, und hatte furchtbar schlecht und mitgenommen ausgesehen, ganz als ob sie soeben einen Schlag habe einstecken müssen oder eine Art Schock erlitten habe. Und sie hatte versucht ihn daran zu hindern, an der Fahrstuhltür zu ziehen. *War er also die ganze Zeit im dritten Stock gewesen?* Da das Licht ausgedreht war, konnte er dort verharrt haben, ohne daß wir es gemerkt hätten (an dieser Stelle entwikkelte sich wieder eine dieser mühsamen, langen Ketten von Vermutungen um die verwirrende Sache mit dem Fahrstuhl, die mich am Ende nirgendwo hinführten).

Lilian Ash blieb alleine im Korridor zurück, als Teuber sein Rollbett den Westkorridor entlang zum Frachtfahrstuhl rollte (was ich damals vermutete, und richtig vermutete, denn außer dem Hauptfahrstuhl gibt es nur noch den Frachtfahrstuhl). Es stimmte, sie konnte nicht mehr als zwei, höchstens drei Minuten alleine gewesen sein. Trotzdem war es möglich, daß sie ihn in dieser Zeit erstochen hatte, vorausgesetzt natürlich, daß er von ihrer Absicht nichts ahnte.

Und genau da lag wieder ein Stolperstein. Ich konnte mir nicht vorstellen, wie Dr. Harrigan einfach dastand und zuließ, daß man ihn umbrachte. Niemand würde das tun. Aber andererseits war es dunkel im Fahrstuhl, wenn die Türen geschlossen waren. Er hatte das Messer vielleicht gar nicht gesehen, da jemand – aller Wahrscheinlichkeit nach der Mörder – das rote Licht im Fahrstuhl ausgemacht hatte.

Also, noch einmal. Vorausgesetzt, sie hatte die Gelegenheit ergriffen, konnte sie ihn in dieser kurzen Zeit durchaus umgebracht haben, oder sogar während ich zum erstenmal in den Operationssaal ging und dabei längere Zeit nicht im dritten Stock war. Aber sowohl Ellen wie Nancy hatten sich beide sehr nahe am Fahrstuhl aufgehalten: Nancy war bei offener Tür in Dione Meladys Zimmer gewesen und hatte somit jeden sehen können, der den Fahrstuhl betrat oder verließ. Und offensichtlich hatte sie nichts dergleichen gesehen.

Mit der Zeit wurde mir klar, daß zwar jeder Mord schwierig genug, ein Mord in einem Fahrstuhl aber besonders knifflig ist. Wenn es gelungen wäre, das Stockwerk zu eruieren, auf dem der Mord stattgefunden hatte, wären wir der Wahrheit ein Stück näher gekommen. So, wie die Sache stand, waren wir zwar ziemlich sicher, wo Dr. Harrigan ermordet worden war, aber es gelang uns nicht, zu rekonstruieren, wo der Fahrstuhl sich befunden hatte, und dies war für mein Dafürhalten von beachtlicher Bedeutung. Unter diesen Voraussetzungen war es extrem schwierig zu wissen, wen ich in die Liste der Verdächtigen aufnehmen sollte.

Da ich mit Lilian Ash begonnen hatte, fuhr ich mit den anderen Schwestern, mit Nancy und Ellen, fort. Unter Ellens Namen konnte ich schreiben: »Gelegenheit, was die Zeit angeht und die Möglichkeit, das Messer zu beschaffen; Anwesenheit im Flügel zur Zeit des Angriffs auf Dione Melady; kein Motiv.« Sonst fiel mir nichts ein, und es kam mir überhaupt ziemlich absurd vor, in einem solchen Zusammenhang an Ellen Brody mit ihren runden Augen zu denken. Unter Nancys Namen schrieb ich dieselben Punkte auf, denn obwohl sie mit mir zusammen vom Nachtessen zurückgekommen war, war sie natürlich während zehn dieser kritischen zwölf Minuten auf dem Korridor oder ganz in der Nähe gewesen. Und dann war da dieses lästige Goldhaar, von dem ich befürchtete, daß es Nancy gehörte, und außerdem fügte ich nach sehr nüchterner

Betrachtung an: »Interesse an der Schnupftabakflasche, und Angst vor der polizeilichen Untersuchung.« Beim letzten Punkt zögerte ich, und ich muß gleich sagen, daß ich Nancy nicht wirklich des Mordes verdächtigte. Ich schloß sie nur wegen ihrer Anwesenheit im dritten Stock in die Liste ein, und weil ich niemanden bevorzugt behandeln wollte.

Dann kamen Dione Melady und Ina Harrigan. Bei beiden konnte ich »Gelegenheit« notieren.

Natürlich schien die Tatsache, daß sie selber um ein Haar umgebracht worden wäre, Dione auszuschließen, doch wenn sie überzeugt war, daß es Mord wäre, wenn man Dr. Harrigan ihren Vater operieren ließe, wäre sie ihn sicher selber gerne losgeworden. War es möglich, daß sie in dieser Angelegenheit so starke Gefühle hatte, daß sie selber einen Mord beging, um die Operation zu verhindern? Sie schien nicht wirklich die Art Frau zu sein, die einer solch kindlichen Ergebenheit fähig gewesen wäre, war aber sehr emotional und von einem unberechenbaren Temperament. Sie war besorgt wegen der Schnupftabakflasche, aber das war mehr als verständlich, wenn man den extremen Wert der Formel in Betracht zog, die in der Flasche versteckt war. Und dann war da noch – auch hier kehrte meine Erinnerung plötzlich zurück – dieses Geflüster, das ich hinter der Trennwand in Diones Zimmer gehört hatte. Dieses seltsam heftige Geflüster, das dieses häßliche und schreckliche Schauspiel eingeleitet hatte. Ich konnte mich sehr genau an die wenigen Worte erinnern, die ich gehört hatte. Jemand hatte gesagt: »Ich kann nicht. Verlangen Sie das nicht«, und jemand anders hatte gesagt: »Sie müssen es tun. Man wird ihn umbringen, glauben Sie mir. Umbringen.« Und es war kaum ein Zufall, daß innerhalb von ein paar Stunden wirklich ein Mann umgebracht wurde. Im Licht der tatsächlich eingetroffenen Ereignisse erhielten die Worte eine finstere Bedeutung. Wer hatte dieses Vorwissen gehabt? Einer der Sprecher muß Dione gewesen sein.

Außerdem gab es noch ein späteres Gespräch zwischen Dione und Nancy, das während meiner aufgeregten Suche nach meinem Patienten stattfand und von dem Nancy Dr. Kunce und Sergeant Lamb so gewandt berichtet hatte. Ich schob den Gedanken beiseite, daß Nancy ein bißchen geschickter gewesen war, als es ihre simple Erklärung erforderte. Ebenso überging ich die Furcht, die während der Befragung ohne Zweifel in ihren Augen war. Wenn Dr. Kunce und Sergeant Lamb zufrieden waren, warum sollte ich es nicht sein? Doch dies frühere Gespräch, dieses vehemente Geflüster zu Beginn der Nacht, machte mir erhebliche Sorgen.

Nach ein paar angstvollen Überlegungen kritzelte ich einfach: »Anwesenheit im Flügel, Geflüster, gefühlsbetontes Temperament, war gegen eine Operation« – und kehrte zu Ina Harrigan zurück. Als immer mehr und mehr Punkte auf der Liste erschienen, bekam ich das Gefühl, daß ich entweder von besonders argwöhnischer Natur war oder daß es tiefgreifende Verästelungen der schrecklichen Angelegenheit gab, die weder leicht zu durchschauen noch zu ertragen sein würden.

Ich schätzte Ina Harrigans psychische Eigenschaften so ein, daß ich sie des kalten und vorsätzlichen Mordes für fähig hielt. Das ist eine entsetzliche Aussage, aber sie trifft leider zu. Trotzdem notierte ich meine Meinung über ihre mentale Struktur nicht auf meiner immer länger werdenden Liste. Wieviel wir auch immer von Psychologie zu verstehen meinen, es gibt Sprünge und Wendungen im Verhalten jedes Menschen, die schlicht unerklärlich sind. Niemand funktioniert ununterbrochen nach demselben Schema. Jeder hat seine Ausnahmen. Vor allem wenn Gefühle im Spiel sind. Ich mag etwas altmodisch sein in diesen Dingen, aber ich habe das Leben nun viele Jahre lang beobachtet, und ich war, glaube ich, nicht blind. Mein Fazit ist, um es kurz und umgangssprachlich auszudrücken: Man kann nie wissen.

Wenn ich auch keinen Eintrag über Ina Harrigans Gefühlsleben machte, erwähnte ich doch, daß ihre Auseinandersetzungen mit Dr. Harrigan bekannt waren. Von Kenwood Ladds häufigen Besuchen schrieb ich nichts weiter, als daß sie stattfanden. Ich hatte überhaupt keinen Grund zur Annahme, daß Ina Harrigan einen Ehemann loswerden wollte, nur um sich einen anderen zu nehmen.

Dies brachte mich zu Kenwood Ladds potentieller Anwesenheit im Krankenhaus zur Tatzeit. Und unter Kenwood Ladd schrieb ich noch: »Court Melady, Teuber, Dr. Kunce und Peter Melady« und lehnte mich zurück, um die Schar von Namen zu betrachten. Dann waren da noch die Schwestern, die direkten Zugang zum Fahrstuhl im zweiten Stock gehabt hatten, aber ich nahm an, daß Dr. Kunce den Aufenthaltsort der Schwestern gründlich und genau überprüft hatte. Also war ich der Meinung, daß ich alle aufgeführt hatte, die irgendwie mit der Sache zu tun haben konnten. Und nach dem nächtlichen Angriff auf Dione schien es, als konzentriere sich die Sache entsetzlicherweise auf meinen eigenen Ostflügel.

Hinter jeden dieser Namen schrieb ich: »Hielt sich in der fraglichen Nacht während einiger Zeit im Flügel auf.« Hinter Kenwood Ladd und Court Melady notierte ich lediglich: »Kein Beweis, daß er das Krankenhaus vor Mitternacht verlassen hat«; hinter Jacob Teubers Namen schrieb ich: »Anwesenheit im dritten Stock während *zwölf Minuten*.« Ich brauchte nicht zu sagen, welche zwölf Minuten. Und als ich es geschrieben hatte, fiel mir auf, daß er, soviel ich wußte, der einzige Mann war, der sich in den entscheidenden Minuten im Korridor des Ostflügels aufgehalten hatte. Und irgendwie glaubte ich viel lieber daran, daß die Hand eines Mannes dieses Messer in Dr. Harrigans Herz gerammt hatte. Jacob Teuber wußte auch, wo die Instrumente aufbewahrt wurden, und er kannte sämtliche Arbeitsabläufe des Krankenhauses im Detail. Er wohnte im Krankenhaus und hätte es mit Leichtigkeit geschafft, ungesehen durch die Hallen und in den Ostflügel zu gelangen, um dort

Dione beinahe zu erwürgen. Ich war weiterhin davon überzeugt, daß Diones Angreifer und der Mörder von Dr. Harrigan identisch waren.

Es stimmt, ich konnte mir den dünnen, jungen Jacob Teuber nicht als Gewaltverbrecher vorstellen. Besonders nicht während der Sommermonate, wenn er fast ausschließlich mit seinem Asthma beschäftigt war. Ich nenne es »sein Asthma«, weil er gewöhnlich von seinem Leiden als »mein« Asthma sprach, als ob es eine besondere Art Krankheit wäre. Wenn es besonders schlimm war, lag sogar so etwas wie Stolz in seiner keuchenden Stimme. Aber wie ich schon sagte, man kann nie wissen. Also kam der Name Jacob Teubers auf die Liste zu den andern, und ich beschloß herauszufinden, wie lange er genau in der Offenen Abteilung gewesen war und was für ein Motiv er gehabt haben könnte, Dr. Harrigan zu erstechen.

Die Schwierigkeit, ein Motiv zu entdecken, stellte sich in allen Fällen. Besonders bei Dr. Kunce, der sich natürlich in der fraglichen Zeit ebenfalls im Krankenhaus aufgehalten hatte. Es ist denkbar, daß er an der Sekretärin vorbeigekommen war, ohne gesehen zu werden, zum Fahrstuhl gelangte und dann in den vierten Stock zum Amputiermesser und – zu seinem Opfer. Natürlich war es möglich, aber es war ganz und gar nicht wahrscheinlich. Die Sekretärin, die Nachtdienst macht, hat ungewöhnlich scharfe Augen und ein leidenschaftliches Interesse an den Angelegenheiten anderer Leute. Außerdem konnte ich mir nicht vorstellen, daß Dr. Kunce, Leiter des Melady Memorial Krankenhauses, einen Mord begehen würde. Da war Jacob Teuber, all sein Asthma, seine Jugend und seine Harmlosigkeit hin oder her, der viel naheliegendere Verdächtige von beiden.

Wohl weil ich an Jacob Teuber dachte und seinen hilfsbereiten Versuch, den Fahrstuhl für mich zu öffnen, kam mir Lilian Ash wieder in den Sinn.

Lilian Ash und – ich mußte eine plötzliche Bewegung gemacht haben, denn die zwei immer noch anwesenden Polizisten drehten sich zu mir um und sahen mich mißtrauisch an. Ich hustete, faltete meinen Plan zusammen und steckte ihn sorgfältig in die geräumige Tasche meiner Tracht.

Ich wußte plötzlich mit absoluter Gewißheit, daß Lilian Ash die Fingerabdrücke vom Griff des Catlin Amputiermessers abgewischt hatte. Ich hatte sie im Fahrstuhl erwischt, unmittelbar nachdem wir die Leiche gefunden hatten, wie sie sich über Dr. Harrigans totes Gesicht gebeugt hatte. Sie war die einzige Person, an die ich mich erinnerte, die sich von dem Augenblick an, als wir die Leiche fanden, bis die Polizei erschien, alleine dem Fahrstuhl genähert hatte. Und sie hatte furchtbar mitgenommen und starr vor Schreck ausgesehen.

Ich war mir, wie ich bereits sagte, ziemlich sicher, daß sie jene Flecken, die bestimmt Fingerabdrücke und der Abdruck einer Handfläche waren, von diesem glänzenden, spiegelnden Griff abgewischt hatte. Warum sie es getan hatte, wußte ich nicht. Wenn es ihre eigenen Fingerabdrücke waren – aber das mußte erst bewiesen werden.

## 9

Ich hatte das eindeutige Gefühl, weiter gegangen zu sein, als ich wollte, und beschloß, mich für den Augenblick nicht um das mysteriöse Verschwinden Peter Meladys zu kümmern. Außer in meinen Notizen – es war natürlich nicht möglich zu verhindern, daß sich meine Gedanken ausführlich damit beschäftigten.

Außerdem war es höchste Zeit, daß sich unsere Patienten wuschen, die Zähne putzten und für das Frühstück bereitmachten, bevor die Tabletts hochgebracht wurden.

Erleichtert übergab ich der Oberschwester die Schlüssel für die Tagschicht. Vermutlich hatte sie vom nächsten Vorfall gehört und hatte sehr wenig geschlafen, denn sie sah ganz blaß und müde aus. Sie kam glücklicherweise nicht auf ihre Warnung der vergangenen Nacht zurück – worüber ich in jeder Beziehung froh war. Ich war nicht in der Stimmung, ein »Ich hab's Ihnen ja gesagt« zu hören, nicht einmal von einem Medium.

Das Frühstück war ziemlich scheußlich. Niemand mochte viel essen, und alle Schwestern flüsterten unablässig, sahen sich verstohlen um und fuhren schon aus der Haut, wenn in der Küche nur das Geschirr rasselte. Danach ging ich direkt auf mein Zimmer und ignorierte die neugierigen Fragen, die mir auf dem Weg gestellt wurden. Entgegen meiner Erwartung schlief ich sofort fest ein. Selbst eine Schwester, die gewöhnlich unregelmäßig und nicht genügend Schlaf gewohnt ist, ist irgendwann am Ende ihrer Kräfte.

Ich weiß noch, wie ich im Halbschlaf, kurz vor dem Einschlafen dachte: Mord hin oder her, ich brauche meinen Schlaf. So tapfer, daß ich meine Tür nicht abgeschlossen hätte, war ich aber nicht. Ich glaube, ich habe sogar den Ankleidetisch davorgeschoben. Sollte sich jemand leise meiner Tür nähern und den Knopf drehen, würde er enttäuscht sein.

Das Verhör fand am Nachmittag statt. Als ich ungefähr um ein Uhr mein Zimmer verließ und nach unten ging, traf ich Dr. Kunce, der, flankiert von zwei Assistenzärzten, gerade aus dem Chirurgietrakt der Männer kam. Er hielt mich auf und winkte die Assistenzärzte auf die Seite.

»Dieser Laden des Fensters, das im Ostflügel zur Feuertreppe führt«, sagte er, »war geschlossen, als Miss Page ihn kontrollierte, wie sie das immer tut, wenn sie ihren Dienst antritt. Und niemand im Ostflügel will ihn geöffnet haben. Und niemand will zugeben, diese Schnupftabakflasche versteckt zu haben. Aber als Sergeant Lamb und ich das Zimmer früher am Abend durchsuchten, war sie nicht dort. Jemand im Ostflügel muß sie irgendwann in der Nacht dort deponiert haben. Sie haben sich die ganze Nacht in der Nähe des Korridors aufgehalten, Miss Keate. Sind Sie sicher, daß Sie niemanden gesehen haben, der die Schnupftabakflasche versteckt haben könnte? Oder das Fenster aufgemacht?«

»Ich habe niemanden gesehen«, sagte ich langsam und bedächtig. »Niemanden, der sich nicht völlig berechtigt im Ostflügel aufgehalten hätte.«

»Ich habe mir gedacht, daß Sie das sagen würden«, meinte er irgendwie rätselhaft, und seine Nase schob sich über seinen Bart. Ohne noch ein Wort zu verlieren, ging er weiter, und seine Eskorte folgte ihm. Ich sah ihn nicht mehr, bis das Verhör begann.

Es fand im ersten Stock im langen Sitzungszimmer statt, dessen massives Mahagoni und glattes, schwarzes Leder dem Ganzen einen sehr formellen Anstrich gab. Es war immer noch sehr heiß und stickig, und alle Fenster waren weit geöffnet worden; dennoch roch der Raum ungelüftet, nach Leder, abgestandenem Zigarrenrauch und Fleischbrühe, und daruntergemischt war das schwache, aber stets vorhandene Aroma von Äther. Alle Mitglieder des Verwaltungsrates waren anwesend, alle Stationsärzte und eine ganze Menge Polizisten in ihren viel zu warmen blauen Uniformen. Und natürlich ein paar Reporter, denen nichts entging, und vereinzelte Leute, die ich nicht kannte. Ina Harrigan war in einem bemerkenswert attraktiven, meergrünen Nachthemd erschienen, das farblich genau zu ihren Augen paßte, und saß in einem Rollstuhl, wofür es überhaupt keinen Grund gab, es war doch ihr Arm gebrochen, nicht ihr Bein. Auf jeden Fall sah sie sehr schön aus, sehr zerbrechlich und sehr mitleiderregend, und ich glaubte, in den Augen der Geschworenen ein paar Tränen erkennen zu können. Zu ihrer einen Seite stand ihr Anwalt, eine der Tagesschwestern zur anderen.

Dione Melady war nicht da, aber Court Melady saß mit Kenwood Ladd ganz hinten im Raum. Es war sonderbar, aber obwohl sich die beiden Männer überhaupt nicht ähneln, lag in diesem Moment exakt derselbe Ausdruck auf ihren Gesichtern. Es war, entschied ich, ein Ausdruck der vorsichtigen Zurückhaltung. Er war ebenso deutlich in Kenwood Ladds hübschem Gesicht, seinen distanziert schauenden Augen und seinen zusammengepreßten Lippen, wie in Court Meladys älterem, weltüberdrüssigem Antlitz.

Ein paar Krankenschwestern waren auch da, und ein paar Hilfsschwestern. Unsere weißen Trachten sahen zweifellos viel luftiger aus, als sie waren.

Nun, die Sache sollte sich in die Länge ziehen, obwohl man um eine zügige Abwicklung bemüht war. Ich hörte aufmerksam auf jedes Wort, aber als ich danach alles Gesagte noch einmal überdachte, blieb nicht viel übrig, was ich nicht schon vorher gewußt hätte. Die erste Neuigkeit erfuhr ich zu Beginn der Untersuchung, nachdem der Zeitpunkt und die Art von Dr. Harrigans Tod so detailliert beschrieben worden waren, daß sogar Ina Harrigan ein Chiffontaschentuch vors Gesicht nahm und uns wohl allen ziemlich flau wurde. Wie ich sagte, die erste Neuigkeit kam während der Aussage eines sehr beschäftigt aussehenden Herrn mit dicken, rauchgefärbten Brillengläsern zum Vorschein, der das, was er zu sagen hatte, trocken und schnell erzählte. Gegen Ende seiner Aussage informierte er die Zuhörer, daß die Fingerabdrücke auf den Türknäufen des Fahrstuhls und des Operationssaals, auf dem Instrumentenschrank und auf den Fahrstuhlknäufen einer der Schwestern gehörten. Ich bemühte mich, unauffällig zu wirken. Es ging ein Raunen durch den Raum, und viele Blicke wandten sich der Ecke zu, in der die meisten weißen Trachten waren. Und er sagte, daß die Glühbirne im Fahrstuhl eindeutig und über anderen Abdrükken *die Fingerabdrücke von Dr. Harrigan selber aufwiesen!*

Dr. Harrigans eigene Fingerabdrücke! Also hatte Dr. Harrigan die kleine rote Lampe selber herausgedreht, um sich in Dunkelheit zu hüllen.

Dieser Punkt schien mir von einiger Bedeutung zu sein, aber ich konnte beim besten Willen nicht herausfinden, wie und warum. Der Untersuchungsrichter, für den es natürlich keine neue Erkenntnis war, ging nicht weiter darauf ein. Ich war ein wenig enttäuscht, obwohl mir klar war, daß es sein primäres Ziel war zu beweisen, daß ein Mord stattgefunden hatte; die eigentliche Untersuchung würde später folgen.

Der nächste interessante Moment kam während der Aussage der Sekretärin, und ich gebe ihn hier wieder, nicht weil er irgendein besonders verblüffendes Beweisstück hervorbrachte, sondern ganz einfach deshalb, weil er mir ein besseres Bild der Ereignisse auf dem Hauptstockwerk, dem ersten, während der Nacht des 7. Juli verschaffte.

Ich lasse die Einleitung weg. Ihr Name war Marie Hill. Sie war auf eine kecke Art sehr hübsch und schien die Situation zu genießen. Sie achtete sehr auf den Faltenwurf ihres Rockes und hatte nur Augen für die Reporter.

»Zu Ihren Pflichten gehört also, die Telefonzentrale zu bedienen, Meldungen entgegenzunehmen und zu notieren, Besuchern Auskünfte zu erteilen und allgemein als Sekretärin zu fungieren?« fragte der Untersuchungsrichter schließlich.

»Ja, Herr Untersuchungsrichter.«

»Mögen Sie sich an die Nacht des 7. Juli erinnern?«

»O ja, sicher.«

»Ist Ihr Arbeitsplatz so ausgerichtet, daß Sie den Eingang zum Krankenhaus sehen können?«

»Ja, Herr Untersuchungsrichter.«

»Sie würden jeden sehen, der hereinkäme oder aus dem Fahrstuhl treten würde?«

»Oh, sicher doch. Immer. Ich kann gar nicht anders, wenn ich an der Schalttafel sitze.«

»Was sind Ihre Arbeitszeiten?«

»Von neun bis sechs Uhr. Viel zu lange. Alle arbeiten zu lange hier im Melady Memorial.«

»Das gehört nicht hierher. Sind Sie die ganze Zeit auf der Zentrale?«

Auch diese Frage beantwortete sie mit einem ziemlich inbrünstigen »Ja« und einem Seitenblick auf Dr. Kunce, als ob sie ihre unbedachte kleine Bemerkung über die Arbeitszeit bereuen würde, mit der sie im übrigen recht hatte. Das Melady Memorial ist in dieser Hinsicht kein modernes Krankenhaus.

»Welche Ärzte kamen in der Nacht des 7. Juli nach neun Uhr ins Krankenhaus?«

»Nur Dr. Harrigan. Und natürlich Dr. Kunce.«

»Um wieviel Uhr erschien Dr. Harrigan?«

»Um elf Uhr dreißig.«

»Weshalb wissen Sie so genau, wieviel Uhr es war?«

Sie zögerte und sagte dann: »Es gibt nicht viel zu tun nachts, wissen Sie. Man sitzt nur da und wartet die ganze Nacht auf Notrufe. Ich beobachte dann halt, was im Krankenhaus so vor sich geht. Es kann ziemlich einsam werden in diesem weiten, leeren Korridor. Deshalb kann ich ... nun, ich weiß in der Regel, was läuft. Ich weiß noch, wie ich dachte, es sei spät für Dr. Harrigan, um noch eine Visite zu machen, und ich fragte mich, ob es einem seiner Patienten schlecht ging. Aber keine der Schwestern hatte nach ihm rufen lassen.«

»Haben Sie Dr. Harrigan noch einmal gesehen?«

»Nein, Herr Untersuchungsrichter.«

»Hat er etwas zu Ihnen gesagt, als er kam?«

»Nein. Er benahm sich so, als ob er es eilig habe. Ich fand das komisch, denn normalerweise ist Dr. Harrigan – also, er spricht immer mit uns.«

»Haben Sie ihn wiedergesehen?«

»Nein, Herr Untersuchungsrichter.«

»Hat er Sie angerufen und eine Verbindung mit jemandem im Krankenhaus verlangt? Dr. Kunce oder Miss Bianchi?«

»Nein, er hat mich überhaupt nicht angerufen. Das erste, was ich hörte, war, als Miss Keate anrief –«

»Hat nach neun Uhr noch jemand den Fahrstuhl betreten?«

»Ja, Herr Untersuchungsrichter. Dr. Kunce. Er kam im Smoking von einer Dinnerparty zurück, ließ seinen Hut im Vorzimmer und ging direkt zum Fahrstuhl. Ich kann nicht genau sagen, wie spät es war, aber es war ungefähr eine halbe Stunde, bevor Dr. Harrigan eintraf.«

»Haben Sie Dr. Kunce noch einmal gesehen?«

»Oh, natürlich. Er kam wieder mit dem Fahrstuhl herunter, fragte mich nach dem einen oder anderen Anruf und ging dann in seine Dienstwohnung.«

»Und wer hat danach noch den Fahrstuhl benutzt?«

»Niemand außer Teuber, der nach oben ging, um den – einen Patienten zu holen, der gestorben war.«

»Hat sich jemand dem Fahrstuhl genähert?«

»Nein – oh, doch, da war jemand. Miss Page und Miss Keate und Schwester Jones. Als sie vom Mitternachtsmahl zurückkamen, hielten sie vor der Tür und klingelten, aber der Fahrstuhl kam nicht, also gingen sie die Treppe hoch.«

»Sind Sie sicher, daß das alles war?«

»Ja, Herr Untersuchungsrichter.«

»Können Sie von Ihrem Pult aus auch die Treppe sehen?«

»Die ersten paar Stufen, ja. Ganz unten, wo der große Treppenpfosten ist.«

»Also wissen Sie so ziemlich, wer rauf und runter geht?«

»O ja, nachts schon.«

»Sagen Sie uns bitte, wer die Treppe benutzt hat, zwischen neun Uhr und dem Moment, als der Mord entdeckt wurde.«

»Ich glaube nicht, daß ich mich an alle Besucher erinnern kann, die gegangen sind. Nicht mit Namen auf jeden Fall. Aber alle Besucher sind normalerweise um neun Uhr dreißig draußen. Und danach war nur noch – nun, da war sonst niemand mehr bis zur Essenszeit um Mitternacht. Dann kamen natürlich die Schwestern herunter auf ihrem Weg zum Speiseraum. Und als sie gegessen hatten, kamen sie wieder herauf, und die

Hilfsschwestern gingen hinunter. Es war ungefähr zu dieser Zeit, als der Mord entdeckt wurde – oder etwas später. Ich war gerade dabei, das Sandwich zu essen, das eines der Mädchen mir gebracht hatte. Und es hatte keine Notoperationen gegeben in jener Nacht, keine Einlieferungen oder Entbindungen. Nur diesen einen Todesfall. Ein Schwarzer in der Offenen Abteilung. Bevor sie zum Essen ging, rief mich Schwester Jones an, die Oberschwester der Abteilung. Ich sollte einen Pfleger nach oben schicken, der ihn in den Ambulanzraum hinunter transportierte, und das Bestattungsinstitut benachrichtigen. Er hatte keine Angehörigen, die man hätte benachrichtigen müssen. Ich veranlaßte alles, und Mr. Teuber kam hoch, sobald er sich angezogen hatte, und ging nach oben, um ihn zu holen. Den toten Schwarzen, meine ich.«

»Um wieviel Uhr war das?«

»Schwester Jones rief um zwölf Uhr an, und der Pfleger kam ungefähr fünf Minuten später am Büro vorbei und ging nach oben. Das heißt, er fuhr mit dem Lift nach oben, wegen des Rollbetts aus dem Ambulanzraum, das er mitbrachte.«

»Wann kam er zurück?«

»Oh, ich habe ihn nicht gesehen. Er muß den Frachtaufzug benutzt haben, nehme ich an.«

»Was bringt Sie zu dieser Annahme?«

»Nun, das ist der einzige andere Fahrstuhl. Und dann hat Miss Blane –« Sie hielt inne und warf Dr. Kunce einen schuldbewußten Blick zu. Aber Dr. Kunce wußte wohl, daß er ein Krankenhaus voller Schwestern nicht daran hindern konnte, über den Mord zu sprechen. »Ich habe zufällig mit Miss Blane darüber gesprochen, und sie sagte, sie habe ihn gesehen. Ich hatte mich gefragt, wie er die Rollbahre mit dem Schwarzen in den Ambulanzraum hinunter gebracht hatte. Und sie sagte mir, er habe den Frachtaufzug benutzt, drüben in ihrem Flügel im Südwest-L. Der Frachtaufzug wird sonst nachts nie benutzt, weil er zuviel Lärm macht.«

Sergeant Lamb lehnte sich zur Seite und flüsterte etwas in Dr. Kunces Ohr, worauf dieser einen Assistenzarzt herbeiwinkte, ihm etwas zuflüsterte und sich wieder zurücklehnte, ruhig und gefaßt, während der Assistenzarzt leise den Raum verließ.

»Kennen Sie Mr. Court Melady?« fragte der Untersuchungsrichter.

»Ja, sicher«, sagte Marie Hill, ohne zu zögern.

»Ist er anwesend?«

»O ja, Herr Untersuchungsrichter.« Ihr Blick richtete sich so direkt auf Court Melady, als ob sie mit dem Finger auf ihn gezeigt hätte. Nun schauten alle in diese Richtung, aber Court Meladys Gesichtsausdruck blieb kalt und undurchschaubar und völlig gelassen, während man Kenwood Ladd neben ihm ansah, daß ihm überhaupt nicht wohl war.

»Haben Sie gesehen, wie Mr. Melady das Krankenhaus in der Nacht des 7. Juli verlassen hat?«

»Nein, Herr Untersuchungsrichter.«

»Wäre es möglich, daß er gegangen ist, ohne daß Sie ihn gesehen haben?«

»Das könnte sein«, sagte sie bereitwillig, »wenn er gleich gegangen wäre, als all die anderen Besucher gingen. Um diese Zeit bin ich am Schaltpult stärker beschäftigt als später. Er könnte dann ohne weiteres gegangen sein, ohne daß ich ihn gesehen hätte.«

»Kennen Sie Mr. Kenwood Ladd vom Sehen?«

»Ja, Herr Untersuchungsrichter«, sagte sie beflissen und schaute Kenwood Ladd mit einem leidenschaftlichen Interesse an, das von diesem nicht erwidert wurde. Als ihren Blicken andere folgten, schaute er versteinert zu Boden, von seiner unangenehmen Prominenz wahrscheinlich ebenso in Rage versetzt wie von der Röte, die ihm jungenhaft zu Gesicht gestiegen war.

In diesem Augenblick öffnete sich die Tür, und Schwester

Jones, Jacob Teuber und Miss Blane, die Oberschwester im Nachtdienst von Süd-L im dritten Stock – dem Flügel, der an seinem Ende an den Westflügel angrenzt –, schlichen sich in den Raum, vom Assistenzarzt wie von einem Hirtenhund geleitet.

»Haben Sie gesehen, wie Mr. Ladd das Krankenhaus verließ?«

»Nein, Herr Untersuchungsrichter«, sagte sie entschieden.

»Sind Sie sicher? Bei Mr. Melady waren Sie nicht sicher.«

»O ja, ich bin sicher«, sagte die Sekretärin schwelgend, »Mr. Ladd wäre mir aufgefallen.«

Aufkommendes Geflüster und Gekicher wurde vom Untersuchungsrichter zum Verstummen gebracht, und Kenwood Ladds Gesichtsfarbe wurde dunkelrot, ohne daß seine Züge sich regten.

»Sie sind also ganz sicher, daß Mr. Ladd nicht an Ihrem Büro vorbeigekommen ist? Nicht einmal während der Zeit, in der Sie, wie Sie sagten, beschäftigt waren und jemand unbemerkt hätte vorbeigehen können?«

»Ich habe nicht gesagt, jeder Besucher hätte vorbeigehen können, ohne daß ich ihn gesehen hätte«, sagte sie lebhaft. »Ich habe gesagt, Mr. Melady hätte vorbeigehen können und ich hätte ihn nicht unbedingt bemerkt. Aber ich weiß, daß Mr. Ladd nicht vorbeiging.«

»Wie können Sie in diesem Fall so sicher sein?«

»Weil ich noch weiß, wie ich gedacht habe, es sei komisch, daß ich ihn nicht gesehen habe, und er sei wohl diese Nacht nicht ins Krankenhaus gekommen. Verstehen Sie, ich bin – wir – also, Sie wissen doch, wie das ist. Er interessiert uns halt. Weil er so oft kommt und so.«

Dr. Kunce, der nicht weit von mir entfernt saß, machte keine Bewegung, aber wenn ich die arme Zeugin gewesen wäre, hätte ich vor dem Blick seiner sanften, dunklen Augen die Flucht ergriffen. Ich glaube, das hätte sie auch am liebsten getan, und nur ihre Ehrfurcht vor der Polizei hielt sie zurück, denn sie erhob sich halb, warf einen ängstlichen Blick auf Sergeant Lamb und den Untersuchungsrichter und setzte sich wieder, wobei ihr besorgter Blick zu Dr. Kunce zurückwanderte. Zum erstenmal vergaß sie die Reporter. Und obwohl ich nicht argwöhnischer bin als irgendeine Frau, begann ich mich in diesem Moment zu fragen, ob Dr. Kunces Wunsch, seiner schönen Patientin jegliche Unannehmlichkeiten zu ersparen, wirklich nur auf sein Verantwortungsgefühl zurückzuführen war, das er als Leiter des Krankenhauses empfand, in dem ihr Ehemann und sein Kollege umgebracht worden war und in dem sie selber Patientin war.

»Er kommt so oft?« fragte der Untersuchungsrichter.

»Ja, um Mrs. Harrigan zu besuchen, natürlich.«

Worauf Mrs. Harrigans Anwalt sich ihr hastig zuneigte, und die Schwester ihr mit einer gefalteten Zeitung heftig Luft zufächelte. Mrs. Harrigan hielt sich wieder das zarte Taschentuch vor die Augen, und Dr. Kunce beugte sich nach vorne und flüsterte Sergeant Lamb etwas zu, worauf dieser seinerseits dem Untersuchungsrichter etwas zuflüsterte. Die Reporter beobachteten das Ganze mit einer Art müdem Interesse, und Kenwood Ladd starrte geradeaus vor sich hin und schien die Blicke, die man ihm zugeworfen hatte, nicht zu beachten, obwohl er nicht sehr freundlich dreinschaute. Die arme Sekretärin machte das Ganze noch schlimmer, indem sie überraschend trotzig sagte:

»Dr. Kunce sagt, wir dürfen nicht über die Patienten und Besucher sprechen, aber ich möchte den sehen, der es sich verkneifen kann, wenn ein Mann häufig zu Besuch kommt, mit Blumen und allem –«

»Haben Sie Mr. Ladd in jener Nacht überhaupt gesehen?« unterbrach der Untersuchungsrichter.

»Nein. Kein einziges Mal.«

»Hätten Sie gesehen, wenn jemand das Krankenhaus verlassen hätte, nachdem Sie vom Mord wußten?«

»Ach du meine Güte, sicher«, sagte sie, wobei sie die Reporter zum zweitenmal vergaß.

Und nach ein paar weiteren Fragen, die den Zeitpunkt meines Anrufs betrafen, den sie mit exakt zwölf Uhr zweiunddreißig angab, und das, was ich gesagt habe, ließ man sie gehen.

Danach wurde Schwester Jones kurz befragt, und man wollte wissen, zu welchem Zeitpunkt genau sie einen Pfleger rufen ließ.

»Der Patient starb um zwölf Uhr«, sagte sie verängstigt, »und ich habe unverzüglich einen Pfleger rufen lassen. Dann ging ich nach unten zum Nachtessen. Miss Leming, die Stationsschwester, sagte mir nachher, Teuber sei innerhalb von fünf oder zehn Minuten erschienen und habe warten müssen, bis ich vom Nachtessen zurückkam, damit er die Formulare, den Auftrag an das Bestattungsinstitut und den ganzen Kram erhielt. Dr. Kunce hatte den Patienten früher in der Nacht angeschaut, als wir wußten, daß er nicht überleben würde, deshalb war der Totenschein in Ordnung. Nachdem ich vom Nachtessen zurückgekommen war, dauerte es noch einen Augenblick, bis ich alles fertig hatte, und als Teuber die Offene Abteilung schließlich verließ, war es fast zwölf Uhr dreißig. Ich erinnere mich an die Uhrzeit, weil es so lange dauerte und wir so viel zu tun hatten in jener Nacht.«

»Fast zwölf Uhr dreißig? Wie kurz davor?«

»Oh, nicht mehr als zwei oder drei Minuten. Ich stand in der Tür und schaute ihm zu, wie er den Korridor hinunterging, wo er auf Miss Keate traf, vor dem Fahrstuhl. Sie hielt ihn offensichtlich an, sagte etwas zu ihm und schaute die Rollbahre an mit dem – Toten drauf, und ich ging wieder an die Arbeit.«

Teuber selber, der sehr beunruhigt aussah und mehr als nur ein bißchen keuchte, erzählte dieselbe Geschichte und verhalf Schwester Jones damit zu einem ausgezeichneten Alibi, falls sie eines brauchte. Er fügte hinzu, Miss Keate sei weiter nach oben gegangen, während er umgekehrt sei und die Rollbahre wieder durch den Korridor zum Frachtaufzug im Südflügel gerollt habe.

»Es ging nicht anders«, sagte er mit einem entschuldigenden Blick zu Dr. Kunce. »Es machte einen ganz schönen Krach, aber es war die einzige Möglichkeit, den Toten nach unten zu bringen, und ich wußte, daß ihn die Leichenbestatter sofort haben wollten. Miss Ash war im Ostflügel, als ich ging, Herr Untersuchungsrichter«, sagte er beflissen. »Sie hat mich gesehen. Ich habe nichts getan. Miss Blane war im Südflügel, und sie hat mich gefragt, warum ich den Frachtaufzug nehme, weil es doch gegen die Regeln verstoße. Sie sagte, ich würde alle ihre Patienten wecken. Und ich sagte ihr, der normale Fahrstuhl sei irgendwo steckengeblieben, und ich müsse die Leiche nach unten bringen.«

»Wie lange brauchten Sie, bis Sie im dritten Stock ankamen, nachdem man Sie in die Offene Abteilung gerufen hatte?«

»Nun, ich – ich mußte mich zuerst anziehen, wissen Sie. Und dann in den Ambulanzraum, um eine Rollbahre zu holen. Das muß wohl zwischen fünf und zehn Minuten gedauert haben.«

»Haben Sie den Hauptfahrstuhl benutzt, um in den dritten Stock zu gelangen?«

»Ja, Herr Untersuchungsrichter.«

»Und Ihnen ist nichts aufgefallen?«

»Nein, Herr Untersuchungsrichter.« Er wurde von einem Hustenanfall unterbrochen. Als er zu Ende war, wischte er sich sein Gesicht ab und fuhr fort: »Gar nichts, Herr Untersuchungsrichter. Als ich den dritten Stock erreicht hatte, rollte ich die Bahre hinaus und ging den Korridor entlang. Ich traf niemanden an, bis ich die Offene Abteilung erreichte.«

»War niemand im Flur des Ostflügels?«

»Nein, Herr Untersuchungsrichter. Keine Menschenseele.«

»Als Sie im ersten Stock nach dem Lift klingelten, wie lange brauchte die Kabine, um zu kommen? Ich meine, was denken Sie, von welchem Stock er kam?«

»Nun« – der junge Pfleger sah verwirrt aus, aber darauf bedacht, einen guten Eindruck zu machen –, »das ist schwer zu sagen. Aber ich glaube, er kam vom vierten Stock. Auf jeden Fall war die Wartezeit zu lang, als daß er vom zweiten Stock hätte kommen können. Da bin ich sicher. Aber ich könnte nicht mit Sicherheit sagen, ob er vom dritten oder vom vierten Stock kam.«

»Sind Sie sicher, daß es nach zwölf Uhr fünf war, als Sie nach dem Fahrstuhl klingelten? War es nicht früher?«

»Nein, Herr Untersuchungsrichter. Ich meine, ja. Ich will sagen, es kann nicht vorher gewesen sein, mit Ankleiden und allem. Aber ich kann es nicht beschwören.«

»Und der Fahrstuhl war leer zu diesem Zeitpunkt?«

»Ja, er war leer.«

»Und Sie waren nicht mehr in der Nähe des Fahrstuhls, bis ungefähr zwölf Uhr dreißig, bis sie mit der Rollbahre zurückkamen, auf der diese ... äh ... Leiche lag, und dann trafen Sie Miss Keate?«

»Nein, Herr Untersuchungsrichter. Ich meine, ja, Herr Untersuchungsrichter.«

Als Miss Blane aussagte, bestätigte sie seine Geschichte, soweit sie dies konnte.

»Hat in der Nacht des 7. Juli außer dem Pfleger sonst noch jemand den Frachtaufzug benutzt?« fragte der Untersuchungsrichter schließlich.

»Nein, Herr Untersuchungsrichter«, sagte sie entschieden. »Das hätte ich gewußt, es macht einen solchen Lärm. Tönt wie ein Erdbeben.«

»Und in Ihrem Teil des Krankenhauses geschah nichts Ungewöhnliches oder Auffälliges in jener Nacht?«

»Gar nichts. Es war eine ruhige Nacht – das heißt, bis die Polizei kam.«

Auch Lilian Ash bestätigte Teubers Aussage, als sie aufgerufen wurde, obwohl sie es nicht so bereitwillig tat, sondern einen eher störrischen und zudem ziemlich kranken Eindruck machte und an ihrer Beitragsleistung zur Untersuchung keinen Gefallen zu finden schien.

»... und da es schien, daß der Fahrstuhl irgendwo steckengeblieben war, nahm er seine Bahre wieder mit durch den Westkorridor zum Frachtaufzug, und Miss Keate ging wieder nach oben zu den Operationssälen, und ich kehrte zu meinem Patienten zurück. Kurz darauf hörte ich Miss Keate laut rufen und eilte in den Korridor, wo sie bei der Fahrstuhltüre stand.«

Sie erschauderte heftig, als sie »Fahrstuhltüre« sagte, und eine Art mitfühlendes Frösteln ging durch die Zuhörerschaft.

»War Ihr Patient wach?« fragte der Untersuchungsrichter.

»Nein. Er hatte eine gute Nacht – bis der ganze Tumult ausbrach. Davor hatte er fast die ganze Nacht durchgeschlafen.«

»Hmm«, bemerkte der Untersuchungsrichter gewichtig. Er könnte ebensogut gesagt haben: »Dann kann er Ihnen kein Alibi liefern«, denn ich glaube, das war, was alle gedacht haben. Die Reporter waren plötzlich alle hellwach. Lilian Ashs große Hände zuckten ein wenig in ihrem Schoß, und ein dumpfes Rot stieg langsam unter die Puderschichten auf ihrem Gesicht.

Nun, er befragte sie dann noch ziemlich lange über die Mordnacht, und ich erinnere mich an ihren gequälten Gesichtsausdruck, als hätte sie nächtelang nicht geschlafen. Aber sie sagte sehr deutlich, daß sie nichts wisse, was einen Bezug zum Mord haben könnte, und sie antwortete auf alle seine Fragen mit praktisch derselben Geschichte über das Auffinden der Leiche und die Ereignisse vor dieser Entdeckung, die schon Ellen, Nancy und ich Sergeant Lamb erzählt hatten. Bald darauf durfte sie sich wieder zu den anderen Schwestern setzen, und Ellen, Nancy und ich wurden nacheinander aufgerufen und ziemlich schnell befragt. Vermutlich dachte Sergeant Lamb, er wisse schon alles, was wir dem Untersuchungsrichter zu sagen gehabt hätten. Die Geschworenen und offensichtlich auch das kleine Publikum waren sehr interessiert an meiner Aussage. Der Untersuchungsrichter interessierte sich insbesondere für meine zwei fruchtlosen Gänge in den vierten Stock auf der Suche nach meinem Patienten und Dr. Harrigan.

Es war auffällig, wie oft Peter Meladys Name während der Untersuchung genannt wurde. Natürlich war es unvermeidbar, und jedesmal, wenn jemand auf ihn zu sprechen kam, stieg das Interesse der Zuhörer spürbar an. Die Untersuchung betraf in erster Linie Dr. Harrigans Tod, aber Peter Meladys Verschwinden war so stark mit ihm verknüpft, daß es nicht völlig unabhängig davon betrachtet werden konnte. Die Annahme, daß Peter Melady Dr. Harrigan erstochen hatte und geflohen war, lag auf der Hand. Mehr als einmal wurde Notwehr vermutet, und die allseits bekannte Animosität zwischen den beiden Männern war Thema der Untersuchung. Court Melady wurde ziemlich genau darüber befragt.

»Alles, was ich weiß, ist, daß sie sich nicht mochten«, sagte er kalt. »Der Grund ihres Streites ist mir nicht bekannt.«

Und als man ihn drängte, sagte er ganz einfach, er habe keine Ahnung von den Geschäften seines Schwiegervaters.

Er behielt seine Fassung auf bewundernswürdige Weise, sogar als der Untersuchungsrichter ihn ziemlich scharf fragte, ob er selber ein gutes Verhältnis zu Dr. Harrigan gehabt habe und ob es nicht irgend eine Möglichkeit gäbe, wie er beweisen könne, wo genau er während der fraglichen Stunde war.

»Verstehen Sie, niemand hat gesehen, wie Sie das Krankenhaus verlassen haben«, fügte der Untersuchungsrichter etwas respektvoller an, als ob ihm in den Sinn gekommen wäre, daß es sich immerhin um Court Melady handelte, der dereinst Meladys Vermögen und Einfluß erben würde. »Und wir versuchen, alle Besucher zu überprüfen, die sich in dieser Nacht im Ostteil des Krankenhauses aufgehalten haben.«

Er hätte ebensogut sagen können, was er meinte: Die Besucher, die, wenn man seine Phantasie etwas bemühte, ein Interesse daran gehabt haben können, Dr. Harrigan zu beseitigen. Court Meladys leerer, kalter Blick wurde noch leerer und kälter, als er teilnahmslos sagte, daß er für diese Nacht überhaupt kein Alibi habe, falls es das sei, worauf der Untersuchungsrichter hinaus wolle.

»Überhaupt nicht«, sagte der Untersuchungsrichter höflich. »Überhaupt nicht. Ich danke Ihnen, Mr. Melady. Das heißt ... äh ... Moment noch, Mr. Melady.«

Sergeant Lamb hatte ihm eine Notiz auf den Tisch geschoben, und während Court Melady ungeduldig wartete, überflog er sie kurz, sah Sergeant Lamb mißbilligend an, sagte dann aber:

»Nur noch eines, Mr. Melady. Würde es Ihnen etwas ausmachen, uns zu sagen, wo Sie letzte Nacht zwischen ein und drei Uhr waren?«

Court Meladys kaltschnäuziger Gesichtsausdruck änderte sich nicht im geringsten, obwohl er gewußt haben muß, daß der Untersuchungsrichter nicht sehr geschickt auf den mörderischen Angriff auf Dione Melady anspielte. Auch diese Angelegenheit war, wenn man mich fragte, äußerst eng mit dem Mordfall verknüpft. Sie wurde jedoch nicht offen angesprochen.

»Aber überhaupt nicht«, antwortete Court Melady extrem unterkühlt und mit unangenehmer Stimme. »Ich habe zufällig ein hieb- und stichfestes Alibi für die letzte Nacht, Herr Untersuchungsrichter. Ich blieb in meinem Club bei einem Kartenspiel hängen, nachdem ich das Krankenhaus ungefähr um neun Uhr dreißig verlassen hatte. Es dauerte, bis Dr. Kunce ungefähr um drei Uhr bei mir zu Hause anrief, wo man ihm sagte, er solle im Club anrufen, was er tat und mit mir sprach. Er sagte mir, was gerade passiert war, was unternommen worden war und daß meine Frau schlafe, und riet mir, erst am Morgen ins Krankenhaus zu kommen, da ich sowieso nichts tun könne. Ich ging zurück und ... ähh ... spielte zu Ende und verbrachte den Rest der Nacht im Club. Jeder der Herren, mit denen ich gespielt habe, kann Ihnen das vollumfänglich bestätigen. Es wird mir ein Vergnügen sein, Sergeant Lamb, die Namen zu nennen. Beantwortet das Ihre Frage zufriedenstellend?«

»Oh, absolut, Mr. Melady, absolut«, sagte der Untersuchungsrichter und brachte es mit seiner Miene fertig, sich im selben Atemzug bei Court Melady zu entschuldigen und gegenüber Sergeant Lamb seine Mißbilligung über dessen Insistieren auszudrücken.

Das war also alles, was Court Melady zu sagen hatte, dachte ich für mich und lehnte mich wieder in meinem Stuhl zurück. Auch wenn es natürlich keinen Beweis dafür gab, daß Diones Angreifer und der Mörder dieselbe Person waren, war ich immer noch überzeugt von der Richtigkeit dieser Annahme. Wenn also Court Melady ein überprüfbares Alibi liefern konnte für den zweiten Vorfall, so war es in meinen Augen so gut wie erwiesen, daß er nicht des Mordes schuldig war. Nicht, daß ich Court Melady besonders verdächtigt hätte. Ich hatte ihn nur deshalb in meine düstere Liste der Verdächtigen aufgenommen, weil er in jener Nacht im Krankenhaus hätte sein können, weil er Dr. Harrigan gekannt hatte und in enger Beziehung zu Peter Melady stand.

Es folgte eine lange und mühsame Befragung Dr. Kunces und einiger Schwestern bezüglich der verschiedenen Personen, die in jener Nacht und besonders zwischen zwölf und ein Uhr im Krankenhaus ein- und ausgegangen waren. Dieser Teil der Untersuchung hat mir nicht sonderlich behagt – nicht, daß mir irgendein Teil wirklich behagte –, denn als er vorüber war, war ich mehr denn je überzeugt, daß der Mörder unter den wenigen Personen sein mußte, deren Namen auf meiner Liste standen; was mir nicht nur angst machte, sondern auch ziemlich absurd war, weil kein einziger darunter war, von dem ich mir wirklich vorstellen konnte, daß er einen Mord begehen würde. Aber in einem hermetisch abgeschlossenen Krankenhaus, in dem die Patienten in ihren Betten liegen und von den Krankenschwestern mit Adleraugen überwacht werden, in dem die Schwestern sich gegenseitig beobachten, und bei bis ins Detail geregelten, bis auf die Sekunde rekonstruierbaren Arbeitsabläufen ist die Wahrscheinlichkeit gering, daß Leute unbemerkt in den Korridoren umherspazieren und mit den Fahrstühlen hoch und runter fahren. Dr. Kunce schien es zu schmeicheln, daß seine bewundernswerte Verwaltung öffentliche Anerkennung fand. Und wie ich schon sagte, ich wurde immer sicherer, daß die physischen Gesetze von Zeit, Raum und Gelegenheit den Fall ziemlich zweifelsfrei auf die kurze Liste reduzierten, die ich erstellt hatte. Was an und für sich schon eine schauerliche Vorstellung war. Und gleichzeitig war niemand darunter, dem ich ein so häßliches und gewalttätiges Verbrechen zutraute. Aber ich nehme an, Mord bleibt für die meisten von uns immer eine unvorstellbare Sache.

Ich glaube, ich habe die detaillierten Beweise noch nicht erwähnt, die bestätigen, daß Dr. Harrigan ermordet worden war und nicht Selbstmord begangen hatte: Die Position des Messers (das offensichtlich aus dem Instrumentenschrank im Operationssaal entwendet worden war, wie Dr. Kunce widerwillig ausgesagt hatte), die Lage der Leiche, die Stelle, an der das Messer ins Herz eingedrungen war, verschiedene nur allzu deutliche Photographien – um all dies wurde großes Aufsehen gemacht in einer Sprache, die mit so vielen wissenschaftlichen und fachspezifischen Begriffen gespickt war, daß es für viele von uns nichts als leeres Geplapper war. Diese Beweisführung nahm sehr viel Zeit in Anspruch, obwohl meiner Meinung nach von Anfang an klar war, daß es sich um Mord handelte. Niemand, der gesehen hätte, was ich sah, hätte daran irgendwelche Zweifel gehabt.

Ebenfalls nicht erwähnt habe ich Ina Harrigans Verhör, das kurz war und vom Untersuchungsrichter mit großer Teilnahme und schwerfälligem Feingefühl geführt wurde. Es schien, als wisse sie nichts von einem Feind, der ihren Mann ermordet haben könnte, oder von irgendeinem Motiv für den Mord. Der Schock und die Trauer hatten sie krank gemacht. Sie hatte Dr. Harrigan in der Nacht vom 7. Juli zwischen elf Uhr dreißig und zwölf Uhr zuletzt gesehen, als er in ihrem Zimmer vorbeigeschaut hatte, um mit ihr zu plaudern und ihr gute Nacht zu sagen. Er war guter Laune gewesen und hatte ganz sicher keine Vorahnung seines Todes gehabt. Ihr Rollstuhl, das Nachthemd, die bereitstehende Krankenschwester und ihr verbundener Arm erzeugten zusammen den völlig irreführenden Eindruck von Zerbrechlichkeit, und irgendwie brachte sie es fertig, einem das Bild zu vermitteln, daß sie und Dr. Harrigan einander in tiefempfundener Liebe ergeben gewesen waren, was, wie ich wußte, ein fast ebenso irreführender Eindruck war. Man dankte ihr, entließ sie und entschuldigte sich noch dabei.

Als wenig später Kenwood Ladd zur Aussage aufgefordert wurde, drehten sich die Köpfe neugierig zu ihm hin.

Er war äußerst schroff, und ich wiederhole, was er zu sagen hatte, nur deswegen, weil es mich wegen meiner eigenen ambivalenten Einstellung zu ihm interessierte. Denn was Kenwood Ladd betraf, war meine Meinung von Anfang an gespalten gewesen.

»Sie waren am Abend des 7. Juli ein Besucher im dritten Stock des Melady Krankenhauses?«

»Ja.«

»Wen haben Sie besucht?«

»Mrs. Harrigan.«

»Sie sind gerade dabei, Pläne für ihr neues Haus zu zeichnen?«

»Ja.«

»Wann sind Sie wieder gegangen?«

»Das kann ich nicht genau sagen«, sagte Kenwood Ladd. »Es war, nachdem die kleine Hilfsschwester hereingeschaut hatte, um mir zu sagen, daß die Besucher nun gehen müßten. Ganz bestimmt bevor Dr. Harrigan ermordet wurde.«

Der Untersuchungsrichter, der die Frage, wann genau Dr. Harrigan zuletzt lebend gesehen worden war, bereits ziemlich eingehend untersucht hatte, hakte sofort ein:

»Oh, ganz bestimmt, Mr. Ladd. Sie haben doch sicher auf dem Heimweg oder, als Sie zu Hause ankamen, mit jemandem gesprochen, oder? Jemand, der Ihre Aussage bestätigen kann?«

Nein, hatte er nicht, sagte er ebenso direkt, wie er diesen für ihn ungünstigen Umstand zuvor schon Sergeant Lamb gegenüber zugegeben hatte. Er hatte einen langen Spaziergang im Park gemacht, sagte er, weil es so heiß war, und er konnte sich nicht erinnern, jemanden gesehen zu haben, als er in seinem Hotel ankam.

Als man ihn nach seinem Aufenthalt in der Nacht vom 8. Juli fragte, sagte er kurz angebunden, er habe Verdauungsstörungen gehabt und einen Arzt aufgesucht.

»Ich hatte schlechten Alkohol erwischt«, sagte er frei heraus und etwas trotzig. Ein Geständnis, das ihm schadete. In B. trinkt man und genießt man heimlich und empfindet jegliche Anspielung auf das Trinken als Beweis schlechten Geschmacks.

Wie schon bei Court Melady tauchte nichts auf, was ihn direkt mit dem Mord in Verbindung gebracht hätte, und kurz darauf entließ ihn der Untersuchungsrichter. Es gab jedenfalls keinen Grund anzunehmen, daß die nun anscheinend vom Kummer geplagte Ina Harrigan den jungen Kenwood Ladd zum Liebhaber gehabt hatte, und der sich emotional so verstiegen haben könnte, ihren Mann umzubringen. Es gab keinen greifbaren Beweis, auf dem eine solche Annahme hätte begründet werden können. Aber wie die Leute halt sind, sah man ihnen ihre Spekulationen eindeutig an den neugierigen Blicken an, die von Kenwood Ladd zu Ina Harrigan und zurück wanderten. Sein Pech war, nehme ich an, daß er so genau und auf zurückhaltende Art die jugendliche Männlichkeit verkörperte, in die sich eine Frau schnell verliebt. Er hatte sogar die Angewohnheit, von Zeit zu Zeit zu erröten, was bewies, daß er nicht ganz so reserviert und unnahbar war, wie er sich gab. Sogar ich, die ich kaum glaubte, daß er Ina Harrigans Mann umgebracht haben könnte, meine indiskreten Jahre längst hinter mir habe, fand, daß er ohne weiteres ihr Liebhaber sein konnte. Womit lediglich bewiesen wäre, daß auch eine Krankenschwester mittleren Alters, die zu Leibesfülle und Neuralgie neigt, ihre Augenblicke von romantischer Phantasie hat.

Er setzte sich wieder neben Court Melady, und alles, was ich von ihm sehen konnte, war sein krauses, blondes Haar, die gerade Linie seiner unerforschlichen Augenbrauen und die zusammengekniffenen blaugrauen Augen. *Und sein blondes Haar*. Konnte es sein, daß das Goldhaar, das ich oben in meiner lavendelfarbenen Bettflasche hatte, von seinem Kopf stammte? Ich war so sicher gewesen, daß das Haar seiner Länge nach zu urteilen das einer Frau war, aber wenn es eindeutig gelockt war, so sah man Kenwood Ladds Haaren ebenso eindeutig eine streng kontrollierte Krause an. Ich konnte ihn mir vorstellen, wie er entschlossen die Bürste führte und sich abmühte, damit sein Haar glatt liege und so bleibe. Je länger ich hinschaute, desto sicherer war ich mir, daß das Goldhaar ebensogut von Kenwood Ladd stammen konnte wie von Nancy oder Lilian Ash. Oder Dione Melady. Wieder schien die Welt von blonden Leuten bevölkert zu sein, und ich lenkte meine Aufmerksamkeit überdrüssig wieder der Untersuchung zu.

Es folgte eine langwierige Routine-Untersuchung, die in meinen Augen nicht viel brachte, und dann dauerte es nicht mehr lange, bis das Untersuchungskomitee seine Entscheidung traf. Wir mußten eine ganze Weile darauf warten, und der Raum wurde unterdessen zum Ersticken heiß. Als ein Pfleger einen Krug Eiswasser und ein Glas zum Tisch des Untersuchungsrichters brachte, aus dem dieser gierig und mit sichtbarer Befriedigung trank, ruhten die Blicke aller Anwesenden neidisch auf ihm, und das unruhige und ungeduldige Geraschel wurde noch größer. Sogar Dr. Kunce sah nervös aus, brachte sich den Bart durcheinander und rückte die rote Geranie in seinem Knopfloch zurecht. Eine Zeit seines Lebens hatte Dr. Kunce im Süden verbracht, und im Sommer hatte er noch immer eine Vorliebe für die leichten Seidenanzüge, die in New Orleans und anderen Städten der Staaten so populär sind. Er sah darin sehr gut aus, vor allem mit der roten Geranie, die er so oft trug, und ich sah einige Reporter interessiert den Anzug und nicht minder interessiert die Geranie betrachten.

Ich erfuhr später, daß die Kommission so lange brauchte, weil einer von ihnen darauf beharrte, daß Dr. Harrigan seinen Tod durch Peter Meladys Hand gefunden habe. Er argumentierte, und ließ sich zu Recht nicht davon abbringen, daß an Peter Meladys Verschwinden etwas faul sei. Die Hitze und der Hunger – denn es war fast schon Abendessenszeit – brachen schließlich seinen Widerstand, und der Spruch der Kommission lautete endlich so, wie man erwartet hatte. Es konnte gar nicht anders sein. Er lautete, daß Dr. Harrigan von »einer unbekannten Person oder unbekannten Personen« getötet worden sei, was in meinen Ohren immer ein wenig ironisch klingt.

Alles strömte aus dem Raum.

Eine kleine Gruppe, bestehend aus Dr. Kunce, dem Untersuchungsrichter, Sergeant Lamb, Mrs. Harrigans Anwalt und ein paar Belegärzten – unter ihnen Dr. Peattie, der sehr schlecht und vor Müdigkeit und Sorge erschöpft aussah –, war ganz von Reportern umlagert. Court Melady und Kenwood Ladd machten im Korridor halt und beugten sich über den Wasserspender, dann gingen sie gemeinsam zum Haupteingang. Als ich das Treppenhaus erreichte, rief die Glocke zum Nachtessen, und auf dem Weg in den Keller schloß Lilian Ash zu mir auf.

»Fürchterlich heiß«, sagte sie schwer atmend. »Ich hoffe, die Hilfsschwester, die heute nachmittag während meiner freien Stunden bei meinem Patienten war, ist gut mit ihm zu Rande gekommen.«

»Wie geht es Ihrem Patienten?« fragte ich.

»So la la«, sagte Miss Ash. »Das heiße Wetter tut ihm nicht gut. Er hält mich ganz schön auf Trab. Ich kriege nicht viel Ruhe. Und es dauert noch gute zehn Tage, bis er über den Berg ist, sozusagen.«

»Übrigens«, sagte ich so zufällig, wie ich nur konnte, »haben Sie Dr. Harrigan je assistiert?«

Sie sah mich kurz an, und ich dachte, sie würde mitten auf der Treppe stehenbleiben, aber sie tat es nicht.

»Nein«, sagte sie. »Haben Sie?«

»Oh, sehr oft«, antwortete ich. »Sie kannten ihn also nicht?«

Sie zuckte mit den Schultern.

»So, wie man die verschiedenen Ärzte kennt. Ich bin ja noch nicht lange hier. Ich kenne keinen der Belegschaftsärzte gut.«

»Wo haben Sie eigentlich früher gelebt?« fragte ich beiläufig. »Ich kann mich nicht erinnern, daß Sie es je erwähnt hätten.«

Sie sah mich an und sagte ein oder zwei Sekunden lang, was mir sehr lang erschien, nichts. Ich hatte das Gefühl, daß sie nach einem Namen suchte. Dann sagte sie mit einem Hauch von Triumph in ihrer Stimme:

»Hollywood.«

»Oh.« Ein Ort mit wechselnder Einwohnerschaft, wo es schwierig sein würde, die Spuren einer Frau zu finden. Dann fing ich mich wieder. Ich hatte wirklich keinen Grund anzunehmen, sie habe einen Mord begangen. »Das ist eine scheußliche Geschichte, nicht wahr?«

Sie erschauderte und hob eine ihrer fleischigen Hände, um eine struppige Strähne blonden Haars zurückzustreichen, die ihr über die Augen gefallen war, dann fuhr sie mit der Hand über ihr schlaff wirkendes Gesicht. Die dicke Puderschicht, die sie immer auftrug, war von der Feuchtigkeit verschmiert, und die Falten, die von ihrer Nase zum Mund hinunterführten, sahen besonders tief aus, als wir am Fuß der Kellertreppe unter der Lampe vorbeigingen und in den heißen dampfenden Eßsaal eintraten.

»Scheußlich, ja!« sagte sie. Ich bemerkte ein kurzes Stocken ihrer Rede, und wenig später fiel mir auf, daß ihre Hand auf dem Teeglas zitterte, und sie das weiße Baumwolltischtuch anstarrte, wie – nun, etwa so, wie Lady Macbeth ihre Hand angesehen haben könnte. Nachdem die Phantasie so mit mir durchgegangen war, sagte ich mir, *sei kein Dummkopf*.

Und stellte fest, daß meine eigenen Hände auch nicht die allerruhigsten waren.

## 10

Als ich in den Ostflügel kam, um meinen Nachtdienst aufzunehmen, war Nancy bereits dort und sprach mit den Tagesschwestern, die überhitzt und müde aussahen und sehr froh waren, abgelöst zu werden. Als sie gegangen waren, und Ellen gerade die Tabletts mit dem Nachtessen wegräumte, plauderten Nancy und ich eine Weile – über die Hitze, über die Maikäfer, die bei Einbruch der Dämmerung gegen die Läden zu prallen begannen, weil das Licht in den Korridoren sie anzog, über 301, der wegen seiner Diät herumgemeckert hatte – über alles und jedes außer über das, was uns am meisten beschäftigte. Und jedesmal, wenn wir es zuließen, daß unsere Augen in die besagte Richtung abwanderten, sahen wir dort die schwarze Tür, die, nur ein paar Schritte entfernt, zum Fahrstuhlschacht führte.

Schließlich überwand ich meinen Widerwillen und fragte sie umstandslos, wie lange genau sie in der Nacht des 7. Juli nach dem Essen in Dione Meladys Zimmer gewesen sei, in der Zeit zwischen unserer Rückkehr in den dritten Stock und meiner Entdeckung von Dr. Harrigans Leiche.

»Die ganze Zeit über«, sagte sie sogleich. »Mrs. Melady war hysterisch.«

Die ganze Zeit über; das eliminierte sie und Dione Melady praktisch von meiner kurzen Liste.

»Und während der ganzen Zeit hast du niemanden in den Fahrstuhl gehen oder ihn verlassen sehen? Du warst doch praktisch gegenüber.«

»Nicht ganz gegenüber, Sarah. Und dann mußte ich sowieso die Tür zumachen, als Mrs. Melady sich aufregte und laut zu werden begann. Ich befürchtete, sie würde die Patienten in den umliegenden Zimmern aufwecken. Also hörte oder sah ich überhaupt nichts.« Sie hielt inne und schaute mich trübsinnig an. »Hast du eine Ahnung, Sarah, ob es zu Verhaftungen kommen wird?«

»Nun, irgendwann schon, denke ich«, begann ich, und in diesem Moment erschien Kenwood Ladd, als er aus der Dunkelheit des Treppenhauses trat. Es war merkwürdig, daß wir alle in jener Woche die Treppe benutzten, trotz der Hitze und des langen Aufstiegs. Keinem einzigen fiel es ein, den Fahrstuhl zu betreten. Sogar die Anrichtewagen mit den geheizten Tabletts für die Patienten wurden mit dem Frachtaufzug nach oben geschickt und dann auf ihren Gummirädern durch die langen, kahlen Korridore bis zum Ostflügel gerollt.

Ich weiß noch, wie Nancy aufstand, um den jungen Ladd zu Mrs. Harrigans Zimmer zu begleiten. Sie hatte sich gerade erst eine frische Uniform angezogen, die noch nicht verknittert, sondern noch sehr frisch, weiß und kühl aussah. Ihre blonden Haarsträhnen leuchteten hell unter ihrem gestärkten, weißen Häubchen hervor, und sie sah außerordentlich jung und lieblich aus, trotz der schwachen blauen Müdigkeits- und Sorgenfalten um ihre Augen.

»Könnte ich Mrs. Harrigan sehen?« fragte Kenwood Ladd. Ich glaube, für einen Augenblick vergaß er, was eine von uns wußte, denn als er so dastand und auf Nancy hinunterschaute, entspannten sich seine zusammengepreßten Lippen ein wenig, der gehetzte Ausdruck wich aus seinen Augen, die auf einmal sehr klar und aufmerksam und überhaupt nicht distanziert waren.

Dann murmelte Nancy etwas, und er sagte: »Danke« und folgte ihr in Richtung Mrs. Harrigans Zimmer.

Als Nancy zurückkam, stand sie einen Augenblick lang einfach da und betrachtete die Glasoberfläche des Stationstisches, dann sagte sie: »Er ist wahnsinnig attraktiv, nicht wahr?«

»Wer?« Ich blickte von dem Aufnahmeblatt auf, auf dem die launischen Ausbrüche von 301 vermerkt worden waren. »Oh, der junge Mr. Ladd? Ich denke, das ist er.«

Und nach mindestens fünf Minuten Meditation setzte sie hinzu: »Ich glaube nicht, daß er irgendein Interesse an Mrs. Harrigan hat.«

»Du glaubst also, sie hat es auf ihn abgesehen?« fragte ich lächelnd.

Zu meiner Überraschung brauste Nancy sofort auf.

»Lach nicht«, sagte sie scharf. »Genau das glaube ich. Sie ... sie ... genau so eine ist sie.«

Sie schwieg abrupt, und nach ein paar Sekunden, in denen ihre Augen weit offen und starr auf die Tischoberfläche fixiert waren, sagte sie fast flüsternd:

»Wir sitzen hier ganz schön in der Patsche.«

»Wie meinst du das?«

»Du weißt, wie ich das meine.« Sie zog ihre schmalen Schultern hoch, schob sich eine weiche, kleine Strähne aus der Stirn und nahm ein Puderdöschen aus ihrer Tasche. Nancy war eine dieser Krankenschwestern, bei denen das Schminkköfferchen ebenso zur ständigen Ausrüstung gehört wie das Fieberthermometer, das ich persönlich für wichtiger halte. »Nun, ich kann es wohl nicht ändern«, sagte sie. »Ich gehe jetzt runter und versuche, 301 dazu zu bringen, seinen Salat zu essen. Er sagt, er habe schon soviel davon gegessen, daß seine Nase zu mummeln begänne, seine rosaroten Ohren immer länger würden und ihn eines Tages jemand als Pelzmantel tragen werde.« Ihr Lächeln erreichte nicht die Tiefen ihrer dunklen, sorgenvollen Augen, aber ihr festes kleines Kinn schob sich vor.

Kenwood Ladd blieb nicht lange an jenem Abend. Ich war zufällig im Korridor, als er ging. Ich sah, wie er sich auf dem Weg zum Treppenhaus suchend im Korridor umschaute und dann enttäuscht war, als er nur mich sah.

Erst als wir unsere Patienten für die ersten, ruhigen Stunden der Nacht eingerichtet hatten, begann ich, mir über die Dinge Gedanken zu machen, die die Untersuchung hervorgebracht hatte. Mir schien einiges ziemlich sonderbar zu sein. Zunächst einmal waren die chinesische Schnupftabakflasche und die Formel für Slaepan nicht erwähnt worden. Aber als ich kurz darüber nachgedacht hatte, fand ich es richtig, daß man darüber schwieg. Wenn man dem Verbrecher schließlich nur durch solche Hinweise auf die Spur kommen konnte, war es besser, ihn nicht vorzuwarnen. Aus demselben Grund wurde wohl auch das Stück weißen Kaugummis nicht erwähnt. Es war mir klar, warum auch über das Goldhaar nichts gesagt worden war. Ich war mir ganz sicher, daß Sergeant Lamb jede blonde Person, die mit dem Krankenhaus in Verbindung stand, besonders mißtrauisch betrachtete, aber er würde wohl kaum zugeben, daß ihm sein Beweisstück gestohlen worden war.

Beim Durchgehen der Masse von Alibis und Beweisstücken, die der Nachmittag hervorgebracht hatte, stellte ich fest, daß darunter nur ein Element für mich völlig neu war, das auf die Entwicklung des Falles einen gewichtigen Einfluß haben konnte. Ich meine den Umstand, daß Dr. Harrigans eigene Fingerabdrücke auf der Glühbirne im Fahrstuhl gefunden worden waren, womit bewiesen schien, daß er selber das Licht gelöscht hatte, indem er ganz einfach die Birne so weit herausdrehte, bis der Strom unterbrochen war. Das war völlig widersprüchlich wie so viele Aspekte des Falles. Ich hatte angenommen, der Mörder habe das Licht ausgemacht, um Dr. Harrigan anzugreifen.

Ich sah den Korridor hinunter. An seinem Ostende, vor einem Fenster und damit unmittelbar vor dem Notausgang zur

Feuertreppe, saß ein stämmiger Polizist auf einem der kleinen, weißen Metallstühle, gefährlich weit zurückgelehnt, und obwohl weder seine Haltung noch der Mann selber gut aussahen, muß ich zugeben, daß ich selten einen angenehmeren Anblick genoß. Nicht weit von mir entfernt, am Westende, saß ein weiterer Polizist, und ich hatte keinerlei Zweifel, daß Dr. Kunce veranlaßt hatte, an anderen strategisch wichtigen Punkten der stillen, langen Korridore des schlafenden Krankenhauses ebenfalls welche zu postieren.

Ellen und Nancy waren offensichtlich beide beschäftigt. Ich schaute mir die verschiedenen Patientenkarten an, notierte sorgfältig die Anordnungen für die Nacht, sah dann, daß keine Signallichter unbeachtet brannten und zog das Blatt aus der Tasche, auf dem ich meine Notizen gemacht hatte. Ich hatte darauf geachtet, sie beim Wechseln der Uniform von einer Tasche in die andere zu tun.

Ich glättete die Falten auf dem Papier und beugte mich darüber.

Soweit ich sah, drängten sich nicht viele Änderungen auf. Sicher, Schwester Jones hatte ein hieb- und stichfestes Alibi, aber ich hatte sie nicht zum Kreis der Verdächtigen gezählt. Ellen, Lilian Ash – nichts zu ändern oder anzupassen. Hinter Jacob Teubers Namen mußte ich das Wort »Gelegenheit« durchstreichen. Obwohl er sich natürlich im und in der Nähe des Fahrstuhls aufgehalten hatte, als er zwischen fünf und zehn nach zwölf seine Rollbahre hochbrachte, also unmittelbar bevor oder nachdem Dr. Harrigan den Fahrstuhl benutzte, um Peter Melady zum Operationssaal in den vierten Stock zu befördern, hielt er sich ebenso sicher zwischen zehn nach zwölf und dem Augenblick, als ich ihn mit seiner Last auftauchen sah, in der Offenen Abteilung auf. Man hatte Dr. Harrigan um achtzehn Minuten nach zwölf noch lebend gesehen, und er wurde in jenem Zeitraum umgebracht. Trotzdem beließ ich den Namen des Pflegers auf meiner Liste, denn ich hielt es für möglich, daß er, ohne es zu ahnen, etwas vom Mord wußte. Ich beschloß, ihn bei Gelegenheit selber zu befragen.

Und nun begann ich, was ich gerade noch für unmöglich gehalten hatte. Ich eliminierte gewisse Namen von meiner Liste. Ich war überzeugt, daß weder Ellen noch Nancy des Mordes schuldig sein konnten. In dieser Hinsicht an die harmlose kleine Ellen zu denken, war eine Absurdität. Nancy mochte vielleicht über den notwendigen Willen und die Entschlossenheit verfügen, ein so gräßliches Vorhaben auszuführen, aber es gab nichts in ihrem fröhlichen, jungen und arbeitsamen Leben, das ein Motiv abgeben würde, schon gar nicht eine kriminelle Neigung.

In den langen, grauen Stunden der zweiten Schicht lernt man seine Mitschwestern recht gut kennen. Wenn da auch nur eine Spur von Feigheit, Neurosen oder ein Mangel an moralischem Stehvermögen vorhanden ist, so kommt alles zum Vorschein in diesen zermürbenden Stunden im Morgengrauen, wenn die Abwehrkräfte geschwächt sind. Und ich kannte Nancy als mutig, klug, humorvoll und sensibel, eine ideale Kombination und eine, die meines Erachtens Nancys Namen automatisch eliminierte. Sicher hätte ich für gewisse Dinge gerne eine Erklärung gehabt, aber ich zog trotzdem einen Strich durch »Nancy Page« und hatte dabei das Gefühl, das richtige getan zu haben.

Dione Melady war ein weiterer Name, bei dem ich fühlte, daß ich ihn gerechterweise eliminieren mußte. Nicht nur weil sie und Nancy sich gegenseitig ein Alibi lieferten für fast die ganzen zwölf Minuten, die sich als so wichtig erwiesen hatten, sondern auch deshalb, weil sie sich nicht selber fast erwürgt haben konnte. Denn ich war nach wie vor überzeugt, intuitiv vielleicht, aber ich dachte richtigerweise, daß ihr Angreifer und der Mörder ein und dieselbe Person waren.

Court Melady und Kenwood Ladd strich ich noch nicht aus meiner Liste, obwohl beide ein Alibi hatten für die Nacht, in der Dione die Schnupftabaksdose weggenommen wurde. Obwohl es schien, als sei es eine ganze Weile her, war es tatsächlich erst letzte Nacht gewesen, die Nacht des 8. Juli. Es war vielleicht widersprüchlich, beide als Verdächtige beizubehalten, aber Alibis sind im Laufe von Untersuchungen schon oft in sich zusammengefallen, und ich war nicht überzeugt, daß beide in der Nacht des Mordes das Krankenhaus verlassen hatten. Natürlich war es unwahrscheinlich, daß einer von ihnen anwesend war, aber bis wir genaueres über die beiden wußten, zog ich es vor, sie als Verdächtige beizubehalten. Und außerdem wäre meine schwarze Liste, wenn ich beide Namen gestrichen hätte, wirklich unheilvoll kurz und überschaubar geworden.

Es blieben Ina Harrigan, Dr. Kunce und Lilian Ash. Was Dr. Kunce betraf, so hatte ich nichts in der Hand, was eindeutig für oder gegen ihn gesprochen hätte. Ich hielt es nicht für sehr vernünftig anzunehmen, daß er sich in den vierten Stock geschlichen hatte (wie er dies angesichts der Aussage der Sekretärin gemacht haben sollte, konnte ich nicht einmal vermuten), das Amputiermesser genommen und damit einen prominenten Chirurgen umgebracht hatte, der in mancherlei Hinsicht sein Rivale war, einen ebenso prominenten Patienten fortgezaubert hatte, um dann kehrtzumachen und eine energische und gründliche Untersuchung zu leiten. Sein ganzes Verhalten bisher war das eines unschuldigen, wenn auch äußerst beunruhigten Mannes. Da es ihm aber theoretisch möglich gewesen wäre, all dies zu tun, ließ ich seinen Namen auf der Liste. Er könnte vorige Nacht auch unbemerkt in den Ostflügel gelangt sein und Dione Melady die Schnupftabaksdose gestohlen haben. Er wußte, meldete sich eine Stimme in mir, was die Schnupftabaksdose enthielt. Wie dem auch sei, ich hielt es für nicht sehr wahrscheinlich, obwohl ich gerechterweise zugeben mußte, daß es möglich war.

Ina Harrigans gebrochener Arm schloß sie nicht aus dem

Kreis der Verdächtigen aus, so weit ich sehen konnte. Sie konnte zwar Dione Melady nicht gewürgt, aber dafür Dr. Harrigan getötet haben. Ich weiß noch, wie ich mit meiner linken Hand experimentierte, indem ich die Bewegungen simulierte, die es vermutlich gebraucht hatte, um das Messer in Dr. Harrigans Herz zu stoßen. Ich war tatsächlich so vertieft in mein Experiment, über dem Stationstisch in die Luft zu stechen, herauszufinden, ob sie es mit ihrer linken Hand hätte tun können (und entschied, daß sie konnte), daß ich die beiden Polizisten vergaß und erst dann wieder an ihre Anwesenheit erinnert wurde, als der in meiner Nähe vorsichtig seinen Stuhl nach vorne bewegte, bis seine Beine den Boden berührten, und ebenso vorsichtig aufzustehen begann. Der Polizist am Ostende des Korridors war bereits auf den Beinen und verharrte in einer Art Spürhundstellung, wobei er ein Bein wirklich leicht angehoben hatte. Sein Unterkiefer schob sich vor, als ich in seine Richtung schaute. Beide starrten mich an.

Ich hob meine linke Hand, stach mit ihr noch einmal heftig in die Luft, ließ sie diesmal bis zur Wand mit den Patientenkasten ausgreifen und schnappte mir ein Aufnahmeblatt, über das ich mich beugte. Aus den Augenwinkeln sah ich, wie sich die beiden Polizisten langsam wieder auf ihre Stühle niederließen. Es dauerte allerdings einen Moment, bis sie sich wieder entspannt hatten und gegen die Wand kippten, und noch die ganze Nacht spürte ich, während ich meiner Arbeit nachging, ihre Blicke von beiden Seiten auf mir ruhen. Blicke, die zweifellos ein wenig verdächtigend waren.

Bald darauf kam Ellen aus einem Krankenzimmer gestürmt, fragte mich etwas und raste wieder zurück. Es war spät geworden, obwohl man die Trolleybusse drüben an der Euclyd Avenue noch rumpeln hörte. Von der Hitze konnte einem noch immer übel werden, die Blumen in den Vasen entlang der Wände sahen verwelkt aus und warfen grotesk-verschlungene Schatten. An die Fensterscheiben hinter mir summte und klopfte es leise, und das Aufnahmeblatt, auf dem ich meine Notizen gemacht hatte, war mit zahllosen Insekten übersät, die ihr kurzes Leben damit beendet hatten, sinnlos um das Licht zu kreisen. Ich wischte sie weg, legte das Aufnahmeblatt vor mich hin und widmete mich wieder meinen unordentlich hingekritzelten Notizen.

Ina Harrigan könnte also Dr. Harrigan durchaus getötet haben, und in Anbetracht ihres verwickelten Ehelebens könnte sie dafür auch ein Motiv gehabt haben. Sie hatte auch Gelegenheit dazu. Obwohl es eine fast unvorstellbare Kühnheit erfordert hätte, in den Flur hinaus zu gehen, den Fahrstuhl zu betreten und Dr. Harrigan zu erstechen, während verschiedene Leute in den Korridoren unterwegs waren. Es hätte den Mut der Verzweiflung gebraucht. Auch die Mittel und Wege mußten beachtet werden: Wie kam sie zum Messer? Wie gelangte sie ungesehen in den Fahrstuhl und wieder hinaus? Konnte sie es in den kurzen zwei Minuten getan haben, zwischen dem Zeitpunkt, als Ellen Dr. Harrigan in den Fahrstuhl gehen sah, und dem Moment, als wir selber im dritten Stock ankamen? Ich dachte eine Weile darüber nach, mußte aber schließlich aufgeben und ging weiter zu Lilian Ash.

Und da war ich bei einem Namen, der eindeutig verdächtig war. Ich konnte mir nur einen Grund vorstellen, weshalb sie die Fingerabdrücke vom Griff des Catlin Amputiermessers abgewischt hatte, und ich war überzeugt davon, daß sie es getan hatte. Außerdem, was genau hatte sie bei der Untersuchung gesagt? Sie hatte ausgesagt, Jacob Teuber habe kehrt gemacht, weil er nicht hatte herausfinden können, wo der Fahrstuhl sich befand, und habe das Rollbett mit seiner grausigen Last wieder mitgenommen, durch den Westkorridor, an der Offenen Abteilung vorbei, und sie sei ins Zimmer ihres Patienten zurückgekehrt. *Aber ihr Patient schlief.* Sie könnte sich möglicherweise ... nun, es konnten höchstens drei dieser wichtigen zwölf Minuten gewesen sein, in denen sie sich im

Korridor aufgehalten hatte. Die Zeit war ein wichtiger Faktor in unserem Verwirrspiel, und ich wünschte mir, wir hätten zum Beispiel den Zeitpunkt meiner zwei Besuche im Operationssaal genauer bestimmen können. Wie auch immer, ich hatte ein gutes und in der Regel genaues Gedächtnis, und ich war sicher, daß während meiner Abwesenheit vom dritten Stock, als ich zum zweiten und letzten Mal in den Operationssaal gegangen war, nicht mehr als maximal drei Minuten verstrichen sein konnten.

Wenn also der Fahrstuhl im dritten Stock gewesen war – doch hier kam ich nicht weiter, denn der Fahrstuhl war nicht im dritten Stock gewesen. Gut, die Kabine konnte dort geblieben sein, ohne daß wir sie bemerkten, da sie ja verdunkelt war, aber auch so kam ich nicht weiter.

Denn ich erinnerte mich, daß Teuber an der Tür zum Fahrstuhlschacht gezogen hatte, die, wenn der Fahrstuhl in diesem Stock gewesen wäre, leicht aufgegangen wäre. Nachdem ich mir das Ganze überlegt hatte, beschloß ich, den Pfleger zu fragen, wie fest genau er an der Tür gezogen hatte. Und dann war da noch der Notfallknopf. Wenn der Fahrstuhl wegen eines Notfalls für eine Weile auf unserem Stockwerk festgehangen hatte, vereinfachte das unser Problem. Oder nicht?

Ich seufzte tief, rieb mir meine müden Augen und schaute gerade noch rechtzeitig den Korridor hinunter, um Nancy mit einem Glas Orangensaft in Zimmer 302 verschwinden zu sehen. Ich fand, es sei bisher trotz der Hitze eine ungewöhnlich ruhige Nacht gewesen, und wandte mich dann dem letzten Namen auf meiner Liste zu. Ich schaute ihn lange Zeit nur an.

Peter Melady.

Was in aller Welt hatte Peter Melady mit dem Mord zu tun? Und vor allem: Wo war er?

Es machte einfach keinen Sinn, daß ein Mann einen Fahrstuhl betrat – und nie mehr gesehen wurde.

Die laut Sergeant Lamb intensive und umfassende Suchaktion war nicht einmal auf die leiseste Spur von ihm gestoßen. Sein Haus, seine Geschäftsräume, seine Clubs, die Häuser seiner Freunde, jedes Krankenhaus und jedes Hotel, in dem er untergekommen sein könnte, waren gründlich durchforscht worden. Man hatte Taxifahrer, Bahnbeamte und Gepäckträger, sogar Zeitungsjungen und Milchwagenfahrer aufgesucht und befragt, aber ohne Ergebnis. Und die Zeitungen waren mit Nachrichten über den Melady Memorial Mord und das unerklärliche Verschwinden Peter Meladys so voll gewesen, daß es wohl keinen Bewohner der Stadt mehr gab, der nichts von der Geschichte gehört hatte. Dabei hatte sich Peter Melady, störrisch und stur, wie er war, niemals fotografieren lassen, und obwohl die Reporter die ganze Stadt nach einem Bild von ihm durchkämmten, fanden sie kein einziges, das sie hätten publizieren können. Aber gleichzeitig war er eine stadtbekannte Größe.

Was die Sache noch komplizierter machte, war sein sehr kritischer Gesundheitszustand. Wenn man auch verständlicherweise entschieden dazu neigte, ihm den Mord anzulasten – ich mußte zugeben, daß dies die einzige vernünftige Erklärung für sein Verschwinden war – hielt ich doch an meiner Überzeugung fest, daß er physisch nicht in der Lage gewesen wäre, Dr. Harrigan umzubringen.

Es schien mir seltsam, daß Dr. Harrigan sich gerade in jenem Moment entschieden haben sollte zu operieren, anstatt bis zum Morgen zu warten, und ich begann mich zu fragen, ob er tatsächlich die Absicht gehabt hatte, nachts zu operieren. Es gab jedenfalls außer seiner Ankündigung gegenüber Ellen und der Tatsache, daß er Peter Melady *aus seinem Zimmer* geholt hatte, keine weiteren Anhaltspunkte für sein Vorhaben. War seine Entscheidung nur ein Vorwand, die es ihm erlaubte zurückzugehen, den Raum zu durchsuchen und – *das Slaepan zu finden?* Court Meladys Andeutungen kamen mir wieder in den Sinn. Nichts wäre für Dr. Harrigan einfacher gewesen, als in den vierten Stock zurückzukehren und mir zu erklären, wenn ich ihn dort angetroffen hätte, daß er es sich mit der geplanten Operation anders überlegt habe und sie nun doch am Morgen durchführen würde. Danach hätte er mir befohlen, den Patienten in sein Zimmer zurückzubringen. Und ich hätte ihm natürlich nicht widersprechen können. Wenn es so abgelaufen wäre, widerspräche das zwar meinen Erfahrungen als Krankenschwester. Aber es war eine Möglichkeit.

In diesem Augenblick ging die Lampe über 301 an, und ich beeilte mich nachzusehen. 301 beschäftigte mich für eine Weile, und nach ihm 303, der darauf bestanden hatte, mit dem elektrischen Ventilator direkt auf ihn gerichtet zu schlafen, und sich erkältet hatte. Ich geriet kurz in Panik, als ich vor der Tür des dunklen, engen Wäschezimmers stand, aber ich sah kurz zu dem mir nächsten Polizisten hinüber, atmete tief durch und knipste das Licht an. Da war natürlich nichts, außer reinlichen weißen Reihen von Leintüchern und Kissenbezügen und Handtüchern und Decken, alle ordentlich gefaltet.

Als ich mit je einer Decke über den Armen und ein paar Wärmflaschen, die ich sorgsam darübergelegt hatte, aus dem Wäschezimmer trat, machte es in meinem Unterbewußtsein – wenn es wirklich dort war – plötzlich *klick*.

Aber natürlich! Genau das konnte Dr. Harrigan getan haben. Hatte nicht Ellen deutlich gesagt, daß es so aussah, als habe Dr. Harrigan etwas »vergessen«? Denn er kam noch einmal in den Flügel zurück und betrat, nachdem er seine Besorgung wahrscheinlich erledigt hatte, den Fahrstuhl um genau achtzehn nach zwölf. Und so gut, wie Dr. Harrigan Peter Melady kannte, hatte er wohl angenommen, daß die Slaepan-Formel nicht weit von ihrem störrischen und versponnenen Besitzer sein konnte. Es war unwahrscheinlich, daß Peter Melady sie mit in den Operationssaal genommen hatte, er mußte sie also irgendwo in seinem Zimmer versteckt haben. Hatte Dr. Harrigan sie gefunden? Hatte er sie bei sich gehabt, als er den Fahrstuhl jenes letzte Mal betrat? War ihm jemand gefolgt? War das der Grund für den Mord?

Peter Melady könnte sein Vorhaben geahnt haben. Und vielleicht hatte er ihn von Anfang an in Verdacht, denn war es nicht so, daß er den Arzt nicht aus den Augen lassen wollte, nicht einmal für einen Moment? Hatte er nicht darauf bestanden, ihn zu begleiten? Während Dr. Harrigan zurückging, um sein Zimmer zu durchsuchen, hätte Peter Melady, der sich allein im Operationssaal befand, aufstehen, sich das tödliche Messer schnappen und Dr. Harrigan folgen können, entschlossen, seinen Besitz zu verteidigen. Er könnte im Fahrstuhl auf Dr. Harrigan gewartet haben, der ihn betrat.

Das würde auch das Rollbett erklären. Aber es würde nicht erklären, warum Dr. Harrigans und nicht Peter Meladys Fingerabdrücke auf der Glühbirne waren. Und ich hielt es immer noch für unwahrscheinlich, daß Peter Meladys Kräfte solchen Anforderungen genügten. Außerdem stellte sich dann wieder das Problem von Peter Meladys Flucht aus dem Krankenhaus.

Gerade als ich bei diesem Haken angelangt war, begann sich mein Patient sehr fließend und gewandt durch seine klappernden Zähne bemerkbar zu machen, und ich merkte, daß ich den Ventilator wieder voll auf ihn gerichtet hatte, in der Annahme, er sei ein elektrischer Wärmestrahler. Nichts sehr Ungewöhnliches, meine ich, denn die zwei Geräte gleichen sich irgendwie. Dennoch hatte ich einige Mühe, den Patienten zu beruhigen.

Als er sich schließlich beruhigt hatte und anfing, sich über die Wärme seiner Decke zu beklagen, ließ ich ihn allein und ging zum Ostende des Korridors. Der Polizist saß immer noch dort, direkt vor dem Fenster, das auf die Feuertreppe führt.

»Ich möchte mich versichern, daß der Laden verriegelt ist«, sagte ich, worauf er sich murrend erhob und auf die Seite rückte und mich dabei mißtrauisch betrachtete. Natürlich war der Laden diesmal verriegelt. Wer im Ostflügel konnte wohl den Bolzen herausgezogen haben letzte Nacht? Und warum? Ich wußte, daß die Polizei es bis jetzt nicht fertiggebracht hatte, den Eindringling der Nacht des 8. Juli zu identifizieren.

Ich hielt bei Dione Meladys Zimmer an und sah, daß sie ruhig schlief. Die Verbände um ihren Hals sahen dick und heiß aus. Ich stellte fest, daß auch die anderen Patienten ruhig und entspannt schliefen, warf noch einen Blick auf die Anordnungen für die Nacht, um sicherzustellen, daß keine übersehen wurde, und setzte mich einmal mehr an den Stationstisch.

An diese Nacht, die zweite nach dem Mord, kann ich mich aus verschiedenen Gründen besonders gut erinnern. Einmal weil ich zur späten Überzeugung gelangte, daß man zuerst Peter Melady finden mußte, bevor irgendein Fortschritt in Richtung auf eine Lösung dieses häßlichen Falls gemacht werden konnte. Ein anderer Grund war die Stille und Ruhe, die im Flügel herrschte und sogar die kleine Mitternachtsstörung überdauerte, als hier und da ein Puls gefühlt und eine Temperatur genommen werden mußte; als Ventilatoren und kühle Getränke gebracht, verzogene Leintücher geglättet und ermüdete Rücken massiert werden mußten. Es war still und ruhig, jedoch weder friedlich noch beruhigend. Die wachestehenden Polizisten, die schwarze Tür zum Fahrstuhlschacht, die tiefen Schatten im Treppenhaus, die gähnende Schwärze der Türen zu den Krankenzimmern oder Peter Meladys stilles, leeres Zimmer – das alles verhinderte ein Gefühl der Sicherheit und des Friedens, ohne das es keine Gelassenheit gibt. Doch es war still. Es gab überhaupt keine Störungen, wenn wir einmal davon absehen, daß Dione Melady gegen drei Uhr erwachte und behauptete, ein Besucher sei in ihrem Zimmer. Als ich das Licht anmachte, um ihr zu zeigen, daß kein Besucher da war, sagte sie, sie hätte nicht diese Art von Besucher gemeint. Und als ich sie fragte, was in aller Welt sie dann meine, sagte sie:

»Ein Besucher. Aus dem Jenseits. Es ging durch das Zimmer und raschelte mit dieser Zeitung dort. Es war Vater, ich bin sicher. Er las die Zeitung.«

Worauf Ellen, die mich begleitet hatte, eine mattgrüne Farbe annahm und im Badezimmer verschwand, und ich Dione etwas herb sagte, sie habe geträumt und es gäbe gar keine Geister.

»Und wenn es sie gäbe«, sagte ich, »könnten sie im Dunkeln keine Zeitung lesen.«

»Warum nicht?« sagte Dione – was mich verblüffte.

»Darum nicht«, schnappte ich, da mir nichts besseres einfiel. »Und jetzt mache ich Ihre Kissen zurecht, und Sie versuchen, wieder einzuschlafen.«

»Er ist tot«, sagte sie gedankenverloren. »Ich weiß jetzt, daß er tot ist. Und er versucht, mir etwas mitzuteilen. Was ist es, Vater?«

Sie sagte das ganz natürlich und sachlich, als ob jemand in der Ecke des Raumes stehen würde, direkt hinter der Ankleide. Ich muß zugeben, daß ich Gänsehaut bekam bei ihrem Ton, aber ich sagte kühl:

»Dann will ich Sie nicht unterbrechen«, und ging hinaus, nur um in den kahlen, dunklen Fluchten des grauen Korridors zu spüren, wie meine Hände kalt wurden und mein Herz wild klopfte. Wo war Peter Melady *wirklich*?

Kurz darauf fand ich die hingekritzelte Notiz von Dr. Harrigan. Diese sonderbar hingekrakelten Worte, die dem Anschein nach so wenig Bedeutung hatten und mich gerade in ihrer Trivialität so verwirrten, in ihrer Trivialität und der merkwürdigen Handschrift.

Ich hatte Peter Meladys Patientenkarte aus dem Gestell genommen und studierte sie, wobei ich meine Meinung über seinen körperlichen Zustand mit jedem Eintrag bestätigt fand, als ich auf folgenden Satz stieß:

»Miss Keate, kommen Sie sofort in den vierten Stock.« Unterschrieben war es, wie dies bei Dr. Harrigan üblich war, lediglich mit »Dr. L. Harrigan«.

Ich las die kurze Mitteilung mehrmals, und dann saß ich da

und schaute sie an. Ganz offensichtlich war sie in jener mysteriösen letzten Stunde von Dr. Harrigans Leben geschrieben worden. In der Aufregung nach meiner Rückkehr vom Nachtessen in jener Nacht hatte ich nicht daran gedacht, Peter Meladys Patientenkarte anzuschauen. Aber eine Krankenschwester verbindet die Pflicht, die Karte eines Patienten anzuschauen, instinktiv mit dem Vorhandensein eben dieses Patienten, und mein Patient war, daran konnte kein Zweifel bestehen, verschwunden. Ich nehme an, daß deshalb mein Unterbewußtsein jeden Gedanken an die Krankengeschichte verdrängt hatte.

Zwei Dinge waren ungewöhnlich an der Notiz. Zunächst einmal war sie nicht in das für Anordnungen vorgesehene Feld geschrieben, und natürlich war es ungewöhnlich, daß ein Arzt einer Schwester eine so flüchtige Notiz hinterließ, damit sie ihrem Patienten und dem Chirurgen in den Operationssaal folge; andererseits war nichts an der geplanten Operation gewöhnlich. Und das zweite war die Sache mit der Handschrift. Dr. Harrigans Handschrift war normalerweise sehr klein und ordentlich und peinlich genau in ihren Abständen und ihren *t*'s und *i*'s. Und obwohl ich sicher war, daß Dr. Harrigan die Notiz selber geschrieben hatte – denn sie wies gewisse Charakteristika auf, die unverkennbar waren –, war da eine befremdende Liederlichkeit in der Schrift, etwas, das gut sichtbar, jedoch nicht faßbar war. Die Bögen schlossen sich nicht mit ihrer sonstigen Exaktheit, die Querbalken über den t's waren nicht so reinlich und präzise wie sonst. Die Schrift verriet Koordinationsschwierigkeiten oder Unsicherheit. Und doch war es seine Handschrift.

Ich rätselte ein wenig daran herum, zog die Möglichkeit in Betracht, daß er betrunken gewesen sein könnte, und verwarf sie gleich wieder. Schließlich riß ich dieses Stück der Patientenkarte ab und verstaute es in meiner Tasche, um es mit der wachsenden Sammlung in der lavendelfarbenen Wärmflasche zu verstauen. Noch konnte ich nichts damit anfangen, aber es verwirrte mich mehr als nur ein bißchen.

In derselben heißen Nacht, während sich die Stunden unendlich langsam dahinzogen, begann ich, mir auf meinem Aufnahmeblatt gewisse Fragen zu notieren. Es waren die folgenden Fragen, deren Beantwortung mich der Lösung des Problems einen ganzen Schritt näher bringen würde:

Wo ist Peter Melady?

Warum ging Dr. Harrigan in Dione Meladys Zimmer, gleich nachdem er mit Lilian Ash gesprochen hatte (er war nicht ihr Arzt, und die Beziehung zwischen den beiden Familien war nicht eng genug, um einen Besuch um diese Nachtzeit zu erlauben)?

Was, wenn überhaupt etwas, wußte Lilian Ash über die Harrigans?

War es möglich, daß der Fahrstuhl die ganze Zeit im dritten Stock war?

Wenn Dione Melady die chinesische Schnupftabakflasche in der Nacht des 8. Juli fand, wer hatte sie dann in Peter Meladys Zimmer gebracht? Sie war nicht dort, als das Zimmer ein paar Stunden zuvor durchsucht wurde. Und wer entfernte den Bolzen beim Fensterladen zur Feuertreppe, und warum?

Wo ist die Schnupftabakflasche jetzt?

Ellen fragen, ob Dr. Harrigan betrunken war, als sie das letzte Mal mit ihm sprach.

War Nancys Wunsch, die Operation zu stoppen, durch mehr als nur eine Besorgnis um die Regelwidrigkeit bedingt?

Ich hätte natürlich noch viele andere Fragen aufschreiben können, aber in diesem Augenblick kam Ellen, um ein paar Einträge in der Patientenkartei von 304 zu machen, und ich fragte sie unvermittelt, ob Dr. Harrigan angetrunken gewesen sei, als sie ihn zum letztenmal sah.

»O nein, Miss Keate«, sagte sie gleich. »Er war nicht betrunken. Ich weiß noch, wie er sagte, wie heiß es sei. Und ich habe ihm angeboten, etwas Eiswasser zu holen, aber er sagte, er habe gerade in Mrs. Meladys Zimmer Eiswasser getrunken. Er war nicht betrunken.«

»In Mrs. Meladys Zimmer?«

»Ja. Sie trug mir auf, ihm zu sagen, daß sie ihn sprechen wolle. Sie wollte wissen, wie es seiner Meinung nach ihrem Vater ging. Ich sagte es ihm, und er ging zu ihr, nachdem er aus dem Zimmer seiner Frau gekommen war. Er blieb aber nicht lange, Miss Keate, denn kurz nachdem Sie hinuntergegangen waren, rief er mich in Mr. Meladys Zimmer, um mir zu sagen, er habe sich entschlossen, sofort zu operieren, und ich sollte das Rollbett holen.«

»Warum haben Sie mir das nicht früher gesagt?« sagte ich verärgert. Vielleicht gab es in allen meinen Fragen so einfache und harmlose Antworten! »Gibt es sonst noch etwas, das Sie nicht erwähnt haben?«

»Nein, Miss Keate. Nein, Frau Oberschwester. Nichts«, versicherte sie mir ernst. »Sie hatten mich nicht gefragt. Und es war nichts Außergewöhnliches.«

Ihr weißes Häubchen hüpfte davon.

Die beiden Polizisten saßen immer noch heldenhaft auf diesen harten, kleinen Stühlen, und ihre Glieder mußten mittlerweile von der Hüfte abwärts taub sein. Ab und zu stand der eine oder der andere auf, ging den Korridor hinunter, spähte in jede schattige Tür oder Ecke, wechselte ein paar Worte mit dem anderen und verschwand vielleicht kurz im Westkorridor oder im Treppenhaus, kehrte jedoch stets nach kurzer Zeit wieder auf seinen Stuhl zurück.

Das war also die Nacht des 9. Juli; zum Ersticken heiß, polizeibewacht und sehr ruhig. Die Morgendämmerung kam und versprach einen weiteren drückend heißen und windstillen Tag.

Die Oberschwester für die Tagschicht kam widerwillig und müde in den Ostflügel. Als sie die Schlüssel entgegennahm, sagte sie:

»Peter Melady ist tot.«

*»Was! Hat man ihn gefunden?«*

»Oh, nicht daß ich wüßte, nein«, sagte sie beiläufig, als ob das gar nicht zählen würde. »Aber er ist tot. Hat 301 seinen Haferschleim gegessen? Er war in letzter Zeit ziemlich störrisch.«

»Was meinen Sie damit? Warum sagen Sie, Peter Melady sei tot?«

Sie schaute mich müde und leicht gelangweilt an.

»Nun, er war heute nacht hier im Krankenhaus. Sein Geist, meine ich.« Sie hielt inne und klärte mich noch einmal auf: »Ich bin ein Medium.«

»Jetzt hören Sie mir mal zu. Haben Sie mit Mrs. Melady darüber gesprochen?«

»Kurz, ja. Sie hat mir ein paar Fragen gestellt. Sie ist telepathisch veranlagt, wissen Sie. Kein Medium« – sie erklärte mit einer raschen Geste den feinen Unterschied –, »aber extrem telepathisch. Wenn sie etwas daran arbeiten würde –«

»Unsinn«, sagte ich bitter. »Sie kann nicht einmal denken.«

Dann verließ ich den Ostflügel für diesen Tag und war so verstimmt über die Welt im allgemeinen und dieses Krankenhaus im besonderen wie wohl nie zuvor. Aber ich muß zugeben, daß ich mich seit diesem Tag in Gegenwart dieser Frau nie, nie mehr wohl oder unbeschwert gefühlt habe. Und zweimal habe ich mich auf der Treppe brüsk umgedreht, weil ich sicher war, daß mir jemand folgte. Aber es war niemand zu sehen.

Nach dem Frühstück ging ich gleich auf mein Zimmer. Ich hatte keine Zeitung gesehen und wußte deshalb nicht, daß es für die Polizei ein Tag von rasendem Aktivismus werden würde, was eine Reaktion auf die öffentliche Empörung über die mangelnde Sicherheit im Melady Memorial war. Denn das Krankenhaus ist in B. ein Objekt des Bürgerstolzes. Es war an diesem Morgen, wie ich später erfuhr, daß Court Melady und Kenwood Ladd und sogar Dr. Kunce im Polizeihauptquartier strengstens verhört wurden. Sergeant Lamb kam schließlich in Begleitung einiger seiner Leute ins Krankenhaus und verwandelte etliche Schwestern und einen Teil des Hilfspersonals zu hysterischen Wracks. Es war ebenfalls der Tag, an dem sich der Bezirksstaatsanwalt persönlich der Sache annahm, indem er mit dem Morgenzug nach B. kam, schwitzend, mit rotem Gesicht und in rechtschaffener Empörung. Es war ein bewölkter Tag, an dem man vor Hitze umkam.

Ich schlief bis zum Mittag.

Beim Ankleiden fiel mein Blick auf die Zeitung von dem Tag nach Dr. Harrigans Mord. Ich hatte sie zusammengefaltet auf meinen Nachttisch gelegt. Während ich meine Haube mit einer Sicherheitsnadel festmachte, las ich immer wieder denselben Paragraphen, der in kleiner Schrift zwischen dem Wetterbericht und lokalen Meldungen eingezwängt war. Er lautete:

»Heute morgen wurde im Keller der St. Malachy Kathedrale die Leiche eines Schwarzen gefunden. Seit letzten Winter, als sich die Arbeitslosigkeit drastisch erhöhte, wurde im Kellergeschoß von St. Malachy ein Raum offen gelassen, um Obdachlose aufzunehmen, und es wird angenommen, daß der Schwarze, ein ungefähr vierzigjähriger Mann, hier Hilfe suchte, bevor er starb. Es wurden keine Papiere bei ihm gefunden, die ihn identifiziert hätten. Der Leichnam befindet sich bis zur Identifikation im städtischen Leichenschauhaus.«

Innerhalb von fünf Minuten war ich bei der nächstgelegenen Telefonzelle und suchte fieberhaft nach der Telefonnummer der Bestattungsfirma, die sich um unsere Sozialfälle kümmert und dafür vom Bezirk bezahlt wird. Ich fand sie und rief an.

»Hier spricht Miss Keate vom Melady Memorial«, begann ich ruhig, als eine männliche Stimme geantwortet hatte. »Unsere Akte ist nicht vollständig, was den Fall betrifft, den Sie in der Nacht des 7. Juli hier abgeholt haben. Es war doch ein Schwarzer, oder, ein Mann?«

»Einen Augenblick bitte«, sagte er. »Ich gehe nachschauen.«

Es war fürchterlich heiß in der kleinen Kabine. Ich konnte kaum atmen. Dann hörte ich seine Stimme wieder durch den Hörer.

»Nein, Miss Keate. Das war ein Weißer, den wir in der Nacht des 7. Juli vom Krankenhaus erhielten.«

## 11

Ich weiß nicht mehr, wie ich nach unten und in Dr. Kunces Büro gekommen bin, aber da war ich und schwenkte die Zeitung. Sergeant Lamb war da, und verschiedene Polizisten, und natürlich Dr. Kunce. Sie waren aufgeregt, konnten es kaum fassen und überhäuften mich mit Fragen. Dr. Kunce rief unverzüglich im Bestattungsinstitut an und sagte der Sekretärin, sie solle seinen Wagen vorfahren lassen, worauf Sergeant Lamb meinte, daß bereits ein Polizeiauto draußen warte. Während er versuchte, seinen Mantel anzuziehen, fragte er mich, ob ich auch sicher sei, daß es ein Schwarzer gewesen war, der in der Offenen Abteilung starb.

»Ich habe ihn gesehen, wenn ich es Ihnen doch sage. Ich sah ihn mit eigenen Augen. Hier – Sie versuchen Ihren Arm in den falschen Ärmel zu stecken.«

Er nahm meine Hilfe an, wohl ohne es zu merken.

»Wenn es wirklich Peter Melady ist, der ermordet und nun vor drei Tagen beerdigt wurde, dann bricht hier die Hölle los«, sagte er. »Casey, gehen Sie raus und verbinden Sie mich mit dem Polizeichef. Wo zum Teufel ist meine Mütze! Wir müssen erst eine Bewilligung einholen, bevor wir das Grab öffnen können, um ihn zu identifizieren. Burns, holen Sie den Polizeiwagen vor die Tür und warten Sie mit laufendem Motor. Wir sind gleich draußen. Was zur Hölle steht ihr alle herum wie eine Horde –«

Zur Freude aller Betroffenen hängte Dr. Kunce genau in

diesem Augenblick das Telefon ein und drehte sich zu uns um, womit er Sergeant Lambs Redefluß unterbrach.

»Es war tatsächlich ein Weißer. Sie haben ihn früh am nächsten Morgen beerdigt. Er war klein, hatte sandfarbenes Haar und war um die fünfzig Jahre alt. Die Chancen sind relativ gering, daß es nicht Peter Melady ist.«

»Nun, das werden wir ja bald wissen«, sagte Sergeant Lamb grimmig. »Wie ist er gestorben? Ermordet?«

»Eines natürlichen Todes, meinte der Leichenbestatter – Herzversagen. Er sagte, das Krankenhaus hätte die falschen Papiere mitgeliefert, aber er sei in den Ferien gewesen und erst gestern zurückgekommen, und der Nachtwächter sei neu im Geschäft. Seine Gehilfen hätten die Papiere korrigiert und die Leiche beerdigt.« Dr. Kunce stützte sein dunkles Haupt auf seine Hände und stöhnte. »Verantwortungslos, aber ich kann mir vorstellen, wie es ablief. Sie hatten einen Toten, einen Toten aus der Offenen Abteilung, ohne Angehörige, der eines natürlichen Todes gestorben war. Sie hatten keinen Grund anzunehmen, daß irgend etwas faul war. Sie hielten es ganz einfach für einen Fall von verwechselten Papieren. Die Hauptsache war die Leiche – und die hatten sie.«

»Also, gehen wir, Dr. Kunze, wenn Sie ihn identifizieren wollen. Bis später, Miss Keate.«

»Kunce«, sagte Dr. Kunce sanft und folgte ihm.

Die Neuigkeit verbreitete sich im Krankenhaus wie ein Lauffeuer. Ich nehme an, die Sekretärin verbreitete es von ihrem Ausguck aus, und die aufgeregten Krankenschwestern trugen es dann eifrig weiter. Die Wahrheit war schlimm genug, aber schon machten die wildesten Gerüchte die Runde, und nur durch das sofortige und entschlossene Eingreifen der erfahreneren Schwestern konnte eine Panik vermieden werden. Eine der Hilfsschwestern wurde doch tatsächlich dabei erwischt, wie sie mit ihrer Reisetasche in der Hand durch die Hintertüre verschwinden wollte. Schwester Jones fiel in eine Ohnmacht, die so langanhaltend und tief war, daß sie wie der Tod selber aussah, und als sie schließlich erfuhr, daß sie die Leiche des Schwarzen identifizieren müsse, brauchte es sämtliche Schwestern im Schlaftrakt, um ihr in die Straßenkleidung zu helfen. Und die Oberschwester in meinem Ostflügel wurde von einem heftigen hysterischen Anfall gepackt und behauptete wild gestikulierend zwischen zwei Krämpfen, sie habe den Geist des toten Schwarzen aus dem Fahrstuhl treten sehen. In Anbetracht der guten Beziehungen, die sie zu Geistern zu haben schien, hielt ich es für äußerst inkonsequent von ihr, so betroffen zu sein, daß man sie vom Dienst freistellen und ihr ein Beruhigungsmittel geben mußte. Ich verabreichte ihr das Beruhigungsmittel selber und gab ihr ein ganz spezielles Tripel-Bromid, das so abscheulich riecht, daß man es kaum runterkriegt. Der Geruch allein hat schon aufsässige Patienten wieder vernünftig werden lassen. Sie meinte, ich solle doch das kleine Glas auf ihrem Nachttisch lassen, aber selbstverständlich sorgte ich dafür, daß die ekelhafte Dosis in ihrem Hals verschwand, bevor ich ging.

Als ich in den Ostflügel zurückkehrte, um die Mädchen zu beruhigen, die noch Dienst taten, und um jemanden zu organisieren, der für den Rest des Nachmittags aushelfen konnte, sah ich mit einer bösen Ahnung auf die Fahrstuhltüre.

Wie um alles in der Welt war dieser tote Schwarze aus dem Krankenhaus gelangt, über die Straße und in den Kellerraum der St. Malachy Kathedrale?

Ungefähr um vier Uhr benachrichtigte Dr. Kunce die Sekretärin telefonisch, daß der Mann, der am Dienstag beerdigt worden war, wirklich Peter Melady war. Sie hatten Court Meladys Erlaubnis erhalten, eine Autopsie durchzuführen, und danach, sagte Dr. Kunce, würde er ins Krankenhaus zurückkehren.

Ich war noch immer im Ostflügel, als uns diese letzte Neuigkeit erreichte. Unterdessen war angesichts dieses neuen Desasters die Polizeipräsenz im Krankenhaus erhöht worden, zweifelsohne auf Geheiß von Sergeant Lamb, und niemand durfte das Krankenhaus verlassen. Sie beobachteten die Schwestern argwöhnisch, obwohl ich bis heute nicht weiß, was genau sie mit diesen Maßnahmen so spät noch zu erreichen hofften.

Niemand hatte gewagt, es Dione Melady zu sagen, aber ich glaube, sie vermutete, daß irgend etwas nicht stimmte, denn sie wurde sehr gereizt und neugierig und klickte ihr Signallicht sicher fünfzig Mal an. Das Licht brannte noch, das weiß ich, als Dr. Kunce endlich zurückkam, begleitet von Court Melady und Sergeant Lamb, und direkt in ihr Zimmer ging. Sie nahm es ziemlich schlecht auf, glaube ich, trotz der Gefaßtheit, mit der sie eine solche Möglichkeit während meiner Dienstzeit in der vergangenen Nacht erwähnt hatte. Ich habe aber nicht gewartet, denn der Sinn stand mir überhaupt nicht danach, Dione Melady zu beruhigen und zu trösten. Sie sagten ihr lediglich, er sei an Herzversagen gestorben (wie die Autopsie später dann auch bestätigen sollte), und beschönigten die makaberen Umstände seines Verschwindens, so gut sie konnten.

Nicht lange danach wurde ich in Dr. Kunces Büro gerufen, Sergeant Lamb war natürlich auch da, sowie eine Handvoll Polizisten und ein Herr mit rotem Gesicht. Er trug keine Jacke, und sein Hemd war unter den Achseln und am Rücken feucht. Er saß direkt vor dem Ventilator, den er völlig für sich usurpiert hatte, und rauchte eine sehr dicke Zigarre, was Dr. Kunce über Gebühr geärgert haben muß. Es stellte sich heraus, daß er der Bezirksstaatsanwalt war. Er gab nicht viel von sich, außer ab und zu einem Grunzen, das allerdings extrem variationenreich und ausdrucksstark war. Auch Schwester Jones war anwesend, mit Hut und einem Shantung Sommerkleid. Sie sah furchtbar bleich und krank aus und beantwortete die gestellten Fragen zitternd.

Dr. Kunce wies mir einen Stuhl zu, ich gehorchte leise.

Ja, sagte Schwester Jones gerade, sie und Teuber hätten den Leichnam des Schwarzen, der zu dieser Zeit noch richtig ausgezeichnet war, auf die Rollbahre gelegt, und Teuber habe ihn weggefahren. Mehr wisse sie nicht. Sie wiederholte noch einmal ziemlich langfädig die Geschichte, die sie während der Untersuchung erzählt hatte, und bat dann mit schwacher Stimme um ein Glas Wasser.

»Und ich weiß, daß es ein Schwarzer war. Und ich kann mir nicht vorstellen, wie sein Etikett an die Leiche von Peter Melady geraten ist«, sagte sie mit einem Schaudern, als Dr. Kunce ihr das Wasser brachte.

»Wo ist dieser Teuber?« fragte Sergeant Lamb.

»Draußen«, sagte einer der Polizisten.

»Dann bring ihn 'rein.«

»Darf ich vorschlagen, daß Sie Schwester Jones gehen lassen?« fragte Dr. Kunce sanft. »Sie hat eine anstrengende Woche hinter sich, mit der Hitze und allem, und hat heute Nachtdienst.«

»Oh, sicher«, sagte Sergeant Lamb. »Aber versuchen Sie nicht, sich aus dem Staub zu machen, Schwester.«

»Ist das die Schwester, die den Leichenbestatter anrief?« fragte der Bezirksstaatsanwalt plötzlich und zeigte mit seiner Zigarre auf mich.

»Ja«, sagte Sergeant Lamb in einem Ton, der mir nicht paßte.

»Hmm«, bemerkte der Bezirksstaatsanwalt. Es war ein sehr subtiles Grunzen, das mich zu loben und gleichzeitig Sergeant Lamb zu tadeln schien. Ich sage dies, weil ich so etwas wie Stolz empfand. Sergeant Lamb, von den jüngsten Entwicklungen zweifellos erschüttert und vielleicht etwas empfindlich, wurde rot vor Wut und schnauzte einen Polizisten an, warum er verdammt noch mal die Fenster nicht aufmache. Dabei waren die Fenster schon offen.

»Ein warmer Tag«, murmelte Dr. Kunce beschwichtigend. Er sah nicht weniger mitgenommen und abgespannt aus als wir alle im Melady Memorial, nur sein leichter Anzug war makellos, wenn auch etwas zerknittert, und seine rote Geranie ein klein wenig verwelkt. Sein seidiger, dunkler Bart war untadelig und seine schwarzen Augen wie immer geheimnisvoll hinter jenen langen Wimpern; nur an den kaffeebraunen Ringen unter seinen Augen, an seiner gelblichen Gesichtsfarbe und daran, daß seine schlanken Finger unablässig über seinen Bart strichen, war ersichtlich wie angespannt er war.

Dann wurde Jacob Teuber von einem fetten Polizisten in den Raum geleitet, neben dem der Pfleger noch ausgezehrter und unterernährter aussah als gewöhnlich. Auch keuchte er so heftig, daß man warten mußte, bis er den Anfall überwunden hatte. Das machte Sergeant Lamb noch ungeduldiger.

»Hier«, sagte Dr. Kunce, »trinken Sie das.«

Aber Teuber winkte ab, wischte sich die tränenden Augen und das Gesicht mit einem Taschentuch ab, rollte die weißen Ärmel nach unten und sagte:

»Es geht jetzt wieder.«

»Also, Teuber«, begann Sergeant Lamb, »wir wollen die Wahrheit hören. Warum haben Sie dem Leichenbestatter die Leiche von Peter Melady gegeben statt jene des toten Schwarzen?«

Seine Frage hätte wohl jedem Angst eingeflößt. Teubers schmales Gesicht war jedenfalls aschgrau.

»Ich weiß schon, wovon Sie reden«, stammelte der Pfleger nervös. »Das ganze Krankenhaus spricht davon, und ich . . . ich habe versucht, mir vorzustellen, wie es . . . und ich habe keine Ahnung, wie es passiert sein kann.« Er schaute hilfesuchend Dr. Kunce an. »Wirklich, Dr. Kunce, ich habe alles richtig gemacht. Schwester Jones und ich haben ihn auf die Rollbahre gelegt, und ich habe ihn zum Fahrstuhl gebracht, wo ich Miss Keate traf – es war genau so, wie ich es Ihnen immer erzählt habe. Als der Fahrstuhl nicht kam, kehrte ich um und brachte ihn mit dem Frachtaufzug ’runter und direkt zum Ambulanzraum, bereit für den Leichenbestatter, und sie kamen und luden ihn in die Ambulanz und« – er hob seine schmalen Schultern – »und da haben Sie's. Das ist alles, was ich weiß.«

»Hören Sie, Teuber, Sie lügen«, sagte Sergeant Lamb. »Sie lügen. Rücken Sie mit der Wahrheit 'raus.«

»Das ist die Wahrheit, Sergeant«, klagte Teuber. »Ich kann beschwören, daß es der Schwarze war.«

»Wollen Sie uns weismachen, daß die Männer vom Bestattungsinstitut den Leichnam dieses Schwarzen aus dem Krankenhaus mitnahmen – ihn vor ihren Augen in die Ambulanz luden –, und unterwegs zum Institut tauschte ihn jemand gegen Peter Meladys Leiche aus? Jetzt hören Sie mir mal zu, Teuber. In jener Nacht waren zwei Männer in der Ambulanz des Bestattungsinstitutes –«

Er hielt einen Moment inne, und Teuber, dessen knochige, feucht aussehende Hand vor seinem weißen Kittel zu zucken begann, nickte wortlos.

»– und beide Männer schwören, daß sie zwischen dem Ambulanztor dieses Krankenhauses und ihrem eigenen Institut kein einzigesmal angehalten haben. Was sagen Sie nun?«

»Ich – ich weiß nicht«, fiel Jacob Teuber noch mehr in sich zusammen, und seine schwachen Augen irrten im Raum umher und ruhten schließlich auf dem Stück Teppich vor seinen Füßen. Er sah aus, ich muß es sagen, wie die personifizierte Schuld. Unvermittelt begann er sich zu wehren. »Ich habe die Leiche dieses Schwarzen direkt in den Ambulanzraum hinuntergebracht. Die Leichenbestatter sind gekommen und haben sie mitgenommen. Und niemand wird mich dazu bringen, zu sagen, es sei nicht so gewesen.«

»Alles, was wir wollen, ist die Wahrheit«, sagte Sergeant Lamb etwas netter. »Kommen Sie, geben Sie zu, daß Sie die Leichen vertauscht haben, und sagen Sie uns, warum Sie es getan haben.«

»Ich habe Ihnen schon alles gesagt, was ich weiß.«

Dr. Kunce, der ein paarmal unruhig hin und her gerutscht war, beugte sich vor.

»Schauen Sie, Teuber, Sie sehen doch, wie es ist. Sie sind die einzige Person, die die Leichen überhaupt vertauscht haben könnte. Weiß Gott, *warum* Sie es taten, aber Sie müssen es gewesen sein.«

Doch Teuber schüttelte stur den Kopf, obwohl sich beim Klang von Dr. Kunces samtiger Stimme der Ausdruck von Angst in seinen Augen sprunghaft verstärkt hatte.

Der Bezirksstaatsanwalt grunzte zunächst einmal, was Teuber zusammenzucken ließ, und sagte dann:

»Wenn ich richtig verstanden habe, war es Ihre Aufgabe, den toten Schwarzen auf diesem Rollbahren-Dings in einen Raum im Keller zu transportieren und ihn dort den Leichenbestattern zu übergeben, sobald sie mit der Ambulanz eintrafen. Richtig?«

»Ja.«

»Wie lange dauerte es, bis sie kamen?«

»Das kann ich nicht genau sagen. Sie waren sofort benachrichtigt worden, und ich nehme an, es war ungefähr zehn Minuten, nachdem ich die Leiche in den Ambulanzraum hinuntergebracht hatte. Aber ich hatte meine Uhr nicht bei mir, ich kann es nicht mit Sicherheit sagen.«

»Wann haben Sie vom Mord gehört?«

»Kurz nachdem die Ambulanz mit der Leiche losgefahren war. Ich war unterwegs zurück zu meinem Zimmer im Westflügel des Kellergeschosses, und die anderen Pfleger hatten es schon gehört, und oben die Krankenschwestern und alle rannten umher und sagten es einander. Niemand wußte, was passiert war, außer daß Dr. Harrigan tot war und Dr. Kunce der Sekretärin gesagt hatte, sie solle die Polizei rufen. Also nahmen wir an, er müsse ermordet worden sein.«

»Sind Sie sicher, daß Sie das Tor – das Außentor, meine ich – des Ambulanzraumes abgeschlossen haben, nachdem die Männer vom Bestattungsinstitut gegangen waren?«

»O ja.«

»Und Sie haben sonst niemanden gesehen im Keller? Irgendwo – im Korridor, im Ambulanzraum – was immer da unten für Räume sind.«

»Keine Menschenseele«, sagte Teuber deprimiert, als ob er von ganzem Herzen wünschte, er hätte jemanden gesehen. Ich bin sicher, er wünschte sich das auch.

»Nichts Ungewöhnliches gehört?«

»Gar nichts.«

»Und es schlüpfte niemand durch das Tor, während es offen stand? Sie hatten ihm vielleicht den Rücken zugedreht.«

»Nein, da bin ich mir sicher.«

»Sie haben eine Suchaktion gestartet – ließen die Eingänge bewachen und so weiter –, gleich als Sie ankamen?« fragte der Bezirksstaatsanwalt, an Sergeant Lamb gewandt.

»Sicher. Auf der Stelle. Wir waren in – höchstens sieben Minuten nach dem Anruf beim Krankenhaus. Vielleicht sogar in fünf Minuten.«

»Sie haben um zwölf Uhr zweiunddreißig Dr. Kunce anrufen lassen?« fragte der Bezirksstaatsanwalt, indem er sich zu mir umdrehte.

»So sagte es die Sekretärin.«

»Also, haben Sie?«

»Ich glaube ja«, sagte ich hochmütig. »Sie können sich vielleicht vorstellen, daß ich nicht auf die Uhr geschaut habe.«

»Und Sie« – nun zu Dr. Kunce gewandt –, »wie lange dauerte es, bis Sie oben waren und die Polizei riefen?«

»Ich brauchte vermutlich drei bis vier Minuten, um den dritten Stock zu erreichen, nachdem die Sekretärin mich angerufen hatte und mir die Nachricht von Miss Keate mitgeteilt hatte. Dann untersuchte ich die Leiche kurz und befahl der Sekretärin, die Polizei und die Mitglieder des Verwaltungsrats zu rufen.«

»Die Zeit des Anrufs aus dem Krankenhaus wurde im Eingangsbuch der Polizei mit zwölf Uhr vierzig notiert, wenn es das ist, was Sie wissen wollen«, sagte Sergeant Lamb schwerfällig, aber mit gehörigem Respekt.

»Unterdessen waren Sie unten im ... äh ... Ambulanzraum und übergaben diesen Schwarzen den Männern vom Bestattungsinstitut?«

»Ich nehme an, ja«, sagte Jacob Teuber unsicher, als ob er nicht ganz sicher wäre, wohin ihn dieses Eingeständnis führen würde.

»Und, Sergeant, Sie und Ihre Leute konnten kaum vor zwölf Uhr fünfundvierzig hier gewesen sein. Das ist eigentlich schnell genug« – der Bezirksstaatsanwalt lehnte sich zurück, nahm einen hastigen Zug von seiner Zigarre und fuhr fort: »– aber es ist zu schade, daß es nicht noch ein wenig schneller ging. Die Ambulanz des Leichenbestatters hatte genügend Zeit zu entwischen. Dr. Harrigans Mörder auch. Offensichtlich war es nicht Peter Melady. Eigentlich«, fuhr er in gemächlicherem Tempo fort, »sehe ich nicht, daß wir irgendwie weiterkommen. Wir haben Peter Melady gefunden und die Autopsie hat ergeben, daß er eines natürlichen Todes starb. Wir werden wahrscheinlich auch noch herausfinden, warum diese Leichen vertauscht wurden. Aber ich sehe nicht, daß wir der Beantwortung der Frage näher kommen, wer Dr. Harrigan umgebracht hat. Und warum.« Er wandte sich plötzlich wieder Teuber zu und schnauzte ihn mürbe und scharf an, als wolle er den Pfleger überrumpeln: »Wie lange haben Sie die Leiche im Ambulanzraum alleingelassen?«

»Ich – sie – nein, nein!« stritt Jacob Teuber wild gestikulierend ab. »Das hab ich nicht. Das hab ich nicht. Ich hab ihn nicht alleine gelassen.« Er begann wieder heftig zu würgen und zu keuchen. Der Anfall war echt – soviel wußte ich. Aber ich war plötzlich ziemlich sicher, daß er nicht die Wahrheit sagte.

»Schauen Sie, junger Mann«, sagte ich abrupt und achtete nicht auf die verdutzten Gesichter des Bezirksstaatsanwaltes und der anderen, »Sie sagen uns nicht die Wahrheit. Und wenn Sie nicht dumm wie ein Pflock sind, sehen Sie ein, daß Sie weit besser dastehen würden, wenn Sie diesen toten Schwarzen tatsächlich in der Leichenhalle oder im Korridor einen Moment lang alleingelassen hätten. Ich würde Ihnen raten, die Wahrheit zu sagen. Dr. Kunce wird Sie deshalb nicht entlassen. Und ich gebe Ihnen mein Wort darauf, daß Sie viel besser dran sein werden.«

Doch er blieb bei seiner Geschichte, mit der seltsamen hysterischen Verstocktheit, die man oft bei körperlich schwachen oder leicht einfältigen Leuten beobachtet. Und kurz darauf ließen sie ihn, einfach, weil sie es leid waren, gehen und ermahnten ihn lediglich, das Krankenhaus nicht zu verlassen.

»Nicht, daß ein Fluchtversuch viel nützen würde«, setzte Sergeant Lamb hinzu, um sich dann etwas leutseliger mir zuzuwenden: »Wir möchten Ihnen ein paar Fragen stellen, Miss Keate.«

Es dauerte eine gute halbe Stunde, bis ich begriff, warum sie mich so eindringlich befragten und die kurze Geschichte, die ich schon so oft erzählt hatte, immer wieder durchkauten. Der Grund, als er mir endlich klar wurde, war kein sehr schöner. Denn wer war bekanntlich zwischen dem dritten und dem vierten Stock hin- und hergependelt, hatte nach dem Fahrstuhl geklingelt und Dr. Harrigan gesucht? Wer außer mir, Sarah Keate? Und wer hatte die Leiche gefunden? Wer war Peter Meladys persönliche Krankenschwester gewesen und hatte somit, aus einem Grund, der Sergeant Lamb ziemlich klar zu sein schien, mir aber überhaupt nicht, ein Interesse daran gehabt, seinen Leichnam zum Bestattungsamt zu schicken anstatt denjenigen des Schwarzen?

»Aber Sie sind doch zur Rollbahre hingegangen, auf der dieser Schwarze lag, und haben ihn sich angesehen, oder?« insistierte Sergeant Lamb.

»Das tat ich«, sagte ich ätzend. »Und da ich es nicht gewohnt bin, leblose Körper durch die Gegend zu schleifen, habe ich Peter Meladys Leiche nicht unter das Laken gemogelt und bin nicht mit der anderen Leiche nach unten gegangen.« Ich stellte fest, daß ich zitterte.

»Aber, aber, Sergeant Lamb«, sagte Dr. Kunce mild. »Wirklich, ich muß Einspruch erheben. Gehen Sie nicht etwas zu weit?«

Der Bezirksstaatsanwalt grunzte, ob zustimmend oder nicht, konnte ich nicht sagen, und Sergeant Lamb beklagte sich:

»Immerhin, würde dieses Slaepan Zeugs für Sie nicht ebenso wertvoll sein wie für sonst jemanden?«

Der Bezirksstaatsanwalt rutschte unruhig hin und her.

»Wann, sagten Sie, wird dieser neue Chef des Morddezernates – dieser O'Leary – hier sein?«

»Übermorgen«, sagte Sergeant Lamb.

»Weshalb ist er überhaupt fort? Warum ist er andauernd auf Achse?«

»Er wurde eben erst ernannt«, sagte Sergeant Lamb kurz. Dann huschte ein etwas fröhlicherer Ausdruck über sein gequältes Gesicht. »Ich wollte diese Sache eigentlich geklärt und den Mörder auf der Anklagebank haben, bis er hier ankommt. Ich weiß nicht, ob ich es schaffe«, gab er ehrlich zu. »Aber es wird mir nicht leid tun, den Fall diesem jungen Kerl zu übergeben, von dem Sie sagen, er sei so gut. Wir werden ja sehen, was er damit anfängt.«

»Auf jeden Fall«, sagte der Bezirksstaatsanwalt ziemlich scharf, »ist es höchste Zeit, daß jemand etwas tut.«

»Was würden Sie vorschlagen?« fragte der Sergeant sehr sanft und respektvoll. Worauf das breite Gesicht des Bezirksstaatsanwaltes einen leichten Purpurton annahm, und Dr. Kunce sagte:

»Das Problem ist, daß alles so widersprüchlich ist. Wenn wir annehmen, daß das Motiv der Diebstahl der Schnupftabakflasche mit der Slaepan-Formel war, würde es sich aufdrängen, den jetzigen Besitzer des Fläschchens zu lokalisieren. Und natürlich wäre dann die Bandbreite der Verdächtigen reduziert auf diejenigen, die Peter Meladys Eigenarten kannten und vermutet haben könnten – oder es sogar wußten –, daß die Formel in der Schnupftabakflasche war. Wenn Sie jedoch andeuten wollten, daß Miss Keate irgend etwas mit dem Mord zu tun habe, dann verschwenden Sie Ihre Zeit. Ihnen ist vielleicht nicht danach, mein Wort darauf zu nehmen, aber hier ist es.«

Auch diesmal gefiel mir, was ziemlich irrational war, Dr. Kunces Eintreten für mich nicht.

»Das mag schon sein«, sagte Sergeant Lamb, und schaute mich finster an. »Aber Sie sehen ja selbst, daß alles sehr widersprüchlich ist. Wenn diese Slaepan-Formel der Sache zugrunde liegt – und auf jeden Fall ist sie das einzige Motiv, das wir uns bis jetzt vorstellen können –, und wenn wir auch noch annehmen, daß es Dr. Harrigan gelang, Peter Melady das Ding zu entwenden, dann erklärt das immer noch nicht, wie Peter Meladys Leiche aus dem Krankenhaus gelangte und beerdigt wurde. Falls Peter Melady Dr. Harrigan getötet hat und dann selber an einem Herzschlag starb, wer hat dann seine Leiche in die Ambulanz des Leichenbestatters verfrachtet? Und warum? Das ist die große Frage. Warum? Oder wurden Peter Melady und Dr. Harrigan beide von einer dritten Person aus dem Weg geräumt? Das ist die Nuß, die wir knacken müssen.«

»Nein«, sagte Dr. Kunce entschieden. »Ich halte die Ergebnisse der Autopsie für richtig. Peter Melady wurde nicht ermordet. Er starb eines natürlichen Todes.«

»Kann schon sein«, sagte Sergeant Lamb. »Aber *ich* glaube, er wurde ermordet. Vielleicht hat man ihn bedroht, und er starb vor Furcht und Aufregung. Vielleicht hat der Mörder mit ihm gekämpft, und das hat zu seiner Herzattacke geführt. Jedenfalls denke ich, daß es Mord war, denn sonst hätte man nicht versucht, die Leiche zu verbergen.«

»Und«, sagte ich kühl, »warum, glauben Sie, wenn ich an diesem schlimmen Verbrechen irgendwie mitschuldig wäre, hätte ich dann herausgefunden, wo Peter Meladys Leiche war, und es Ihnen gesagt?«

Sergeant Lamb gewährte mir noch einen zweifelnden Blick.

»Bei Frauen weiß man nie«, sagte er mürrisch. »Los jetzt, Miss Keate, gibt es nichts, was Sie wissen, was uns weiterhelfen könnte?«

Es gab natürlich den Aufenthaltsort des Goldhaars. Doch sonst gab es nichts, was ich mit Sicherheit wußte. Ich war überzeugt, daß Lilian Ash die Fingerabdrücke vom Messer abgewischt hatte, aber ich hätte es nicht beweisen können. Überhaupt gab es viele Dinge, die ich vermutete, und eine Unmenge von Dingen, die mich sehr interessierten, aber sehr wenige, die konkrete Beweise waren. Trotzdem hielt ich es für ein Gebot der Fairneß, Sergeant Lamb alles zu sagen, was mir durch den Kopf gegangen war. Alles, bis auf das Goldhaar natürlich, das ja auch nicht in meinem Kopf war, sozusagen, sondern in meiner lavendelfarbenen Wärmflasche. Ich wußte, daß Lance O'Leary, wenn er erst einmal hier war und erfahren hatte, daß ich eine aktive Rolle in dieser Sache spielte, mich umfassend befragen und mir bei allem, was ich zu sagen hatte, geduldig und aufmerksam zuhören würde. Und ich gebe gerne zu, daß ich zwar nicht erwartete, daß Lance O'Leary den Verbrecher aus dem Hut zaubern würde wie ein Zauberer einen Hasen, aber ich erwartete von ihm, daß er ein wenig mehr Fortschritte in dieser Richtung zustandebringen würde, als Sergeant Lamb erreicht hatte. Da ich Lance O'Leary seit einigen Jahren recht gut kannte, war es schwierig, nicht zu seinen Gunsten voreingenommen zu sein. Genau aus diesem Grund hielt ich es für richtig, mich zu zwingen, fair zu sein. Ich mußte Sergeant Lamb dazu bringen, sich die ganze Geschichte von Vermutungen und Annahmen und verfolgten Spuren anzuhören, die ich mir zusammengereimt hatte. Er konnte daraus seine eigenen Schlüsse ziehen oder er konnte überhaupt keine Schlüsse ziehen, aber ich hielt es für meine Pflicht.

Bis jetzt hatte ich ihm nur ein paar wenige Fakten in Kürze beschrieben. Nun würde ich ihm meine Eindrücke mitteilen, ja, sogar meinen Verdacht gegenüber Lilian Ash, obwohl mir das völlig widerstrebte. Ich griff in meine Tasche nach meinen Notizen, um meine Geschichte systematisch erzählen zu können, als Sergeant Lamb sagte:

»Wir haben nicht den ganzen Tag Zeit, Schwester. Wenn Sie etwas zu sagen haben, sagen Sie es jetzt. Und ich will Fakten, hören Sie? Fakten. Mich interessiert nicht, was Sie denken.«

Gut.

Ich war nicht wirklich verärgert, glaube ich, mehr verletzt. Ich stand unverzüglich auf. Ich sah Sergeant Lamb nicht einmal an.

»Ist das alles?« fragte ich Dr. Kunce. »Ich möchte so schnell wie möglich nach oben gehen. Es herrscht eine ziemliche Aufregung im Krankenhaus nach all den Ereignissen.«

»Moment mal. Moment mal«, sagte Sergeant Lamb, der vielleicht gemerkt hatte, daß er mir zu nahe getreten war, jedoch nicht, wie sehr.

In diesem Augenblick wurde die Tür gewaltsam aufgestoßen, und Lilian Ash stand auf der Schwelle.

Sie stand einfach da, ganz ruhig und still, und atmete in schnellen Stößen nach diesem gewalttätigen Auftritt. Es wurde im ganzen Raum sehr still, pulsierend, schwül, hitzegeladen still, als wir die Frau auf der Schwelle betrachteten. Ihr Haar war glatt und strähnig unter der weißen Haube, ihre Uniform lumpig und nicht mehr allzu frisch. Ihr fleischiges Gesicht war in den letzten drei Tagen schlaff geworden, die Muskeln hingen durch, so daß sie noch älter aussah, und unter ihren Augen hingen bleischwere Ringe. Jegliche Spur ihres sonst bewußt fröhlichen und jugendlichen Auftretens war verflogen, und sie sah – ich suchte nach dem richtigen Ausdruck und fand ihn – niedergeschlagen aus.

Jeder in jenem engen, übermöblierten kleinen Raum wußte augenblicklich, daß sie gleich etwas äußerst Bedeutungsvolles sagen würde. Es dauerte jedoch mindestens eine Minute, bis jemand etwas sagte. Lange sechzig Sekunden, in denen das Ungesagte brodelte. Ich sehe den Bezirksstaatsanwalt noch vor mir, wie er mit heruntergeklapptem Kiefer zerstreut nach seiner Zigarre griff.

Dann befeuchtete Lilian Ash ihre vollen Lippen.

»Ich bin gekommen«, sagte sie abgewürgt, »um Ihnen etwas zu sagen.«

Ihre Stimme durchbrach die Stille. Dr. Kunce sprang auf, wies ihr einen Stuhl zu und schloß die Bürotüre.

»Sollte ich vielleicht gehen?« bot ich etwas widerwillig an.

»Sie kann bleiben«, sagte der Bezirksstaatsanwalt, wobei er mich ziemlich durchdringend anschaute und mit seiner Zigarre in meine Richtung fuchtelte. »Also, was soll das alles?«

»Ich bin gekommen, um Ihnen etwas zu sagen«, sagte Lilian Ash noch einmal. »Ich –« sie brach ab, faßte sich mit einer Hand an den Hals und sagte schließlich: »Es war Kenwood Ladd. Ich konnte es nicht vorher sagen. Es – es ist so schrecklich –« Ihre Stimme brach, und sie saß nur noch da und schaute ins Leere mit weit aufgerissenen, ausdruckslosen Augen, als ob sie den häßlichen Anblick, den sie uns mitteilte, gerade vor sich sehen würde, und dann fuhr sie in scharfem Flüsterton fort: *»Es ist etwas Grauenhaftes, einen Mann des Mordes zu bezichtigen. Ihn in den Tod zu schicken.«*

Und dann sackte sie in ihrem Stuhl zusammen, als hätte sie mit ihrem Geflüster den letzten Atemzug getan.

Ja, es ist tatsächlich eine scheußliche Sache, eine Aussage zu machen, die, wenn sie sich als richtig erweist, ein anderes menschliches Wesen, das das Leben ebenso liebt, wie man es selber tut, auf diesen langen und schmachvollen Weg schickt, der so schrecklich und schändlich endet. Ich hatte Lilian Ash zwar nie als eine einfühlsame und sensible Person empfunden, die von dieser Pflicht so tief erschüttert würde, aber, wie Sergeant Lamb bemerkt hatte, bei Frauen weiß man nie.

»Kenwood Ladd!« rief Sergeant Lamb. »Ladd! Genau, wie ich dachte –« Er beherrschte sich sogleich wieder und fuhr aufgeblasen fort: »Langsam, Miss Ash, langsam jetzt. Machen Sie keine unüberlegten Aussagen. Es ist eine ernste Sache, das ist Ihnen doch klar, jemanden auf den heißen – den elektrischen Stuhl zu schicken.« Er korrigierte den brutalen Satz sofort, was mich davon überzeugte, daß er es eigentlich gut meinte.

»Es war Kenwood Ladd«, wiederholte Lilian Ash. Dann atmete sie tief ein, richtete sich auf und sagte rasch: »Er hat das Krankenhaus in der Nacht des 7. Juli erst nach Mitternacht verlassen. Ich weiß nicht, wann genau er ging, aber es war nicht vor zwölf Uhr. Er blieb in Mrs. Harrigans Zimmer. Ich pflegte einen Patienten direkt auf der anderen Seite des Flurs vor Mrs. Harrigans Zimmer, und ich habe es gesehen. Er hat einfach die Tür zugemacht, damit ihn niemand sehen würde, und blieb. Einmal ging Ellen Brody zur Tür und öffnete sie, ging aber gleich wieder weg, weil Mrs. Harrigan etwas zu ihr gesagt hatte, und ich nehme an, sie hat ihn nicht gesehen. Schließlich kam ungefähr um elf Uhr dreißig Dr. Harrigan, öffnete die Tür und ging hinein. Ich ...« – an dieser Stelle zögerte sie, aber nur ganz kurz – »... ich, nun, ich nahm einen Krug mit Eiswasser, als ob ich gemeint hätte, Mrs. Harrigan habe nach Wasser verlangt, ging zur Tür und öffnete sie. Mr. Ladd saß mit dem Gesicht zu mir, und Mrs. Harrigan saß in einem Stuhl, und Dr. Harrigan kehrte mir den Rücken zu. Und die zwei Männer haben sich gestritten, mit verhaltenen, schrecklichen Stimmen. Es war noch schlimmer so, denn sie hatten Angst, man könnte sie hören. Und als ich die Tür öffnete, fluchte Dr. Harrigan gerade und sagte: ›Und jetzt finde ich Sie schon wieder bei meiner Frau‹, und Kenwood Ladd sagte« – ihre Stimme wurde immer leiser, heiserer und war kaum mehr verständlich – »und Kenwood Ladd sagte: ›Dafür, daß Sie das gesagt haben, würde ich Sie am liebsten umbringen. Wenn Sie nicht ein alter Mann wären . . .‹ Dann schien Mr. Ladd zu bemerken, daß jemand an der Tür war, aber nur das Licht über dem Bett brannte, und die Tür war im Schatten, so daß er vermutlich nur meine weiße Uniform sah. Ich habe den Wasserkrug auf den Tisch bei der Tür gestellt und war zurück im Zimmer meines Patienten, bevor Mr. Ladd die Tür von 307 erreichte und sie wieder öffnete, und ich sah, wie er in beide Richtungen des Korridors schaute, aber natürlich sah er mich nicht. Dann schloß er die Tür wieder. Mit dem Klingeln der Glocke für das Nachtessen kam Dr. Harrigan aus dem Zimmer. Er ging hinunter zum Essen. Ich hatte keinen Hunger und ging gleich wieder hoch, aber mein Patient wollte, daß ich seine Zimmertüre schließe, und dann döste er ein, und ich traute mich nicht, die Tür wieder aufzumachen, bevor er in tiefen Schlaf gefallen war, und wollte nicht mehr riskieren, ihn zu wecken. Deshalb weiß ich nicht genau, wann Kenwood Ladd das Krankenhaus verlassen hat. Aber ich habe Ihnen die Wahrheit gesagt, und ich kann es beschwören.«

Das Verblüffende daran war, daß es die Wahrheit zu sein schien, wenigstens das, was sie erzählt hatte, obwohl für meine Begriffe wesentliche Beweise dafür fehlten, daß der junge Architekt Dr. Harrigan tatsächlich getötet hatte. Es war jedoch nachgewiesen, daß er noch im Krankenhaus war, unmittelbar bevor der Mord geschah. Er gab das auch sofort zu, keine halbe Stunde nachdem Lilian Ash ins Büro von Dr. Kunce geplatzt war. Man hatte ihn sofort holen lassen, und er war gekommen, ohne zu protestieren. Er sah ziemlich grau und schmallippig aus. Ich glaube, er war sich der Gefahr, in der er schwebte, von Anfang an bewußt gewesen.

»O ja, ich habe darauf gewartet«, sagte er zu Sergeant Lamb. »Ich wußte, daß eine Krankenschwester in der Tür gestanden hatte. Und ich war froh« – sagte er etwas rätselhaft, seine Augen auf Lilian Ash gerichtet –, »daß Sie es waren, und nicht –« Er ließ den Satz unbeendet und fuhr fort: »Es war die Hölle, stets wie auf Nadeln zu sitzen und mich zu fragen, wann es herauskommen würde. Ich hätte es gleich gesagt, aber Ina – Mrs. Harrigan wollte es nicht. Nun, jetzt wissen Sie es. Ich war bis Mitternacht hier, ja. Und ich habe mich mit Dr. Harrigan gestritten. Und ich habe gesagt, ich würde ihn am liebsten umbringen, für das, was er sagte. Das ist alles wahr. Aber ich habe Dr. Harrigan nicht umgebracht.«

»Wie konnten Sie flüchten?« fragte Sergeant Lamb.

Diese seltsame Röte kroch in Kenwood Ladds Gesicht, aber er antwortete auf die lässigste Art der Welt:

»Es war keine Flucht. Ich ging über – über das Dach.«

»Das Dach?«

»Das Dach und dann über die Feuertreppe.«

»Aber die Tür zum Dach war abgeschlossen. Alle Türen waren abgeschlossen.«

»Die Tür, die von der schmalen Eisentreppe aufs Dach führt, hat einen Nachtriegel. Ich habe mich gewundert, wie Sie dazu kamen zu behaupten, alle Türen seien abgeschlossen gewesen. Ich nehme an, die Polizei hat es von außen versucht.«

»Verdammt noch mal«, sagte Sergeant Lamb und warf den im Raum anwesenden Polizisten einen wütenden Blick zu, und der Bezirksstaatsanwalt fixierte Sergeant Lamb und sagte: »Hmm«, auf eine Art, die Bände sprach und Sergeant Lamb zu beunruhigen schien.

»Haben noch andere dieser ›abgeschlossenen Türen‹ Nachtriegel?« fragte der Bezirksstaatsanwalt.

»Nein«, sagte Dr. Kunce.

»Hmm. So ging das also. Und ich nehme an, als Sie ins Krankenhaus kamen und Mrs. Melady würgten und diese komische Flasche stahlen, sind Sie wieder durch diese Tür verschwunden.«

»Ich war in jener Nacht nicht hier«, sagte Kenwood Ladd standhaft. »Ich habe ein Alibi für jene Nacht. Aber ich gebe zu, daß ich hier war in der Nacht, als Dr. Harrigan umgebracht wurde.«

Nun, wenn er schuldig war, verdiente er, daß man kurzen Prozess mit ihm machte. Wenn er aber unschuldig war, war er in einer ziemlich heiklen Lage. Ich konnte mir gut vorstellen, daß Ina Harrigan sich gelangweilt hatte und unruhig geworden war, daß sie ihn gedrängt hatte zu bleiben und dabei über die Sitten und Gebräuche des Krankenhauses gelacht hatte, wie sie das oft tat, und sie hatten weitergeredet und immer weiter und nicht gemerkt, daß es für ein Krankenhaus sehr spät geworden war. Dann war Dr. Harrigan aufgetaucht, der schon immer ein gewalttätiger Mann war, und hatte sich zu den schlimmsten Anschuldigungen hinreißen lassen, wahrscheinlich, weil er gerade Lust hatte zu streiten. Anschuldigungen, die, soviel man bis jetzt wußte, völlig absurd waren.

»Und wann, sagten Sie, haben Sie das Krankenhaus verlassen?«

»Ich habe nicht gesagt, wann. Und – und da liegt das Problem. Ich weiß es nicht. Es waren ein paar Minuten, nachdem Dr. Harrigan aus dem Zimmer gegangen war. Mrs. Harrigan sagte, ich solle warten, bis die Schwestern beim Nachtessen wären und der Korridor verlassen, und sie beschrieb mir die kleine Treppe, die aufs Dach führt. Natürlich wollte sie nicht, daß die Sekretärin oder eine der Schwestern mich sah. Also wartete ich.«

»Aber es war nach zwölf Uhr?«

»Ja, ganz kurz nach zwölf. Aber ich habe Ihnen von Anfang an die Wahrheit gesagt: ich weiß wirklich nicht, um welche Zeit es genau war.«

»Wissen Sie, um wieviel Uhr Dr. Harrigan umgebracht wurde?«

»Ich hörte es bei der Untersuchung, ja. Irgendwann zwischen zwölf achtzehn und zwölf zweiunddreißig, nicht wahr?«

»Und Sie geben zu, daß Sie zu dieser Zeit hier waren?«

»Ich gebe überhaupt nichts zu. Ich sage Ihnen doch, daß ich kurz nach zwölf gegangen bin.«

»Aber Sie können nicht sagen, wann«, sagte Sergeant Lamb mit einem spöttischen Unterton, der nicht nötig gewesen wäre, um auf Kenwood Ladds schwache Position hinzuweisen.

»Nein, das kann ich nicht«, sagte Kenwood Ladd. »Aber ich habe Dr. Harrigan nicht umgebracht, und Sie können nicht beweisen, daß ich es tat.«

»Da wär ich mir nicht so sicher, junger Mann. Sind Sie mit dem Grundriß des Krankenhauses vertraut?«

»Nicht im Detail. Ich kenne den Überblicksplan, würde ich sagen – das heißt, den Eingangsbereich und den dritten Stock. Und Mrs. Harrigan erzählte mir von der Treppe, die vom vierten Stock aufs Dach führt.«

»Ich habe keinerlei Zweifel daran, daß Sie den dritten Stock kennen. Vor allem den Ostflügel«, sagte Sergeant Lamb, und der junge Architekt errötete wieder, tippte aber mit fester Hand etwas Asche von seiner Zigarette in den Aschenbecher und rauchte ruhig weiter, was er tat, seit er den Raum betreten hatte, und erwiderte Sergeant Lambs Blick aus zusammengekniffenen, wachsamen Augen.

»Wissen Sie, wo die Operationssäle sind?«

»Jetzt weiß ich es, ja, nachdem ich die Befragung gehört habe. Ich glaube nicht, daß ich es damals wußte.«

»Wußten Sie, wo die Instrumente aufbewahrt werden?«

»Nein.«

Sergeant Lamb lächelte.

## 12

In dem Moment traf ein Stenograph aus der Polizeizentrale ein, der eine Schreibunterlage und einen Bleistift in der Hand hielt. Er schrieb zuerst Lilian Ashs Geschichte auf, und ich nehme an, danach wurde die Untersuchung erst richtig offiziell. Ich weiß es nicht, denn man bat Miss Ash und mich, nun zu gehen.

Bei der Tür hielt ich einen Augenblick an und sagte leise zu Dr. Kunce:

»Haben Sie die Leiche des Schwarzen gefunden?«

»Oh, problemlos. Es ist derselbe. Schwester Jones hat ihn identifiziert. Er hatte übrigens dieselben Kleider an, in denen er hierher gebracht worden war. Das Namensschild war natürlich weggenommen worden, und er hatte nichts bei sich, was ihn identifiziert hätte. Aber wir sind sicher, daß es dieselbe Leiche ist. Die Schwestern brauchen sich also keine Sorgen zu machen, daß sie noch irgendwo im Krankenhaus herumgeistert.«

»Wie ist sie bloß in den Keller von St. Malachy gekommen?«

Dr. Kunce zuckte die Achseln.

»Ich habe keine Ahnung.«

Zurück in meinem Zimmer, holte ich die Pillenschachtel hervor und kam zum Schluß, daß ich meine Seelenruhe erst dann wiederfinden würde, wenn dieses Haar analysiert und sein Besitzer identifiziert war. Und dann betrachtete ich das Stück Papier mit Dr. Harrigans Nachricht für mich. Diese sonderbare Nachricht, die irgendwie zusammenhanglos und liederlich war und Dr. Harrigans üblicher Handschrift so wenig glich. Ich wünschte mir von ganzem Herzen, Lance O'Leary würde endlich kommen. Selbst ein einziger Tag des Wartens erschien mir als viel zu lang. Die Situation war unglaublich abscheulich und schäbig geworden. Selbst ich, die ich die nüchternste und phantasieloseste Frau der Welt bin, witterte die

Gefahr in der Stille des alten Krankenhauses klar und deutlich – die Bedrohung, die von seinen Schatten und dicken Mauern, seinen hohen Fluren und Krankenzimmern ausging.

Und die ganze Zeit, die Hitze hielt unvermindert an, ging unten in Dr. Kunces Büro die Untersuchung weiter. Eifrige, gierig insistierende Fragen, vorsichtige Antworten, die ganzen unerbittlich heißen Nachmittagsstunden hindurch. Nach dem, was ich davon mitbekommen hatte, konnte ich mir den Verlauf des Verhörs ungefähr vorstellen: Es herrschte eine tödliche Hitze, der Schweiß rann über die Gesichter der Männer, der Bleistift des Stenographen flog über seine gelbe Schreibunterlage, der elektrische Ventilator surrte dumpf, die Zigarre des Bezirksstaatsanwalts stank und glomm vor sich hin und mußte immer wieder neu angezündet werden, die Atmosphäre im übermöblierten Zimmer war zum Ersticken, weil sich einfach zu viele Leute dort aufhielten, und Kenwood Ladds junges, wachsames Gesicht sah verzweifelt aus. Man sah ihm die Tortur an, denn er war sich der Gefahr, in der er schwebte, von Anfang an bewußt. Und selbst wenn er davonkommen sollte, wenn es ihnen nicht gelingen sollte, ihm eine kompromittierende Aussage zu entlocken, wenn sie es schließlich nicht fertigbringen sollten, seine Schuld zu beweisen, würde immer noch die Sensationsgeschichte übrigbleiben, auf die sich die Zeitungen stürzen würden. Es war sonderbar, aber ich hatte das Gefühl, daß von den beiden betroffenen Menschen er derjenige war, der am meisten litt. Ich glaube nicht, daß ich die Frau, um die es ging, zu Unrecht beschuldige. Ich hatte wirklich das Gefühl, daß Inas großer Egoismus und ihr dickes Fell sie vor Verletzungen solcher Art schützten.

Ich sehnte wieder Lance O'Learys Ankunft herbei und nahm meine hingekritzelten Notizen und ein neues Blatt Papier hervor, um eine Art Zusammenfassung der ganzen Geschichte zu schreiben. Es dauerte ziemlich lange, und als ich fertig war, war ich genausoweit wie zuvor. Die bedrohlich kurze Liste war genau gleich geblieben, außer daß zum Namen Kenwood Ladds ein wichtiges Element hinzugekommen war.

Da war einmal Court Melady, gegen den ich, soweit ich sah, keine Beweise hatte, außer daß er möglicherweise in der Mordnacht im Krankenhaus war, was ich allerdings für ziemlich unwahrscheinlich hielt (obwohl ich, was das betraf, Kenwood Ladds Anwesenheit für ebenso unwahrscheinlich gehalten hatte, bis ich mit Lilian Ashs aufsehenerregender Aussage konfrontiert wurde). Und dann waren da noch Dr. Kunce, Teuber, Ina Harrigan und Lilian Ash.

Es gab nur gegen Lilian Ash und Kenwood Ladd konkrete Beweise. Und doch war es so gut wie sicher, daß einer dieser sechs Namen der des Mörders von Dr. Harrigan war.

Draußen wurden die Schatten länger. Die nächste Nacht kündigte sich an. Von meinem Fenster aus konnte ich einen Streifen trockenen Rasens sehen und den heißen Asphalt, der von der Hitze aufgeblasen und weich geworden war. Es fuhren mehrere Autos vorbei, deren Insassen die Hälse streckten und das Melady Memorial anstarrten. Die Sonne hatte den ganzen Tag nicht geschienen, aber es sah immer noch nicht nach Regen aus. Die Wolken hingen hell, aber dicht über der Erdoberfläche wie eine graue Decke, die dafür sorgte, daß Feuchtigkeit und Hitze unten blieben. Die extreme Schwüle ließ alles müde und erschöpft aussehen. Sogar die feinen Blätter der chinesischen Ulmen, die die Straße säumten, hingen schwer wie zähe, kleine, grüne Siruptropfen herab. Nichts außer den Autos bewegte sich, und die fuhren so langsam wie möglich, um ihren krankhaft neugierigen Passagieren eine gute Sicht auf das Gebäude zu ermöglichen.

Ich betrachtete gedankenversunken die scharlachroten Cannas in der Mitte des Rasens und wunderte mich, was für eine tropische Atmosphäre durch die feuchte Luft entstanden war. Dann wandte ich mich wieder meinen Notizen zu.

Peter Melady betrachtete ich nicht als Verdächtigen, obwohl

man nicht wußte, wann genau und wie er gestorben war, und man deshalb nicht sagen konnte, was er getan oder nicht getan hatte, bevor der Tod eintrat. Die Autopsie hatte ergeben, daß Peter Melady eines natürlichen Todes gestorben war. Es konnte aber auch bewußt ein Schock oder eine starke Erregung provoziert worden sein, um seinen Tod herbeizuführen, und in diesem Fall wäre das ebenso eindeutig Mord wie bei Dr. Harrigan mit dem Messer.

Im Falle des Schwarzen bestand kein Zweifel. Er war tot, als ich ihn gesehen hatte. Er konnte sich also nicht selber aus dem Krankenhaus geschleppt haben, der arme Kerl, hinüber zur St. Malachy Kathedrale. Geschweige denn sich selber angezogen haben!

Aufgeregt fuhr ich hoch. Jemand hatte die Leiche sogar angekleidet und dabei vorsichtig alles entfernt, was den toten Schwarzen mit dem Melady Memorial Krankenhaus verband, hatte ihm seine eigenen Kleider angezogen, die, wie das so üblich ist in solchen Fällen, von Schwester Jones zu einem kleinen Bündel geschnürt und mit der Rollbahre nach unten geschickt worden waren.

Die St. Malachy Kathedrale ist bekanntlich gleich um die Ecke, direkt auf der anderen Seite des Platzes, und der Kellerraum, in dem der Schwarze gefunden wurde, hat einen Eingang, der nicht weit von der hinteren Zufahrt zum Krankenhaus und vom Tor, an dem die Ambulanz normalerweise hält, entfernt ist.

Einem Impuls folgend stand ich auf, rückte meine Haube zurecht und ging hinunter in den Keller. Als ich durch die engen Kellergänge huschte, wurde ich ein Gefühl der Angst und Beklommenheit nicht los, sah aber keinen Grund für meine Beunruhigung. Die Tür zum Ambulanzraum war offen, wie das üblich ist. Nur die Tür zur Leichenhalle selber, in der Särge gekühlt aufbewahrt werden, ist stets abgeschlossen – vor allem deshalb, hat man mir einmal gesagt, um ehrgeizige junge Chirurgen daran zu hindern, heimliche und rechtswidrige Obduktionen von besonders interessanten Fällen durchzuführen. Ich schaute mich ein wenig im Ambulanzraum um, fand dabei aber nichts Auffälliges. Ich zog jedoch die liebenswürdige Aufmerksamkeit eines stämmigen Polizisten auf mich, der den Raum gerade in dem Moment betrat, als ich das abgeschlossene Außentor untersuchte.

»Sie versuchen wohl abzuhauen, was?« sagte er grob.

Im Flur traf ich auf Teuber und hielt ihn an.

»Als Sie diesen Schwarzen aus der Offenen Abteilung nach unten brachten, hat da Schwester Jones das Bündel mit seinen Kleidern auch auf die Rollbahre gelegt?«

»Ja, Miss Keate.«

»Schauen Sie doch bitte nach, ob das Bündel noch im Effektenraum ist.«

Ich hatte natürlich kein Recht, das von ihm zu verlangen, aber er war so liebenswürdig, sogleich in den kleinen Effektenraum zu gehen, wo die persönlichen Gegenstände der verstorbenen Patienten aufbewahrt werden, damit sie, falls niemand sie abholt, gereinigt und der Wohlfahrt übergeben werden können. Er kam kurz darauf wieder zurück und schüttelte den Kopf.

»Nein, Miss Keate, es ist nicht dort.«

»Sind Sie sicher, daß Sie es dort deponiert haben?«

»O ja. Auf dem Weg in mein Zimmer, um –« er hielt inne, und ein bestürzter Ausdruck breitete sich in seinem Gesicht aus, dann packte ein Keuchanfall seinen ausgemergelten Körper.

Ich wartete, bis er vorbei war, und sagte streng:

»Sie haben also die Leiche des Schwarzen unbeaufsichtigt im Ambulanzraum gelassen und sind in Ihr Zimmer gegangen, um etwas zu holen?«

Er nickte elend.

»Wie lange blieben Sie weg?«

»Ich weiß es nicht genau, Miss Keate. Aber es war nicht lange. Mein Asthma war sehr stark in jener Nacht, und ich ging ein Inhaliergerät holen. Bitte, sagen Sie es nicht Dr. Kunce. Er wird mich sonst bestimmt rauswerfen. Und mein Asthma ist so schlimm, daß ich keine andere Anstellung lange behalten könnte.«

»Also wirklich, Sie sind ein Idiot! Begreifen Sie denn nicht, daß Sie Gefahr laufen, wegen Mordes verhaftet zu werden? Oder für sonst etwas, jedenfalls«, fügte ich an, denn ich war mir nicht klar, was genau die Art seines Vergehens war. »Jedenfalls waren Sie von dem Augenblick an für die Leiche verantwortlich, als sie die Offene Abteilung verließ, bis die Leichenbestatter sie abholen kamen. Wer, wenn nicht Sie, ist verantwortlich dafür, daß die Leichen vertauscht wurden? Sie würden wirklich gut daran tun, die Wahrheit zu sagen. Dr. Kunce wird Sie nicht entlassen, bloß weil Sie die Leiche für so kurze Zeit alleingelassen haben. Wenigstens glaube ich das nicht. Und selbst das wäre besser, als unter Mordanklage verhaftet zu werden.«

Ich sah zwar, daß ich ihn erschreckt hatte, aber er bestand weiter darauf, daß ich seine Pflichtvernachlässigung für mich behielte.

»Wo war der Schlüssel zum Außentor während der Zeit, in der Sie nicht im Ambulanzraum waren?« fragte ich schließlich.

Worauf er, soweit das überhaupt möglich war, noch erschreckter aussah und antwortete:

»Im Türschloß, Miss Keate. Ich hatte aufgeschlossen, damit die Männer vom Bestattungsinstitut herein konnten, falls sie während meiner Abwesenheit eintreffen sollten. Dr. Kunce bringt mich um, wenn er das hört.«

»Das könnte man ihm nicht einmal verübeln! Das Tor war also aufgeschlossen für – für wie lange? Zehn Minuten?«

»Vielleicht.«

»Es ist Ihnen doch klar, daß Sie damit die sorgfältigen Untersuchungen und Ergebnisse von Dr. Kunce, was das Abschließen des Krankenhauses betrifft, über den Haufen geworfen haben?«

Er nickte verzweifelt, schneuzte sich die Nase und keuchte krankhaft, woraufhin der Polizist zur Tür des Ambulanzraums kam, uns beide mißtrauisch und erwartungsvoll anschaute und danach zur Tür schlenderte, die er zu inspizieren vorgab, ohne Zweifel mit gespitzten Ohren, um zu hören, was wir redeten.

»Ich sehe nicht, wie wir das für uns behalten könnten, Jacob«, sagte ich etwas freundlicher. »Es ist einfach zu wichtig. Begreifen Sie doch, jemand hatte genügend Zeit und Gelegenheit, die Leichen zu vertauschen –« hier unterbrach ich und runzelte die Stirn beim Gedanken, daß immer noch eine Erklärung dafür fehlte, wie in aller Welt Peter Meladys Leichnam in den Ambulanzraum hinunter gebracht wurde, wenn doch der Fahrstuhl nicht funktionierte, und nach einem Augenblick fuhr ich fort: »– und zu entkommen, nachdem er die Leiche des Schwarzen in den Keller der St. Malachy Kathedrale gebracht hatte. Nein, das kann ich nicht für mich behalten. Aber ich werde Ihretwegen persönlich mit Dr. Kunce sprechen. Das wird das beste sein.«

Er akzeptierte das mit einer teilnahmslosen Elendsmiene, als ob man ihn bereits entlassen hätte, und beantwortete meine restlichen Fragen völlig apathisch.

Nein, es war niemand im Kellergeschoß gewesen. Wenigstens hatte er nichts Außergewöhnliches gesehen oder gehört. Er war in den Ambulanzraum zurückgekehrt, kurz bevor die Männer des Leichenbestatters gekommen waren. Er hatte die Leiche noch genauso gefunden, wie er sie zurückgelassen hatte, dachte er, mit einem Leintuch zugedeckt, auf der Rollbahre liegend. Nein, keiner von ihnen hatte sie sich angeschaut. Welchen Grund hätten sie auch gehabt? Die Männer hatten sie einfach in die Ambulanz geladen und waren weggefahren, und er hatte das Tor hinter ihnen abgeschlossen.

»Ist Ihnen der Gewichtsunterschied nicht aufgefallen?« fragte ich ungeduldig.

»Nein, die Männer des Leichenbestatters haben ihn hochgehoben.«

»Ach, da fällt mir ein: Erinnern Sie sich, wie Sie gerade nach unten wollten mit dem Schwarzen, als ich auf den Fahrstuhl wartete, und wir uns sahen?«

»Natürlich, Miss Keate.«

»Haben Sie da nicht versucht, die Tür des Fahrstuhls zu öffnen?«

»Hab' ich, ja. Aber ich hab sie nicht aufgekriegt.«

»Was denken Sie, wäre es nicht möglich, daß die Fahrstuhlkabine da bereits im dritten Stock war? Mit dem Notfallknopf gedrückt, der sie dort blockierte?«

Er schüttelte zweifelnd seinen Kopf.

»Wenn das so gewesen wäre, hätte sich die Tür öffnen lassen, Miss Keate.«

Er machte eine Pause, dann erläuterte er: »Wenn der Notfallknopf gedrückt worden wäre, hätte das die Kabine ganz blockiert. Man hätte sie nicht mehr in ein anderes Stockwerk rufen können. Und wenn die Kabine im dritten Stock gewesen wäre, hätte ich die Tür ohne weiteres öffnen können. Mit dem elektrischen Antrieb verhält es sich so, wissen Sie, daß –«

»Ich weiß, danke, ich weiß«, sagte ich stolz, denn er ging mir mit seinem pädagogischen Getue auf die Nerven. »Ich werde bei Dr. Kunce ein gutes Wort für Sie einlegen.«

Ich ließ ihn stehen und ging wieder nach oben. Dr. Kunce war im Vorzimmer, wo er gerade einer Schwester Anweisungen gab und als er damit fertig war, sagte ich ihm, was Teuber mir gerade gebeichtet hatte. Angesichts der immensen Angst des Pflegers war es erstaunlich, daß Dr. Kunce die Neuigkeiten fast begrüßte. Das hatte ich nun gar nicht erwartet, denn ich habe nie einen Mann gekannt, der so heikel war in bezug auf die Arbeitsabläufe und die Führung eines Krankenhauses. Er sah aber fast zufrieden aus. Er stellte mir seine Fragen in seidiger Sanftheit, die seinen Eifer nur schlecht verbergen konnte, und zu meiner totalen Überraschung schien er sich sofort und bereitwillig auf die Version eines unbekannten Eindringlings festzulegen, der Dr. Harrigan getötet hatte und geflohen war. Ich nehme an, für ihn gab es entweder diese Version, oder man mußte an Kenwood Ladds Schuld glauben, womit auch Ina Harrigan in die Sache verwickelt gewesen wäre. Ich habe nie richtig verstanden, warum ich so überzeugt war, daß Dr. Kunce insgeheim zärtliche Gefühle für Ina Harrigan pflegte, aber in jenem Augenblick hatte ich diese Vorstellung, sie war sehr präsent und ließ mich nicht mehr los.

»Er entkam durch das offene Tor des Ambulanzraums«, schloß Dr. Kunce zufrieden.

»– und weil er auf seiner wilden Flucht zufällig über den Leichnam Peter Meladys stolperte, nahm er ihn gleich mit in den Ambulanzraum, legte ihn auf die Rollbahre und nahm dafür die Leiche des Schwarzen mit«, sagte ich.

Seine Augen wurden zu Schlitzen.

»Ich glaube, das ist im Augenblick alles, danke, Miss Keate«, sagte er und entließ mich so von oben herab, als sei ich eine aufdringliche junge Hilfsschwester.

Mehrere Schwestern standen in einem kleinen Klüngel zusammen. Sie standen nahe genug beim Büro, um jederzeit von der Sekretärin über das informiert werden zu können, was deren wachsame Ohren an Neuigkeiten aufgeschnappt hatten, und weit genug entfernt, um sich im Falle eines Erscheinens von Dr. Kunce rasch zurückziehen zu können. Sie musterten mich neugierig, als ich näherkam, aber vermutlich sah ich nicht aus, als hätte ich allzu große Lust, mich zu unterhalten, denn niemand sprach mich an.

Nancy wartete in meinem Zimmer auf mich, blätterte in *Aufzeichnungen einer Krankenschwester* und sah ziemlich müde und erschöpft aus.

»Sie haben Kenwood Ladd immer noch in der Mangel da unten im Büro«, sagte sie. »Ich finde es einfach skandalös.«

»Was? Einen Mordfall zu untersuchen?«

»Ihn so zu foltern!« rief sie in einer Gefühlswallung, die sie schnell kontrollierte. »Ich meine«, fuhr sie ruhiger fort, »jemanden so leiden zu lassen an einem so schrecklich heißen Tag. Zu versuchen, ihn in eine Falle zu locken, zu zermürben, bis er etwas gesteht, das er – gar nicht getan hat.«

»Vielleicht hat er es aber getan. Vielleicht hat er Dr. Harrigan ermordet.«

»Hat er nicht!« rief sie aus. »Hat er nicht!« Dann wandte sie sich ab und schaute mit starrem Blick aus dem Fenster – durch einen Tränenschleier, nehme ich an, denn ihre Stimme bebte.

»Er könnte es getan haben«, sagte ich ruhig. »Warum bist du so sicher, daß er es nicht war?«

Sie wirbelte zu mir herum.

»Ich sehe es ihm an«, sagte sie. »Ich sehe es ihm an. Er ... er könnte so etwas nicht tun.«

»Ich fürchte doch«, sagte ich besorgt. Ich mochte die Art nicht, wie sie geredet hatte. Sie war zu lebhaft, zu schwarzäugig, zu bewegt. In einer Zeit, in der um Trivialitäten großes Aufsehen gemacht wird, die innigsten Gefühle jedoch sorgfältig verborgen werden, muß ein Gefühl schon sehr innig sein, um so hervorzubrechen. Und hier stand Nancy mit glühenden Wangen, roten, bebenden Lippen, heißen Tränen – trotzig und gleichzeitig bibbernd und zart, und all dies wegen eines Mannes, den sie nur wenige Male gesehen hatte. Aber so ist es wohl. Man lebt sein Leben, wie es kommt, ist recht zufrieden, und eines Tages ist da ein Wort oder ein Blick oder vielleicht überhaupt nichts, und es reißt einem das Herz aus der Brust, und es ist auf immer vergeben.

Gut, gut – »Es sind schon immer Menschen gestorben, und die Würmer haben sie gefressen, aber für keinen –« Ich hielt mich gerade noch zurück und fragte mich, ob ich laut gesprochen hatte, denn ich bemerkte, daß dieses Bild angesichts der besonderen Umstände ziemlich deplaziert war.

Nancy war ein Mensch, dem alles sehr nahe ging. Sie ließ sich zu sehr auf ihre Erfahrungen ein, erlebte sie zu intensiv, um unversehrt aus ihnen hervorzugehen. Sogar wenn sie eine Erkältung hatte, war diese stärker und elender als bei sonst jemandem im Schlaftrakt. Und ich konnte mich nicht erinnern, daß Nancy sich je verliebt hatte (sich in die Verliebtheit *gestürzt* hatte, wäre wohl der bessere Ausdruck, dachte ich neidisch) – nicht einmal in den sündhaft hübschen jungen Assistenzarzt, der sein Praktikum im Mai beendet hatte und uns verließ, worauf die Temperatur der gesamten weiblichen Belegschaft um ungefähr ein Grad sank. Mit einer Ausnahme, und das war Nancy. Und einer zweiten, die sich von selbst versteht.

»Ich fürchte doch«, sagte ich noch einmal, in Gedanken versunken. »Nancy, mein Kind, beunruhigt dich irgend etwas? Verzeih mir meine Frage, aber du siehst seit ein paar Tagen so bleich und besorgt aus.«

Nun, ich habe weiß Gott nicht nach ihren Gefühlen zu Kenwood Ladd gefragt, die waren offensichtlich genug. Aber ihr Gesicht wurde zuerst rosa und dann weiß, als sie sagte:

»Nein, nein, Sarah. Es ist nichts. Das heißt, außer – einfach die ganze Situation hier im Krankenhaus. Ich habe wohl schwache Nerven, wie alle anderen auch. Und – es ist halt ziemlich schrecklich. Heute morgen ging ich an einem leeren Zimmer vorbei, sah darin etwas Weißes und schrie auf. Dabei war es nur ein Leintuch, das über einem Stuhl hing. So weit bin ich schon, und ich bin nicht die einzige.«

Das alles war gut und recht. Aber es befriedigte mich nicht. Ihre Stimme war nicht natürlich, ihre Augen wichen mir aus. Und ich war noch weniger zufrieden, als ich, nachdem Nancy gegangen war, merkte, daß sie offensichtlich meine Notizen hatte mitgehen lassen. Zumindest waren sie nicht mehr auf dem

Tisch, auf dem ich sie liegengelassen hatte, und ich fand sie auch sonst nirgends im Zimmer. Natürlich war es denkbar, daß jemand anderes ins Zimmer eingedrungen war, während ich im Keller war, die Notizen an sich genommen hatte und verschwunden war, bevor Nancy kam, aber ich bezweifelte es. Und Nancy nahm es in der Regel peinlich genau mit Dingen wie Wäschelisten, Postkarten und Telegrammen.

Ich kam zu dem Schluß, daß sie wahrscheinlich selber ein paar Überlegungen angestellt hatte (wie es zweifellos jeder im Krankenhaus tat), meine Notizen gesehen hatte, deren Zweck offensichtlich war, und sie beim Anblick von Kenwood Ladds Namen aus Neugier an sich genommen hatte. Die Liebe verändert Menschen auf wunderliche Weise. Ich hielt mich stur an diese Binsenwahrheit, aber ich wünschte mir von Herzen, Nancy hätte mir gesagt, was sie wußte. Ich befürchtete, daß sie etwas verheimlichte. Aus Loyalität vielleicht oder aus falsch verstandenem Pflichtgefühl verheimlichte sie etwas.

Mein Verdacht bestätigte sich beim Nachtessen, als Nancy besorgter aussah als je zuvor und einem sehr verlorenen und verwirrten kleinen Geist mit feinem goldenen Haar in Schwesterntracht glich. Sie sah mich verstohlen an und sagte kein Wort. Es war ein ganz und gar jämmerliches Mahl: hauptsächlich kaltes Roastbeef und Salat, den die Hitze zu einem Klumpen reduziert hatte. Es war furchtbar stickig im Kellerraum und überhaupt und ganz und gar nicht lustig. Unsere Köpfe fuhren wie von einer Schnur gezogen herum, als jemand in der Küche eine Pfanne fallen ließ. Und Fannie Bianchi, die fürs Leben gerne ißt, ließ ihr Vanilledessert unberührt stehen, nur um nicht alleine zurückzubleiben, als der Rest von uns ging. Nicht daß sie beim Vanillepudding etwas verpaßt hatte. Es gibt nichts, das den Glauben an die Menschheit mehr erschüttern könnte als ein lieblos gekochter Vanillepudding.

Als wir den Treppenabsatz im ersten Stock erreichten, warf ich einen Blick hinunter zum Büro. Ich sah ein gedämpftes

Durcheinander von Schwestern und Belegschaftsärzten und Polizei, aber keine Spur von Kenwood Ladd.

Doch als wir im dritten Stock ankamen, rannte Ellen auf mich zu. Ihr Irish-Terrier-Blick war besonders ausgeprägt, und ihre Haube hing ihr schief übers Ohr.

»Dr. Kunce, Sergeant Lamb und ein Mann mit einer gelben Schreibunterlage sind in Mrs. Harrigans Zimmer«, sagte sie eifrig. »Und Dr. Kunce wollte, daß Sie kommen und etwas Riechsalz mitbringen, Miss Keate. Ich hätte es selber bringen können«, setzte sie enttäuscht hinzu, »aber er wollte, daß Sie es tun. Wissen Sie, was ich glaube? Ich glaube, Doktor Knutsch ist verknallt in Mrs. Harrigan.«

»Warum?« fragte Nancy.

»Weil er sie so anschaut, und weil sie von ihm haben kann, was sie will.«

»Danke, Ellen, das reicht«, sagte ich streng, wartete aber vorher ab, ob sie nicht noch irgend etwas Interessantes hinzufügen würde. »Solche Kommentare ziemen sich nicht.«

Wenn es je eine Frau gab, die kein aromatisches Ammoniak brauchte, dann war es Ina Harrigan. Das war mir in dem Augenblick klar, als ich die Tür zu ihrem Zimmer öffnete und hineinging. Ich nehme an, Dr. Kunce mit seinem ausgeprägten Sinn für das, was sich schickte, zog es vor, bei der Befragung eine Schwester dabei zu haben und dachte wahrscheinlich, er könne auf meine Verschwiegenheit zählen.

Ich blieb eine halbe Stunde oder so, wobei ich so unaufdringlich wie möglich, aber mit gespitzten Ohren im Hintergrund blieb. Es war interessant zu beobachten, daß Ina Harrigan gefaßter war als die vier anderen. Sogar der Stenograph sah verschwitzt und elend aus und kaute während der kurzen Pausen an seinem Bleistift.

Die Dämmerung hatte eben eingesetzt, ein atemlos heißes Sommerzwielicht, und im kahlen, hohen Raum brannte nur eine einzige Lampe, die über dem Bett.

»Sie haben also darauf gedrängt, daß dieser junge Ladd noch über die Besuchszeit hinaus blieb?« wollte Sergeant Lamb gerade wissen, als ich den Raum betrat.

»Das habe ich überhaupt nicht«, sagte Ina Harrigan reserviert und weich wie Samt. »Ich habe ihm lediglich erlaubt zu bleiben. Es war ja ziemlich absurd, jemanden so lächerlich früh wegzuschicken, als wäre er ein kleiner Junge.«

»Aber Mrs. Harrigan, ist denn keine von den diensthabenden Schwestern in Ihr Zimmer gekommen, um Sie für die Nacht vorzubereiten?« fragte Dr. Kunce, der stets nach irgendwelchen Übertretungen seiner Regeln auf der Lauer war.

»Oh, doch«, sagte Ina Harrigan. »Die kleine Schwesternschülerin kam. Ich hatte das Licht ausgemacht, und als sie die Tür öffnete, sagte ich ihr, sie solle wieder gehen und mich nicht stören. Mr. Ladd saß beim Fenster drüben, sie hat ihn nicht gesehen. Ich bin ja nicht unbedingt hilflos, nicht wahr. Ich komme ganz gut zurecht. Zum Beispiel«, fuhr sie herausfordernd fort, »kann ich mir meine Zähne problemlos selber putzen.«

»Sie sind ziemlich geschickt mit dem linken Arm, was?« hakte Sergeant Lamb interessiert ein.

Ihre blauen Augen funkelten.

»Ich bin nicht geschickter als sonst jemand, denke ich. Was wollen Sie damit sagen?«

»Ich will sagen«, sagte Sergeant Lamb, bei dem zwei und zwei wieder einmal vier ergab, »daß irgend jemand Dr. Harrigan umgebracht hat.«

Da lag sie entspannt in den weißen Kissen, ihr schwarzes Haar war glatt und geschmeidig, die Spitzen des Nachthemds lagen weich und delikat auf der sanft geschwungenen, weißen Schulter ihres unverbundenen linken Arms, und ihre schwarzen, geraden Augenbrauen hatten sich über ihrer Nase zusammengezogen. Ihr Mund war so tief karmesinrot, daß er fast purpur war, und um ihren Kiefer spielte wieder dieser katzenhafte Zug, den ich schon früher bemerkt hatte. Alles an ihr strahlte weiche Geschmeidigkeit aus, eine anmutige und grausame Kraft, die eindeutig katzenhaft war. Ihre seltsam hellen Augen waren die einer Pantherin, und wenn sie sich bewegte, tanzten ihre Muskeln anmutig.

»Ich hab' mir schon gedacht, daß Sie irgendwann noch auf mich kommen würden«, sagte sie träge, aber ihre Augen waren auf der Lauer. »Klagen Sie mich des Mordes an meinem Mann an? Denn wenn das so ist, werde ich kein einziges Wort mehr sagen ohne meinen Anwalt.«

»Langsam jetzt«, sagte Sergeant Lamb, »langsam. Nein, ich klage Sie nicht des Mordes an Dr. Harrigan an. Aber ich will alles wissen, was Sie uns zu dieser Sache sagen können. Wir lassen den jungen Ladd überwachen. Einer unserer besten Männer beschattet ihn, aber wir wollen ihn nicht verhaften, bevor wir das Terrain nicht besser kennen.«

Und dann fing es wieder an, Frage und Antwort, Frage und Antwort, und Sergeant Lamb ging verärgert auf und ab und wischte sich immer wieder mit der Hand die glitzernde Stirn ab. Ina Harrigan blieb kühl, kontrolliert und redete sich heraus, bis sie von Sergeant Lamb auf ein »Ja« oder »Nein« festgenagelt wurde, und selbst dann blieb sie irgendwie unberührbar und unbesiegbar. Am Ende wurde sie unverschämt.

»Ja, mein Mann hat sich mit Mr. Ladd gestritten. Er stritt sich andauernd mit irgend jemandem. Wenn Sie jeden, der mit Leo gestritten hat, des Mordes an ihm beschuldigen, werden Sie mehr Verdächtige haben als Platz im Gefängnis.«

»Wieviel Uhr war es, als Kenwood Ladd dieses Zimmer verließ?«

Sie lächelte.

»Der arme Ken! Wie er diese Feuertreppe haßte.« Sie nahm eine Zigarette aus dem Päckchen auf dem Nachttisch, wartete, bis ihr Dr. Kunce mit undurchschaubarer Miene Feuer gab, und wandte sich wieder Sergeant Lamb zu.

»Wieviel Uhr es war, wollten Sie wissen? Nun, ich kann es nicht genau sagen, aber es muß vor – Moment mal, wann hat diese Schwesternschülerin meinen Mann zuletzt lebend gesehen? Zwölf Uhr achtzehn, nicht wahr? Also: Mr. Ladd ging vorher.« Ihre meergrünen Augen waren spöttisch, ihre Purpurlippen amüsiert.

»Bitte«, sagte Sergeant Lamb, »ich muß Sie doch daran erinnern, daß dies eine ernsthafte Angelegenheit ist.«

»Mein guter Mann«, sagte Ina Harrigan, »wie reizend! *Sie* sagen *mir*, es sei ernsthaft.« Sie blies sehr gekonnt blauen Rauch aus ihren dünnen, weißen Nasenlöchern und fuhr fort: »Ich bin die Witwe.«

Woraufhin ich einen seltsam nachdenklichen Reflex in Dr. Kunces dunklem Starren zu erkennen glaubte. Pantherinnen, oder wie immer man weibliche Panther nennt, waren ja nicht besonders häusliche Kreaturen.

»Ja«, bestätigte Ina Harrigan kühl. »Er ist vor zwölf Uhr achtzehn gegangen. Ich wage zu sagen, daß ich das sogar beschwören könnte, wenn es sein muß.«

»Meine liebe Mrs. Harrigan«, sagte Dr. Kunce, und seine Nase schob sich über seinen Bart, »wir sind uns bewußt, daß Sie den Mörder Ihres Mannes vor Gericht bringen möchten.« Er drehte sich entschuldigend zu Sergeant Lamb um. »Mrs. Harrigan ist übermüdet. Sie möchte uns wirklich sehr gerne helfen.«

»Ach, wirklich?« sagte Sergeant Lamb, wischte sich den Schweiß von der Stirn und musterte Ina Harrigan skeptisch.

»Oh, auf jeden Fall«, sagte Ina Harrigan ausdruckslos und gab sich nicht einmal die Mühe, überzeugend zu klingen.

»Aber Sie haben doch gehört, wie Kenwood Ladd gedroht hat, Dr. Harrigan zu töten, oder?« insistierte Sergeant Lamb. Das berührte sie dann doch. Sie nahm sich lange Zeit, um den Verband um ihre rechte Schulter in eine angenehmere Position zu bringen. Währenddessen hielt sie die Zigarette zwischen den

Lippen, bis der Rauch einen kleinen blauen Nebel um ihr Gesicht gebildet hatte. Dann sagte sie ziemlich gelassen:

»Ich hätte ihn selber gerne umgebracht. Machen Sie damit, was Sie wollen. Dr. Harrigan war ein Mann mit einem gewalttätigen Temperament und einer bösen Zunge. Er neigte dazu, die rohesten Anschuldigungen vorzubringen.«

»Die völlig grundlos waren, nehme ich an«, sagte Sergeant Lamb, der sich, wie ich schon sagte, von niemandem zum Narren halten ließ.

»Absolut haltlos«, sagte sie sanft. Dann erst begriff sie, wie er es gemeint hatte. »Absolut haltlos«, wiederholte sie scharf, und ihre unterschwellige Wildheit kam einen Augenblick lang zum Vorschein und funkelte aus ihren meerfarbenen Augen. »Absolut haltlos, und das merken Sie sich bitte, guter Mann.«

Ungefähr an dieser Stelle begann ich nach der Lücke Ausschau zu halten, die ab und zu sichtbar wurde, wenn sie sprach; die Lücke im oberen rechten Kranz ihrer perfekten Zähne, die eine Folge ihres Verkehrsunfalls war, der sie ins Krankenhaus gebracht hatte. Die Schwellung an der Lippe war schnell abgeklungen, aber durch die besonderen Vorkommnisse war sie noch nicht beim Zahnarzt gewesen, um die Lücke überbrücken zu lassen. Es wunderte mich, daß ich so oft mit ihr gesprochen hatte, ohne diese Lücke zu bemerken, obwohl ich, wenn ich es mir recht überlegte, eigentlich von ihrer Existenz gewußt haben müßte.

Irgend etwas – eine Erinnerung – ein Zusammenhang begann mir zu dämmern, den ich noch nicht klar sehen konnte.

»Also, Mrs. Harrigan, was wissen Sie über den Streit zwischen Ihrem Gatten und Peter Melady?« fragte Sergeant Lamb.

»Ich weiß alles darüber«, sagte Ina Harrigan gelassen.

»Alles?« sagte Sergeant Lamb. »Dann sagen Sie uns doch bitte den Anlaß dafür.«

Und in diesem Augenblick drang eine Ahnung in mein Bewußtsein. Unter dem Vorwand, einen Krug Wasser zu holen, ging ich ins Badezimmer, drehte das Licht an und ging zur kleinen Ablage für Zahnbürsten, Tuben und Toilettenartikel. Dort, achtlos hinter eine große Flasche mit grünem Badesalz gesteckt, fand ich, was ich suchte: verschiedene, ungeöffnete Päckchen Kaugummi. Weiß, natürlich. Und im Abfallkorb unter der Ablage waren zwei kleine Stücke, die gekaut worden waren. Kleine Stücke, die exakt so aussahen wie dasjenige, das Sergeant Lamb am Ärmel des Ermordeten gefunden hatte.

Es war so simpel, daß ich nicht verstand, wie ich es bis jetzt übersehen haben konnte. Eitel und eifrig auf ihr Aussehen bedacht, hatte Ina Harrigan sorgfältig kleine Stücke weißen Kaugummis geformt und sie in die Zahnlücke auf der rechten Seite ihres Mundes gedrückt. Ich schmunzelte ein wenig bei der Vorstellung, wie mühsam es wohl war, wenn sich der Kaugummi immer wieder löste und mit der Zunge wieder angedrückt werden mußte, und wie lästig, wenn er an ihrer Zigarette kleben blieb oder wenn sie ihn beim Sprechen vergaß und er sie dann behinderte. Sie hatte das Stück Kaugummi wahrscheinlich nur dann in die Zahnlücke gebettet, wenn sie Besuch erwartete, und an diesem Abend war sie überrascht worden. Ich wickelte die Kaugummistücke in ein Stück Papier und ging ins Krankenzimmer zurück.

»Ich weiß alles über ihren Streit, und es macht mir überhaupt nichts aus, es Ihnen zu erzählen«, sagte Ina Harrigan.

## 13

»Es war alles wegen Dione Melady.« Sie warf einen Blick auf Dr. Kunce und dann auf Sergeant Lamb, rückte sich das Kissen hinter ihrem hübschen Kopf zurecht und fuhr mit der allergrößten Gelassenheit fort:

»Es geschah ungefähr vor vier Jahren, drei Jahre, nachdem Leo mich geheiratet hatte. Ich wußte von Anfang an davon, aber es kümmerte mich nicht. Obwohl ich nie verstanden habe, was er an Dione gefunden hat. Sie war schon immer ein verwirrtes, farbloses kleines Ding. Kalt wie ein Goldfisch. Ich weiß nicht, was Leo sich dabei dachte. Ich weiß auch nicht, wie weit das Ganze ging – weit genug, nehme ich an. Wie auch immer. Vater Melady fand es heraus, es gab eine fürchterliche Szene, Peter gab Leo Hausverbot und verheiratete Dione unverzüglich mit ihrem Vetter zweiten Grades.« Hier unterbrach sie kurz und meinte dann nachdenklich: »Persönlich fand ich, daß Leo damit gut weggekommen ist. Er wäre ihrer überdrüssig geworden – sie ist ein neurotisches Mädchen ohne einen Funken echter Leidenschaft. Das also war der Grund für den Streit zwischen Peter Melady und meinem Mann. Es wurde seinerzeit viel darüber geredet, aber niemand kannte die Wahrheit, außer vielleicht Court Melady.«

Sergeant Lamb räusperte sich. Man hatte ihm angesehen, daß ihm die Enthüllungen in Ina Harrigans Geschichte etwas peinlich waren, aber er hatte sich schnell wieder gefaßt.

»Was halten Sie von diesem Mord, Mrs. Harrigan? Glauben Sie, dieser Streit könnte etwas damit zu tun haben?«

»Das weiß ich nicht. Aber wenn es so wäre, hätten sie sich gegenseitig umbringen müssen, nicht wahr? Beide sind tot.«

»Wie hat Dione Melady reagiert? War sie ... äh ... verärgert?«

»Weil man ihr die heimliche Affäre mit meinem Mann untersagte?«

»Äh ... ja«, sagte Sergeant Lamb. Er war es offensichtlich nicht gewohnt, daß eine Frau der Oberschicht sich so freizügig äußerte. Ich glaube, Ina Harrigans Zigarettenkonsum, ihre purpurroten Lippen, ihr Spitzennachthemd, ihre nicht vorhandene Trauer über den Verlust ihres Mannes und ihre Direktheit waren der Anlaß, daß er sie von jenem Gespräch an für eine verkommene Frau hielt. Ich selber neigte mehr zu der Annahme, daß Ina Harrigan durch alle Affären hindurch, die sie im

Laufe ihres Lebens vielleicht gehabt hatte, einen kühlen und besonnenen Kopf bewahrte. Nicht, daß ich mich für Ina Harrigans Tugendhaftigkeit interessierte. Oder deren Fehlen. Es war bloß so, daß ich an Nancy denken mußte, und wie sie ausgesehen hatte, als sie den jungen Ladd verteidigte. Ich hoffte für sie, daß der junge Architekt sich nicht zu weit mit seiner schönen Auftraggeberin eingelassen hatte.

»Ich habe keine Ahnung«, sagte sie und unterdrückte ein Gähnen. »Ich weiß es wirklich nicht. Leo war wütend. Kam sich wahrscheinlich wie ein Idiot vor, weil er sich hatte erwischen lassen.«

An dieser Stelle brachte Dr. Kunce das Gespräch auf die vermißte Formel, und Sergeant Lamb befragte die Dame ausgiebig dazu, brachte aber rein gar nichts aus ihr heraus. Sie gab lediglich zu, daß sie und auch Leo davon gewußt hatten.

»Mag sein, daß Leo versucht hat, sie zu stehlen«, sagte sie unberührt. »Es hätte ihm wohl besonderen Spaß gemacht, sie gerade Peter Melady zu entwenden. Aber wie sollte ich wissen, was er tat! Ich weiß nur, daß ich die Formel nicht wollte. Und Kenwood Ladd auch nicht.«

Und das war alles, was Sergeant Lamb aus Ina Harrigan herausbrachte. Ich glaube aber, daß sie unter der kühlen Maske ihrer Unbekümmertheit Angst hatte. Wenn es ihr auch gelungen war, Sergeant Lambs Fragen auszuweichen, so mußte sie doch gewußt haben, daß sie auf Dauer nicht so ungeschoren davonkommen würde. Der Augenblick würde eintreten, wo die Wahrheit herauskommen und sie gezwungen sein würde, klare Antworten zu geben. Sie war zu intelligent und zu welterfahren, um nicht genau zu wissen, daß es schlecht aussah für Kenwood Ladd und damit auch für sie.

»Der wird das Lachen schon noch vergehen mit ihrem Geht-doch-zum-Teufel-Gehabe«, sagte Sergeant Lamb und wischte sich die Stirne, als wir in den Korridor hinaustraten.

Gegenüber befand sich die Zimmertür von Lilian Ashs Patient. Sie war offen, eine Stellwand stand davor, und hinter der Stellwand sah ich für einen Augenblick eine weiße Haube, die sich lautlos aus meinem Blickfeld vom Halbdunkel ins tiefschwarze Innere des Raumes entfernte.

Um Lilian Ashs Neugierde zu entgehen, zog ich Sergeant Lamb und Dr. Kunce in das Zimmer, in dem Peter Melady einmal gelegen hatte. Der Stenograph drückte sich am Eingang herum, während ich Licht machte und ihnen die Stücke weißen Kaugummis zeigte und erklärte, wozu sie gebraucht wurden.

»Hol's der Geier!« sagte Sergeant Lamb langsam, und seine hellblauen Augen sprangen fast aus den Höhlen. »Hol's der Geier – jetzt bin ich aber platt!«

»Ja, ich dachte mir, daß Sie das sein würden«, frohlockte ich.

Dr. Kunce strich sich über den Bart.

»Das beweist überhaupt nichts«, sagte er, und irgendwie war ich fast sicher, daß er das mit den Kaugummis die ganze Zeit gewußt hatte, aber eben nur fast, denn natürlich wagte ich nicht, ihn zu fragen. »Es könnte auf völlig harmlose Weise auf Dr. Harrigans Hemd gelangt sein, zum Beispiel als er sich zu ihr neigte, um –«

»– um sie zu küssen, und sie hat ihn statt dessen gebissen«, beendete Sergeant Lamb den Satz. »Oder vielleicht ist sie wütend geworden und hat ihn damit beworfen. Nein, nein, Dr. Kunce. Das ist das erste echte Beweisstück, das ich habe, und Sie werden es mir nicht vermiesen.«

»Aber wenn sie schuldig wäre, hätte sie dann ihre Kaugummis herumliegen lassen, daß man sie so leicht finden konnte?«

»Sie wußte nicht, daß sie es verloren hatte. In der Aufregung des Augenblicks ist es ihr wahrscheinlich aus dem Mund gefallen, ohne daß sie es gemerkt hat. Dort im Lift, als sie sich nach vorne beugte, um das niederträchtige Werk ihres Geliebten zu betrachten.«

Nun, ich war selber in der Ära von Mary J. Holmes großgeworden, aber ich hielt es deswegen nicht für notwendig, ihr

Vokabular zu verwenden. Und das um so weniger, als ich wirklich schockiert war von dem schrecklichen Szenario, das sein widerlicher Satz heraufbeschwor. Ich konnte Ina Harrigan regelrecht vor mir sehen, wie sie sich mit wirren, geschmeidig schwarzen Haaren über den Körper im Fahrstuhl beugte, mit ihrem grausamen und lüsternen Purpurmund, ihren gierigen aquamarinfarbenen Augen, und wie sie ihr meergrünes Negligé mit einer Hand zurückhielt, damit es nicht in die sich ausbreitende Blutspur fiel. Sie hätte eine Art Klytämnestra-Ausdruck auf ihrem Gesicht gehabt, hätte schnell geatmet, ihr Mund hätte sich geöffnet, und das Stück Kaugummi wäre – *Nein!* Das paßte nun überhaupt nicht ins Bild. Ich konnte mir Ina Harrigan beim besten Willen nicht vorstellen, wie sie den Mund offenstehen ließ, so daß ein Stück Kaugummi herausfallen konnte. Ellen brächte das ohne weiteres fertig, aber nicht Ina Harrigan.

»Quatsch, Geliebter!« entfuhr es mir. »Wenn Sie den jungen Ladd verhaften, weil er zur Tatzeit im Krankenhaus war, sich mit Dr. Harrigan gestritten hat, und wegen eines lächerlichen Stücks Kaugummi, dann machen Sie einen bedauerlichen Fehler. Sowieso weist der Kaugummi auf Mrs. Harrigans Schuld hin, nicht auf die des jungen Ladd.«

»Vielleicht hat sie ihm geholfen. Oder sie gab ihm einen Kaugummi«, meinte Sergeant Lamb schelmenhaft. Und als ich kurz lächelte und Dr. Kunce beleidigt aussah, sagte Sergeant Lamb: »Warum sollte sie es nicht getan haben?«

»Nehmen Sie mein Wort dafür. Sie hat es nicht getan«, sagte Dr. Kunce kurz.

»Mag sein. Aber schauen Sie mal, Dr. Kunce, ist Ihnen schon aufgefallen, daß Sie ziemlich oft von mir erwarten, daß ich mich auf Ihr Wort verlasse?« Sergeant Lambs hellblaue Augen nahmen jenen scharfsichtigen Ausdruck an, den ich langsam zu respektieren begann. »Sehr oft. Vielleicht komme ich deshalb nicht weiter.«

»Was wollen Sie damit sagen?« Dr. Kunces sanfte Stimme bekam einen verärgerten Unterton. »Habe ich während der letzten drei Tage etwa nicht meine ganze Zeit diesem Problem gewidmet? Habe ich Sie daran gehindert, Ihre Nachforschungen zu betreiben? Habe ich Ihnen nicht jede denkbare Unterstützung zuteil werden lassen?«

»Oh, sicher, Doc«, sagte Sergeant Lamb, noch immer mit jenem scharfsichtigen Ausdruck. »Ich beklage mich ja auch nicht. Ich denke nur –«

»Ein Herr möchte Sie sehen, Dr. Kunce«, sagte Ellen, die unversehens in der Tür erschien.

Der Herr trat an ihre Seite und erwies sich als ein gewisser Thomas Wepling, Ina Harrigans Anwalt, ein kleiner, schmächtiger Mann von etwas mehr als fünfzig Jahren, grauhaarig und sehr gepflegt und adrett in seinem grauen Anzug, trotz der Hitze. Er trug eine Brille mit breiten Rändern und ein schwarzes Trauerband, das ihm einen trügerischen Ernst und einen über alle Maßen bekümmerten Ausdruck verlieh. Angesichts der Wirkung, die er erzeugte, hätte er ebensogut eine Bombe in einer seiner Jackentaschen tragen können.

»Dr. Kunce«, begann er unvermittelt, »ich muß unbedingt Mrs. Harrigan sprechen. Dr. Harrigans Begräbnis ist morgen, wie Sie wissen, und ein paar Verwandte sind angereist. Auf ihren Wunsch, und mit Mrs. Harrigans Einverständnis, habe ich das Testament geöffnet, obwohl das vor der Beerdigung nicht üblich ist. Aber Dr. Harrigan hat ein beträchtliches Vermögen hinterlassen, wissen Sie, und ich ... ähh ... nehme an, einige Leute haben sich Sorgen gemacht. Ich muß Mrs. Harrigan unverzüglich sehen.«

»War etwas Ungewöhnliches im Testament?« fragte Sergeant Lamb nach einem kurzen Augenblick der Stille.

Mr. Wepling fuhr sich mit einem violetten Taschentuch, das nach Veilchen roch, über sein graues Haupt und sagte: »Äußerst ungewöhnlich. Äußerst ungewöhnlich.«

»Darf man fragen, ob ... ähh ... ob es für Mrs. Harrigan ein Schock sein könnte?« erkundigte sich Dr. Kunce mild und verbarg dabei seine Neugier.

»Sagen wir«, antwortete der Anwalt vorsichtig, »sie wird sich nicht darüber freuen.«

Er hatte denselben Ausdruck eines Patienten auf seinem Gesicht, wenn er sagt: »Wenn ich diese bittere Medizin schon schlucken muß, dann lassen Sie's uns hinter uns bringen.« Er fragte: »Kann ich sie jetzt sehen?«

Als Dr. Kunce sich umdrehte, um wieder zu Mrs. Harrigans Zimmer zu gehen, hielt ihn Mr. Wepling nervös am Arm fest und sagte:

»Sollte die Krankenschwester nicht besser auch mitkommen? Es könnte Mrs. Harrigan stark mitnehmen, da sie schon krank ist.«

Dr. Kunce nickte mir kurz zu, und ich folgte ihnen. Dione Meladys Tür stand offen, und Licht brannte über dem Bett. Sie richtete sich in ihren Kissen auf, und der Ventilator, der direkt auf sie blies, versetzte ihr helles Haar und die Zeitung, die sie las, in Bewegung. Der Verband war von ihrem Hals entfernt worden, und die schwarzblauen Würgemale waren deutlich zu sehen. Court Melady war auch dort. Er saß in einem der Korbstühle am Fenster. Unten in der Halle sah ich Nancys weiße Tracht in einem Krankenzimmer verschwinden. Ellen brütete völlig absorbiert über einem Krankenblatt, ein Polizist stand beim Fenster am Ostende des langen Flurs, und Lilian Ashs weiße Haube war für eine Sekunde über der Stellwand an der Zimmertür ihres Patienten zu sehen, als wir wieder in Ina Harrigans Zimmer traten.

Falls sie sich freute, uns so bald wiederzusehen, gelang es ihr, dies erfolgreich zu verbergen. Sie sagte in nicht sehr angenehmem Ton:

»Nun, was ist jetzt los?«

»Verehrte Mrs. Harrigan«, begann der Anwalt nervös, »mir

ist eine sehr unangenehme Pflicht aufgetragen worden. Äußerst unangenehm. Wirklich, es ist sehr unangenehm.«

»Und, worum geht es?« Ihre volle, tiefe Stimme war jetzt rauh, und in ihren aquamarinen Augen, die sich unter ihren geraden, dicken Augenbrauen rasch verengt hatten, war deutlich Besorgnis auszumachen. Ihre weiße Nase sah noch dünner aus, ihre Wangenknochen eckiger. »Was ist los? Haben Sie das Testament geöffnet?«

»Nun, eigentlich ... äh ... ja. Ich habe das Testament geöffnet und gelesen. Deshalb ... ähh ... bin ich hier.« Er begann in seiner Innentasche herumzufummeln und nahm die Bombe heraus, die säuberlich gefaltet war und in einem länglichen, gelben Umschlag steckte, über den mehrere Gummibänder gestülpt waren, als hätte der Anwalt einen – wie sich herausstellen sollte, vergeblichen – Versuch unternommen, den explosiven Inhalt unter Verschluß zu halten. Während er den Umschlag in seiner Hand hielt, nahm er die Brille ab und begann, sie mit seinem Taschentuch zu polieren. Die Spannung war nicht zu ignorieren. Ina Harrigan saß kerzengerade im Bett und zeigte ein gutes Stück ihres Spitzennachthemds, das der Stenograph, der hinter uns hergetrottet war, interessiert musterte. Sergeant Lambs Augen, dessen Gesicht feucht und schwitzig aussah, und die von Dr. Kunce, der sich über den Bart strich, waren fest auf den Umschlag gerichtet.

»Nun machen Sie doch endlich vorwärts«, sagte Ina Harrigan schließlich, als Mr. Wepling zum vierten Mal auf eines seiner Brillengläser hauchte, ohne das gewünschte Resultat zu erzielen. »Sie brauchen es mir nicht vorzulesen. Sagen Sie mir einfach, was drin steht. Was ist los? Hatte mein Mann nichts, was er mir hinterlassen konnte? Hat er alles verschleudert?«

»Das nicht, nein«, sagte Mr. Wepling. »Es ist eine ansehnliche Hinterlassenschaft. In der Tat, eine ansehnliche Hinterlassenschaft. Beträchtliche Werte in Obligationen. Ein ganz schönes Vermögen. Doch, ein ganz schönes Vermögen.«

»Also, was haben Sie sich dann so?« sagte Ina Harrigan und sah erleichtert aus. »Wenn er so viel hatte, besteht kein Grund zur Sorge. Ich hatte schon Angst, er hätte alles verloren.«

»Er hatte sehr viel Geld«, sagte Mr. Wepling gequält. »Sehr viel. Aber, verstehen Sie – also, das Problem ist – also, er hat es nicht Ihnen vermacht.«

Mit einem ungläubigen Schnappen nach Luft sprang Ina Harrigan aus dem Bett.

Der Stenograph gab einen kreischenden Laut von sich und floh in den Flur. Sergeant Lamb lief hellrot an, und ich ergriff ein aquamarinfarbenes Stück Chiffon, das über dem unteren Bettrand lag, und warf es Ina Harrigan über die Schultern, während sie mit pantherhaften Schritten auf den Anwalt zuging. Sie krallte sich wie von Sinnen an ihrem Nachthemd fest, und Mr. Wepling wich ein paar Schritte zurück.

»Warten Sie doch, Verehrteste! Warten Sie! Lassen Sie mich erklären! Warten Sie!«

Sie blieb stehen. Sie hatte ihr Nachthemd, das gezittert und gebebt und fast wie ein peitschender Schwanz ausgesehen hatte, auf dem Boden hinter sich hergezogen.

Ich glaube nicht, daß Anwalt Wepling die Situation besonders genoß. Er sah extrem unglücklich aus, schielte ängstlich zur Tür, wo sein Fluchtweg lag, und seine gepflegten Hände fummelten nervös am Umschlag herum. Als sie schroff »Nun?« sagte, schluckte er leer und begann, sehr schnell zu sprechen, wobei er zuerst seine Unschuld beteuerte.

»Ich habe nichts von all dem gewußt. Glauben Sie mir, Mrs. Harrigan, ich habe nichts gewußt. Ich hatte Dr. Harrigan viele Male vorgeschlagen, er solle sein Testament in ordentlicher Weise festhalten, und er gab mir jeweils zu verstehen, daß das noch geschehen werde. Er hat dieses Testament nie erwähnt, und ich wußte nichts davon, bis ich es in seinen Papieren fand, gleich nach dem Mord. Ich habe es bis heute nicht geöffnet. Es wurde vor langer Zeit verfaßt. Vor vielen Jahren.«

»Wer –«

»Das Testament weist seinen ganzen Besitz seiner ersten Frau zu.«

Es war absolut still. Ina Harrigan verharrte reglos. Der Anwalt begann sehr aufgeregt wieder zu sprechen:

»Es wurde vor ein paar Jahren verfaßt. Vor der Scheidung von seiner ersten Frau. So weit ich sehe, existiert kein anderes Testament. Natürlich können wir für Sie einen Teil beanspruchen, aber die Hauptmasse der Hinterlassenschaft geht an seine erste Frau – wenn sie noch lebt.«

»O, sie lebt noch«, sagte Ina Harrigan. Sie war plötzlich in eine finstere, brütende Stille versunken. Sie ging langsam zum Bett zurück, setzte sich auf dessen Kante und starrte auf den Boden. Sie war nicht der Typ Frau, der mit Wutausbrüchen Zeit verloren hätte, obwohl ich wußte, daß sie außer sich vor Zorn war. Es war für sie sofort eine Frage der Zweckmäßigkeit, was als nächstes zu tun sei. Ich meinte ihr anzusehen, wie sie den einen oder anderen Plan wälzte.

»Und Sie sind sicher, daß es kein anderes Testament gibt?«

»Es tut mir leid, Mrs. Harrigan«, sagte der Anwalt mit einem dünnen Lächeln um den Mund, das von seiner Nervosität herrührte. »Ich bin sicher, daß es kein anderes gibt. Wir haben in seinem Bankschließfach nachgeschaut, in seinem Safe zu Hause und in seinen Büroräumen – wir haben eine ausgedehnte Suchaktion durchgeführt.«

»Da gibt es überhaupt nichts zu lachen«, sagte sie eingeschnappt und warf ihm einen vernichtenden Blick zu. Ihre linke Hand grabschte nach einer Zigarette, die sie mit einer automatischen Bewegung anzündete und dabei eine erstaunliche Geschicklichkeit im Gebrauch ihrer linken Hand offenbarte, und sie begann zu rauchen, während sie durch den dünnen Rauchschleier düster auf den Boden starrte.

»Sie werden dieses Testament für ungültig erklären«, sagte sie.

»Aber – es ist absolut rechtmäßig, in jeder Beziehung. Ich

kann Ihren gesetzesgemäßen Pflichtteil für Sie herausholen, aber mehr kann ich nicht tun. Das Testament weist keinerlei rechtliche Mängel auf.«

»Nun, dann ist es Ihre Aufgabe, einen Mangel zu finden«, sagte sie, ohne sich die Mühe zu machen, ihn anzuschauen. Ihre Stimme war tief und rauh, wie ein kehliges Schnurren.

»Ich ... ähh ... wenn ich fragen darf, Sie haben gesagt, seine erste Frau lebe noch. Wissen Sie zufällig, wo sie ist?« fragte Mr. Wepling schüchtern und schaute seine Mandantin unsicher an, verständlicherweise.

»Ja, ich habe gesagt, daß sie noch lebt. Ich hätte es wahrscheinlich erfahren, wenn sie gestorben wäre. Er hätte vermutlich davon gehört und hätte es mir gesagt. Ich weiß nichts von ihr, außer daß er sie abscheulich behandelt hat. Er hätte es nie gewagt, mich so zu behandeln. Aber ich hatte auch keine Angst vor seinen Wutausbrüchen, wie sie. Sie konnte nicht mit ihm umgehen, wie ich es konnte.«

»Sie muß benachrichtigt werden«, sagte Mr. Wepling besorgt. »Ihr Name ist –«

»Lilian«, unterbrach Ina Harrigan. »Lilian Irgendwas.«

»Richtig, jetzt fällt es mir wieder ein. Lilian Ash Harrigan –«

Ich glaube, jemand von uns stieß einen kleinen Schrei aus. Jedenfalls trat Sergeant Lamb sofort einen Schritt näher. Ina Harrigan sprang wieder auf die Füße und stand da mit zusammengekniffenen, kalt glitzernden Augen. Die Brille von Anwalt Wepling fiel herunter bis zum Ende des Brillenbandes, und sein Mund stand offen.

»Lilian Ash –«, flüsterte Ina Harrigan herb.

Ich war die erste, die etwas Verständliches sagte.

»Sie finden sie gleich auf der anderen Seite des Flurs, Mr. Wepling.«

Sergeant Lamb wirbelte seinen schlaksigen Körper herum und war im nächsten Augenblick durch die Tür verschwunden, wie ein Spürhund, der die Fährte aufnimmt.

»Sie lesen offensichtlich keine Zeitung, Mr. Wepling«, erklärte Dr. Kunce gelassen. »Es gibt eine Lilian Ash hier im Krankenhaus. Eine der Schwestern. Sie hat in der Untersuchung ausgesagt. Vielleicht ist es nicht dieselbe Lilian Ash. Wir werden das bald wissen.«

»Sie hat ihn umgebracht«, sagte Ina Harrigan auf extrem bösartige und unangenehme Art. »Sie hat ihn umgebracht. Sie wußte von diesem Testament. Sie wollte das Geld.« Sie sah nicht schön aus, wie sie da stand, wütend, mit den geschminkten Lippen, die ihre Zähne entblößten, mit ihrer weißen, dünnen und grausamen Nase und ihren juwelenartigen Augen, die das Licht auf höchst unheimliche Weise reflektierten.

»Es ist vielleicht gar nicht dieselbe Lilian Ash«, wiederholte Dr. Kunce besänftigend, obwohl ich wieder diesen nachdenklichen Blick in seinen Augen sah, als er Ina Harrigan betrachtete. Ich wage zu sagen, daß das deutsche Blut in Dr. Kunce ihm einen Hang zum häuslichen Leben verlieh, und Ina Harrigan zur Frau zu haben wäre ungefähr so friedlich, wie einen geschmeidigen und gesunden jungen Panther in die Arme zu nehmen.

»Wie lange arbeitet sie schon hier?« fragte Mrs. Harrigan plötzlich.

»Ungefähr drei Monate.«

»Was macht sie hier? Hat Leo ihr eine gute Stelle verschafft?«

»Nein, sie arbeitet als Krankenschwester. Sie ist eine ausgebildete Krankenschwester. Aber Dr. Harrigan hatte nichts damit zu tun, daß sie hierher kam. Sie hat ihre Zeugnisse eingereicht, wurde eingestellt und hat seither Privatpatienten gepflegt.«

»Aber er wußte, daß sie hier war. Er hat wohl wieder mit ihr geschlafen.«

»Nein, nein, Mrs. Harrigan. Ich bezweifle sehr, daß er sie mehr als nur auf dem Korridor gesehen hat. Und ich kann mich nicht daran erinnern, daß sie ihm je assistiert hat.«

»Das ist richtig, Dr. Kunce«, sprang ich ein. »Ich glaube, sie versuchte ihm auszuweichen. Sie hat sogar –« Ich hielt abrupt inne. Es war nicht nötig, die arme Frau in Schwierigkeiten zu bringen. Und Sergeant Lamb hatte ja gehört, was Ellen gesagt hatte. Die harmlose Bemerkung, die Ellen gemacht hatte, wurde nun zur äußerst belastenden Aussage: *»Ich glaube, Lilian Ash hat Angst vor Dr. Harrigan.«* Wenn sie tatsächlich Dr. Harrigans geschiedene Frau war, die nach B. zurückgekommen war und sich ihren Lebensunterhalt als Krankenschwester im selben Krankenhaus verdiente, in das er die meisten seiner Fälle brachte, war es kein Wunder, daß sie Angst hatte. Vor allem, wenn sie auf ihren Verdienst angewiesen war, woran ich nicht zweifelte. Dr. Harrigan hatte stets zu gewalttätigen und unüberlegten Wutausbrüchen geneigt, und ich kann mir wenige Dinge vorstellen, die ihn mehr in Rage gebracht hätten, als herauszufinden, daß seine Ex-Frau direkt unter seiner Nase arbeitete und lebte. Die Kommentare, die Neugier und das Geschwätz der Leute wären ihm äußerst unangenehm gewesen. Es schien mir wahrscheinlich, daß die arme Lilian Ash ganz einfach bestrebt gewesen war, seiner Aufmerksamkeit zu entgehen, um einfach ihr tägliches Brot zu verdienen. Und vielleicht war es ja gar nicht dieselbe Lilian Ash.

Aber sie war es.

Sie gab es sofort zu. Später war ich mir sicher, daß sie ganz einfach überrascht worden war, und da sie mit den Nerven nach den Belastungen der letzten Tage völlig am Ende war, hatte sie nicht einmal versucht, Sergeant Lamb davon zu überzeugen, nicht Dr. Harrigans lange geschiedene Ehefrau zu sein. Oder vielleicht merkte sie, daß sie sich ohnehin eines Tages zu erkennen geben mußte, wenn sie das Erbe antreten wollte, das ihr zukam und das sie so bitter nötig hatte, und daß es später ungeheuer schwierig werden würde, wenn sie jetzt nicht zu ihrer wahren Identität stand. Was immer ihr Motiv war oder auch nicht war, sie gab jedenfalls zu, daß sie seine erste Frau war.

»Er war ein Teufel«, sagte sie, mit absolut verblüffender Einfalt – einer Einfalt, die ergreifend ehrlich war. Und dann wiederholte sie die Worte, die ich sie damals bei der Fahrstuhltüre so kurz nach dem Mord hatte sagen hören. »Er war noch so lebendig. So vital«, und ihr Blick wanderte hilflos von Sergeant Lamb zum Anwalt und dann in Ina Harrigans Zimmer umher.

»Sie haben ihn also umgebracht«, sagte Ina Harrigan. Die seltsame kleine Szene vor meinen Augen hielt mich in ihrem Bann. Die beiden Ehefrauen starrten sich an, jede so typisch für ihre Zeit und Generation. Lilian Ash hatte wohl genau dem Schönheitsideal entsprochen, das zu ihrer Zeit gefragt war – das Haar gewellt und toupiert, den Busen hochgedrückt, runde Hüften und das Korsett bis zum Ersticken zugeschnürt. Und Ina Harrigan war ein Kind ihrer Zeit – schlank, aufregend korsettlos, ihre Gefühle bewußt steuernd, wo Lilian Ash sentimental geworden wäre, ironisch, wo Lilian Ash insgeheim skeptisch gewesen wäre, beide sehr weiblich, beide selbstsüchtig und ziemlich gefühllos, und beide hatte Dr. Harrigans kraftvolle, gebieterische Persönlichkeit angezogen; eine Persönlichkeit, die im einen Moment auf derbe Art gutgelaunt und liebenswürdig war und im nächsten Moment brutal leidenschaftlich. Er konnte wirklich wahre Tobsuchtsanfälle kriegen. Von seinen zärtlicheren Seiten wußte ich nichts, und sie haben mich auch nie interessiert; ich wußte lediglich, daß er bis zu seinem Ende immer ein Auge hatte für das, was er »eine hübsche Frauenfigur« genannt hätte. Ich habe ihn das mehr als einmal sagen hören.

»Ich habe ihn nicht umgebracht«, sagte Lilian. Sie sagte es leise und kraftlos, ohne eine Spur der unverfrorenen, entschlossen jugendlichen Art, die sie sonst zur Schau stellte. Später wußte ich, was sie so verhärmt gemacht hatte, so erschlafft, was ihr diesen geschlagenen, alten Ausdruck verliehen hatte, aber im Augenblick wuchs dadurch nur mein stiller

Verdacht gegen Lilian Ash. »Ich bin ihm immer ausgewichen. Er wußte nicht einmal, daß ich im Krankenhaus war. Bis ...« – sie stockte – »... bis zur Nacht seines Todes. Wir trafen uns zum erstenmal seit fünfzehn Jahren. Aber umgebracht habe ich ihn nicht.«

Gerade in diesem Moment, und sehr zu meinem Ärger, erschien Ellen an meiner Seite mit der atemlos geflüsterten Nachricht, daß 301 aus seinem Bett gestiegen sei und im Nachthemd auf den Korridoren umherirre, auf der Suche nach einem kühleren Platz zum Schlafen, und weder sie noch Nancy hätten ihn daran hindern können. Ich mußte also gehen.

Sobald ich im Flur auftauchte, ging 301 ohne Umstände zurück in sein Zimmer und beklagte sich bloß noch murmelnd, daß es im Flur kühler sei. Aber als ich ihn im Bett hatte, sah er mich an und sagte:

»Ich will einen Polizisten.«

»Sie wollen – *was*!«

»Ich will mit einem Polizisten sprechen. Ich will –« Er griff vorsichtig unter sein Kissen und zog eine Zeitung hervor. »Ist ja egal, wie ich zu dieser Zeitung gekommen bin«, warf er ernst ein. »Ich wußte, daß irgend etwas los war hier. Und ich will diesen Polizisten sehen. Diesen Sergeant Lamb. Ich habe« – fuhr er fort, wobei er sich zurücklehnte und mich irgendwie triumphierend anschaute – »ich habe ihm etwas mitzuteilen. Ich weiß etwas. Etwas Wichtiges.«

Und es war wichtig.

Nachdem ich vergeblich versucht hatte, ihn dazu zu bringen, es mir zu sagen, und nachdem ich ungeduldig gewartet hatte, bis die anderen aus dem Zimmer von Ina Harrigan kamen, und als ich Sergeant Lamb endlich in Zimmer 301 gebracht hatte, mit Dr. Kunce und dem Stenographen im Schlepptau, stellten wir fest, daß es wichtig war. Sehr wichtig.

Denn er hatte Kenwood Ladd gesehen, wie er genau um zwanzig Minuten nach Zwölf aus der Fahrstuhltüre trat.

»Das nagelt den Sarg zu«, rief Sergeant Lamb aufgeregt. »Wir haben es geschafft, Dr. Kunce. Wir haben unsern Mann. Ich werde ihn sofort verhaften lassen.«

Laut des Zeugen hatte es sich so abgespielt:

»Es war heiß in jener Nacht«, sagte er. »Und ich dachte, im Flur könnte es kühler sein. Also wartete ich auf meine Chance hinauszugehen, wenn die Krankenschwestern zum Nachtessen gehen würden. Aber jedesmal, wenn ich nachschaute, schien jemand im Flur zu sein. Ich sah Dr. Harrigan das Rollbett mit seinem Patienten darauf zum Fahrstuhl bringen, genauso, wie es Miss Brody erzählt hat, und dann trippelte Miss Brody andauernd hin und her, also ging ich zurück in mein Bett. Aber es war nicht zum Aushalten. Schließlich stand ich wieder auf, ging zur Tür und spähte hinaus. Und ich sah diesen Kenwood Ladd bei der Fahrstuhltüre stehen, seine Hand am Türknopf! Und als ich wieder hinschaute, huschte er zum Treppenhaus und ging nach oben. Und im selben Augenblick kamen Miss Keate und Miss Page und eine andere Schwester in den Flur, von der Treppe her, die nach unten führt. Also habe ich ... äh ... beschlossen, wieder zu Bett zu gehen. Und wenn sie nicht versucht hätten, den Mord vor den Patienten geheimzuhalten, hätte ich es Ihnen schon längst gesagt.«

»Warum wissen Sie, daß es Kenwood Ladd war?«

»Da, sein Bild ist in der Zeitung.«

»Die Distanz war ziemlich groß, und die Hallen waren nicht beleuchtet«, sagte Dr. Kunce.

»Er kam unter dem Licht des Stationstischs vorbei«, sagte 301. »Und ich bin weitsichtig.« Was stimmte.

»Woher haben Sie diese Zeitung?« fragte Dr. Kunce, wie immer auf seine Hausregeln bedacht.

»Sie erwarten hoffentlich nicht, daß ich das sage«, sagte 301 schelmisch. »Ich möchte noch weitere auf demselben Wege erhalten.«

Schließlich gingen sie aufgeregt den Flur entlang, und ich

konnte sie verhalten diskutieren hören, bis sie ins Treppenhaus einbogen und außer Sichtweite waren. Selbst die Sache mit dem Kaugummi und die überraschende Entwicklung bezüglich Lilian Ashs Identität waren angesichts dieser neuen Beweislage untergegangen.

Ich hoffte, 301 würde nun wie ein guter Christ im Bett bleiben, und ging langsam den heißen, stillen Flur entlang. Ich stellte fest, daß keine Signallichter brannten, daß die Tür zu Ina Harrigans Zimmer geschlossen war und daß Court Melady noch immer in Diones Zimmer saß, dann ging ich zur Diätküche. Es fiel mir auf, daß das Licht an war und die Tür halb offen stand, also stieß ich sie weiter auf. Wie die anderen Schwestern hatte ich kein Verlangen danach, in einen Raum einzutreten, selbst wenn er beleuchtet war, ohne zuerst einen erkundenden Blick hinein zu werfen. Ich war jedoch in keiner Weise vorbereitet auf das, was ich sah.

Kenwood Ladd persönlich stand vor dem Gasofen. Er hielt ein Mädchen fest umschlungen. Er küßte das Mädchen, und das Mädchen war Nancy. Es sah so aus, als küßten sie sich zum erstenmal. Sie standen aneinandergepreßt da, Mund auf Mund, Knie an Knie, Körper an Körper, als ob sie zusammengeschweißt wären. Sie sprachen nicht, bewegten sich nicht, schienen nicht zu atmen – im Grunde genommen waren sie gar nicht mehr auf dieser Welt.

Ich dumme alte Jungfer zog mich so leise zurück, wie ich gekommen war, war immer noch durstig und hatte einen Kloß im Hals. Dann mußte ich doch lächeln beim Gedanken daran, wie Sergeant Lamb wütend entschlossen davongestapft war, um Kenwood Ladd verhaften zu lassen, und Kenwood Ladd, der seinem Beschatter offensichtlich entwischt war, hielt sich ohne sein Wissen im Ostflügel auf. In der Diätküche, an der Sergeant Lamb gerade vorbeigegangen war. Und küßte Nancy. Nancy. Und Kenwood Ladd – dieser Gedanke ernüchterte mich wieder – Kenwood Ladd und die überwältigende Beweislast, die gegen ihn sprach. In Kürze würde die Polizei ihn suchen, jagen und ins Gefängnis werfen. Und vielleicht – zu recht.

Mechanisch machte ich mich daran, meine Patienten für die Nacht vorzubereiten. Ich sah Kenwood Ladd nicht gehen, aber er konnte nicht lange mit Nancy in der Diätküche geblieben sein, denn kurz darauf sah ich sie ihrer Arbeit nachgehen.

Ich hatte das Gefühl, die verschiedenen Sonderwünsche unserer Patienten seien diesmal überhaupt nie zu befriedigen, aber schließlich wurde es ruhig und schläfrig im Flügel. Nachdem der letzte aufgedrehte Patient endlich in den Schlaf gesunken war – kein einziges Signallicht brannte und Ellen saß am Stationstisch und war mit Nichtstun beschäftigt –, kamen mir meine verlorenen Notizen wieder in den Sinn.

Diese Notizen. Wenn Nancy sie wirklich genommen hatte, war jetzt der Zeitpunkt gekommen, mir Gewißheit zu verschaffen.

Der Polizist, der beim Treppenhaus saß, schaute mich finster an, als ich an ihm vorbeihuschte, machte aber keine Anstalten, mich aufzuhalten. Ich weiß noch, wie mich in der dunklen Halle des Schwesternschlaftrakts das Gefühl, beobachtet und sogar verfolgt zu werden, mit solcher Heftigkeit befiel, mit solch greifbarer Bedrohung, daß ich fast kehrtgemacht hätte. Ich wäre wohl umgekehrt, wenn Nancys Zimmer nicht näher gewesen wäre als die Treppe. Ich fing tatsächlich zu rennen an, und mein Rock raschelte und rauschte im dunklen Flur. Sobald ich in Nancys Zimmer war, schloß ich die Tür ab. In weniger als fünf Minuten hatte ich meine Notizen gefunden. Sie hatte sie unter die Schreibunterlage auf ihrem Pult geschoben. Ich sollte vielleicht sagen, daß ich sie nie gefragt habe, warum sie sie gestohlen hatte. Ich brauchte nicht zu fragen.

Und dann fand ich noch die Schnupftabakflasche.

## 14

Sie war unter dem Teppich vor ihrem Schreibpult. Es war ein glücklicher Zufall, daß ich mit dem Fuß daran stieß und mich bückte, um nachzusehen. Keine Stunde später drangen einige Polizisten aus dem Polizeihauptquartier, die das Krankenhaus noch einmal durchkämmten, bis in den Schlaftrakt der Schwestern vor, und am folgenden Morgen, als ich vom Nachtdienst kam, fand ich mein Zimmer durchwühlt vor. Ich nehme an, die Idee war, das ganze Krankenhaus zu durchsuchen; ein monumentales Vorhaben, und in meinen Augen ein idiotisches, wenn sie die chinesische Schnupftabakflasche zu finden hofften oder das Stück Papier, auf dem die Formel für Slaepan festgehalten war, das sehr klein sein mußte und leicht zu verstecken war. Aber vielleicht ist es falsch zu sagen, daß es idiotisch gewesen wäre, nach der chinesischen Schnupftabakflasche zu suchen, denn sie hätten sie in Nancys Zimmer sicher gefunden. Was die lavendelfarbene Wärmflasche betrifft, die in meinem Zimmer offen sichtbar über dem Schuhgestell hing, so hatten ihr die Polizisten offensichtlich nicht mehr als einen flüchtigen Blick geschenkt. Jedenfalls war mein kleines Versteck samt Inhalt am Tag nach der Hausdurchsuchung noch vorhanden.

Ich weiß noch, wie ich nach dem ersten schmerzlichen Schock des Wiedererkennens, als ich die glatte Oberfläche der chinesischen Schnupftabakflasche berührte, sie unter dem Teppich hervorzog und ihr delikates, reiches Blau mit den kleinen Goldsprinkeln darauf sowie den Turmalinverschluß bestaunte, diesen Verschluß und das daran befestigte Elfenbeinlöffelchen herauszog und in einem vergeblichen Versuch die Augen zusammenkniff, in die Flasche hineinzuschauen und die Formel zu finden. Natürlich sah ich nichts, also nahm ich eine lange Nadel aus Nancys Ankleidetisch und experimentierte damit, bis ich endlich überzeugt war, daß nichts in der Flasche drin war, kein Stück Papier mit irgendeiner Beschreibung. Sie hatte die Formel also herausgenommen, und ich hatte keine Ahnung, wo sie sie versteckt haben könnte. Ich erinnere mich, wie ich mich im Zimmer umschaute, aber nur halbherzig, denn ich war von meiner Entdeckung tief erschüttert und wünschte mir von ganzem Herzen, ich wäre nicht in Nancys Zimmer gegangen. Ich konnte schlecht die Augen davor verschließen, daß sie in diese häßliche Geschichte von Mord und Diebstahl verwickelt war.

Natürlich begann ich sofort mir mildernde Umstände auszudenken. Sie war, ohne es zu wollen, in die Sache verwickelt worden; sie war getäuscht oder überredet worden von – nun, von wem? Kenwood Ladd?

Ich wurde auf ein Geräusch auf dem Korridor aufmerksam, schlich zur Tür und neigte mich vor, um zu lauschen. Nichts bewegte sich, aber ich konnte deutlich jemanden atmen hören, schwer atmen, als ob er gerannt wäre, und er war nur durch die dünne Holztüre von mir getrennt.

Ich bestreite nicht, daß mich plötzlich eine schreckliche und irrationale Angst befiel. Das schlafende Krankenhaus, der abgedunkelte Schlaftrakt, die Isolation – wenn ich schrie, würde mich irgend jemand hören? Wie weit entfernt schlief jemand? Wessen Zimmer lagen in der Nähe? Mein eigenes, das von Miss Blane auf der anderen Seite der Halle, das Zimmer von Schwester Jones gleich nebenan – alles Schwestern, die Nachtdienst hatten.

Ich stand immer noch vorgebeugt da und versuchte, das Geräusch dieses schweren Atmens vom Pochen in meinen Ohren und vom verzweifelten Schlagen meines Herzens zu unterscheiden, als es mit einem Mal aufhörte – wenn es wirklich je existierte –, und ich hörte jemanden durch die Halle schreiten, das Rascheln von gestärkten Röcken und leises Stimmengemurmel. Meine Finger zitterten, aber ich schaffte es schließlich, den Schlüssel in der Tür zu finden, ihn im Schloß zu drehen und die Tür zu öffnen. Schwester Jones stand vor der Tür ihres Zimmers, und Miss Leming stand neben ihr. Die Brust von Schwester Jones' Tracht war hellrot gefärbt, und sie sagte, sie hätte das Gefäß mit dem Merkurochrom ausgeschüttet und müsse ihre Tracht wechseln. Miss Leming hatte sie begleitet, weil sie, Schwester Jones, vor den dunklen Korridoren Angst hatte. Beide waren ziemlich nervös, aber als ich sie fragte, sagten sie, sie hätten niemanden gesehen. Ich wartete, bis Schwester Jones eine frische Tracht zugeknöpft hatte, und ging dann mit ihnen in den dritten Stock zurück, wobei ich den dortigen Polizisten mit einem Gefühl der Erleichterung betrachtete, in das sich eine Spur Ärger mischte. Warum war er nicht da, wenn man ihn brauchte! Aber ich erzählte ihm nichts von meinem Erlebnis. Ich war mir nicht sicher, wieviel davon wirklich passiert war und wieviel ich meinen überspannten Nerven zuschreiben mußte.

Die Tabakflasche hatte ich natürlich mitgenommen. Ich hatte sie in den Ausschnitt meiner Tracht gesteckt, wo sie sich auf meiner Haut warm, hart und unheimlich anfühlte. Und dies war das einzige Mal, daß ich Sergeant Lamb absichtlich und sozusagen mit böser Absicht unfair behandelte. Ich beschloß ganz einfach, ihm nichts von der Schnupftabakflasche zu sagen, auch nicht wo ich sie gefunden hatte. Ich will mich nicht verteidigen, aber ich glaube, ich habe ein ebenso ausgeprägtes Pflichtgefühl wie jede andere durchschnittliche Frau, und ich brachte es schlicht nicht fertig, Nancy in diese scheußliche Geschichte zu verwickeln. Ich beabsichtigte aber, Lance O'Leary zu informieren, sobald er ankommen würde. Ich wußte, daß er umsichtig und gerecht sein würde. Und ich muß anfügen, daß ich mir, bis ich wieder im Ostflügel ankam, eine Erklärung zurechtgelegt hatte, wonach Nancy lediglich das Werkzeug von Kenwood Ladd gewesen war, wobei ich gar nicht erst versuchte, mir zu erklären, wie.

Mit all dem im Hinterkopf war das kurze Gespräch, das ich

gegen Mitternacht mit Nancy führte, fast wie eine Gerichtsverhandlung. Sie stieß zu mir, als ich am Stationstisch saß und so tat, als würde ich ein Aufnahmeblatt studieren, während ich in Wahrheit meine unheilvoll kurze Liste der Verdächtigen in rasend kreisenden Gedanken immer und immer wieder durchging.

»Sarah«, sagte sie, als sie direkt neben mir stand, und als ich zu ihr aufschaute, setzte sie sogleich hinzu: »Aber Sarah! Was ist los! Warum schaust du mich so seltsam an?«

Nancy des Mordes schuldig! Nancy einem Diebstahl Vorschub leistend! Als ich sie ansah, wußte ich, daß das Unsinn war.

Aber da war noch die Schnupftabakflasche. Was hatte sie mit der Formel gemacht? Ich beschloß in diesem Augenblick, daß, wenn Kenwood Ladd sie da hineingezogen hatte, er seine Strafe verdiente, und ich schwor mir grimmig, dafür zu sorgen, daß er sie erhielt.

Laut sagte ich:

»Du hast mich erschreckt. Ich habe dich nicht kommen gehört«, und rückte meine Haube zurecht, die bei meiner schnellen Bewegung nach links verrutscht war.

»Ist es nicht furchtbar«, sagte sie ziemlich nachdrücklich, aber immer noch mit einer gewissen Distanz. »Alle springen auf, wenn nur jemand niest. Aber nimm es nicht so tragisch, Sarah. Es ist nicht ganz so schlimm.«

Ich konnte es mir gerade noch verkneifen, mir Sergeant Lambs *Oh, wirklich?* anzueignen, und sagte statt dessen:

»Allerdings.«

»Nicht ganz so schlimm«, wiederholte sie leise, während sie ein Aufnahmeblatt suchte.

»Wo ist 301? Oh, hier ist er. Weißt du, daß dieser Mensch im Nachthemd durch die Korridore schlafwandelt? Hat er tatsächlich gemacht.«

»Und ob ich das weiß!« sagte ich ziemlich bitter. »Ich mußte ihn ins Bett zurückbringen.«

»Ich bin ihm nachgegangen, habe dann aber einen Moment angehalten, um ...« – sie hielt inne, wurde ziemlich rot und sagte: »in die Diätküche zu gehen.«

»Allerdings«, bemerkte ich vielsagend.

»Ja.« Sie ging weiter die Patientenkarten durch, dann ließ sie ihre Hände ruhen, sank mit einem kleinen Rascheln ihres weißen Rockes auf den Stuhl neben mir und sagte unerwartet:

»Sarah, er ist der liebste Mann, den Gott je gemacht hat. Und ich liebe ihn. Und er liebt mich.« Worauf sie die Augen schloß, als ob sie die Pracht alleine genießen wollte, die Hände unter dem Kinn verschränkte und lächelte, als ob es nichts anderes gäbe auf der Welt als die verzaubernde Erinnerung hinter ihren weißen Augenlidern.

»Ach, Sarah«, sagte sie sanft, »du kannst dir gar nicht vorstellen, was mir passiert ist.«

Und ob ich das konnte!

Ein Lieblingssatz von Ellen drängte sich unwiderstehlich auf meine Lippen.

»Mach dir bloß nichts vor«, hörte ich mich sagen und war davon ebenso schockiert und überrascht wie Nancy. Ihre Augenlider schnellten hoch, die Hände fielen ihr in den Schoß, und ich stand abrupt auf und ging davon. Bei all dem, was ich wußte, und – schlimmer noch – all dem, was ich vermutete, war es zuviel verlangt, dazusitzen und ihr zuzuhören.

Ich erledigte meine Pflichten in jener Nacht fast automatisch, während meine Gedanken von einem zum anderen sprangen: die chinesische Schnupftabakflasche, das Rätsel um Peter Meladys Tod, die gräßliche Vertauschung der Leichen, meine eigene Entdeckung in bezug auf den Kaugummi, die erschreckende Beweislast gegen Kenwood Ladd, mein Verdacht gegenüber Lilian Ash und die neue Erkenntnis, daß sie Dr. Harrigans Ex-Frau war. Arme Lilian Ash, die so verzweifelt versuchte, jung auszusehen, die Dr. Harrigan aus dem Weg ging, mit der schrecklichen Erinnerung an vergangene Grausamkeiten und Erniedrigungen – Erinnerungen, die sie zu vergessen versuchte –, die so bemüht war, ihren Kenntnismangel an modernen Pflegemethoden zu verbergen, aus Angst, ihre Stelle zu verlieren. Was für eine beißende Ironie, daß die ganze Zeit über ausreichend für sie gesorgt war durch Dr. Harrigans Testament. Vielleicht hatte sie es immer gewußt – vielleicht hatte sie es gewußt, war dieser heißen Nächte der Anstrengungen überdrüssig geworden – und hatte ihn umgebracht.

Lilian Ash, Kenwood Ladd – Dr. Kunce, Teuber, Ina Harrigan, Court Melady – müde ging ich immer wieder die kurze Liste mit Namen durch, bis sie schließlich eine Art Rhythmus ergaben, einen Gesang. Und doch verwarf ich jeden Namen, wenn ich ihn einzeln betrachtete.

So ging die Nacht vorbei – heiß, langsam, erschöpfend, mit den Polizisten im Flur und Nancy, die umherlief wie vom Glück betäubt, wenn sie auch, wie ich feststellte, trotz ihres schlafwandlerischen Zustandes bezüglich der dunklen Treppe oder der verschiedenen schwarzen Nischen keine Risiken auf sich nahm. Ellen stand mit weit aufgesperrten Augen bei jedem Schatten, der sich bewegte, Todesängste aus, hielt sich aber tapfer. Ina Harrigan war vermutlich verbittert; ganz sicher rachsüchtig – sie lag in den Kissen in 307, und ihr Hirn arbeitete pausenlos. Dione schlief, nahm ich an; oder sie lag wach, betastete die Würgemale an ihrem Hals, fürchtete sich bei jedem Schritt, den sie vor ihrer Tür hörte, und beschloß, gegen den Willen ihres Mannes die Geschichte zu erzählen, die ihr Beitrag zum Verwirrspiel sein sollte.

Lilian Ash hatte wohl nicht viel Schlaf gefunden hinter der Stellwand aus grünem Filz; ich weiß noch, wie erschöpft und blaß sie zum Nachtessen kam und kein Wort sagte, und ich kann mir vorstellen, wie sie sich in den langen, heißen Stunden der zweiten Schicht auf ihrer engen Pritsche drehte und wendete, wie sie hoffte und sich fürchtete. Und sich wunderte, ob ihre letzte, verzweifelte Anstrengung am Ende umsonst gewesen war.

Und ich ging meinen Verrichtungen nach, während meine Gedanken sich in einem Strudel von Unsicherheit, Sorge und Angst drehten, und die ganze Zeit hindurch spürte ich instinktiv, daß ich, Sarah Keate, in Gefahr war, einer Gefahr, die mich drängte, auf der Hut zu sein, schattige Stellen zu meiden, das Licht anzuknipsen, mich zu versichern, daß nichts im Halbschatten hinter dem Eisschrank war, nichts hinter dem Duschvorhang im Badezimmer, nichts hinter dem Bett im Krankenzimmer – auf der Hut zu sein, vorsichtig zu sein.

Endlich setzte die Morgendämmerung ein – scheinbar widerwillig, in heißem, grauem Dunst. Ein dumpfer Schmerz begann in meiner linken Schläfe zu pochen, und in meinem Ellbogen verspürte ich eine Art Jucken, das ich immer kriege, wenn ein Sturm aufzieht.

Die Tagesschwestern meldeten sich eine nach der anderen zum Dienst, erschöpft von der heißen Nacht. Sie sahen aus, als hätten sie nicht geschlafen. Nancy begleitete mich nach unten. Ich weiß noch, wie sie dabei sang, in einem hellen Sopran, der so leise war, daß er kaum lauter als ein Flüstern war, und doch sehr klar und gefühlvoll. Ich weiß sogar noch, was sie sang: *»Tief in meinem Herzen, Liebling, trag ich einen Traum von dir, in Sternenlicht getaucht, nach Rosen riecht er, Liebling, und nach Tau ...«* Dann schloß Miss Blane zu uns auf.

Sie hatte eine Zeitung hereingeschmuggelt und zeigte sie uns nach einem raschen Blick, der ihr bestätigte, daß Dr. Kunce nicht in der Nähe war. Das kleine Lied verstummte auf Nancys Lippen, und ich sehe sie noch vor mir, wie ihr Mund die Form ihres schwachen Lächelns behielt und sie plötzlich so gequält, aschfahl und bemitleidenswert aussah, als sie über Miss Blanes weiße Schulter starrte. Die Schlagzeilen prangten in großen Lettern über der ganzen Seite.

Kenwood Ladd war wegen Mordes an Dr. Leo Harrigan

verhaftet worden. Er war auf der Euclid Avenue Polizeistation in Gewahrsam und würde sich zu gegebener Zeit vor dem Geschworenengericht verantworten müssen. Es wurde ein Schuldspruch mit unmittelbarer Straffolge erwartet, so erdrükkend war die Beweislast gegen ihn.

Der Artikel ging mit einem Kompliment an die Polizei und den Bezirksanwalt weiter und lobte beide für ihr scharfsinniges und schnelles Vorgehen auf der Jagd nach dem Verbrecher. Irgendwo war auch erwähnt, daß der neue Chef des Morddezernates sich glücklich schätzen konnte, nach Hause zu kommen und seinen ersten Fall bereits bestens gelöst vorzufinden. Die Zeitung war offensichtlich gegen den Administrationswechsel.

Als ich eine Stunde später im Flur auf Dr. Kunce traf, fragte ich ihn, was er von der Sache halte.

»Sieht böse aus für den jungen Ladd«, sagte er, und auf mein Nachfragen hin erzählte er mir, daß es ein paar neue Beweise gab, von denen ich noch nichts gewußt hatte, obwohl auch das, was ich schon wußte, ziemlich eindeutige Schlüsse zuließ. Sein Alibi für die Nacht des Mordanschlages auf Dione Melady war zusammengebrochen, sagte Dr. Kunce. Der Arzt, den er in seine Wohnung gerufen hatte, hatte ausgesagt, erst kurz vor vier Uhr morgens angerufen worden zu sein, womit Kenwood Ladd genügend Zeit gehabt hätte, nach dem Anschlag auf Dione Melady nach Hause zu gehen und den Arzt anzurufen. Es sah wirklich böse aus, und ich merkte, daß ich mich automatisch auf sein Alibi verlassen hatte. Aber es stellte sich auch heraus, daß einer der Patienten auf der im ersten Stock gelegenen Männerstation, deren Fenster nach der Seitengasse hinter dem Krankenhaus hinaus liegen, etwas gesehen hatte. Er hatte wegen der Hitze keinen Schlaf gefunden, und ungefähr um zwölf Uhr dreißig – er wußte die genaue Uhrzeit, weil er kurz zuvor die Glocke gehört hatte, die zum Nachtessen rief – hatte er gedämpfte Schritte in der Seitengasse gehört, Schritte und ein schlurfendes Geräusch. Er hatte sich auf seine Ellbogen gestützt und aus dem Fenster geschaut. Im Schatten der Seitengasse war es zu dunkel, um irgend etwas deutlich zu sehen, aber er konnte schließlich die Gestalten von zwei Männern erkennen, von denen einer offensichtlich dermaßen betrunken war, daß ihn sein Kumpel praktisch tragen mußte. Sie waren bei der Kirche um die Ecke gestolpert, wobei der eine den andern quasi auf dem Boden hinter sich herzog. Für einen kurzen Augenblick fiel das Straßenlicht schwach auf sie, und man konnte sehen, daß der Mann, der den wahrscheinlich betrunkenen Mann stützte, einen hellen Anzug trug. Mehr sah er nicht. Und natürlich war es leicht gewesen nachzuweisen, daß Kenwood Ladd in der Mordnacht einen hellen Sommeranzug aus Tweed getragen hatte.

»Nichts davon läßt eindeutige Schlüsse zu«, sagte Dr. Kunce, »außer was 301 uns letzte Nacht gesagt hat. Der junge Ladd hat darauf geantwortet, daß er aus ... äh ... Mrs. Harrigans Zimmer und zum Fahrstuhl gegangen sei, um ihn wie gewohnt zu benutzen. Dann habe er aber Miss Page und Schwester Jones auf der Treppe gehört und es vorgezogen, anstatt auf den Fahrstuhl zu warten und gesehen zu werden, zur Treppe zu eilen und in den vierten Stock hinauf zu rennen. Klingt natürlich nicht sehr glaubwürdig. Könnte aber wahr sein. Wir wissen, daß er finanzielle Schwierigkeiten hatte. Vielleicht wollte er deshalb die Slaepan-Formel. Obwohl er sich bis jetzt weigert, das zuzugeben, und man bisher weder die Schnupftabakflasche noch die Formel in seinen Sachen hat finden können.«

»Aber weshalb sollte er Peter Meladys Leiche gegen die des Schwarzen ausgetauscht haben?«

Dr. Kunce zuckte mit den Schultern.

»Das wissen wir nicht. Er weigert sich bis jetzt zu gestehen, aber Sergeant Lamb rechnet mit einem Geständnis, noch bevor der Tag zu Ende ist. Sergeant Lamb meint, er habe es getan, um den Verdacht auf Peter Melady zu lenken.«

»Ich verstehe«, sagte ich langsam. »Vertraute darauf, daß jeder um die Feindschaft zwischen Dr. Harrigan und Peter Melady wußte. Wenn Peter Melady einfach verschwand, würde man vermuten, daß er der Mörder war. Die Leiche des Schwarzen konnte natürlich nicht so leicht identifiziert werden wie die von Peter Melady, wenn sie in der Kirche deponiert wäre. Dr. Kunce – ich bin sicher, daß Peter Melady ermordet wurde.«

»Aber warum, Miss Keate? Die Autopsie hat nichts Außergewöhnliches ergeben. Sein Herz hat ganz einfach aufgehört zu schlagen.«

»Extreme Aufregung könnte der Grund gewesen sein«, sagte ich kühl. »Jemand, der ihn aus dem Weg schaffen wollte, brauchte ihn nur so sehr aufzuregen, daß es seine Kräfte überstieg.«

»Unsinn, Miss Keate. Ihre Phantasie geht mit Ihnen durch. Ein Mord ist genug. Ich muß Sie zum Wohle des Krankenhauses bitten, das, was Sie soeben gesagt haben, nicht zu wiederholen. Sie haben keinen Grund für diese Behauptung, oder?«

»Gesunder Menschenverstand«, sagte ich schroff und wandte mich ab.

Der kommende Tag sollte noch sehr bedeutend werden. Zunächst einmal war er so heiß wie die vorangegangenen Tage auch und sehr ruhig. Das Thermometer in der Eingangshalle war mittags bis auf achtunddreißig Grad geklettert, was in unserem Teil des Landes fast Rekordtemperatur war, und das daneben hängende Barometer hatte unheilverkündend zu sinken begonnen. Es war ein düsterer Tag mit drückenden, hellgrauen Wolken, und es war sehr still, als würde er auf irgend etwas warten. Ich glaube, kein einziges Blatt bewegte sich.

Die Zeitungen, die irgendwie ihren Weg ins Krankenhaus gefunden hatten, machten großes Aufhebens um die Verhaftung Kenwood Ladds und ließen damit alle Einwohner wieder ruhiger durchatmen – falls sie überhaupt atmen konnten, denn die Luft war so dick und schwer, daß man bei der geringsten Anstrengung nach Atem ringen mußte. Nancy, die mit den blauen Ringen unter den Augen mittlerweile aussah wie ein armes kleines Gespenst und deren Verzückung sich in eine Tragödie verwandelt hatte, verschwand unmittelbar nach dem Frühstück.

Ich selber versuchte zu schlafen, sank aber nur in einen unruhigen Schlummer, wurde von Träumen geplagt und fand keine rechte Ruhe. Ich wachte in der Überzeugung auf, daß gerade jemand mit einem Schlüssel im Schloß meiner Tür gerasselt hatte. Niemand antwortete, als ich rief, aber ich glaubte, in der Halle ein paar flüchtende Schritte zu hören. Es waren nur meine Nerven, sagte ich mir, aber ich beschloß, daß es keinen Sinn hatte, einzuschlafen zu versuchen, solange es so heiß war. So heiß und schwül und furchtbar still.

Schließlich zog ich mich an, wobei mir jedes Kleidungsstück Mühe bereitete, fühlte mich von der lauwarmen Dusche überhaupt nicht erfrischt und wünschte, Frauen müßten nicht so viele Kleidungsstücke tragen. Ich versteckte die Schnupftabakflasche wieder in der Brustpartie meiner Tracht. Ich wurde das Gefühl nicht los, daß etwas auf mich wartete, mir drohte, und ich weiß noch, wie ich zum kleinen Kalender auf meinem Pult ging und mir ausrechnete, daß Lance O'Leary wohl kaum vor dem morgigen Tag ankommen würde, und diese Erkenntnis machte das Gefühl der Hilflosigkeit, das ich empfand, noch stärker. Ich weiß jetzt ganz genau, wie Hühner sich fühlen, wenn sie so verrückt durcheinanderflattern und Schutz suchen, sobald sich ein Schatten über sie legt. Sie sehen nur den fliegenden Schatten, nicht, wem er gehört. Es muß ja kein Falke sein, aber ihr Instinkt läßt sie flatternd Schutz suchen. Genau so fühlte ich mich. Es ist ein panisches Gefühl, das man nicht kontrollieren kann. Ich wußte, daß Peter Melady tot war und an diesem Morgen zum zweitenmal beerdigt wurde. Ich wußte, daß Kenwood Ladd in sicherem Gewahrsam war. Einer von beiden konnte Dr. Harrigan ermordet haben – mußte, wenn ich es genau betrachtete. Ich wußte, daß der tote Schwarze wirklich tot und bestattet war und unmöglich die Korridore durchstreifen konnte. Und doch hätte ich mir am liebsten meinen weißen Rock über den Kopf gezogen und mich unter dem Bett verkrochen, genau so, wie ein Huhn seine Federn sträubt und unter eine Hecke kriecht.

Gegen Mittag ging ich nach unten. Unterwegs traf ich Fannie Bianchi. Ihre Tracht war fleckig, sie sah müde und überhaupt nicht respektlos aus. Sie zog mich von der kleinen Gruppe Schwestern auf dem Treppenabsatz weg, schaute sich vorsichtig um und flüsterte:

»Wir hatten heute morgen zwei Operationen. Dr. Kunce hat operiert. Und hören Sie sich das an, Sarah. Wir hatten gerade den Letzten mit dem Schwamm abgewischt und fertig gemacht, und Dr. Kunce nähte gerade die Wunde zu. Ich stand an der Kopfseite des Patienten und hielt den Ätherkegel, da sah ich mich etwas um. Die Instrumentenkästen lagen mir direkt gegenüber, wissen Sie, und ich begann mich zu fragen, ob nichts fehlte. Und« – sie blickte noch einmal schnell über ihre Schulter und beugte sich näher zu mir – »und nachdem der Patient weg war und der Operationssaal gereinigt wurde, nahm ich die Checkliste hervor. Und Sarah, es fehlt wieder ein Messer. Eines der länglichen, gebogenen Bistouries; wissen Sie, die mit der scharfen Kante an der Innenseite der Krümmung. Und ich wüßte gerne, wo das Ding hingekommen ist.«

Die kleine Gruppe Schwestern verschwand gerade tuschelnd um die Ecke beim Treppenhaus. Von unten, vom Korridor des ersten Stocks, hörte man etwas auf einem Lunch-Tablett klimpern. Miss Bianchis Tracht roch nach Äther, daß einem übel werden konnte. Über und unter uns waren undeutlich die Schatten der Treppe erkennbar. So heiß. So still.

Dann sagte sie, immer noch flüsternd:

»Sollte ich es vielleicht Dr. Kunce sagen?«

Ich nickte. Zwang mich zum Sprechen, obwohl ich einen Frosch im Hals hatte. Jetzt wußte ich, woher meine Angst kam.

»Sagen Sie es ihm, ja. Sofort. Und man muß die Schwestern warnen.«

»Sie werden in Panik geraten«, sagte Fannie Bianchi. »Es ist so schon schlimm genug. Trotzdem – ich denke auch, sie sollten es wissen.«

»Die Polizei – sie sollten nach dem Messer suchen.«

Sie nickte, sagte aber nüchtern:

»Sie wissen so gut wie ich, daß es in dieser alten Bude zu viele Verstecke gibt. Sie würden es nie finden. Und sagen Sie mir nicht, der Mörder sei tot und beerdigt – oder er sitze im Gefängnis. Er ist hier im Krankenhaus. Oder hat freien Zugang hierher«, setzte sie etwas mutiger hinzu. »Ich gebe gerne zu, daß ich wahnsinnige Angst habe.«

Ich war noch im Flur in der Nähe des Büros, als sie von ihrem kurzen Gespräch mit Dr. Kunce zurückkam. Sie hatte rote Wangen, und ihre dunklen Augen funkelten zornig.

»Er sagt, ich wisse nicht, wovon ich rede!« sagte sie erhitzt. »Sagt, ich hätte mich verzählt. Ich werde jede Krankenschwester informieren, die ich finden kann. Sie müssen wissen, daß sich jemand mit diesem schrecklichen Messer im Haus herumtreibt.« Sie hielt einen Augenblick inne und dachte nach, dann sagte sie:

»Sie wissen ja, daß Dr. Kunce uns immer dazu anhält, dafür zu sorgen, daß die Messer scharf geschliffen sind.«

Natürlich wußte ich es.

Sie verständigte tatsächlich sämtliche Schwestern, mit dem Resultat, daß zwei von ihnen nachher mit Migräne im Bett lagen und die anderen in verängstigten kleinen Grüppchen herumstanden, während die Signallichter unbeachtet brannten und die Patienten über die Vernachlässigung zu recht verärgert waren.

Dr. Harrigan war am Morgen beerdigt worden. Ganze Horden von Verwandten waren aufgetaucht, die Mrs. Harrigan sehen wollten und weggeschickt wurden. Mrs. Harrigan hatte sich mit Hilfe einer Tagesschwester in pompöse Trauerkleidung gehüllt, in Begleitung von Mr. Wepling am Begräbnis teilgenommen und war, laut über ihren Witwenschleier fluchend, der aus schwerem, schwarzen Chiffon und sicher furchtbar warm war, ins Krankenhaus zurückgekehrt. Sie hatte ihren schwarzen Tüll abgerissen, rauchte aufgeregt und verlangte nach Ginger Ale. Die Tagesschwester brachte es ihr, und verschiedene Vermutungen machten die Runde, warum sie ins Krankenhaus zurückgekommen sei, wo sie doch geradesogut zu sich nach Hause hätte gehen können. Eine Krankenschwester wäre dann einmal am Tag gekommen und hätte ihr den Verband gewechselt – oder besser gesagt die schmutzigen Bandagen, der Arm selber war ja eingegipst. Ich denke, sie war verschlagen genug, um sich auf diese Weise das Mitleid ihrer Verwandten zu sichern, auf deren Hilfe sie zweifellos angewiesen war, wenn sie das Testament von Dr. Harrigan anfechten wollte.

Peter Melady war ebenfalls an jenem Morgen beerdigt worden, nur etwas später. Es war Ironie des Schicksals, daß ihre Friedhofsparzellen vor vielen Jahren zur selben Zeit gekauft worden waren und daß sie praktisch nebeneinander lagen. Ich stelle mir die zwei Grabhügel so nahe beieinander vor, wie sie so dalagen mit der frisch umgebrochenen Erde und den Bergen von Blumen, die in der schrecklichen Hitze dahinwelkten.

Und noch immer sank das Barometer.

Dione und Court Melady waren natürlich beim zweiten Begräbnis dabei. Diones Sonnenbrand war mittlerweile viel besser geworden, aber Dr. Kunce hatte ihr geraten, im Krankenhaus zu bleiben, bis er ganz verheilt war und sie den Schock überwunden habe. Als sie sich für das Begräbnis ankleidete, hatte sie darauf bestanden, daß man ihr das Pflegeöl abwischte und ihr Rücken und Schultern puderte, und als sie zurückkam, weinte sie vor Schmerz, verlangte frische Unguentine-Salbe und riß sich den heißen weißen Chiffon so überhastet vom Leibe, daß er am Rücken auseinanderriß. Worauf sie eine Schere vom Verbandstablett nahm und das Kleid auf der Stelle zerstörte, anstatt es der jungen Schwesternschülerin zu geben, die es hätte flicken können und der es sehr gut gestanden hätte. Mit dem Lohn einer Schwesternschülerin kann man sich keine übermäßig große Garderobe leisten.

Während sie ihren kleinen Wutanfall auslebte, ließ Dione nach mir rufen. Ich habe nie herausgefunden, warum sie es lieber mir sagte, als direkt zur Polizei zu gehen, außer daß sie vielleicht hoffte, Court würde so nicht sofort herausfinden, daß sie die Informantin war. Nicht daß ihre Aussage Court schadete. Ich glaube, er war ganz einfach dagegen, daß sie es erzählte, weil ein Mann es vorzieht, sich nicht in die Angelegenheiten eines anderen Mannes einzumischen. Und dann fand er vielleicht, so wie ich, daß es ziemlich absurd wäre, Dr. Kunce in die Sache hineinzuziehen.

Denn es ging um Dr. Kunce. Sir redete in ihrer hohen, jammernden Stimme ziemlich zusammenhanglos daher und ließ dabei ihre Augen im Raum umherirren, wobei eine ihrer aufgemalten Augenbrauen zur Schläfe hin verschmiert war. Im wesentlichen sagte sie folgendes: Dr. Kunce hatte alles über Slaepan gewußt. Er hatte es sich in den Kopf gesetzt, daß man Slaepan mit seinem Namen in Verbindung bringen sollte. Seit Monaten hatte er Peter Melady davon zu überzeugen versucht, daß Slaepan von Medizin und Chirurgie offiziell anerkannt werden müsse, und wer war besser dazu geeignet, dieses Gütesiegel zu verleihen, als er selber? Er war, wie ich heraushörte, auf seine aalglatte, insistierende Art ziemlich unangenehm geworden.

»Er tat so, als hätte er etwas dazu beigetragen, die Formel zu entwickeln«, sagte Dione und beobachtete mich. »Bloß weil er und Vater so oft darüber gesprochen hatten. Er sagte, es sei eine große Erfindung. Die größte Erfindung seit der Entdeckung der Radiologie. Er sagte, sie sei von unschätzbarem Wert. Verstehen Sie, ich behaupte nicht«, erklärte sie, »daß er irgend jemanden getötet hat. Aber ich finde, man sollte alles unternehmen, um diese Formel zu finden. Sie gehört schließlich *mir!* Und Dr. Kunce wollte sie unbedingt haben. Vielleicht hat er sie. – Hören Sie, Miss Keate, was ist das für eine Geschichte, die im Krankenhaus die Runde macht, daß im Operationssaal ein Messer fehle? Ist wirklich ein Messer verschwunden?«

Ich lüge nie, aber wenn es der Beruf erfordert, kann ich sehr diskret sein.

»Nein«, sagte ich. »Gewiß nicht.«

Ich sah ihr an, daß sie mir nicht glaubte. Und als ich sie verließ, lief es mir kalt den Rücken herunter, als ich hörte, wie sie hinter mir die Tür abschloß. An einem Tag wie diesem die Tür zu verschließen, wo die einzige Hoffnung auf körperliche Linderung darin bestand, von jedem leichten Lüftchen zu profitieren, das durch die langen Korridore strich!

Ich weiß noch, wie ich in die Dunkelheit der stillen, alten Treppe hinabstieg, wobei ich meine Hand über das glatte Geländer gleiten ließ, und wie ich jedesmal, wenn irgendwo über mir eine Stufe knarrte, den Atem anhielt. Wenn ich mich umdrehte, war nichts zu sehen.

Als ich in der Eingangshalle ankam, hielt ich einen Moment an. Ich war unschlüssig, was ich von dem, was Dione mir soeben gesagt hatte, halten sollte. Der Informationswert war praktisch gleich Null. Jeder Arzt – selbst der gute alte Dr. Peattie, der den jüngeren Ärzten in B. einen so vornehmen und strengen ethischen Verhaltenskodex hinterlassen hatte – wäre sicher an einer Entdeckung wie Slaepan äußerst interessiert gewesen.

Dennoch, unter den gegebenen Umständen hätte ich es wohl Sergeant Lamb sagen oder ihn wenigstens zu Dione schicken sollen, aber soviel ich wußte, war er den ganzen Tag nicht im

Krankenhaus gewesen. Es waren auch keine Polizisten mehr im Haus. Ich nehme an, Sergeant Lamb hatte es für unnötig gehalten, das Krankenhaus vor einem Mörder zu beschützen, den er ins Gefängnis gesteckt hatte.

Ich schlenderte zum Barometer. Es sank immer noch. Noch vor Einbruch der Nacht würde es einen Sturm geben. Man konnte bereits die ersten Anzeichen in der heißen, reglosen Luft erspüren – eine Art drohender Schwere, ein stilles, schwangeres Warten. Es würde einen gewaltigen Sturm geben, wenn er nur erst begann.

Nebenan, im kleinen Aufenthaltsraum für die Schwestern, spielte jemand Klavier. Es war Nancy, denn ich kannte ihren präzisen, delikaten Anschlag. Sie spielte sehr leise, um die Patienten nicht zu stören, aber die Töne waren klar unterscheidbar. Es war der zweite Satz, glaube ich, von Tschaikowskys sechster Symphonie, der *Pathétique*, und es paßte nur allzu gut zur allgemeinen Stimmung.

Ich ging zum Fenster und schaute hinaus auf den ruhig daliegenden Rasen. Das Fenster stand offen, die Luft war drükkend und heiß. Kein Blatt bewegte sich, kein Vogel zwitscherte außer einem nicht zu sehenden Rotkehlchen, das sein seltsames kleines Regenlied sang – drei leise Töne in weichem Moll, die sich hell und leicht von der Klaviermusik im Hintergrund abhoben. Die Wolken trugen nun immer schwerer die Vorzeichen des Sturms. Alles war in ein eigenartig helles Licht getaucht, in dem die Farben der Dinge unnatürlich deutlich hervortraten; der grüne Rasen hatte einen gelben Stich, der Himmel war schiefergrau über den tiefgrünen Wipfeln der Bäume, und die Cannas waren von einem dunklen Karmesinrot, das sich scharf vom grünen Laubwerk abhob. Das Ganze erzeugte in mir eine jener intensiven Stimmungen, wenn alles um einen herum neu und unvertraut ist und doch eine enorme Bedeutung hat und so stark ein Teil von einem selbst zu sein scheint wie die eigene Hand. Die Musik im Hintergrund brach ab und begann nicht mehr. Um mich herum, im alten Krankenhaus, war es still geworden. Schattenhaft und regungslos lag es da, als würde es warten. War da draußen jemand mit dem gebogenen Messer, der auch wartete? Und auf wen?

»Sarah. Sarah Keate.«

Es war eine ruhige, ernste Stimme. Ich wirbelte herum.

Lance O'Leary stand vor mir im düsteren Flur. Er lächelte und streckte mir seine Hände entgegen.

Nun, ich streite nicht ab, daß ich froh war, ihn zu sehen. Ich streite jedoch ab, daß ich vor Freude geweint hätte, wie er später gemeinerweise behauptete. Und es war überhaupt nicht nötig, daß er mir einen Arm um die Schulter legte und mir mit der anderen auf den Rücken klopfte; ich hatte mich nicht verschluckt. Ich gebe zu, daß ich mich mit beiden Händen am Revers seiner Jacke festkrallte. Ich tat dies mit Absicht, denn ich fürchtete, daß er sich sonst in Luft auflösen und mich wieder allein in diesem stillen Krankenhaus zurücklassen würde.

Kurz darauf führte er mich in die Büroräume und weiter in Dr. Kunces Büro. Er sagte, es sei leer, da sich Dr. Kunce bei einem seiner Patienten aufhalte, den er am Morgen operiert hatte. Die Sekretärin schaute uns neugierig an, Lance O'Leary schloß sorgfältig die Tür und setzte mich in einen Stuhl. Dann richtete er sich auf, glättete sein verknittertes Revers und lächelte.

Er war brauner als sonst und hatte leicht zugenommen; die verlängerten Ferien hatten ihm gutgetan. Sein hellbraunes Haar war glatt, seine grauen Augen sehr klar, seine schlanke Figur geschmeidig, und er war extrem gut gekleidet.

»Wie ich sehe«, sagte ich, wobei ich seinen grauen Anzug musterte und mein Blick auf einer schönen Krawatte verharrte, »wie ich sehe, hast du ganze Koffer voller Kleider gekauft.«

»Sarah«, sagte er nüchtern. »Englische Schneider sind einfach die besten. Du solltest die Anzüge sehen, die ich mitgebracht habe.«

»Ich kann es mir vorstellen. Du bist eben eitel wie ein Gockel. Nun, es wurde Zeit, daß Sie zurückkommen, Leutnant.«

Darauf mußte er wieder lächeln. Lance O'Leary hat schon immer ein hübsches Lächeln gehabt. Es erhellt sein ganzes Gesicht auf die einnehmendste Art, und ich nehme an, das ist einer der Gründe, weshalb ich diesem jungen Mann irgendwie wohlgesonnen bin.

»Warte nur, bis wir in dieser Stadt aufgeräumt haben«, sagte er und wurde wirklich ernst. »Sergeant Lamb hat telegraphiert, das Telegramm erreichte mich auf dem Schiff. Ich nahm nach der Landung in New York sofort das nächste Flugzeug. Deshalb bin ich einen Tag früher hier als erwartet. Aber anscheinend habe ich mich vergeblich abgehetzt. Wie ich höre, ist dieser Fall erledigt. Jedenfalls hat man mir das im Hauptquartier so gesagt. Der Verbrecher sitzt im Gefängnis und wartet auf die Anklage.« Seine hellgrauen Augen schauten mich aufmerksam an.

Ich schüttelte den Kopf.

»Ich glaube nicht, daß Kenwood Ladd Dr. Harrigan getötet hat«, sagte ich langsam. »Und ich glaube, der – der Mörder ist hier. Jetzt. Im Krankenhaus. Und er wartet wieder auf jemanden. Auf wen auch immer, er hat ein Messer, und ich glaube – nun, ich glaube, ich bin es, auf die er wartet.«

Das schien ihn zu schockieren.

»Aber, aber, Sarah!« rief er und starrte mich an. Dann wurden seine Lippen schmaler, und er sagte etwas munterer: »Erzähl mir die ganze Geschichte. Es spielt keine Rolle, wie lange es dauert. Und laß' kein Detail aus. Sag mir alles.«

Das tat ich. Und es dauerte lange. Der Ausdruck völliger Konzentration, des Entrücktseins von der Welt, den ich so gut kannte, trat bei meinen ersten Worten in sein Gesicht; seine wachen Augen leuchteten glasklar.

Und ich werde nie vergessen, was er sagte, als ich geendet hatte. Er sagte:

»Gute Arbeit, Sarah«, und fügte dann beiläufig an: »Selbstverständlich weißt du, wer Dr. Harrigan umgebracht hat.«

*»Nein! Weißt du es?«*

»Aber natürlich. Du hast es mir gerade gesagt. Wie kannst du es nicht wissen? Der Name liegt dir vor, es ist einer aus deiner eigenen Liste von Verdächtigen.« Er hielt einen Augenblick inne und schaute auf meine hingekritzelten Notizen, dann sagte er gedankenversunken:

»Seltsam, nicht wahr? Wenn dieser Schwarze nicht gestorben wäre, hätte es keinen Mord gegeben.«

## 15

Da ich Lance O'Leary die ganze Geschichte in derselben Ausführlichkeit erzählte, wie ich es hier tat, dauerte es eine Weile. Es wurde dunkler im kleinen, vollgestellten Büro. Einmal stand Lance O'Leary auf, ging zur Tür und sagte der Sekretärin, sie solle dafür sorgen, daß wir nicht gestört würden. Ich weiß nicht, ob es seine hübschen neuen Kleider waren, die sie beeindruckten, oder die Art, wie er sprach, jedenfalls hat sich uns niemand genähert, nicht einmal Dr. Kunce. Ein anderes Mal beobachtete ich, wie er abwesend in seiner Tasche herumstöberte, aus der er schließlich einen kleinen, schäbigen Bleistiftstummel hervorklaubte und ihn für den Rest der Geschichte in seinen Fingern drehte und wendete. Er unterbrach mich kein einziges Mal, nur als ich ihm die chinesische Schnupftabakflasche gab, untersuchte er sie neugierig und schaute sich mit großem Interesse das wundervolle Blau und Gold und den glattpolierten rosafarbenen Deckel an, bevor er sie in seine Tasche gleiten ließ. Und als ich zu Ende erzählt hatte, mich in die Daunenkissen zurücklehnte und meine müden Augen rieb, machte er, wie schon erwähnt, die beiläufige Bemerkung, daß ich ihm gerade gesagt hätte, wer Dr. Harrigan ermordet habe.

»Das kann ich dir gar nicht gesagt haben«, sagte ich müde. »Ich weiß es selber nicht.«

»O doch, du weißt es. Wenn du nur einen Augenblick überlegst. Aber laß' nur. Ich weiß es. Und es wird nicht einfach sein, den Mörder zu verhaften und zu überführen. Und außerdem –« Er ließ den Satz unbeendet, und seine hellgrauen Augen, die jetzt ernst und sehr nachdenklich waren, sahen durch das Fenster auf das helle Grün der Baumwipfel, das sich vom schwarzen Himmel abhob. »Wie lange dieser Sturm wohl noch auf sich warten läßt?« murmelte er nebenbei. »Furchtbar heiß, nicht?«

Ich nickte apathisch. Er sah nicht aus, als würde er schwitzen, war ohne Flecken und Falten, aber ich habe keinen Zweifel, daß ihm ebenso warm und stickig war wie uns allen.

»Weißt du, Sarah«, hob er nüchtern wieder an, während seine klaren und doch unergründlichen Augen noch immer auf das Grün vor dem Fenster gerichtet waren, »meine Arbeit ist immer ziemlich ernst. Alles ist ernst, wenn dabei ein menschliches Leben auf dem Spiel steht. Gott sei Dank habe ich nicht sehr oft Mordfälle. Aber diesmal ist es wegen der politischen Situation, die wir im Augenblick haben, besonders kompliziert. Diese vielgepriesene Reform muß nun zeigen, was sie wert ist. Meine kürzliche Ernennung hat bestimmt zu den einen oder anderen negativen Kommentaren geführt. Und mit Recht, wenn ich es nicht – bringe, sozusagen. Die Ware abliefere. Nun bin ich ja Idealist genug zu glauben, daß es bloß genug ehrliche Leute in der Politik bräuchte, um endlich – aber jetzt ist nicht der Moment für politische Theorien. Was ich sagen will, ist, daß ich vorsichtig vorgehen muß. Ich kann es mir nicht erlauben, meine Mitarbeiter gegen mich aufzubringen. Es würde mir nicht gelingen, Sergeant Lamb als Idioten hinzustellen, wenn ich es versuchen würde, und ich habe nicht vor, es zu versuchen. Ich glaube, das Geschrei der Öffentlichkeit nach einer Verhaftung war so groß, daß sie wohl – wie von einer wild gewordenen Büffelherde getrieben – eine veranlassen mußten. Gleichzeitig ist die Beweislast gegen Kenwood Ladd ziemlich erdrükkend. Aber worauf ich eigentlich hinauswill, ist dies: Ich muß verdammt sicher sein, daß ich mich nicht irre. Ich muß das Motiv und alles andere bereit haben, um meine Theorie zu beweisen, bevor ich zuschlage.«

Er hielt inne, versank einen Augenblick in Gedanken und sagte dann, als er sich zu mir umdrehte:

»Du hast mich gar nicht gefragt, wer Dr. Harrigan und Mr. Melady getötet hat.«

Mr. Melady! – er teilte also meine Meinung.

»Nein«, sagte ich laut.

»Was ist eigentlich los? *Willst* du es nicht wissen?«

»Ich – aber . . . sicher.«

»Sarah«, sagte er, und es klang ein wenig wie eine Schelte, »ich glaube, du hast Angst, es dir einzugestehen.«

»Ich habe keine Angst. Ich bin nur müde, glaube ich. Das macht die Hitze. Und du sagst – du sagst, es sei jemand aus meiner Liste der Verdächtigen? Es ist eine so kurze Liste. Unsere eigene Krankenhauswelt. Und ich –« Mich fröstelte, und ich versteifte mich. »Aber es wäre besser, wenn ich es wüßte, natürlich. Wer war es? Und sag' nicht, es sei Nancy gewesen. Denn das würde ich dir nie, nie glauben.«

Er blickte sofort weg von mir.

»Nein, Sarah, es ist besser, wenn du es nicht weißt. Ich merke erst jetzt, wie sehr dich das Ganze mitnimmt. Du könntest wohl kaum die Wahrheit kennen und weiterhin natürlich auftreten. Und ich muß es erst noch beweisen, nicht wahr. Aber du mußt mir versprechen, sehr vorsichtig zu sein. Ich muß dir sagen, daß du die ganze Zeit in großer Gefahr warst. Du bist schreckliche Risiken eingegangen. Es graut mir, wenn ich daran denke.« Seine letzten Worte hatten mich aus meinem Stuhl gerissen.

»Weißt du was?« sagte ich, »ich gehe jetzt direkt nach oben, setze meinen Hut auf, verlasse dieses Krankenhaus und kehre nie mehr zurück.«

»Genau das würde ich dir empfehlen«, sagte er trocken. »Aber es würde mich wundern, wenn du meinem Rat Folge leisten würdest. Ich kann mir nicht ganz vorstellen, wie du in einem solchen Moment davonläufst. Aber um Himmels willen, Sarah, hör' auf mich. Gib acht, daß immer jemand bei dir ist, bleibe mit zwei oder drei der Schwestern zusammen, mit Miss Page oder dieser Ellen. Geh' nicht alleine einen Flur entlang oder alleine in ein Zimmer und benutze den Fahrstuhl nicht. Geh' unter keinen Umständen alleine in irgendeinen Teil des Krankenhauses. Es hat im Moment keinen Sinn, herausfinden zu wollen, wo dieses Messer versteckt ist. Und ich muß Beweise für ein Motiv beibringen, bevor ich zur Verhaftung schreiten kann. Jetzt, wo ich weiß, wo ich sie suchen muß, ist es vielleicht einfach. Aber unterdessen mußt du dich an das halten, was ich gesagt habe. Und ich habe es noch nie in meinem Leben so ernst gemeint.«

Ich setzte mich wieder hin. Ohne es zu wollen.

»Willst du damit sagen, daß ich wirklich in Gefahr bin?« sagte ich heiser.

»In ernster Gefahr. Verstehst du: Du bist die einzige lebende Person, die weiß und es auch bezeugen würde, was den Mörder überführen könnte. Deine Zeugenaussage wird ihn überführen. Du hast das, was den Mörder vor Gericht bringen wird, mit deinen eigenen Augen gesehen und mit deinen eigenen Ohren gehört. Aber schau mich nicht so an. Ich werde dich beschützen. Du mußt einfach – mit mir an einem Strick ziehen.«

»Ich möchte gerne ein Glas Wasser.«

Er brachte es mir, ich trank es, setzte mich auf und schob meine Haube zurück.

»Geht's besser? Du mußt mich verstehen, Sarah, ich werde nicht zulassen, daß jemand Hand an dich legt. Ich werde alles menschenmögliche tun, damit du sicher bist, wenn du mir bloß ein wenig hilfst. Mir gefällt der Gedanke nicht, daß dieses Messer irgendwo im Krankenhaus herumgeistert.

Obwohl«, fuhr er in beruhigendem Ton fort, »es sehr gut möglich ist, daß sich der Mörder sicherer fühlt, seit Kenwood Ladd verhaftet und wegen Mordes ins Gefängnis gesteckt wurde. Ich glaube, wir können damit rechnen. Und jetzt, Sarah, muß ich ein paar Anrufe tätigen; die Polizei muß für mich ein paar Dinge abklären. Ich werde von hier aus telefonieren und möchte nicht, daß die kleine Sekretärin lauscht, wenn ich spreche. Könntest du sie in ein Gespräch verwickeln, während ich telefoniere? Und dann warte bitte auf mich, denn ich möchte, daß du mit mir nach oben gehst.«

Es war schwieriger, die Sekretärin in ein Gespräch zu verwickeln, als man sich vorgestellt hätte. Sie stellte seine Verbindungen sehr flink her und war so erpicht darauf, dafür zu sorgen, daß er seine Anschlüsse kriegte, daß ich erst dann ihre volle Aufmerksamkeit gewann, als ich auf das auf mysteriöse Weise verschwundene Messer zu sprechen kam.

»Ist es nicht grauenhaft!« sagte sie. »Und ich sitze hier den ganzen Tag in der Telefonzentrale! Wenn ich Nachtdienst hätte, würde ich schlicht ohnmächtig werden. Ich wette, die Nachtablösung hat ganz schön Angst.«

Lance O'Leary machte mehrere Anrufe und führte ziemlich lange Gespräche. Beim letzten drehte sich die Sekretärin zu mir um.

»Das war die Polizeizentrale«, sagte sie.

Und dann kam Dr. Kunce ruhig und gelassen in seinem hellen Seidenanzug herein. Er war jedoch zweifelhafter Laune, das sah man auf den ersten Blick. Die Schwestern hatten sicher einen schwierigen Tag. Die Sekretärin hörte augenblicklich auf zu sprechen und griff nach ihrem Meldungszettel, den sie sorgfältig durchging.

»Ach, Dr. Kunce«, sagte O'Leary, als er die Tür des Büros öffnete. »Ich habe Sie beim Wort genommen, als Sie mir Ihre

Unterstützung anboten, und habe heute nachmittag gleich Ihr Büro beschlagnahmt.«

»Richtig so, Mr. O'Leary, richtig so. Was immer ich für Sie tun kann – obwohl ich wirklich das Gefühl hatte, daß der Fall gelöst ist. Doch ich nehme an, es gibt noch ein paar Details zu klären – also?«

»Details klären, tatsächlich«, stimmte Lance O'Leary ernst zu. »Er ist noch nicht verurteilt, wie Sie wissen. Sieht nach einem Sturm aus, nicht wahr?«

Beide Männer drehten sich zum Fenster, und ich folgte ihren Blicken hinaus zu diesem stillen, grünen Rasen mit den karmesinroten Cannas und zu den regungslosen Blättern der chinesischen Ulmen.

»Der Himmel ist schon ganz schwarz«, sagte Dr. Kunce. »Es kann nicht mehr lange auf sich warten lassen. Ich wünschte, der Sturm würde losbrechen, dann wäre es bald vorbei.« Seine Worte verrieten für einen kurzen Augenblick eine Gefühlsregung, die er sofort unterdrückte und hinzufügte: »Es macht die Patienten nervös, wissen Sie. Unruhig. Es haben sowieso alle angespannte Nerven.«

»Das kann ich mir gut vorstellen«, sagte O'Leary ruhig. »Nun, Miss Keate, wollen Sie mir den Ostflügel zeigen?«

Ich bemerkte Dr. Kunces scharfen Blick, der wie – nun, er war wie eine scharfe, glänzende Nadel, die einen Seidenfaden vernäht. Das klingt etwas phantastisch, aber genauso habe ich es empfunden, und ich habe ungefähr die Phantasie einer Auster.

Der Flur war verlassen. Das unheimliche Licht, das den kommenden Sturm ankündigte, verlängerte die Schatten und ließ den Schein der Lampen bleich und matt erscheinen. Die breiten Treppenstufen führten aufwärts durch die stummen Schatten, und auf dem glatten Geländer spiegelte sich das grüne Licht irgendeiner Lampe. Ich ging in diese Richtung, aber O'Leary ging über das Treppenhaus hinaus.

»Wir nehmen den Fahrstuhl«, sagte er.

Natürlich folgte ich ihm. Die rote Kabine war bereits im ersten Stock, so daß wir nicht warten mußten. O'Leary zog das Gitter der inneren Tür zurück, und ich trat in den engen, heißen Fahrstuhl. Das kleine rote Licht leuchtete über meinem Kopf, und die Ecken waren leer und sauber.

O'Leary drückte den Knopf für den dritten Stock, und als das Ungetüm seinen unheimlichen, lautlosen Aufstieg begann, schaute er nachdenklich auf die Glühbirne.

»Dr. Harrigan hat sie also selbst herausgedreht«, murmelte er. »Hmm. Und du hast gesagt, Dione Melady sei mit der geplanten Operation nicht einverstanden gewesen?«

»Überhaupt nicht, nein.«

»Und als du die Notiz für dich mit Dr. Harrigans Handschrift sahst, war dein erster Gedanke, daß er wohl getrunken habe?«

»Ja. Aber wie ich schon sagte, er hatte in Mrs. Meladys Zimmer lediglich etwas Eiswasser getrunken.«

Er nickte.

»Da sind wir. Was für ein seltsames kleines Schaukeln! Man könnte meinen, die Kabine hätte sich entschlossen, mit uns hinunterzustürzen. Aber wir sind im dritten Stock. Nur einen Augenblick noch, Sarah. Dieses Slaepan – du hast gesagt, es setzt einen Mann drei Tage lang außer Gefecht?«

»Das erwartet man, ja.«

»Hast du nicht gesagt, daß etwas davon hier aufbewahrt wird? Im Medikamentenraum für diesen Flügel? Darf ich es mir anschauen?«

»Aber sicher doch. Ich gehe und hole den Schlüssel.«

Die Oberschwester gab den Schlüssel sofort heraus, obwohl es ihr, glaube ich, nicht paßte, und Lance O'Leary und ich betraten den kleinen, engen Medikamentenraum mit seinen sorgfältig angeschriebenen Flaschen und Schubladen und Tabletts.

»Dr. Kunce hat es hier deponiert, weil er es nicht im Hauptmedikamentenraum wollte. Hier gehen nämlich nicht so viele Leute ein und aus, die neugierig darauf sein könnten. Es ist in dieser Schublade. Momentan ist es flüssig, aber ich glaube, sie haben vor, es in anderer Form zu produzieren.«

»Wegen seines – üblen Geruchs?«

»Nein. Soviel ich weiß, hat es keinen besonderen Geruch. Weil es einfach praktischer – aber – ich kann es nicht finden –«

»Könnte nicht einfach jemand etwas von diesem Slaepan nehmen, es analysieren lassen und dann seine eigene Formel entwickeln?«

»Nein«, sagte ich abwesend und durchsuchte weiter die Schublade. »Ich glaube, die Wirkstoffe vermischen sich so, daß die exakten Proportionen schwierig zu eruieren sind, und selbstverständlich muß die Formel äußerst exakt sein. Ah, hier ist sie. Aber – schau doch! Die Flasche ist leer!«

»Das hab' ich mir gedacht«, sagte O'Leary gefaßt. »Es wurde vor dem Mord entwendet. Es war praktisch farblos, oder?«

»Beinahe. Eine Art helle Honigfarbe. Etwa wie das Kampferöl in dieser Flasche.«

»Wasserlöslich, nehme ich an.«

»Das weiß ich nicht. Du könntest Mrs. Melady fragen; sie würde es wissen. Oder Dr. Kunce.«

»Dein Dr. Kunce scheint ein anständiger Mann zu sein«, murmelte O'Leary. »Er hat nicht mit dem Wirkstoff experimentiert, oder?«

»Nein. Das hat er sicher nicht.«

»Also, dann laß uns in Mrs. Meladys Zimmer gehen und sie fragen, warum sie die Flasche zurückgestellt hat.«

»Mrs. Melady!«

»Ja, sicher. Das ist so klar wie die Nase in deinem Gesicht. Sie fürchtete sich vor der Operation, die Dr. Harrigan an ihrem Vater vornehmen wollte. Peter Melady entschloß sich, daß Dr. Harrigan operieren sollte, und es wurde ein Datum festgelegt –

der nächste Morgen. Aber Mrs. Melady, die ebenso stur ist wie ihr Vater, gab nicht auf und beschloß, die Operation zu verhindern. Sie bat wahrscheinlich eine der Schwestern um Hilfe; ja, das ist es, du hast sie flüstern gehört. Wahrscheinlich hat sich die Schwester geweigert – es war wohl diese Miss Page –, und Mrs. Melady hat sich daraufhin den Wirkstoff alleine besorgt. Dann mußte sie nur noch Dr. Harrigan in ihr Zimmer locken, was einfach war. Sie hatte das Slaepan in etwas Eiswasser gemischt, und während er in ihrem Zimmer war, hat sie ihn entweder gefragt, ob er nicht einen kalten Drink wolle, oder er sah das Eiswasser und hat selber danach gefragt. Nichts Ungewöhnliches in einer solchen Nacht. Er trank es und – wie schnell würde es etwa wirken?«

»Innerhalb von zwanzig oder dreißig Minuten.«

»Gut. Das erklärt einiges. Aber Moment mal, hätte sie ihm soviel geben können, daß es ihn umgebracht hätte?«

»Nein. Soviel weiß ich über Slaepan. Einer der Vorteile, die es hatte, war seine Sicherheit. Es hätte lange gedauert, bis er wieder voll da gewesen wäre, aber es war nicht genug Wirkstoff in dieser kleinen Flasche, um jemanden zu töten.«

»Dann haben wir es. Dr. Harrigan hatte Melady hochgebracht und war selber wieder in den Ostflügel dieses Stockes heruntergekommen. Wahrscheinlich, um die Slaepan-Formel zu suchen und sicherzustellen. So gut wie er Peter Melady kannte, mußte er wohl vermutet haben, daß dieser die Formel eher mit sich genommen hatte, als sie aus den Händen zu geben. Als er dann die Schnupftabakflasche im Zimmer versteckt fand, wußte er sofort, daß die Formel darin war. Das können wir noch nicht mit Sicherheit sagen, aber es klingt vernünftig. Wenn er sie einmal in seinem Namen patentiert haben würde, könnten sämtliche Prozesse, die Peter Melady anstrengen würde, sie ihm nicht mehr entreißen, und wieso sollte nicht er sie als Ätherersatz entwickelt haben? Unterdessen begann die Dosis, die er unwissentlich zu sich genommen hatte, zu wirken. Seine

Muskeln ließen sich nicht mehr richtig koordinieren, und das ergab die liederliche Schrift auf der Notiz, die er für dich hinterließ. Ich glaube, daß du recht hast mit deiner Vermutung, daß er gar nicht vor hatte, Peter Melady noch vor dem Morgen zu operieren, und daß die Operation dann wahrscheinlich gelungen wäre. Dann hat ihn langsam der Schlaf übermannt, denke ich, und – nun, das läßt sich nicht mit Sicherheit sagen, und vielleicht werden wir es nie herausfinden. Aber es scheint sehr wahrscheinlich, daß er ganz einfach im Fahrstuhl zusammenbrach. Sein letzter Gedanke, bevor er das Bewußtsein verlor, muß gewesen sein, die Hand auszustrecken und das Licht auszudrehen in der Hoffnung, nicht gestört zu werden. Und dann war er eine leichte Beute für den Mörder.«

»Ich glaube«, sagte ich langsam, »du gehst etwas rasch vorwärts. Viel zu rasch.«

»Unsinn, Sarah«, sagte er ungeduldig. »Verstehst du denn nicht? Es würde das Rätsel lösen, wie ein so kräftiger Mann wie Dr. Harrigan fein säuberlich erstochen werden konnte, ohne daß es zu einem Kampf kam. Da stimmt einfach etwas nicht – das ist nicht logisch. Man hätte ihn vielleicht erschießen können – bloß hätte das Lärm gemacht. Aber ein Messer ins Herz eines Mannes zu stoßen ist nicht so einfach, wie man sich das vorstellen mag. Der Angreifer muß sich seinem Opfer nähern, und es kommt praktisch unweigerlich zu einem Kampf. Das Opfer sieht die Gefahr fast immer kommen und versucht zu fliehen.«

»Ich glaube, das sind voreilige Schlüsse«, sagte ich. »Aber wenn du zu Mrs. Harrigan gehen willst, ihr Zimmer ist gleich hier am unteren Ende des Flurs.«

Er wollte, und ich begleitete ihn.

Und zu meinem Erstaunen gestand Dione Melady den Diebstahl des Slaepan, ohne sichtbar zerknirscht zu sein. Sie gab zu, es Dr. Harrigan in genau der Weise verabreicht zu haben, wie es Lance O'Leary beschrieben hatte.

»Ich nehme an, Nancy hat geplappert«, sagte sie. »Ja, ich habe es getan. Es war mir egal, wie ich es tat, Hauptsache, ich stoppte die Operation. Aber ich erschrak ganz schön, als ich Dr. Harrigan im Fahrstuhl sah – tot. Und Nancy mußte mir versprechen, nichts vom Slaepan zu sagen. Sein Tod hatte mit dem Slaepan, das ich ihm gab, nichts zu tun.«

»Sie hatten Miss Page aufgefordert, Ihnen bei der Durchführung Ihres Planes zu helfen?«

»Ja. Aber sie weigerte sich. Sogar als ich ihr sagte, es käme einem Mord gleich, wenn Vater am nächsten Morgen operiert würde. Also habe ich ihr den Schlüssel zum Medizinraum abgenommen. Ich nahm ihn ihr aus der Tasche, als sie sich über mich beugte, um die Kissen glattzustreichen. Doch sie vermißte ihn, kam zurück und brachte mich dazu, ihn herauszugeben. Also mußte ich auf eine Gelegenheit warten, um in den Flur zu huschen und ihn vom Schlüsselbrett über dem Stationstisch zu nehmen. Du meine Güte, das brauchte vielleicht Nerven, durch den Gang zu schleichen, in den Medizinraum zu gelangen und das Slaepan zu holen. Ich hatte den kleinen Krug aus meinem Zimmer mitgenommen und leerte das Slaepan gleich hinein. Dann füllte ich ihn mit Eiswasser auf, als ich in meinem Zimmer zurück war. Und ich habe es ziemlich geschickt angestellt. Ich habe sogar den Schlüssel zurückgebracht, ohne daß Nancy etwas merkte. Miss Ash stand im Flur, genau vor der Tür von Mrs. Harrigans Zimmer, und hat überhaupt nicht gemerkt, daß ich auf dem Hin- und auf dem Rückweg an ihr vorbeigegangen bin.«

Es schwang tatsächlich etwas Stolz mit in ihrer Stimme, wie bei einem verwöhnten Kind, das mit seinen Streichen prahlt.

»Es muß in jener Nacht ein reger Verkehr auf dem Flur geherrscht haben«, sagte O'Leary trocken. »Sie haben also die leere Flasche einfach in die Schublade zurückgestellt?«

»Natürlich. Ganz hinten, wo man sie nicht gleich sah. Meinen Sie, ich wollte, daß sie jemand in meinem Zimmer findet?«

»Und Sie sagten, Sie bekamen es mit der Angst zu tun, als Sie herausfanden, daß Dr. Harrigan getötet worden war?«

»O ja. Ich bin zu Tode erschrocken. Und es brauchte Stunden, um Nancy davon zu überzeugen, daß das Slaepan, das ich ihm gegeben hatte, nichts mit seinem Tod zu tun hatte, bis sie mir versprach, nichts zu sagen. Der schlimmste Moment war aber, als sie kam und mir sagte, Dr. Harrigan hätte sich entschlossen, sofort zu operieren! Stellen Sie sich vor, wie ich mich fühlte! Sobald sie von der Notoperation erfahren hatte, kam sie und sagte es mir, und ich sagte ihr, daß ich ihm das Slaepan schließlich doch gegeben hatte. Wir sind beide für ein paar Minuten völlig aus dem Häuschen gewesen. Sie befürchtete, daß es ihr nicht gelingen würde, die Operation zu stoppen, und ich sagte ihr, sie müsse es einfach schaffen, und zwar ohne zu sagen, was ich getan hatte. Ich ... ähh ... war ziemlich nervös. Und dann hatte ich eine Art hysterischen Anfall, und sie sagte schließlich, sie würde es jetzt Dr. Kunce sagen, und genau in diesem Moment schrie Miss Keate. Nancy ging in den Flur hinaus. Und Dr. Harrigan war getötet worden. Nancy meinte, man müsse die Polizei über das Slaepan unterrichten und sagen, was ich getan hatte. Aber sie mußte mir versprechen, es nicht zu tun; wir sind alte Schulfreundinnen, wissen Sie, Klassenkameradinnen der Miss Jams Schule. Aber schließlich hat sie Ihnen wohl doch alles gesagt.«

»Nein«, sagte Lance O'Leary.

»Aber warum wußten Sie es dann? Haben Sie es sich aus den Fingern gesogen? Das glaub' ich nicht. Nancy hat geplaudert. Sie war heute sowieso schon völlig verrückt deswegen. Sie sagte, sie könne ihr Versprechen nicht länger halten und würde es Sergeant Lamb erzählen, sobald sie ihn das nächste Mal sähe. Ich glaube, es hat sie ziemlich erwischt mit diesem jungen Ladd. Und jetzt, wo ich es Ihnen gesagt habe, was machen Sie jetzt? *Ich* habe Dr. Harrigan nicht umgebracht. Alles was ich tat, war, die Operation zu verhindern.«

Nun, die Operation hatte sie zweifellos verhindert. Obwohl ihr Plan reichlich verschwommen war, hatte sie ihr Hauptziel jedenfalls erreicht. Und ich konnte mir gut vorstellen, wie sie Nancy ein widerwilliges Schweigeversprechen abrang – ihre hysterischen Tränen, das Ausnützen einer alten Freundschaft, ihre demonstrative Trauer. Die selbstsüchtige Dione wußte, wie man etwas durchsetzt. Ich habe mich manchmal gefragt, wie sie die ganze Geschichte wohl empfand, und bin zu dem Schluß gekommen, daß ihre Gefühle so oder so nicht sehr tief waren. Es war verständlich, daß sie die Operation verhindern wollte, solange sie das Gefühl hatte, ihr Vater sei dabei gefährdet, und es paßte zu ihrem lächerlichen Starrsinn, zu extremen Maßnahmen zu greifen, wenn sie sich erst einmal etwas in ihren wirren kleinen Kopf gesetzt hatte.

»Ich weiß wirklich nicht, was wir damit anfangen sollen«, sagte O'Leary. »Was immer Sie beabsichtigt haben, Sie haben den Mord ermöglicht. Wäre Dr. Harrigan in jener Nacht nicht unter Drogen gestanden, hätte er sich vielleicht verteidigen können.« Er sprach mit ungewohnter Ernsthaftigkeit, und ich empfand eine gemeine Befriedigung, als ich den Ausdruck echter Beunruhigung auf Diones nur noch entfernt hübschem Gesicht sah. Zu meiner Überraschung blieb er nicht länger, um sie weiter zu befragen.

Ich folgte ihm in den Flur. Ein Assistenzarzt kam gerade aus 305 und verschwand in 304, und eine Schwester folgte ihm mit einem Instrumententablett. Eine Schwesternschülerin tappte aus der Diätküche und hatte etwas auf einem Tablett, das klimperte, als sie in einem Krankenzimmer verschwand. O'Learys Augen glänzten, und auf seinem Gesicht lag ein aufmerksamer, lebhafter Ausdruck, der Ausdruck eines extrem wachen Bewußtseins, das gleichzeitig entrückt und zurückgezogen war.

»Das sollte dich beruhigen wegen deiner Miss Nancy«, sagte er.

»Aber es erklärt nicht, warum sie die blaue Schnupftabakflasche versteckt hat.«

»Nein«, sagte O'Leary. »Das ist das Zimmer von Mrs. Harrigan, nicht wahr? Und das Zimmer gegenüber ist das von Miss Ash? Oder besser gesagt das ihres Patienten. Und das Zimmer gegenüber von Mrs. Meladys Zimmer war das von Peter Melady? Alle sehr nahe zusammen, nicht wahr? Und nun, Sarah, zeig mir den vierten Stock. Die Operationssäle und alles, was dazugehört. Und dann holst du deine Privatsammlung von Beweisstücken und zeigst sie mir«, sagte er mit einem leisen Lächeln. »Ich befürchte, du gibst mir gegenüber Sergeant Lamb einen beträchtlichen Vorteil an die Hand. Es ist nicht ganz fair, weißt du.«

»Ich habe versucht, es ihm zu sagen«, sagte ich empört. »Aber er war nur an Fakten interessiert.«

»Er kannte deinen ... ähh ... allgemeinen Ruf nicht«, murmelte O'Leary rätselhaft.

Danach kam eine ziemlich seltsame halbe Stunde, in der ich einzelne Teile der Geschichte wiederholen mußte, und er über verschiedene Örtlichkeiten, die eine Rolle spielten, genaueres wissen wollte. Wo genau stand das Rollbett im Operationssaal, als ich es fand; wo hatte ich den Korken gefunden; wie lange hatte ich auf den Fahrstuhl gewartet, bis er im vierten Stock erschien, nachdem ich das letzte Mal nach ihm geklingelt hatte; kam er nach meiner Meinung vom dritten Stock, vom zweiten Stock oder vom ersten Stock; war die Beleuchtung im vierten Stock zu schwach, als daß ich durch die offene Tür in die Fahrstuhlkabine hätte hineinsehen können; aber im dritten Stock war die Beleuchtung sicher besser, nicht wahr, so daß ich, als ich zurückkam, um in den Fahrstuhl zu schauen, seinen Innenraum ziemlich gut sehen konnte – gut genug, um Dr. Harrigan sofort zu erkennen; war ich sicher, daß Dr. Kunce nach seiner Visite im Flügel mit dem Fahrstuhl nach unten fuhr, war ich sicher, daß ein Schwarzer auf der Rollbahre lag, als ich die Leiche anschaute; wie nahe beim Treppenhaus stand die Rollbahre, als ich das Leichentuch zurückzog und nachschaute; war ich sicher, daß Dr. Kunce noch immer seinen schwarzen Smoking trug, als er in den dritten Stock kam, unmittelbar nachdem wir den Mord bemerkt hatten; war ich sicher, daß sich während der kurzen Zeitspanne, nachdem die Leiche gefunden wurde, außer Lilian Ash niemand dem Fahrstuhl genähert hatte? Er brütete eine ganze Weile über meinen Antworten, die ich ihm zu diesen und noch vielen anderen Fragen gab, besonders über jenen, die sich auf zeitliche Aspekte bezogen, obwohl mir nicht ganz klar war, was er daraus für Schlüsse zog.

Am Ende ging er in den Fahrstuhl und machte ein paar Experimente, wobei ich im vierten Stock bleiben und jeweils nach dem Fahrstuhl klingeln mußte, wenn ich das Gefühl hatte, jetzt sei er auf dem von ihm gewählten Stockwerk angekommen. Als ich in der Mordnacht jenes letzte und einzige erfolgreiche Mal nach dem Fahrstuhl geklingelt hatte, war ich sicher gewesen, daß er von weniger weit her als vom ersten Stockwerk gekommen war. Aber es ist nicht einfach, den Zeitablauf in der Erinnerung festzulegen. Und ich konnte mir nicht vorstellen, daß das Resultat all seiner Experimente und Fragen dermaßen erleuchtend war, daß Lance O'Learys graue Augen deswegen heller und klarer wurden denn je. Der gute Mann sah wirklich überglücklich aus. Vor allem, nachdem er einige Zeit mit dem Notfallknopf experimentiert hatte – wenigstens nahm ich an, daß es das war, was er zuletzt tat, denn ich klingelte mehrmals, bis die Kabine endlich nach oben in den vierten Stock schwebte. Es war sehr heiß und still und roch nach Äther, daß einem übel werden konnte, und es war mit dem anrückenden Sturm sehr dunkel geworden. Der Himmel färbte sich schwarz, und ich wurde unruhig und fragte mich, ob der Fahrstuhl überhaupt sicher war, als plötzlich das rote, viereckige Licht hinter der Glastür auftauchte und O'Leary die Tür öffnete, strahlend, wie ich schon sagte.

»So, das hätten wir auch«, sagte er befriedigt. »Und jetzt zu diesen Patientenkarten, die die Schwestern führen. Hebt ihr die vollständig auf?«

»Ja.«

»So, daß man sich für jeden beliebigen Zeitpunkt auf sie beziehen kann, auch für solche Dinge wie – Zeit und all das?«

»O ja. Sie sind sehr genau, sehr spezifisch.«

»Sind heute nacht dieselben Schwestern im Nachtdienst wie in der Nacht des Mordes?«

»Praktisch dieselben, glaube ich. Außer wenn eine von ihnen zufällig krank wäre, dann würde eine andere für sie einspringen. Das heißt, ich spreche von den Schwestern im allgemeinen Dienst. Die Spezialschwestern – die Privatschwestern –, die kommen und gehen.«

Er schaute auf seine Uhr.

»Ich will mit den Schwestern im zweiten Stock und natürlich mit denen im dritten Stock sprechen. Ich will auch noch gehörig herumstreifen. Und ich will die Sekretärin sehen, die Nachtdienst hat. Aber zuerst, Sarah, zeigst du mir jetzt deine Sammlung.«

Er begleitete mich durch die dunkler werdenden Hallen zu meinem Zimmer und ließ mich erst dann eintreten, nachdem er selber hineingegangen war und sich umgeschaut hatte. Er lächelte, als ich den Inhalt der lavendelfarbenen Wärmflasche in seine aufgehaltenen Hände schüttelte, aber das Lächeln verschwand, als er das Goldhaar berührte und das abgerissene Stück Papier mit Dr. Harrigans Nachricht darauf studierte, und er wurde völlig ernst, als er den Korken anschaute, an ihm roch und dann die ganze Sammlung in eine seiner Innentaschen steckte, die, nehme ich an, bereits die Schnupftabakflasche enthielt.

Als er mich anschaute, erschien das kleine Lächeln wieder auf seinem Gesicht.

»Wenn die Polizei wüßte, daß du die ganze Zeit so interessante Dinge mit dir herumgetragen hast, würden sie dich zweifellos standrechtlich erschießen«, sagte er amüsiert, und dann etwas nachdenklich und auch ein bißchen respektvoll: »Wenn Sergeant Lamb je erfährt, was mit seinem Goldhaar passiert ist ...«

»Das erfährt er besser nicht«, sagte ich.

»Und die Schnupftabakflasche! Wo die Polizei doch alles durchstöbert hat. Wußtest du, daß schließlich Court Melady persönlich zum Polizeichef ging und verlangte, daß ernsthaftere Versuche gemacht würden, sie zu finden? Das war gestern. Und du hattest sie –«

»Erst seit letzter Nacht«, sagte ich schnell. »Und es war reiner Zufall.«

»Bei dir ist es immer reiner Zufall«, sagte er nachdenklich. »Das ist das Irritierende. Aber es ist ein verdammt scharfsinniger Zufall – wenn du mir den Ausdruck gestattest.«

Da ich mir im Augenblick nicht vorstellen konnte, was er mit »scharfsinnigem Zufall« gemeint hatte, nahm ich es ihm nicht im geringsten übel und sagte nichts. In der kurzen Stille wurde ich auf das murmelnde Geräusch des aufkommenden Windes aufmerksam. Wir drehten uns beide zum Fenster um. Das Grün der Bäume bewegte sich jetzt, erwachte zu unheilvollem Leben. Vögel schossen ängstlich umher, die hohen Cannas begannen leicht zu schwanken. Der Himmel war schwarz, und vor unseren Augen jagte ein langer Blitz im Zickzack gegen Südwesten über den Horizont. Wir standen beide reglos in diesem kleinen, dunklen Raum und warteten auf das Donnergrollen, und als es schließlich kam, von weit her, aber tief und drohend, war es wie das böse Vorzeichen einer Bedrohung, ein Wink des Schicksals. Und vor dem Hintergrund des schwarzen Himmels, über dem wogenden Grün der Baumgipfel, hob sich klar und irgendwie zerbrechlich das weiße Marmorkreuz der St. Malachy Kathedrale ab.

Sogar O'Leary war aufgewühlt, denn er begann, ruhelos

umherzugehen, und sagte nachdenklich, als hätte er vergessen, daß ich da war:

»Ein Sturm – der Anfang eines Sturms – beeindruckt mich immer. Ich sehe nicht gerne zu, aber ich kann nicht anders. Die Art, wie die Bäume zu leben beginnen, sich hin und her werfen und murmeln und zu einem Teil des Sturmes werden; das Warten, die Vorzeichen, der Wind, die ersten Blitzschläge –« Er brach abrupt ab, sah mich an, als wäre es ihm peinlich, und zuckte mit den Schultern. »Und natürlich spürt man, daß etwas passieren wird, denn es wird ja stürmen. Das wird passieren. Und du schließt besser deine Fenster, bevor du hinuntergehst. Ist es nicht gleich Zeit für das Nachtessen? Du meine Güte, ich muß mich beeilen. Ich muß noch einen Abstecher zu den Melady-Laboratorien machen.«

Auf dem Treppenabsatz sagte er:

»Hör zu, Sarah. Du machst jetzt vorwärts und gehst mit den anderen Schwestern nach unten. Sie sind gerade auf dem Flur, du kannst leicht zu ihnen aufschließen. Und bitte, sieh zu, daß du bei ihnen bleibst. Gehe keine Risiken ein. Es kann dir nichts passieren, wenn du dich daran hältst.«

Als ob ich es hätte vergessen können!

»Moment noch, Lance! Dieses Haar – war es – glaubst du, es stammt von Nancy?«

»Höchstens, wenn sie ihr Haar färbt«, sagte er knapp. »Und jetzt mach, daß du fortkommst.«

Ich gehorchte. Er stand da und schaute mir nach, bis ich Miss Blane und Miss Bianchi eingeholt hatte und mit ihnen hinunterging. Ich hörte nichts von dem, was sie sagten, obwohl sie, glaube ich, ziemlich eifrig miteinander sprachen. Ich wußte, daß Nancy ihr Haar noch nie gefärbt hatte. Und ich kannte jemanden, der es tat. Und als Lilian Ash verspätet zum Nachtessen kam, konnte ich meinen Blick kaum von ihrem hellen, blonden Haar wenden. Es sah grell aus und ziemlich trocken, aber sie hatte es in ihren freien Stunden trotzig und eng geflochten. Ich glaube, sie hatte sich in jener Nacht verzweifelt bemüht, natürlicher auszusehen. Sie hatte wohl gewußt, daß die ganze Geschichte ihrer Scheidung von Dr. Harrigan und ihrer Anwesenheit im Melady Memorial Krankenhaus in der Stunde seines Todes wieder aufgewärmt und in den Abendzeitungen stehen würde, und es war, um ehrlich zu sein, keine angenehme Geschichte, so kurz nach dem gewaltsamen Tod Dr. Harrigans.

Das Nachtessen war in jener Nacht keine fröhliche Angelegenheit. Fliegen waren gegen die Fenster geflogen, wie sie das vor einem Sturm immer tun, einige hatten den Weg in den Eßsaal gefunden und summten nun überall herum und machten einen ganz verrückt. Ich bin weder nervös noch launisch noch überempfindlich, aber Fliegen haben etwas an sich, was ich nicht ausstehen kann, und als eine auf meinem Teller landete und lässig über den Salat schlenderte, bevor ich mit der Serviette nach ihr schlagen konnte, verging mir die Lust am Essen. Ich saß da, trank schwarzen Kaffee, versuchte, nicht allzu unverblümt auf Nancys weißes, mitgenommenes Gesicht und auf Lilians blondes Haar zu starren, und hörte mit einem Ohr auf das wenige, was um mich herum gesprochen wurde. Jemand raffte sich auf und drehte das Radio an, das ab und zu stotterte und knackste. Urplötzlich hörte das Orchester auf, Tanzmelodien zu spielen, und der Nachrichtensprecher sagte ohne Einleitung: »Kenwood Ladd, der des Mordes an Dr. Harrigan bezichtigt wird, ist verhaftet worden und befindet sich jetzt im Gefängnis an der Euclid Avenue, wo er auf seinen Prozeß vor dem großen Geschworenengericht wartet. Die Beweise gegen diesen beliebten jungen Architekten seien erdrückend und –«

An dieser Stelle rückte Nancy ihren Stuhl mit einem lauten Quietschen vom Tisch weg, stand auf, ging quer durch den Raum zum Radio und brachte es mit einem raschen Hieb auf den Schalter zum Schweigen.

## 16

Als wir vom Eßsaal nach oben schlenderten, begannen die ersten großen Tropfen zu fallen. Als wir im Ostflügel des dritten Stockes ankamen, trieb der Sturm einen gewaltigen Windstoß durch den Flur, und es donnerte und krachte, und scharfe, grelle Blitze zuckten nieder. Schwestern, unter deren weiße Röcke der Wind fuhr, rannten durcheinander und versuchten, die Fenster zu schließen und aufgescheuchte Patienten zu beruhigen, und Nancy, Ellen und ich stürzten uns in die Arbeit.

Nachdem er so lange hatte auf sich warten lassen, brach der Sturm nun mit sintflutartigen Regengüssen los, und es dauerte eine Weile, bis wir alle Fenster geschlossen und das Wasser auf den Simsen und auf dem Boden aufgewischt hatten. Dann wandten wir uns dem Abräumen des Geschirrs vom Abendessen zu, studierten schließlich die Kontrollblätter und hielten die verschiedenen Anordnungen für die Nacht fest. Und während der ganzen Zeit schaffte ich es, in Seh- und Hördistanz von entweder Nancy oder Ellen zu bleiben. O'Leary ist kein Mann, dessen Warnungen man in den Wind schlägt.

Ina Harrigan saß in einem Stuhl und las Zeitungen, die sie sich hatte beschaffen können, als ich in ihr Zimmer trat, um die Blumenvasen für die Nacht in den Flur zu stellen. An der Tür hatte ich gezögert einzutreten und auf die andere Seite des Flurs gesehen, wo Nancy Tabletts auf eine Anrichte stapelte. Dann war ich vorsichtig eingetreten.

Sie sah besorgter aus, als ich sie je gesehen hatte, und fragte mich in scharfem Ton, ob ich es gewesen sei, die herausgefunden habe, wo das weiße Stück Kaugummi hergekommen war.

»Ja«, sagte ich, »das war ich.«

»Das überrascht mich nicht«, bemerkte sie und blickte mich düster an. »Vielleicht interessiert es Sie, daß ich nicht die leiseste

Ahnung habe, wie dieses Stück Kaugummi am Ärmel meines verstorbenen Mannes gelandet ist. Vermutlich hat er sich gegen den Tisch gelehnt, und der Kaugummi war mir dort aus dem Mund gefallen. Aber es hat mich mehr als eine Stunde gekostet, Sergeant Lamb davon zu überzeugen, daß das alles ist, was ich darüber weiß. Diese Sache mit der Verhaftung Kenwood Ladds ist absurd. Mein Anwalt sagt, daß sie lediglich Indizienbeweise gegen ihn haben.«

»Indizienbeweise haben schon oft zur Verurteilung geführt«, sagte ich. »Kann ich Ihnen jetzt helfen, sich für die Nacht einzurichten?«

»Nein«, sagte sie. Und als ein immenses Donnergrollen das Krankenhaus in den Grundfesten erschütterte, lehnte sie sich nach vorne, umklammerte die Armlehnen des Stuhles, biß sich auf die Lippen, bis ein wenig von der dicken roten Paste an ihren Zähnen klebenblieb, und sagte: *»Was für ein Sturm!«*

Ich fand meine anderen Patienten extrem unruhig vor. 301 hatte sich geweigert, auch nur einen Bissen von seinem Abendbrot zu essen, und jetzt, wo der Hunger an ihm nagte, bedauerte er seine Widerborstigkeit. Dione Melady wurde immer mürrischer, und 303, der sich erst kürzlich von seinem Blinddarm getrennt hatte und bis dahin der pflegeleichteste Patient war, wurde plötzlich extrem aufsässig, strampelte seine Decke weg und verlangte, daß man ihn nach Hause bringe, Sturm hin oder her.

Punkt neun Uhr dreißig ging Court Melady, der in Diones Zimmer gesessen hatte. Ich war zufällig am Stationstisch, als er vorbeiging, dabei seinen dünnen, glänzenden Regenmantel zuknöpfte und etwas von einem Taxi und vom Sturm murmelte. Er machte einen Bogen um die Tür des Fahrstuhls und ging die dunkle Treppe hinunter. Das grüne Licht der Lampe über dem Stationstisch reflektierte auf seinem glänzenden Mantel. Ich bemerkte erleichtert, daß da gerade einer von dieser kurzen Liste das Krankenhaus verließ und weg war. Court Melady fort, Kenwood Ladd im Gefängnis, Dr. Kunce und Teuber im unteren Geschoß, weit weg von meinem Flügel. Und ich hatte Ina Harrigan gesehen und mit ihr gesprochen, und sie hatte eher besorgt als mörderisch ausgesehen. Und ich konnte mir nicht vorstellen, daß Lilian Ash zur Mörderin taugte. Dennoch achtete ich darauf, nicht mit ihr alleine zu sein.

Ich will nicht behaupten, ich sei nicht nervös gewesen, denn ich war es. Bei jedem Donnerkrachen zuckte ich zusammen; warf immer wieder einen Blick über die Schulter und spähte in alle Ecken; meine Ohren lauschten aufmerksam jedem fremden Geräusch und strengten sich an, ob sie nicht verstohlene Schritte oder das Rascheln einer heimlichen Bewegung vernahmen. Wie ich schon sagte, ich hielt mich fest an meinen Vorsatz, keine Risiken einzugehen, und war fast andauernd in Nancys Nähe, oder, wenn das nicht möglich war, in der Mitte des Flurs oder am Stationstisch, wo sich mir niemand nähern konnte, ohne daß ich ihn gesehen hätte.

Ungefähr um elf wurde es ruhiger im Flügel. Ellen las Dione Melady laut vor und unterbrach bei jedem Donnergrollen; Nancy hatte sich erweichen lassen und gab 301 einen rasch improvisierten Käsetoast; vom Rest unserer Patienten war nichts mehr zu hören. Wenn sie nicht schliefen, wegen des Getöses, das draußen herrschte, so verhielten sie sich zumindest still. Und es war auch Zeit, dachte ich, als ich vorsichtig durch den leeren Flur ging und an einem Fenster stehenblieb. Der Sturm hatte sich zur Raserei aufgepeitscht, schlug und wogte gegen die Fenster und schleuderte Wasser gegen die glänzenden schwarzen Scheiben. Es war eine scheußliche Nacht bei all dem Getöse. Als ich so hinaussah, nahm ich für einen kurzen Augenblick die Lichter eines Autos wahr, das sich seinen Weg durch die Fluten auf dem Asphalt bahnte. Es stoppte anscheinend am Bordstein vor dem Krankenhaus. In diesem Moment fuhr ein Blitz nieder, und ich sah die huschenden Gestalten verschiedener Männer, die aus dem Auto kletterten und sich gegen den Wind stemmten, als sie sich zum Haupteingang vorkämpften. Eine der Gestalten, die erste, kam mir irgendwie bekannt vor, aber der Blitzstrahl war vorüber und mit ihm mein flüchtiger Eindruck. Ein Notfall, dachte ich, vermutlich ein Unfall auf den überschwemmten Straßen.

Als ich mich wieder zum Flur umdrehte, brannte das Signallicht von 303. Ich fand ihn aufrecht im Bett sitzend, er hielt mit der ausgestreckten Hand die Gummi-Wärmflasche, mit der ich ihn in den Schlaf zu lullen versucht hatte. Ihr Inhalt tropfte traurig auf den Teppich, und sie war, wie er mir bitter erklärte, geplatzt, als er zufällig auf sie rollte. Er war beleidigt und gekränkt, seine Zähne begannen vor Kälte zu klappern, seine Laken und sein Pyjama waren durchnäßt. Er war sicher, ließ er mich aufgeregt wissen, daß er jetzt eine Lungenentzündung kriegen würde.

Es war tatsächlich nicht gut für einen Patienten, der erst kürzlich unter Äther gestanden hatte, sich gründlich zu erkälten. Ich verbarg jedoch meine Beunruhigung und sagte gelassen:

»Das werden Sie schön sein lassen. Ich decke Sie jetzt mit diesem Laken zu. Wickeln Sie sich darin ein. Ich hole schnell trockenes Bettzeug.«

»Und Pyjamas«, rief er mir wütend nach, als ich die Tür hinter mir schloß.

Ich stand vor der Tür zum Wäschezimmer, stieß sie auf, tastete nach dem Lichtschalter und warf trotz meiner Eile zuerst einen Blick in den Raum, bevor ich eintrat. Das Licht erhellte gerade mal den Raum und die sorgfältig eingeräumten Regale. Ich ging schnellen Schrittes in den hinteren Teil des schmalen Raumes in die Nähe der schwarzen Fenster, wo die Leintücher gestapelt waren.

Und gerade als ich meine Hand nach einem Leintuch ausstreckte, erstarrte sie plötzlich mitten in der Luft. Ich hatte gesehen, wie sich im Spiegel der schwarzen Fensterscheibe etwas bewegte; es war ein weißes Aufblitzen. Bevor ich mich umdrehen oder etwas sagen konnte, ging das Licht aus.

Es war jemand im Zimmer. Jemand hatte hinter der Tür gewartet. Stand zwischen mir und dem Flur.

Ich nahm eine vorsichtige, verstohlene Bewegung wahr, dann noch eine. Ich konnte mich nicht regen. Es blitzte, was den Raum sehr kurz und schwach erhellte. Ich sah, wie ein weißer Arm etwas hochhielt, das wie Stahl aufblitzte.

Ich versuchte zu schreien. Ich schrie, aber ich wußte, daß mein Schrei von einem Donner übertönt wurde. Ich muß zugeben, daß ich mich trotz allem, was geschehen ist, an nichts mehr erinnern kann.

Lance O'Leary erzählte mir später, was passiert war. Er sagt, er habe sich nach allem, was er seit kurzem an neuesten Erkenntnissen dazugewonnen hatte, sofort zum Krankenhaus aufgemacht. Polizisten begleiteten ihn, um die Verhaftung vorzunehmen. Er kam genau in dem Moment im dritten Stock an, als ich im Wäschezimmer verschwand. Er glaubte nicht, daß ich in Todesgefahr sei, und ging deshalb nicht schneller als sonst den Flur entlang zur Tür des Wäschezimmers. Dann hörte er mich schreien, schwach und dünn durch den Sturm hindurch.

Ich kann mich partout nicht erinnern, wie er die Tür aufstieß, weiß nichts mehr von den Zurufen, den Revolverschüssen, den rennenden Polizisten, dem Kreischen und dem Tumult, der im alten Krankenhaus ausgebrochen sein muß und der die Raserei des Sturmes wohl noch übertroffen hat.

Woran ich mich dann wieder erinnere, ist, wie ich in einem großen Korbstuhl in Peter Meladys altem Zimmer saß. Um den Nacken herum war meine Tracht naß, und Ellen spritzte mir kaltes Wasser ins Gesicht, als wolle sie mich ertränken, und Nancy rieb meine Handgelenke und schuchzte und wiederholte immer wieder: »Bist du verletzt? Bist du verletzt? Bist du verletzt?«

Ich stieß Ellen und das Wasser weg, schnappte nach Luft, hustete und richtete mich auf. In den Fluren brannten alle Lichter; Schwestern aus anderen Flügeln irrten besorgt umher, eine Bahre stand da, die mit einem Laken zugedeckt war, und viele Polizisten scharten sich um die Tür des Wäschezimmers und um die eines leeren Zimmers, das neben Dione Meladys Raum lag – die Tür zu diesem Zimmer war geschlossen.

»Was ist los? Was ist passiert? O nein – ich erinnere mich –«

»O Miss Keate, es ist schrecklich«, schluchzte Ellen und fuchtelte mit den nassen Handtüchern herum, was mir erneut eine kalte Dusche bescherte. »Jemand wurde getötet, und wir wissen nicht, wer es ist –«

»Was ist passiert?« Dione Melady stand in der Tür. Sie packte Nancys Arm und schüttelte ihn. »Sie müssen es mir sagen, ich habe die Schüsse gehört. Sie haben den Mörder erwischt. Wer ist es?«

»Ich weiß es nicht, Dione. Laß meinen Arm los. Ich weiß es nicht. Niemand von uns weiß es.«

Plötzlich ging die Tür auf der anderen Seite des Flurs auf, und Lance O'Leary kam heraus, schaute sich rasch um, sah uns und kam direkt auf mich zu.

Sein Regenmantel tropfte noch immer vor Nässe. Er machte einen ziemlich ramponierten Eindruck, aber ich sah eigentlich nur sein Gesicht, das unter seiner Ferienbräune gräulich-weiß war, und seine dunklen Augen.

Er beugte sich über mich, nahm meine beiden zitternden Hände in die seinen und sah mich mit seinen eindringlichen grauen Augen forschend an. Erst sagte er gar nichts, und als er endlich sprach, sagte er mit einer Stimme, die nicht die seine war:

»Bist du . . . in Ordnung, Sarah Keate?«

»A . . . absolut.«

Sein Griff verstärkte sich.

»Was ist bloß in dich gefahren, so ein Risiko einzugehen? Ich hatte es dir doch gesagt – ach, vergiß es. Ich weiß, warum du es getan hast. Aber ich möchte, daß du weißt, daß ich schon um zehn Uhr wieder hiersein wollte. Ich wußte, daß du bis dahin sicher sein würdest, solange du mit anderen Leuten zusammen warst. Der Sturm hat uns aufgehalten. Wir sind in einen anderen Wagen geschlittert, und es war weder ein Taxi noch ein Polizeiauto aufzutreiben. Wir sind nicht einmal telefonisch durchgekommen. Bist du ganz sicher, daß du nicht verletzt bist?«

»Bloß erschrocken«, sagte ich und brachte ein Lächeln zustande.

Aber er erwiderte es nicht. Etwas wie Zorn funkelte in seinen leuchtenden grauen Augen. Dann ließ er meine Hände los und verschwand im Zimmer auf der anderen Seite des Flurs, und Ellen gab eine Art Stoßseufzer von sich:

»Wau! Er mag Sie, Miss Keate.«

»Das will ich doch hoffen«, sagte ich munter, und schon ging es mir wieder besser.

Miss Blane steckte den Kopf ins Zimmer. Die weiße Haube war ihr über ein Ohr gerutscht, und die Augen fielen ihr fast aus dem Kopf.

»303 hat einen Wutanfall«, sagte sie rasch. »Soll ich die Laken für Sie wechseln? Ich kann aber nicht ins Wäschezimmer. Ich werde ein paar aus der Offenen borgen. Sind Sie in Ordnung, Miss Keate?«

»Nur ein bißchen durcheinander, das ist alles.«

»Mein Gott, ich an Ihrer Stelle wäre völlig von Sinnen.«

Als man vom Fahrstuhlschacht her ein Geräusch hörte, sah Miss Blane im Flur nach und war nach ein paar Sekunden wieder zurück im Zimmer. »Jetzt kommt der Bezirksstaatsanwalt persönlich«, kündigte sie aufgeregt an. »Und der Untersuchungsrichter und eine ganze Schlange von Polizisten und Reportern. Einer von ihnen stellt eine Kamera auf.«

»Schnell«, sagte ich, »laufen Sie und schließen Sie die Türen der Krankenzimmer. Es wird hier bald alles voller Rauch sein, von den Blitzlichtern. Dr. Kunce sollte das ohnehin verbieten.«

»Weshalb haben sie bloß Lilian Ash mit in den Raum dort genommen?« fragte Miss Blane. »Die Tür war offen, als der Bezirksstaatsanwalt hineinging, und ich sah sie. Sie weint. Und ... o mein Gott, da kommt der alte Dr. Peattie! Zieht eure Socken hoch, Mädchen, und macht, daß ihr an die Arbeit kommt!« Und mit diesen Worten flog sie mit wehender Tracht davon.

Hätte ich unsere Patienten nicht vor dem Rummel schützen und sie betreuen müssen, und hätte mich dabei nicht die Macht der Gewohnheit getragen – ich weiß nicht, wie ich die nächste Stunde überlebt hätte. Wir waren sehr beschäftigt. Ich sah zwar, wie die Polizisten eine Rollbahre zum Fahrstuhl karrten, wie sie selber hinter der Rollbahre her in den Fahrstuhl stiegen und verschwanden, aber das Laken verbarg, wer auf der Bahre lag. Irgendwann diese Stunde ging die Konferenz in Zimmer 310 zu Ende, aber als sie vorüber war, wußten wir nicht mehr als vorher. Es herrschte ein solches Durcheinander im Flur, daß ich mich nur noch an zwei Personen deutlich erinnern kann: Lilian Ash, deren Gesicht vom Weinen rot und fleckig war, und Lance O'Leary, der sehr ernst und grimmig und irgendwie traurig dreinschaute. Als ob er gerade eine überaus schmerzliche Pflicht erledigt hätte.

Kurz nachdem wir im Flügel Ruhe hergestellt und den Flur gereinigt hatten, ließ mich Lance O'Leary rufen. Ich fand ihn in Dr. Kunces mit Leuten vollgestopftem Büro. Blauer Zigarrenrauch hing im Zimmer, aber durch das offene Fenster kamen frische Luft und Spritzer eines feinen Nieselregens herein. Im Zimmer waren der Bezirksstaatsanwalt, ein paar Polizisten und Reporter, Sergeant Lamb, Dr. Peattie und – natürlich – O'Leary.

»... und somit, meine Herren, sind wir nun imstande, das Verbrechen zu rekonstruieren, auch wenn ein paar Details wohl immer im dunkeln bleiben werden«, sagte Lance O'Leary gerade, als ich eintrat und beim Schließen der Tür beinahe der Sekretärin die Nase einklemmte. Er erhob sich sofort, auch Dr. Peattie, und nach ihm widerwillig auch die anderen. »Ich habe Miss Keate gebeten, anwesend zu sein, wenn wir diese Details zu klären versuchen, sie hat nämlich bei der Untersuchung eine sehr wichtige Rolle gespielt. Wir verdanken es einzig und allein ihrer scharfen Beobachtungsgabe und ihren sorgfältigen Notizen, daß es uns gelungen ist, das ... äh ... Rätsel zu lösen.« Lance O'Leary ist kein geborener Redner. Es entstand ein Gemurmel von Kommentaren, aus denen ich Sergeant Lambs Bemerkung deutlich heraushörte, daß vor allem eine der Notizen höllisch richtig gewesen sei. Worauf O'Leary, der tat, als hätte er nichts gehört, schnell hinzufügte:

»Das und die großartige Mitarbeit der Polizei, insbesondere von Sergeant Lamb, dessen ...« und so weiter und so fort. Sergeant Lambs langes Gesicht hellte sich etwas auf, jemand bot mir einen Stuhl an und O'Leary fuhr fort:

»Einigen von Ihnen werden Einzelheiten bekannt vorkommen, aber um die Ereignisse im richtigen Ablauf zu schildern, beginne ich besser am Anfang. Die Geschichte ist außerordentlich schwierig zu erzählen.«

Sein Gesicht sah jetzt sehr ernst aus, und seine Augen waren nicht mehr klar und leuchtend, sondern finster und nachdenklich.

»Sie müssen wissen, daß wir es von Anfang an mit einem sehr simplen Verbrechen zu tun hatten. Es war nämlich kein vorsätzlich geplantes Verbrechen. Sondern eines, das impulsiv begangen wurde, von jemandem, der seit langem von einer fixen Idee beherrscht war. Die Tat war zwar die logische Konsequenz dieser fixen Idee, aber das Verbrechen an sich war nicht geplant. Es stimmt, daß nach der Tat verzweifelte Anstrengungen unternommen wurden, sie zu vertuschen. Aber nicht, und das ist das Überraschende, von seiten des Mörders. Außer in einem einzigen Fall, und das war der Versuch, einen wichtigen Zeugen zu beseitigen.« Der kalte, unnachgiebige Ton, den er manchmal anschlagen konnte, war jetzt in seiner Stimme. Mich schauderte. Ich sagte mir: »Sei vernünftig, es ist alles überstanden«, und widerstand der Versuchung, »Erzähl schon weiter. Wer war's?« dazwischen zu rufen – was unerhört unter den gegebenen Umständen gewesen wäre – und richtete mich aufs Zuhören ein.

»Als mir die Fakten des Falles vorlagen, schienen mir zwei Ansatzpunkte für eine Untersuchung gegeben. Obwohl mir sofort klar geworden war, daß nur eine Person als Mörder in Frage kam« – an dieser Stelle, glaube ich, entfuhr Sergeant Lamb ein gequetschter Ton, und der Bezirksstaatsanwalt ließ seine Zigarre fallen und richtete sich in seinem Stuhl auf – »kannte ich das Motiv noch nicht. Ich wußte nicht, warum Lilian Ash so fest entschlossen war zu verbergen, was sie wußte; ich wußte nicht, wer Dione Melady um ein Haar umgebracht hatte, obwohl ich einen starken Verdacht hatte, der sich als richtig erweisen sollte. Ich mußte außerdem, ohne irgendeinen Zweifel offen zu lassen, beweisen, daß meine Schlußfolgerung richtig war. Miss Keate verhalf mir zu einem sehr nützlichen Anhaltspunkt. Sie fand diesen Korken im Operationssaal, am Morgen nach dem Mord. Sie werden feststellen, meine Herren, daß er sehr sonderbar riecht. Mrs. Melady erwähnte einen eigenartigen Geruch, als sie vom Kampf mit ihrem Angreifer erzählte. Als ich ihr heute abend, kurz bevor ich das Krankenhaus verließ, diesen Korken zeigte, erkannte sie den Geruch sofort wieder. Da ich wußte, wo ich suchen mußte, hatte ich keine Mühe, diesen Geruch eindeutig dem Täter zuzuordnen und so zu beweisen, daß er in der Nacht des Verbrechens im vierten Stock gewesen war. Ich sage in der Nacht, weil ich weiß, daß die Operationssäle gründlich gereinigt worden waren, nachdem am späten Nachmittag vor dem Mord noch eine Operation stattgefunden hatte, und daß in der kurzen Zeit zwischen der Reinigung des Operationssaals und dem Mord keine Möglichkeit bestanden hatte, daß der Täter oder sonst jemand sich im Raum hätte aufhalten können.«

Die versammelten Männer sahen sich den kleinen Korken an, rochen an ihm und gaben ihn von einem zum anderen weiter.

»Verlieren Sie ihn nicht«, sagte der Bezirksstaatsanwalt.

»Ich werde versuchen, es so einfach wie möglich zu machen«, fuhr O'Leary fort. »Das Ganze basiert auf einem an sich ziemlich trivialen Umstand. Auch die Zeit spielt eine wichtige Rolle. Sie erinnern sich, daß Miss Keate in der Mordnacht genau um zwölf Uhr achtzehn im ersten Stock nach dem Fahrstuhl klingelte. Wir gehen von Zwölf achtzehn aus, weil sie mindestens zwei Minuten brauchen würde, um die verbleibenden Stufen zum dritten Stock hochzusteigen, wo sie um zwölf Uhr zwanzig ankam. Miss Brody hat ausgesagt, daß sie Dr. Harrigan um zwölf Uhr achtzehn in den Fahrstuhl steigen sah. Wir können nur vermuten, daß Dr. Harrigan zu diesem Zeitpunkt die Wirkung der Dosis Slaepan zu spüren begann, die Ihnen erklärt worden ist; daß er den Fahrstuhl betreten und die Lampe herausgedreht hat, vermutlich im umnebelten Bemühen, sich etwas Abgeschiedenheit zu verschaffen, bis er sich besser fühlen würde. Bedenken Sie, daß wir jetzt mit Sicherheit wissen, daß Dr. Harrigan in den dritten Stock zurückkehrte, nachdem er seinen Patienten im Operationssaal zurückgelassen hatte, wo er in Peter Meladys Zimmer die blaue chinesische Schnupftabakflasche fand und an sich nahm –«

»Ah-h-h«, machten die Reporter erstaunt.

»– die Schnupftabakflasche, in der die Slaepan-Formel versteckt war. Er hielt dieses kleine Schmuckstück in der Hand, als er ... ähh ... wegtrat, sozusagen.«

»Ermordet wurde?« fragte Sergeant Lamb, der wieder einmal zwei und zwei zusammenzählte.

»Einschlief; von der Wirkung des Slaepan ohnmächtig wurde. Um zwölf Uhr zwanzig erreichte Miss Keate den dritten Stock, bemerkte, daß ihr Patient verschwunden war, erhielt die Mitteilung, daß man ihn in den Operationssaal gebracht hatte, stand selber nicht später als zwölf Uhr einundzwanzig vor der Fahrstuhltür im dritten Stock und drückte den Klingelknopf. Sie wartete, aber es passierte nichts, denn der Fahrstuhl *war* bereits im dritten Stock. Dr. Harrigan muß unmittelbar, nachdem er die Kabine betreten hatte, den Notfall-Stop gedrückt haben. Er hat vermutlich gar nicht mitbekommen, daß sein ehemaliger Freund und Feind, Peter Melady, tot neben ihm in der Kabine lag, als er sie betrat. Als Sie den Knopf drückten, Miss Keate, waren zwei Männer im Fahrstuhl: ein Toter – Peter Melady – und einer, der noch lebte – Dr. Harrigan. Warten Sie, lassen Sie es mich auf meine Art erzählen.

Miss Keate rannte sofort die Treppe hoch und fand die Operationssäle verlassen. Sie klingelte wieder nach dem Fahrstuhl, und wieder reagierte er nicht, weil der Halteknopf gedrückt worden war. Sie eilte nach unten, erkundigte sich ausführlicher nach der geplanten Operation und beschloß schließlich, noch einmal in den Operationssälen nachzuschauen, worauf sie ein viertes Mal nach dem Fahrstuhl rief. Mit demselben Resultat: es erschien kein Licht und damit anscheinend auch kein Fahrstuhl. In diesem Moment trat Miss Ash aus dem Zimmer ihres Patienten auf den Flur hinaus, und Jacob Teuber, der Pfleger, näherte sich mit einer Rollbahre, auf der ein toter Schwarzer lag. Miss Keate ging auf ihn zu, zog das Laken zurück und sah sich den Schwarzen an, während der Pfleger zur Fahrstuhltüre ging, wo Miss Ash stand, die Miss Keate und Teuber beobachtete. Sie sagte, wenn Sie sich erinnern mögen: ›Es nützt nichts, an der Tür zu rütteln; sie wird nicht aufgehen, wenn die Kabine nicht in diesem Stock ist‹, oder so etwas ähnliches.

An dieser Stelle muß ich in der Geschichte etwas weiter zurückgehen, den Teppich von der anderen Seite her aufrollen.

Als Dr. Harrigan ein paar Minuten nach zwölf – mit seinem Patienten Peter Melady auf dem Rollbett – den Fahrstuhl betrat, war bereits jemand anderer in der Fahrstuhlkabine. Es war jemand, der Dr. Harrigan keinen Anlaß gab, mißtrauisch zu sein, eine Person, die, als man ihr die Situation erklärte, die beiden in den Operationssaal begleitete und dort gebeten wurde, beim Patienten zu bleiben. Solange Dr. Harrigan weg war, um – so denke ich, erklärte er den beiden – die Operation vorzubereiten. Während der Abwesenheit Dr. Harrigans bemerkte diese Person, in welchem Zustand Peter Melady war, und weil sie überzeugt war, einen gerechtfertigten Anspruch auf Slaepan zu haben, verlangte sie die Formel von ihm. Wir wissen nicht genau, was passiert ist. Wir wissen aber, daß der Mörder, um Peter Melady zu erschrecken und ihn dazu zu bringen, die Formel herauszurücken, das Operationsmesser aus einem der Schränke genommen haben muß. Wir wissen, daß Peter Melady schließlich zugab, daß die Formel in der chinesischen Schnupftabakflasche sei. Auf jeden Fall starb Peter Melady an den Folgen des Schocks und der Aufregung.

Damit sind wir bei einem anderen Aspekt angelangt. Der Mörder hatte schreckliche Angst. Er wußte, daß es – obwohl Peter Meladys schwaches Herz ganz einfach aufgehört hatte zu schlagen – eine Untersuchung geben würde und daß die Leute reden würden. Wenn es ihm also je gelingen sollte, sich die Slaepan-Formel anzueignen, dann müßte es in den nächsten paar Minuten passieren. Also trug er Peter Meladys Leiche zurück in den Fahrstuhl und ließ die Rollbahre neben dem Operationstisch stehen. Dann ging er hinunter in den dritten Stock. Er ließ die Leiche im Fahrstuhl zurück, um in keiner Weise mit Peter Meladys Tod in Verbindung gebracht zu werden. Das Messer hatte er noch bei sich. Er war, das ist hoffentlich klar geworden, von der fixen Idee besessen, die Formel wieder in seinen Besitz zu bringen.«

»*Wieder?*« fragte ich laut.

Lance O'Leary warf mir einen scharfen Blick zu.

»Wieder, ja«, sagte er überrascht. »Er war der ursprüngliche Entdecker des Slaepan. Er hatte es vor einiger Zeit in noch unfertiger Form entwickelt. Er war nämlich früher ein Angestellter des Melady Medikamenten-Unternehmens. Peter Melady übernahm die Formel, wozu er vertraglich berechtigt war. Als sich nach der Experimentierphase beim Perfektionieren herausstellte, daß das Slaepan eine bedeutende Sache werden könnte, weigerte sich Peter Melady stur, den Entdecker in irgendeiner Weise am Erfolg teilhaben zu lassen. Der eigentliche Entdecker der Substanz hatte die Melady-Laboratorien fast unmittelbar nach seiner Entdeckung verlassen, hörte aber immer wieder vom Fortschritt und der wachsenden Bedeutung der Droge, die nun in Peter Meladys unangefochtenem Besitz war. Das hat ihm vermutlich keine Ruhe gelassen. Es muß schrecklich für ihn gewesen sein anzunehmen, daß Peter Melady bald sterben und die Formel seiner Tochter hinterlassen würde, die moralisch noch weniger Anrecht darauf hatte als Peter Melady. So ist es nicht verwunderlich, daß ihn, als er den zusammengesunkenen Dr. Harrigan in der Ecke des Fahrstuhls sah, wie er die blaue Schnupftabakflasche in der Hand hielt, der Wahnsinn packte. Es blieb keine Zeit zum Nachdenken. Er mußte handeln. Er sah nur noch seine Formel, die direkt vor ihm in Dr. Harrigans Hand lag. Er sollte schon wieder übergangen werden. All seine aufgestaute Bitterkeit muß ihm die Hand geführt haben. Er öffnete die Fahrstuhltür, sah Dr. Harrigan mit der Schnupftabakflasche in der Hand, sah sonst nichts mehr und stach zu.«

Jemand schrie auf. Ich glaube, das war ich, denn ich weiß noch, wie ich mir befahl, still zu sein, und die wilde Vermutung, die mir durch den Kopf gegangen war, in Gedanken weit von mir wies.

»Und diese Ash wußte die ganze Zeit Bescheid?« fragte der Bezirksstaatsanwalt abrupt.

»Natürlich«, sagte Lance O'Leary. »Ich hätte sie sogar selber für schuldig gehalten, hätte sie nicht so verzweifelt versucht, den Mörder zu decken. Sie hat nichts unternommen, um sich selbst zu schützen, außer vielleicht im Falle der Fingerabdrücke auf dem Messergriff. Sie ließen das Messer absichtlich stecken, um den Mord mit Peter Melady in Verbindung zu bringen, der bekanntlich mit Dr. Harrigan im Operationssaal gewesen war. Es waren jedoch nicht ihre eigenen Fingerabdrücke, die sie vom Messer abwischte. Während sie es tat, verlor sie ein Haar, das sich um den Messergriff ringelte. War es nicht Lilian Ash, die sich innerhalb einer Stunde, nachdem die Vertauschung der Leichen festgestellt worden war, mit einer Geschichte meldete, die Kenwood Ladd schließlich ins Gefängnis brachte? Es war nicht einfach für sie, die sie die Wahrheit kannte, jene Geschichte zu erzählen. Sie tat es einzig und allein, um die Spuren zu verwischen; sie glaubte nicht, daß es reichen würde, Ladd zu überführen. Doch was die Fakten angeht, sagte sie die Wahrheit, und es muß ihr wie ein unerwarteter Glücksfall vorgekommen sein, als der Patient in 301 seine Geschichte erzählte. Wer außer Miss Ash hätte die Schnupftabakflasche in Peter Meladys leeres Zimmer zurückbringen können, *nachdem* das Zimmer von der Polizei durchsucht worden war? Es mußte jemand aus dem Ostflügel gewesen sein, der wußte, daß das Zimmer bereits durchsucht worden war und es deshalb für den sichersten Ort hielt, um das Ding zu verstecken, bis der Mörder, für den sie es aufbewahrte – falls man ihn verdächtigte und durchsuchte –, es zurück haben wollte. Miss Ash rechnete nicht mit Dione Meladys Entschlossenheit, die Formel in ihren Besitz zu bringen, und mit ihrer Überzeugung, daß sie irgendwo im leeren Zimmer versteckt sein mußte. Wer, wenn nicht Miss Ash, deckte den Angreifer von Dione Melady? Sie ließ ihn durch das Fenster zur Feuertreppe herein, als er die Schnupftabakflasche holen kam. Er wartete, bis Miss Keate außer Sicht war, dann kam er aus seinem Versteck und überraschte Dione, als sie gerade die Schnupftabakflasche gefunden hatte, *die noch immer die Formel enthielt.* Er hätte Mrs. Melady um ein Haar erwürgt, nur um die Formel wieder zu besitzen, die für ihn unterdessen das Wertvollste in seinem Leben geworden war. Und als Dione Melady schrie und die anderen Schwestern herbeigelaufen kamen, stand Miss Ash da und zeigte auf Peter Meladys Zimmer und schrie »Dort! Dort!«, so daß die Schwestern nur Augen für Dione Melady hatten, sich um sie scharten und versuchten, das bewußtlose Opfer wieder zu sich zu bringen. Was natürlich in Ordnung war, aber dem Mörder die Flucht ermöglichte. Er war längst in Sicherheit, als der Alarm losging. Einer der offensichtlichsten Aspekte dieses Falles war der Umstand, daß der Mörder das Krankenhaus und seine Arbeitsabläufe sehr gut gekannt haben mußte.«

»Also war es Miss Ash, die die Schnupftabakflasche in Nancys Zimmer gelegt hat . . .« unterbrach ich.

»Ja«, sagte Sergeant Lamb, in den plötzlich Leben kam. »Nachdem die Formel herausgenommen worden war. Und Sie haben sie gefunden, Miss Keate. Und mir kein Wort davon gesagt. Ich frage mich gerade, ob . . . – ich habe etwas verloren. Ich habe eine Pillenschachtel verloren mit einem Gold . . .« Mit einem Seitenblick auf die aufmerksam zuhörenden Reporter brach er plötzlich ab. Aber er sah mich noch lange an, und sein Blick verriet, wie er sich zunächst erinnerte, wie ihm dann ein Verdacht kam und er schließlich sicher war.

»Also deshalb sagte Miss Ash das wegen der Fahrstuhltür, die nicht aufgehen würde«, meinte der Bezirksstaatsanwalt nachdenklich.

»Ja«, sagte O'Leary und nickte. »Sie deckte ihn. Schockiert wie sie in dem Moment war, sagte sie es spontan und hoffte, damit den Eindruck zu erzeugen, daß der Fahrstuhl *nicht* im dritten Stock war. Und wer sonst als Lilian Ash half, Peter Meladys Leiche aus dem Weg zu räumen? Es gab nur zwei Möglichkeiten, das Verhalten von Miss Ash zu erklären: Entweder hatte sie Dr. Harrigan getötet, oder sie hatte einen Grund, den wahren Mörder zu decken. Dieser Grund, so hat sie selbst gestanden, war in erster Linie ihr Selbsterhaltungstrieb. Bedenken Sie, daß Miss Ash über keinerlei finanzielle Mittel verfügte; sie wußte tatsächlich nichts von Dr. Harrigans Testament und war aus purer Not in ihren alten Beruf zurückgekehrt. Sie mußte dafür in diesen Staat zurückkehren, weil ihre Schwesternlizenz hier ausgestellt und regelmäßig verlängert worden war, und weil sie die Prüfung zur anerkannten Krankenschwester in einem oder zwei anderen Staaten nicht geschafft hatte. Ihre Arbeit brachte sie nach B. und schließlich, weil sie es nicht wagte, Anstellungsofferten auszuschlagen, sogar ins Melady Memorial Krankenhaus. Wie wir wissen, war sie von Dr. Harrigan höchst ungerecht behandelt worden. Sie haßte und fürchtete ihn – fürchtete ihn hier ganz besonders, weil es ihre einzige Überlebensmöglichkeit gefährdet hätte, wäre sie ihm hier begegnet. Es wäre so einfach für Dr. Harrigan gewesen, ihre Karriere als Krankenschwester zu vernichten; eine einzige Bemerkung, sie sei inkompetent, hätte genügt. Sie wußte, daß ihre Anwesenheit für ihn unerträglich gewesen wäre und daß er kein gnädiger Mann war.«

»Also ging sie ihm aus dem Weg«, sagte der Bezirksstaatsanwalt.

»Genau. Sie wich ihm mit bewundernswürdiger Gewandtheit aus. Aber schließlich trafen sie doch aufeinander. Im Flur, in der Nacht des 7. Juli. Er war wutentbrannt. Sie war schrecklich ängstlich und unglaublich böse auf ihn.«

»Kann man ihr nicht verübeln«, murmelte jemand hinter mir.

»Und«, fuhr O'Leary erschöpft fort, »kaum eine Stunde später sah sie, wie er getötet wurde. Sah, wie er getötet wurde, und war so wütend und verbittert, daß sie im ersten Augenblick erleichtert war. Sie war schockiert und natürlich entsetzt, aber sie war vor allem erleichtert. Sie hatte keine Zeit, nachzudenken oder zu überlegen; sie mußte handeln. Und ihr instinktives Gefühl sagte ihr, daß der Mörder von Dr. Harrigan ihr Verbündeter war. Daß er sie, ohne es zu wissen, vor ihm beschützt hatte. Ihr unmittelbarer Entschluß, den Mörder zu decken, entsprang einem primitiven, aber natürlichen Impuls. Später, als sie Zeit zum Nachdenken hatte, bemerkte sie ihren schrecklichen Fehler. Aber wieder bestimmte der Selbsterhaltungstrieb ihr Handeln. Sie wagte nicht zuzugeben, was sie getan hatte. Sie hatte sich schon zu tief hineinziehen lassen.«

Der Bezirksstaatsanwalt regte sich, murmelte etwas von Komplizin und wurde wieder ruhig, als O'Leary fortfuhr.

»Der einzig sichere Weg, den sie gehen konnte, war, den Mörder zu decken, ihr Wissen für sich zu behalten. Der Mörder sagte ihr, warum er getötet hatte; es war ein kleiner Trost für ihre gemarterte Seele zu wissen, daß seine Tat wenigstens eine minimale Berechtigung hatte. So wurde sie seine Verbündete. Sie unterstützte und deckte ihn auch weiterhin, wie sie ihn in den ersten, lähmenden Augenblicken des Mordes unterstützt und gedeckt hatte, als sie half, Peter Meladys Leiche zu beseitigen.«

»Was war eigentlich der Grund für diese makabere Auswechslung der Leichen, O'Leary?« fragte der Bezirksstaatsanwalt und lehnte sich vor. »Wie kam es dazu?«

»Das war ein Teil dieses in der Hast der Verzweiflung ausgedachten Plans. Sie hatten nur ein paar kurze Augenblicke und mußten in unglaublicher, wahnsinniger Eile entscheiden. Das führte natürlich zu Fehlern. Die Feindschaft zwischen Peter Melady und Dr. Harrigan war bekannt. Wenn Peter Melady unmittelbar nach dem Mord an Dr. Harrigan wie vom Erdboden verschwunden wäre, was läge dann näher als der Schluß, daß Peter Melady der Mörder war? Es war Lilian Ashs Idee. So wurde der schnell gefaßte scheußliche Plan umgesetzt. Man mußte dafür sorgen, daß Peter Meladys Leiche beerdigt würde. Dafür sorgen, daß der tote Schwarze in der Kirche hinter dem

Krankenhaus gefunden würde. Wer würde ihnen dann noch auf die Schliche kommen? Es bestand die Gefahr, daß die Männer vom Bestattungsinstitut Fragen stellen würden, aber dieses Risiko mußten sie eingehen.«

»Mr. O'Leary«, sagte einer der Reporter, »das ist ja alles gut und schön. Ich meine, der Mörder wurde auf frischer Tat ertappt, wurde erschossen und hat gestanden, bevor er starb. Und Lilian Ash hat die ganze Geschichte zugegeben. Aber was wir für unsere Berichterstattung brauchen, wissen Sie, ist, *wie* Sie es geschafft haben. Wie Sie hinter das Ganze gekommen sind.«

»Nun, das war sehr einfach«, sagte O'Leary ruhig. »Nachdem ich Miss Keates seltsame Geschichte gehört hatte, wie sie mehrmals versucht hatte, auf verschiedenen Stockwerken den Fahrstuhl zu rufen, war mir alles klar. Mein Problem war, daß ich kein Motiv fand. Ich vermutete, daß der Besitz der Slaepan-Formel das Motiv war, aber mußte sicher sein. Sie müssen bedenken, daß die Schlüsse, die ich zog, mir zwar als die einzig logischen und überzeugenden erschienen, aber ich mußte sie beweisen können. Da ich wußte, wo ich nachsehen mußte, in welcher Richtung ich zu suchen hatte, gelang es mir. Mit der effizienten Unterstützung, wie ich schon sagte, von Sergeant Lamb. Wir fanden heraus, daß der Mann, den ich für den Mörder hielt, vor einiger Zeit in den Melady Forschungslaboratorien gearbeitet hatte. Dann mußte ich natürlich die verschiedenen Aussagen der Sekretärin und der Nachtschwestern überprüfen. Ich mußte Gewißheit haben, daß sich zwischen zwölf Uhr achtzehn und zwölf Uhr zweiunddreißig niemand dem Fahrstuhl genähert hatte – niemand außer jenen Personen, von denen ich wußte. Es war natürlich möglich, daß Kenwood Ladd der Mörder war, denn er war eine jener Personen, die während der Zeit, auf die es ankam, in der Nähe des Fahrstuhls waren. Aber es überzeugte mich nicht, daß er schuldig sein sollte, und wenn ich ihn eliminierte, gab es nur noch eine

Möglichkeit. Und diese Möglichkeit stellte sich als die richtige heraus, womit Kenwood Ladd logischerweise wegfiel.«

»Diesen Teil will ich noch einmal hören«, sagte der Bezirksstaatsanwalt. »Es scheint so einfach zu sein. So einfach, daß ich nicht verstehe, wie –«

»Es ist so einfach, daß es eines jener Dinge ist, die man ihrer Einfachheit wegen gerne übersieht«, sagte O'Leary. »Schauen Sie: Als Miss Keate zum dritten Mal nach dem Fahrstuhl rief – das war im vierten Stock, Sie erinnern sich –, reagierte er nicht. Der Nothalt-Knopf war noch immer gedrückt. Als sie das fünfte Mal nach ihm klingelte, wieder im vierten Stock, reagierte er. Der Nothalt-Knopf war in der Zwischenzeit deaktiviert worden. Nun, wer hatte sich während dieser Zeit in der Nähe des Fahrstuhls aufgehalten?«

»Aber es könnte doch sein, daß jemand den Halteknopf deaktivierte, dabei den toten Dr. Harrigan sah und Angst hatte, etwas zu sagen. Es muß gar nicht der Mörder gewesen sein«, sagte einer der Reporter.

»Richtig«, sagte Lance O'Leary, »das könnte sein, aber wahrscheinlich ist es nicht. Eine unschuldige Person würde viel eher Alarm schlagen, wie es Miss Keate ja auch tat. Auf jeden Fall wußte ich, was ich zu tun hatte. Nachforschungen anstellen bezüglich der Personen, von denen man wußte, daß sie sich in der fraglichen Zeit in der Nähe des Fahrstuhls aufgehalten haben; beweisen, daß die Person, die den Halteknopf ausgelöst hatte, schuldig war. Und wir haben es bewiesen. Sie mögen sich vielleicht daran erinnern, daß es Lilian Ash war, die ausgesagt hat, daß außer ihr, Miss Keate und dem Pfleger im dritten Stock niemand in der Nähe des Fahrstuhls war vom Zeitpunkt an, als Miss Keate über das Treppenhaus in den vierten Stock ging, bis sie drei Minuten später wieder mit dem Fahrstuhl zurückkehrte.«

»Dann hat Jacob Teuber also die beiden Leichen miteinander hinunter in den Ambulanzraum gekarrt?« fragte ich ungläubig.

»Aber Mr. O'Leary, wie hat Lilian Ash es fertiggebracht, daß Teuber nicht mitbekam, wie der Mörder Mr. Meladys Leiche auf die Rollbahre legte?«

»Ich dachte, das wüßten Sie, Miss Keate«, sagte O'Leary sanft. »Ich habe nicht gemerkt, daß Sie nicht wußten, was wir alle wissen. Schauen Sie – wissen Sie noch, wie ich sagte, daß es keinen Mord gegeben hätte, wenn der Schwarze nicht gestorben wäre?«

Ich nickte. In meinem Hals begann es zu pochen.

»Es war wirklich so. Und der für mich entscheidende Hinweis war die Tatsache, daß die Rollbahre, auf der Peter Melady in den Operationssaal gebracht worden war, *immer noch in diesem Raum war,* als man sie fand. Sie war nicht benutzt worden, um Peter Melady anderswohin zu transportieren. Aber irgend etwas mußte benutzt worden sein. Ein lebloser Körper kann vielleicht im Dunkel der Nacht durch eine Seitengasse geschleift werden, aber kaum durch die Gänge eines Krankenhauses. Also war eine andere Rollbahre benutzt worden. Es war die Rollbahre, die sich neben dem Mörder im Fahrstuhl befand, der ein paar Minuten nach zwölf den dritten Stock erreichte, wo Dr. Harrigan auf ihn wartete, der das Rollbett mit seinem Patienten drauf in den Fahrstuhl schob und den Mörder bat, ihm einen Augenblick zu helfen. Es war die Rollbahre, die – nachdem Peter Meladys lebloser Körper ein paar Minuten später im Fahrstuhl zurückgelassen worden war – rasch in die Offene Abteilung gefahren wurde, wo sich der Mörder mit ihr die nächsten zwanzig Minuten versteckte. Der Mord, Miss Keate, geschah im Augenblick, als Sie sich ungefähr zwanzig Minuten später über die Rollbahre beugten, sich dazu durchrangen, sich den Schwarzen anzusehen und schließlich das Laken anhoben. Kein Laut war zu hören hinter Ihnen. Lilian Ash sah den Mord und empfand in ihrer unheimlichen Erleichterung nichts als die verzweifelte Entschlossenheit, den Mörder zu beschützen.«

»Aber ... dann ...«

»Richtig«, sagte O'Leary. »Der Korken stammte von einer Flasche Inhaliermittel – Kampfer, Menthol und Ähnliches. Der helle Anzug war aus Segeltuch. Der Mann war Jacob Teuber.«